J. Sydney Jones

Das Haus der Spiegel

J. Sydney Jones lebt in Kalifornien. Er hat in Wien studiert und mehrere Bücher über Österreich geschrieben.

Rätselhafte Todesfälle entsetzen ganz Wien. Junge Frauen werden ermordet – unter ihnen ein Modell des berühmten Malers Klimt. Da er kein Alibi hat, wird er verhaftet. Sein Anwalt Karl Werthen versucht, Licht in das Dunkel zu bringen. Bald stellt sich heraus, dass Klimt nicht der Täter sein kann. Denn ein weiterer Mord geschieht, und dann wird im September 1898 die Kaiserin Elisabeth, Sissi genannt, in Genf ermordet, und Werthen begreift, dass er nicht nur einen gemeinen Mörder sucht, sondern einem Komplott auf der Spur ist, dessen Hintermänner im Palast des Kaisers sitzen.

Sydney Jones hat nicht nur einen fulminanten Kriminalroman geschrieben, er zeigt auch die Wiener Gesellschaft Anfang des 20. Jahrhunderts. Neben Klimt spielt Hans Gross eine wesentlich Rolle, eine historische Gestalt, die als Begründer der Kriminologie gilt. Daneben treten auf: Richard von Krafft-Ebing, der berühmte Psychologe, und Theodor Herzl.

J. Sydney Jones

Das Haus der Spiegel

Kriminalroman

Aus dem Amerikanischen
von Wolfgang Thon

aufbau taschenbuch

Die Originalausgabe unter dem Titel *The Empty Mirror*
erschien 2009 bei Thomas Dunne Books.
An imprint of St. Martin's Press.

ISBN 978-3-7466-2577-5

Aufbau Taschenbuch ist eine Marke der
Aufbau Verlag GmbH & Co. KG

1. Auflage 2010

Umschlaggestaltung capa, Anke Fesel unter Verwendung
eines Motivs von © bildstelle/picturedesk.com
Druck und Binden CPI – Clausen & Bosse, Leck
Printed in Germany

www.aufbau-verlag.de

Prolog

Wütend und von Selbstvorwürfen gehetzt eilte sie über das Kopfsteinpflaster der verdunkelten Straßen. Hätte sie die letzte Tram nur nicht verpasst; hätte Girardi sie doch in seine Absteige eingeladen, statt irgendwelche morgendliche Proben vorzuschieben; hätte sie nur den Rat ihrer Freundin Mitzi befolgt, diese aufgeblasene Qualle von Schauspieler sausen zu lassen, und stattdessen mit Klimt geschlafen. So viele »hätte«.

Ecke Kärtnerstrasse und Graben trat ihr ein Mann in den Weg und zupfte an seiner Hutkrempe. »Wie viel?«, fragte er.

Sie konnte es ihm nicht einmal verdenken; um diese späte Stunde waren nicht viele anständige Mädchen allein unterwegs, und zudem ging die Hälfte aller Huren Wiens an dieser Kreuzung ihrem Gewerbe nach. Trotzdem empörte es sie, für eine Prostituierte gehalten zu werden. Sie bog ab und lenkte ihre Schritte früher, als sie eigentlich vorgehabt hatte, in das Gewirr der wenig vertrauten, schummrigen Gassen hinter dem Stephansdom, um rasch ihr Zimmer im Dritten Bezirk zu erreichen.

Die Sträßchen waren menschenleer; um halb elf Uhr abends war Wien so still wie ihr kleines Dorf in Vorarlberg. Plötzlich überlief sie ein Angstschauer. Die Zeitungen waren voller Geschichten über diesen verrückten Mörder, der zurzeit in Wien sein Unwesen trieb; sie hatten sogar über Leichenfunde im Prater geschrieben. Erneut schüttelte sie sich.

Sie ging schneller und konzentrierte sich lieber auf das, was sie bis jetzt in ihrem jungen Leben schon erreicht hatte. Die verdreckten Straßen ihres Dorfes in Vorarlberg erschienen ihr wie eine andere Welt. Drei Jahre hatte sie gebraucht, um aus den Lohntüten ihres Vaters so viele Heller zu stibitzen, dass sie sich davon ein Billet Dritter Klasse in die Hauptstadt kaufen konnte. Dann endlich war sie dem Vater und seinen finsteren Launen entkommen. Sie hatte niemals zurückgeschaut, sondern ihre Chance wie einen Rettungsring ergriffen; und sie hatte es geschafft. Sie war die Geliebte des berühmtesten Schauspielers von Wien und Modell des berühmtesten Malers. Doch wehe, solle Papa jemals eines der Porträts zu sehen bekommen … Allerdings bestand in dem Punkt kaum Gefahr, weil ihr Vater seine Nase sowieso nur ins Bierglas steckte.

Während sie durch die Gassen eilte, dachte sie an Klimt. Der Kerl hatte wahrlich einen durchdringenden Blick und konnte einen anschauen, dass man sich noch nackter fühlte, als man schon war. Er schien in einen hineinsehen zu können. Und es war so kalt in seinem Atelier. Sie bekam am ganzen Körper eine Gänsehaut. Wenn sie sich beschwerte, knurrte er nur, dass er sie genauso für seine Gemälde haben wollte – mit von Kälte harten Knospen.

Er war ein schlauer alter Fuchs, der Klimt. Nenn mich Gustl, hatte er gesagt. Trotzdem machte er ihr keinerlei Avancen, obwohl sie ganz genau wusste, dass er sie begehrte.

Plötzlich merkte sie, dass sie sich verlaufen hatte. In dem Gewirr der engen und dunklen Gassen wusste sie nicht mehr, wo sie sich befand. Zu ihrer Linken sah sie einen pulsierenden gelben Lichtschein und überquerte die Straße in diese Richtung. Das Licht kam aus einer Laterne in einem Leinwandzelt, das über einem Gully aufgebaut war. Vermutlich waren es Kanalarbeiter. Jedenfalls schien es hier sicher zu sein. Sie ging auf das Licht zu, aber als sie an dem Schachteinstieg vorbeikam, konnte sie hinter den offenen Zeltklappen niemanden entdecken. Die Männer arbeiteten wohl unten in der Kanalisation. Sie erschauerte bei dem Gedanken. Wie schrecklich, sein Leben mit einer solchen Arbeit fristen zu müssen.

»Fräulein.«

Bei dem Klang der Männerstimme fuhr sie herum. Als sie den Sprecher jedoch erkannte, lächelte sie erleichtert.

»Oh, hallo.«

Es waren ihre letzten Worte.

Erster Teil

Wahrer Hass speist sich aus drei Quellen:
Schmerz, Eifersucht und Liebe

Dr. Hans Gross, Kriminalpsychologie.

1. Kapitel

Mittwoch, 17. August 1898 – Wien

Dieser verdammte Gross! dachte er, während er rastlos vor seinem unberührten Frühstück saß und ihn vom Schreibtisch ein leeres Blatt Papier vorwurfsvoll anstarrte.

Advokat Karl Werthen wusste heute Morgen nichts Rechtes mit sich anzufangen. Normalerweise reservierte der Anwalt die Frühstücksstunde fürs Schreiben. Bis jetzt hatte er fünf Kurzgeschichten veröffentlicht. Erzählungen von »unterbrochenen Leben«, wie er sie gerne nannte.

Heute jedoch hatte er keinen Appetit, weder auf Frau Blatschkys exzellenten Kaffee noch auf die Possen seines geckenhaften Protagonisten Maxim und der geheimnisvollen Frau hinter der karierten Maske, die der auf dem Waschfrauenball getroffen hatte. Schuld daran war sein alter Kollege aus Graz, der angesehene Kriminologe Doktor Hans Gross, mit dem er in der letzten Nacht zu Abend gegessen und lange geplaudert hatte. Allein die bloße Anwesenheit von Gross verdeutlichte Werthen, dass sein Geschreibsel nur ein kümmerlicher Ersatz für echte Taten und Abenteuer war. Jetzt erkannte er seine literarischen Ambitionen als das, was sie waren: fruchtlose Versuche, etwas Abwechslung in sein ansonsten recht eintöniges Leben zu bringen. Schlussendlich waren seine Werke kaum literarische Kunstwerke, sondern eher kleine, pfiffige Geschichten über amouröse Müßiggänger – und Geschichten zudem, wie sie der junge Hals-, Nasen- und Ohrenarzt Dr. Arthur Schnitzler ohnehin viel besser schrieb.

Dieser verdammte Gross! Aber er wollte nicht zu streng mit dem Kriminologen sein, denn zugegeben war es nicht das erste

Mal, dass er sich fragte, ob er die richtige Entscheidung getroffen hatte, seit er vor sechs Jahren in Graz das Strafrecht aufgegeben hatte, um in Wien einer der gefragtesten Notare für Testamente und Treuhandangelegenheiten zu werden. War er nicht doch zu voreilig gewesen? Hatte er nicht zu viel geopfert?

Der Lärm im Flur vor seinem Wohnzimmer riss ihn aus seinen mürrischen Gedanken. Im nächsten Moment klopfte jemand nachdrücklich an die weiße Doppeltür. Er warf unwillkürlich einen Blick über die Schulter auf die Sèvres-Uhr, die den marmornen Kaminsims zierte. Es war noch zu früh für die erste Post.

»Ja, bitte?«

Die Tür öffnete sich. Frau Blatschky schob zunächst ihren hochroten Kopf durch den Spalt und betrat dann fast zaghaft den Raum. Ihre abgearbeiteten Hände hatte sie tief in die Taschen ihrer frisch gestärkten Schürze gesteckt und krampfte sie sichtlich nervös. »Da möchte Sie ein Mann sprechen, Herr Doktor«, begann sie. Werthen wollte sie gerade an seine geheiligte Frühstückspause erinnern, als die Tür hinter ihr weiter aufgestoßen wurde und ein kräftiger, untersetzter Mann ins Zimmer platzte. Sein Haar war zerzaust, und sein Bart hätte dringend gestutzt werden müssen. Der Kaftan in leuchtendem Magentarot reichte ihm bis auf die Sandalen.

»Werthen!« In der dröhnenden Stimme des Eindringlings klang schon bei diesem zweisilbigen Ausruf das wienerische Arbeiteridiom durch. »Ich muss Sie sofort sprechen, Herr.«

»Das tun Sie bereits, Klimt«, antwortete Werthen gelassen und bedeutete Frau Blatschky, dass sie sich zurückziehen könnte.

»Ich habe ihm gesagt, Sie wären beim Frühstück«, murmelte sie und schürzte missbilligend die Lippen. Werthen nickte ihr zu und lächelte beruhigend, um ihr klarzumachen, dass es nicht ihre Schuld war. »Schon recht, Frau Blatschky. Sie können jetzt gehen.« Als sie geflissentlich den Raum verließ, bedachte sie den Eindringling, den ebenso bekannten wie berüchtigten Maler Gustav Klimt, mit dem strafenden Blick einer entnervten Mutter auf ihren missratenen Sohn.

»Diese verfluchte Gendarmerie!«, polterte Klimt los, kaum dass sich die Tür hinter der Logiswirtin geschlossen hatte. »Sie verwüsten mein Atelier. Sie müssen sofort mit zu mir kommen.«

»Immer mit der Ruhe, Klimt. Was könnte die Gendarmerie in ihrem Atelier wollen? Oder geht es womöglich um ein Sittendelikt?« Der aufgebrachte Künstler stachelte Werthens literarische Phantasie an. »Vielleicht eine barbusige Dame der Gesellschaft zu viel auf ihren Leinwänden?«

»Narren!«, stieß Klimt hervor. »Diese Narren behaupten, ich hätte dieses Mädchen ermordet. Schwachköpfe. Es war meine schöne Liesel, das beste Modell, das ich je hatte. Warum sollte ich wohl Hand an sie legen?«

Werthens Stimmung schlug um, von etwas gereizt zu außerordentlich neugierig.»Es geht um Mord?«

»Haben Sie denn nicht zugehört, Herr? Liesel Landtauer. Meine süße Liesel.«

»Fangen wir noch einmal von vorn an«, gab Werthen zurück. Er war aufgestanden und bat Klimt jetzt zu den beiden Biedermeier-Lehnstühlen am Kamin. Klimt beäugte die zierlichen Stühle misstrauisch, bevor er seinen massigen Leib auf die Damastkissen sinken ließ. Werthen setzte sich neben ihn auf den anderen Stuhl.

»Also – was genau legt Ihnen die Polizei zur Last?«

Klimt fuhr sich mit den dicken Fingern durch das Stoppelhaar und lehnte sich zurück. »Man hat ihre Leiche gefunden. Im Prater.«

»Schon wieder?«

Klimt nickte. »Irgend so ein Geisteskranker bringt Leute um und entledigt sich ihrer im Prater. Jetzt wollen sie wohl endlich etwas dagegen unternehmen und schieben prompt alles mir in die Schuhe.«

Ganz Wien war seit zwei Monaten durch diese Mordserie an vier, inzwischen offenbar fünf Opfern wie gelähmt. Tatsächlich hatten Werthen und sein Freund Gross gerade letzte Nacht über diese Verbrechen diskutiert. Angesehene Tageszeitungen wie die *Neue Freie Presse* und die *Wiener Zeitung* hatten zwar über die Morde berichtet, sich aber nicht herabgelassen, schmutzige Details zu schildern oder sich in wilden Spekulationen zu ergehen. Weniger zurückhaltende Blätter dagegen ergingen sich genüsslich in Einzelheiten über »gewisse Verstümmelungen« an den Leichen und fachten damit die Phantasien ihrer Leser an, die mittlerweile geradezu ins Kraut schossen. Eben diese Zeitungen hatten den Übeltäter den »Jack the Ripper von Wien« getauft. Die Leichen waren ausnahmslos auf dem Gelände des Praters gefunden worden, jenes Vergnügungsparks in Wiens Zweitem Bezirk, und zwar im Schatten des gewaltigen Riesenrads, das man zur Feier des fünfzigsten Kronjubiläums Kaiser Franz Josephs errichtet hatte.

Gustav the Ripper? Das bezweifelte Werthen sehr stark. Gewiss, wer die Vergangenheit dieses Mannes kannte, hielt ihn vielleicht für fähig, ein Verbrechen aus Leidenschaft zu begehen, aber niemand würde ihm zutrauen, dass er eiskalt und kalkuliert fünf unschuldige Menschen abschlachten würde.

Die Gendarmen kannten Klimt natürlich nicht so gut, wie Werthen ihn kannte, und außerdem hielten sie sich an ihre Vorschriften. Und genau die machten es zu ihrer Aufgabe, zunächst all diejenigen genauer unter die Lupe zu nehmen, die dem Opfer nahe gestanden hatten.

Der Gedanke erzeugte ein Kribbeln der Begeisterung in Werthen; endlich konnte er wieder einmal seine Netze im Teich des Strafrechts auswerfen.

»Offensichtlich hat man Sie noch nicht beschuldigt, sonst säßen Sie jetzt in Untersuchungshaft.«

»Trotzdem haben sie ihre Nasen in jeden Winkel meines Ateliers gesteckt. Und einen Haufen absurder Fragen über Liesel gestellt. Ob sie im Evaskostüm Modell gestanden hätte. Diese Kretins! Natürlich hat sie das! Wie sonst könnte man wohl einen Akt malen? Soll ich vielleicht einem männlichen Modell ein paar alberne Brüste anpinseln, wie es dieser schwule Michelangelo getan hat?«

»Nun beruhigen Sie sich, Klimt. Was genau wirft man Ihnen denn vor?«

»Einer dieser Amtsschimmel hat Skizzen für meine *Nuda veritas*. Diese Zeichnung für die erste Ausgabe von *Ver Sacrum* im letzten Frühling. Sie meinten, die Skizzen ähnelten Liesel. Na bravo, höchst scharfsinnig! Natürlich sahen sie nach Liesel aus. Schließlich hat sie für die Skizzen Modell gesessen.«

Werthen erinnerte sich an die Empörung der besseren Wiener Gesellschaft über Klimts Porträt dieses süßen jungen Dings mit den ausladenden Hüften auf der Titelseite der Sezessionistenzeitschrift. Das Mädchen hatte dort völlig nackt und sichtlich unbekümmert posiert. Ihre langen Locken verhüllten zum Teil ihre Brüste, und in der rechten Hand hielt sie einen Spiegel. Werthen hatte die Symbolik des leeren Spiegels ganz besonders gefallen. Was erblickt der moderne Mensch in diesem Spiegel? Das sengende Licht der Wahrheit oder nur das aufgesetzte Lächeln seiner eigenen Eitelkeit?

Er schob diese ästhetischen Überlegungen fürs Erste jedoch beiseite. »Beantworten Sie einfach meine Frage, Klimt. Wirft man Ihnen vor, Sie ermordet zu haben?«

Der Klang von Werthens Stimme riss Klimt aus seiner Panik. Der Maler beugte sich vor, legte die Spitzen seiner dicken Finger aufeinander und bewegte sie, als spielte er auf einer Ziehharmonika.

»Nun ja, nicht direkt. Aber sie veranstalten ein furchtbares Durcheinander, Werthen, und dabei kannte ich die anderen vier Opfer doch nicht einmal.«

»Und diese junge Dame?«

»Habe ich Ihnen erzählt. Sie war mein Modell.«

»Aber wie kommt die Polizei dann auf Sie, Klimt? War sie Ihre Geliebte?«

Klimts Finger schienen die imaginäre Ziehharmonika zu zerquetschen, als er die Hände wie zum Gebet faltete. »Sie sollte letzte Nacht für mich sitzen, hat sich aber im letzten Moment entschuldigen lassen.«

Werthen blieb nicht verborgen, dass der Maler die Frage nach dem Ausmaß ihrer amourösen Beziehung unbeantwortet ließ, und abermals durchfuhr den Anwalt ein Schauer des Wohlbehagens. Obwohl es schon Jahre her war, dass er einen unzuverlässigen Zeugen oder Verdächtigen befragt hatte, verfügte er, wie er befriedigt feststellte, noch immer über das nötige Handwerkszeug und den erforderlichen Instinkt.

»Liesel hat ein Billet geschickt. Ihre Mitbewohnerin sei krank und sie müsse sich um sie kümmern«, fuhr Klimt fort. »Gott allein weiß, warum sie der Meinung war, sie müsse mich anlügen. Wahrscheinlich steckte irgendein jugendlicher Verehrer dahinter.«

»Warum glauben Sie denn, sie hätte Sie angelogen?«, hakte Werthen nach.

Klimt zuckte mit den Schultern. »Ganz einfach. Ich war gerade Brot kaufen, und als ich zurückkehrte, sah ich die Mitbewohnerin aus meinem Haus kommen. Sie hatte mir gerade die Nachricht vorbeigebracht, also kann sie wohl kaum so krank gewesen sein, dass sie Liesels Pflege bedurft hätte.«

Sichtlich entspannter warf Klimt einen Blick über seine Schulter zu den knusprigen Butterkipferln, die noch unberührt auf dem Frühstücktablett lagen.

»Essen Sie die noch?«

Wie konnte der Mann jetzt an Essen denken? Werthen war fassungslos. »Hier, nehmen Sie eins.«

Er stand auf, legte ein Kipferl auf eine Leinenserviette und reichte es Klimt. Der Maler stopfte es so gierig in sich hinein, dass die Krümel auf Bart und Kaftan fielen.

»Warum sind Sie denn so hungrig? Waren Sie heute Morgen noch nicht im Café Tivoli?« Werthen setzte sich wieder neben Klimt.

Der Anwalt kannte den Tagesablauf des Malers: Jeden Morgen um sechs Uhr stand Klimt auf und marschierte dann die zehn Kilometer von seiner kleinen Wohnung in der Westbahnstraße, die er sich mit seiner unverheirateten Schwester und der verwitweten Mutter teilte, zum Sommerpalast der Habsburger in Schönbrunn. In einem Café der alten Schule legte er einen Zwischenhalt ein, schüttete kännchenweise starken Kaffee und heiße Schokolade mit cremeweißen Sahnehäubchen in sich hinein und verschlang bergeweise Kipferl mit Unmengen Butter und Marmelade. Danach ging's zurück an die Arbeit in seinem Atelier in der Josephstädter Straße, ganz in der Nähe von dem Mietshaus, in dem Werthen wohnte.

Klimt reagierte auf Werthens Frage mit einem schuldbewussten Blick.

»Also, haben Sie Ihr Frühstück heute ausfallen lassen?«, fragte Werthen nach. Als Klimt schwieg, fuhr er fort: »Sie waren letzte Nacht gar nicht zu Hause, stimmt's? Das ist also Ihr Problem. Sie haben kein Alibi!«

Klimt sprang so hastig auf, dass sich die Falten seines Kaftans in der Lehne verfingen und er den Stuhl fast umgerissen hätte. Dann trat er ans Fenster und blickte hinab auf die sonnenbeschienene Straße vier Etagen unter ihnen, während er mit den Fingern aufs Fensterbrett trommelte.

»Eher zu viele Alibis«, brummte er gegen die Scheibe und drehte sich dann abrupt zu Werthen um. »Aber ich werde keines davon nutzen. Das würde meine arme Mutter nicht überleben. Außerdem muss ich auch an Emilie denken.«

Werthen wusste, dass er damit Emilie Flögen meinte. Sie war die jüngere Schwester seiner Schwägerin, über zehn Jahre jünger als Klimt, der mit ihr seit einigen Jahren eine Affäre hatte. Nach dem vorzeitigen Tod von Klimts ebenfalls malendem

Bruder hatte Klimt die beiden Frauen unter seine Fittiche genommen. Böse Stimmen munkelten, der Satyr Klimt hätte die junge Frau jedoch nie mehr als nur geküsst und vergötterte sie stattdessen als Verkörperung seines reinen und jungfräulichen Frauenideals.

»Verschweigen Sie mir nichts, Klimt. Schließlich bin ich Ihr Anwalt. Ihre Geheimnisse sind bei mir sicher aufgehoben.«

Klimt seufzte und fasste das zweite Kipferl ins Auge.

»Bitte, tun Sie sich keinen Zwang an«, merkte Werthen an, aber sein Sarkasmus verpuffte wirkungslos an dem Maler, der das zweite Kipferl ebenso schnell verschlang wie das erste.

»Möchten Sie wirklich keinen Kaffee dazu?«

»Sie sind ein wahrer Freund, Werthen«, erwiderte Klimt, dem auch diesmal der ironische Unterton des Anwalts entgangen war. Er bediente sich selbst aus der weißen Augarten-Kaffeekanne. »Sie haben nicht zufällig noch irgendwo ein Kännchen Sahne herumstehen, hm?«

Werthen antworte nicht und fragte sich einmal mehr, warum er diesen ungehobelten Kerl so nachsichtig behandelte. Aber er kannte die Antwort bereits: weil der Mann malen konnte wie ein Gott.

»Es verhält sich folgendermaßen«, fuhr Klimt fort und nippte an seinem Kaffee, wobei er den kleinen Finger geziert abspreizte. »Ich habe eine ganz besondere Freundin. Sie lebt in Ottakring.«

Werthen blieb stumm. Er würde es Klimt nicht leichter machen, indem er das Naheliegende äußerte: ein Arbeitermädchen aus der Vorstadt, mit dem er die Nacht verbracht hatte.

»Genaugenommen lebt sie dort mit meinem Sohn.«

Unwillkürlich hob Werthen vor Überraschung eine Augenbraue.

»Ich war letzte Nacht bei ihr. Bei ihr und dem Jungen. Verstehen Sie jetzt, warum ich die beiden unmöglich als Alibi angeben kann? Mein armes Mütterchen würde der Schlag treffen. Gestern Abend hatte ich ihr weisgemacht, ich würde bis spät in der Nacht an einem Auftrag arbeiten und dann im Atelier schlafen. Und Emilie … auch sie wäre zweifellos am Boden zerstört und gedemütigt.«

»Und wenn die Polizei Sie nun des Mordes an dieser jungen Frau bezichtigt? Wollen Sie lieber Ihren Hals riskieren, als Ihren Ruf aufs Spiel zu setzen?«

Klimt stellte die Tasse auf den Seidenteppich und sackte in seinen Stuhl. »Meinen Sie, es könnte dazu kommen?«

»Das weiß ich nicht. Aber wir müssen für alle Eventualitäten gerüstet sein. Diese Prater-Morde verlangen dringend nach Aufklärung.«

Klimt schüttelte den Kopf. »Ich könnte so etwas nicht tun. Schon wegen Mutter … Sie glauben mir doch, Werthen, oder etwa nicht? Ich bringe doch nicht einfach irgendwelche Leute um!«

Werthen nickte; allerdings wirkte es wenig überzeugend, weil er gerade an die Umstände ihrer ersten Begegnung dachte. Der Maler war damals wegen tätlichen Angriffs und Körperverletzung verhaftet worden.

»Wie heißt Ihre Freundin, Klimt? Vielleicht muss ich mit ihr sprechen.«

»Mein Gott, Sie also auch. Sind denn jetzt alle gegen mich?«

Der Maler stemmte sich aus dem Stuhl hoch, wäre fast über seine Kaffeetasse gestolpert und marschierte rastlos in dem Zimmer umher.

»Nur die Ruhe, Klimt. Das ist eine reine Formalität. Ich bin Anwalt, also von Haus aus misstrauisch.«

»Plötzl. Also gut, jetzt wissen Sie's. Sie heißt Anne Plötzl, wohnhaft Ottakringer Straße 231, Appartement 29a.«

»Gut.« Werthen erhob sich von seinem Stuhl und trat an seinen Schreibtisch aus Kirschholz, der ihm auch als Frühstückstisch diente. Dort zog er Stift und Notizblock aus der oberen Schublade und schrieb die Adresse auf.

»Vermutlich haben Sie für die anderen fraglichen Nächte brauchbarere Alibis?«

Klimt schaute ihn ausdruckslos an. »Welche anderen Nächte?«

»An denen die anderen Prater-Morde stattgefunden haben, Klimt. Sollte der Mord an Fräulein Landtauer den anderen Verbrechen gleichen, haben Sie entweder alle oder keinen begangen, stimmt's?«

Klimt schien ein Licht aufzugehen. »Stimmt!« Er nickte eifrig.

»Also ...?«, hakte Werthen nach.

»Ich überlege gerade. Wann genau haben die sich ereignet?«

Wie die meisten Wiener hatte sich auch Werthen die Tage eingeprägt: »In der Nacht und den frühen Morgenstunden des 15. Juni, des 30. Juni, des 15. Juli und des 2. August.«

Nachdenklich verzog Klimt den Mund. »Erwarten Sie wirklich von mir, dass ich mich an alles erinnere, was ich vor Monaten gemacht habe? Ist das wirklich nötig?«

»Führen Sie ein Tagebuch oder einen Terminkalender?«

Klimt schüttelte den Kopf und wirkte plötzlich mutlos.

»Das macht nichts, Klimt. Wir kümmern uns später darum. Fürs Erste würde ich Ihnen raten, sich von Ihrem Atelier fernzuhalten, bis die Gendarmerie wieder abgezogen ist. Sie würden sich sonst nur aufregen, und zusätzlichen Ärger mit der Polizei können wir jetzt nicht gebrauchen. Vermutlich hat man Ihnen einen Durchsuchungsbefehl vorgelegt?«

»Sie haben mit irgendeinem offiziellen Dokument vor meiner Nase herumgewedelt, falls Sie das meinen.«

»Gehen Sie nach Hause, Klimt. Legen Sie sich hin und schlafen Sie etwas. Sagen Sie Ihrer Mutter, Sie hätten Angst, eine Grippe zu bekommen.«

»Bei der Sezession wartet Arbeit auf mich. Wir veranstalten nächsten Monat unsere erste Ausstellung, und die vorbereitenden Arbeiten sind in vollem Gange.«

»Das ist gut. Dann gehen Sie in die Galerie. Aber halten Sie sich von Ihrem Atelier fern, bis ich herausgefunden habe, was genau da los ist.«

Klimt wirkte erleichtert. »Ich wusste, dass Sie sich meiner annehmen würden, Werthen. Sie sind wirklich ein vornehmer Mensch. Und da heißt es immer, Anwälte hätten keine Seele.«

Eine halbe Stunde später trat Werthen, ein großer, schlanker Mann, gekleidet in seinen sommerlichen Leinenanzug und mit einer braunen Melone auf dem Kopf, ins helle Sonnenlicht der Josephstädter Straße. Er pfiff eine Melodie aus Straussens *Fledermaus*. So etwas sah ihm gar nicht ähnlich, und erst recht pfiff er für gewöhnlich keine Lieder aus Operetten, aber er konnte nichts dagegen tun.

Er fühlte sich heiter und beschwingt. Diese Angelegenheit mit Klimt war der Grund dafür, das war ihm jetzt vollkommen bewusst. Die vergangenen sechs Jahre hatte er im Zustand einer Art von fortgesetztem Unwohlsein verbracht, nachdem er das Strafrecht aufgegeben hatte. Seine spannenden Fälle hatten zuvor sein Adrenalin stets in Wallung gebracht.

Die Gespräche mit Gross in der vergangenen Nacht hatten ihm das klargemacht. Als er sein Leben mit dem seines alten Kollegen verglich, hatte er erkannt, wie langweilig und öde es geworden war. Gross' 1893 veröffentlichte *Kriminalistischen Untersuchungen* hatten den Mann in Europa und Amerika berühmt gemacht, und noch in diesem Jahr sollte der Zusatzband *Kriminalpsychologie* erscheinen. Dazu hatte Gross gerade damit begonnen, die Monatszeitschrift *Archiv der Kriminalistik* herauszugeben. Als international gefragter Experte hielt sich Gross nur auf der Durchreise zu seiner neuen Stellung in Wien auf. Er würde den ersten Lehrstuhl für Kriminologie im ganzen Habsburger Reich übernehmen, und zwar an der Universität von Czernowitz in der Bukowina.

Gross, ein schwergewichtiger Mann Anfang fünfzig mit frischer Gesichtsfarbe, schmalem Oberlippenbart und einem grauen Haarkranz um das kahle Haupt, hatte sich in der vergangenen Nacht während ihres gemeinsamen Abendessens dazu hinreißen lassen, Werthen einen Einblick in seine neuesten Fälle zu gewähren. Und er hatte ihm zu Werthens Überraschung mitgeteilt, dass er den Leichnam des vierten Opfers aus dem Prater selbst gesehen hatte. Diesen Gefallen hatte ihm sein ehemaliger Assistent aus Graz, Inspektor Meindl, erwiesen, der es inzwischen im Wiener Polizeipräsidium recht weit gebracht hatte.

Gross durfte Werthen zwar nichts über die grässlichen Wunden erzählen, die der Leiche zugefügt worden waren, weil er Inspektor Meindl Verschwiegenheit hatte zusichern müssen. »Morbide«, war der einzige Kommentar, den Werthen Gross hatte entlocken können, um die Verstümmelungen näher zu beschreiben.

Werthen wusste um die Bedeutung solcher Geheimhaltung. Denn war der Mörder am Ende gefasst, wäre nur er selber in der Lage, die Verbrechen und den Tathergang genau zu beschreiben. Dennoch hatte es Werthen zu seiner eigenen Überraschung enttäuscht, dass ihm diese vertraulichen Informationen vorenthalten wurden. Denn wie er festgestellt hatte, erregten diese Dinge jetzt wieder sein Interesse.

Und Klimts Besuch hatte ihm unzweifelhaft bestätigt, dass er in den letzten sechs Jahren seine Zeit vergeudet hatte. Er brauchte die Aufregungen des Strafrechts. Zum Teufel mit den Erwartungen, die Werthens Mama und Papa an ihren Erstgeborenen stellten.

Es ist nur ein kleiner Zeitvertreib, sagte er sich jetzt. Er würde einfach ein wenig Urlaub von seiner schwerverdaulichen juristischen Notartätigkeit nehmen.

Und genau das machte er, als er sein Büro für die letzte Augustwoche schloss. Er wurde in einigen Tagen auf dem Familiensitz in Oberösterreich erwartet, aber bis dahin … warum sollte er sich nicht ein kleines Abenteuer genehmigen?

Er erreichte Klimts Haus, öffnete das massive Portal zur Straße und trat in den Innenhof; er bildete eine grüne Oase inmitten der Stadt. Klimts Atelier befand sich im Garten hinter dem Vorderhaus, und Werthen bemerkte auf den ersten Blick, dass die Polizei die Durchsuchung bereits abgeschlossen hatte. Nur ein stämmiger Wachtmeister war draußen vor der Ateliertür postiert. Werthen lupfte seinen Hut, und sein dichtes, rotbraunes Haar glänzte in der Sonne. Der Gendarm erwiderte den Gruß höflich. Er schwitzte sichtlich in seiner Uniform aus dem schweren blauen Tuch.

»Was geht hier vor sich, Herr Wachtmeister?«

»Kunstmaler!« Der Gendarm deutete mit einem Nicken hinter sich in Richtung Atelier. »Man weiß ja nie, was die so aushecken.«

»In der Tat«, pflichtete Werthen ihm bei. »Es ist bisweilen ein recht befremdliches Völkchen.«

Mehr bekam Werthen jedoch aus dem wortkargen Polizisten nicht heraus, also ging er wieder zurück auf die Straße und schlug die Richtung zum Stadtzentrum ein. Er pfiff gutgelaunt vor sich hin, nickte vorübergehenden Passantinnen zu, wich an der Ecke Landauergasse einem großen Kinderwagen aus und erstand an der Kreuzung Landesgerichtsstraße eine rote Nelke für sein Knopfloch.

Ja, sei's drum! Er fühlte sich endlich wieder lebendig. Welch schicksalhafter Zufall, dass sein alter Kollege Gross in der Stadt war und ihm einen Anstoß gegeben und ihn wachgerüttelt hatte! Vielleicht war es ja auch gar kein Zufall? Sondern eher Bestimmung? Werthen lachte leise in sich hinein. Über solche Dinge hatte er schon seit Jahren nicht mehr nachgedacht.

Immer noch pfeifend schlug er den Weg zu Gross' Hotel ein. Der Kriminologe war an dieser neuen Entwicklung mit Sicherheit genauso interessiert wie er selbst.

Gustav Klimt, das schwarze Schaf der Wiener Kunstszene, wurde verdächtigt, der Prater-Mörder zu sein.

2. Kapitel

Gross war nicht im *Bristol*, seinem Hotel in der eleganten Ringstraße. Von der Empfangsdame erfuhr Werthen, dass sich der berühmte Herr Doktor nach dem Weg zum Kunsthistorischen Museum erkundigt hatte, bevor er am Morgen das Hotel verließ, und dass er erst zum Mittagstisch um 12 Uhr 30 zurück erwartet würde.

Obwohl es ein warmer Tag zu werden versprach, entschloss sich Werthen, zu Fuß zu gehen. Die Platanen, die man entlang der neuen Ringstraße gepflanzt hatte, hatten endlich genug Höhe erreicht, dass sie den Spaziergängern auf dem breiten Bürgersteig etwas Schatten spenden konnten. Als Werthen beim Museum ankam, wusste er, wohin er sich wenden musste. Der Brueghel-Saal ging von der rechten Seite des mit Marmor verkleideten Treppenhauses ab. Die Decke des Foyers zierte ein Gemälde von Klimt aus seiner klassischen Periode.

Gross stand abseits von den Besuchergruppen, die den Museumsführern bei ihren einstudierten Anekdoten über den flämischen Maler lauschten. Werthen war bekannt, dass der Kriminologe ein passionierter Kenner Brueghels war und ihrem Repertoire sicherlich die eine oder andere Geschichte hätte beisteuern können. Unter dem Pseudonym Marcellus Weintraub hatte Gross eine vielzitierte Monographie über stilistische Unregelmäßigkeiten im Frühwerk des flämischen Meisters veröffentlicht. Allerdings betrieb er seine künstlerischen Neigungen lieber im Verborgenen. Es mache sich nicht gut für einen Untersuchungsrichter, den schönen Künsten allzu nahezustehen, hatte er Werthen einmal erklärt, als sie über seine Passion gesprochen hatten.

Jetzt stand Gross, eine imposante Gestalt, versunken in die Betrachtung der menschlichen Komödie, wie sie Brueghel in seinem Bild *Die Kinderspiele* auf der Leinwand verewigt hatte.

Werthen näherte sich seinem alten Freund von hinten und wollte ihm gerade auf die Schulter tippen, als Gross, ohne sich umzudrehen, sagte: »Zur Sache, Werthen. Ist dies ein Zufall, oder haben Sie mich gesucht?«

Gross klappte den in Maroquinleder gebundenen Notizblock zu, in den er etwas geschrieben hatte, und schob ihn in seine Jackentasche.

»Letzteres«, entgegnete Werthen, während sich Gross widerstrebend vom Bild abwandte und zu ihm umdrehte.

»Adele besteht darauf, dass ich in der Kunst auf dem Laufenden bleibe«, erklärte Gross.

Werthen unterdrückte ein Lächeln. »Ist das so, Herr Weintraub?« Gross hatte offenbar vergessen, dass er Werthen einmal, nach einem zweiten Verdauungs-Slibowitz, seine Liebe zu Brueghel gestanden hatte.

Beim Lügen ertappt zu werden schien Gross doch etwas verlegen zu machen. Aber das hielt nicht lange vor.

»Kommen Sie zur Sache, Herr. Was ist denn so wichtig, dass Sie mir dafür bis hierher folgen müssen? Was nicht heißen soll, dass ich Sie nicht gerne wiedersähe ...« Aber sein Missfallen war nicht zu überhören.

Werthen zog ihn in einen Winkel der Galerie, fernab neugieriger Lauscher, und berichtete von Klimts Zwickmühle und seinem Auftrag, den Namen des Künstlers reinzuwaschen.

Gross klatschte in die Hände wie ein Hungriger, der sich zum Essen setzt. Das schallende Geräusch erregte die missbilligende Aufmerksamkeit einiger Matronen unter den Galeriebesuchern.

»Ausgezeichnet!«, rief er, was ihm prompt ein vorwurfsvolles Zischen einbrachte. Er fuhr jedoch unbeirrt fort: »Ich nehme an, Sie wollen meine Hilfe in Anspruch nehmen?«

»Wenn es Ihre Zeit erlaubt.«

»Zeit«, platzte Gross heraus, was ihm weitere Unmutsbekundungen eintrug, »natürlich habe ich Zeit für eine ausgewachsene Morduntersuchung. Ich muss erst in ein paar Tagen in der Bukowina sein.«

Gross verließ eilig den Ausstellungsraum und trat ins Treppenhaus. Werthen folgte ihm. An der ersten Treppe blieb Gross abrupt stehen.

»Aber wie geht es weiter? Das ist doch die entscheidende Frage, Werthen, oder?«

»Vollkommen richtig«, pflichtete der Anwalt bei.

»Ich sehe verschiedene Ansatzpunkte für unsere Untersuchung. Zuallererst müssen wir natürlich überprüfen, ob unser Herr Maler Alibis für die anderen vier Morde hat.«

»Daran arbeiten wir. Leider führt Klimt keinen Terminkalender.«

»Das ist auch nicht so wichtig«, fuhr Gross fort, »dazu bleibt noch genug Zeit. Dennoch bleibt die Frage, ob Herr Klimt nicht doch der Täter bei jenem letzten Verbrechen ist. Ein *crime passionnel*, wie unsere französischen Freunde es ausdrücken würden. Er tötet Modell und Geliebte in einem Anfall von Eifersucht, kommt nach dem Gewaltausbruch wieder zu sich, ihm wird klar, was er getan hat, und er kriegt es mit der Angst zu tun. Sein Selbsterhaltungstrieb übernimmt die Kontrolle. Um das Verbrechen zu vertuschen, legt er die Leiche in den Prater, damit auch dieser Mord so aussieht wie die anderen.«

Werthen nickte unwillkürlich. Zugegeben, es war eine Möglichkeit.

Gross schnalzte mit der Zunge und wedelte mit seinem Zeigefinger vor Werthens Gesicht. »Es gibt einen ganz einfachen Weg, das herauszufinden. Würden Sie mich bitte zu einem Telefon führen, Werthen? Ich muss einen Anruf tätigen.«

Sie stiegen an der Rückseite des Museums in die unterirdisch und überirdisch verlaufende Stadtbahn und stiegen an der Alser Straße aus. Von dort aus schlugen sie die Richtung zum Zentralkrankenhaus ein. Gross verzichtete auf Erklärungen, und Werthen war fest entschlossen, nicht nach ihrem Ziel zu fragen.

Die Straßen waren belebt mit Fußgängern und Kutschen. Werthen stieg der scharfe Geruch von Pferdedung in die Nase. Nicht zum ersten Mal fiel ihm auf, dass in Wien die Zeit stehengeblieben zu sein schien.

Man sah nur wenig Automobile. Der größte Teil des Verkehrs wurde noch immer mit Pferden bewältigt; selbst viele Omnibusse und Straßenbahnen fuhren mit Pferdekraft.

Der Grund für dieses Festhalten an der Tradition war der Kaiser höchstpersönlich.

Franz Joseph war kein Anhänger des technischen Fortschritts, er hatte noch nie ein Automobil gefahren, in der Hofburg, dem Palast der Habsburger, waren Telefone eine Seltenheit, und den kaiserlichen Sekretären war selbst der Gebrauch dieser neumodischen mechanischen Schreibmaschinen untersagt. Franz Joseph bestand darauf, dass sämtliche Korrespondenz – einschließlich seiner eigenen – von Hand zu erledigen sei.

Schon bald erreichten die beiden Männer den Haupteingang des Klinikgeländes. Vor ihnen erhob sich das Zentralkrankenhaus. Von diesem großen, grauen Bau wurden die Hoffnungen vieler Menschen verschlungen, dachte Werthen.

Im Hintergrund stand die gedrungene Fassade des Narrenturms, in dem man bis vor drei Jahrzehnten Geisteskranke unter beklagenswerten, nahezu mittelalterlichen Bedingungen beherbergt hatte.

Gross ging zu einem Seiteneingang des Zentralkrankenhauses, vorbei an einem Wachmann, dessen graue Uniform und graues Gesicht sich perfekt der Umgebung anpassten und der den Kriminologen offenbar vom Sehen kannte.

»Mal wieder ein Besuch, Herr Doktor?«, fragte der Mann.

Gross nickte. »Ich gehe davon aus, dass Inspektor Meindl vom Polizeipräsidium Sie bereits informiert hat?«

»Jawohl, mein Herr. Guter Tag für einen Besuch. Hier können Sie sich abkühlen. Da drin ist es so angenehm wie in einer Kathedrale.«

Werthen folgte Gross vorbei an dem Wachmann. Endlich dämmerte ihm, wohin es ging. Offenbar hatte der Kriminologe mit Inspektor Meindl telefoniert, um sich von ihm ihren Besuch im Leichenschauhaus genehmigen zu lassen. Kaum hatte Werthen das Gebäude betreten, umfing ihn ein Geruch peinlicher Sauberkeit, der nahezu obszön wirkte.

Sie gingen die Treppe hinunter, und mit jeder Stufe wurde es kühler, so wie es der Wachmann ihnen angekündigt hatte. An der ersten Tür auf der linken Seite stand *Abteilung I.* »Hier sind wir«, sagte Gross und klopfte einmal leise an, bevor er den Raum betrat.

Im Inneren standen in zwei Reihen Seziertische mit Marmorplatten, die von einer Rille umsäumt waren, an deren Ende sich ein Abfluss befand. Einige der Tische waren leer und wirkten vom häufigen Säubern zerkratzt und stumpf. Auf anderen lagen Leichen unter dicken, weißgrauen Baumwolllaken.

Der Fußboden war blassgelb gefliest. Durch ein Fenster hoch in der Wand drang schummriges grünliches Licht ins Souterrain; an der gegenüberliegenden Seite hingen zwei Gaslampen an der Decke.

Über eine der Marmorplatten beugte sich ein Rechtsmediziner, dessen Kittel bis zu den Ellbogen mit Blut besudelt war. Offenbar untersuchte er gerade den Mageninhalt eines Leichnams. Werthen hielt den Atem an, aber er hatte bereits den Gestank von chemischen Konservierungsmitteln und menschlicher Verwesung inhaliert, der den Raum erfüllte. Bittere Galle stieg ihm in den Mund, und er wandte rasch seinen Blick von der Autopsie ab.

»Inspektor Meindl hat Sie schon angerufen, nehme ich an«, sagte Gross zu dem Rechtsmediziner, der sich nicht die Mühe gemacht hatte, aufzuschauen, als sie den Raum betraten.

»Tisch sieben«, erwiderte der Mann, ohne den Blick von der Leiche zu nehmen, an der er gerade arbeitete.

Es war der Tisch, der am weitesten vom Fenster entfernt stand, und die Leiche unter dem Laken war sichtlich kleiner als die anderen Toten in der Leichenhalle.

Gross, der Erfahrung im Umgang mit Leichen hatte, schlug das Laken ohne viele Umstände zurück. Vor ihnen lag eine junge Frau. Ihr Körper, der einst lebendig, frisch und rosa gewesen war, wirkte jetzt kalkweiß, wie Werthen erstaunt bemerkte. Es gab keine sichtbaren Zeichen von Gewaltanwendung, obwohl die Frau an ihrer Nase eine Narbe zu haben schien. Ihre Lippen, die gewiss so manchen jungen Mann geküsst hatten, waren so weiß, dass sie sich kaum von der übrigen Gesichtshaut unterschieden. Auch ihre Brustwarzen, an denen einst ihre Kinder hätten saugen sollen, waren jetzt farblos grau und flach. Nur ihr kastanienbraunes Haar bildete einen Farbkontrast. Es lag fächerförmig um ihren Kopf; ihre Schambehaarung hatte dieselbe Farbe.

Werthen kam sich beim Anblick des unglückseligen Mädchens wie ein Voyeur vor. Dann stieg eine Flut von Erinnerungen in ihm hoch.

»Marie«, flüsterte er.

Er war sich nicht sicher, ob er das Wort tatsächlich ausgesprochen hatte, aber diese arme junge Frau erinnerte ihn an seine verstorbene erste Liebe.

Dieses Mädchen musste in etwa in Maries Alter sein, als sie sich damals verlobt hatten, überlegte er. Eine altbekannte Traurigkeit überkam ihn, das Gefühl eines schmerzhaften Verlustes und sein Schuldgefühl, nicht zur Stelle gewesen zu sein, als sie ihn so dringend gebraucht hatte.

Während er in Graz jeden Tag bis spät in die Nacht arbeitete, um sich einen Namen als Strafverteidiger zu machen, hatte er erst in den letzten Tagen ihres Aufenthalts in der Tuberkuloseklinik auf den Semmering-Alpen begriffen, wie krank sie wirklich war. Marie Elisabeth Volker, die die anglizierte Form ihres Namens so liebte, die über seine Ernsthaftigkeit lachte, bei der er sich so jung und lebendig fühlte und die ihn liebevoll schalt, weil er mehr Zeit mit Einbrechern und Geldschrankknackern verbrachte als mit seiner jungen Verlobten.

In Wahrheit waren es weder die Erwartungen seiner Eltern noch die eigene Sehnsucht nach einem leichten und sicheren Broterwerb gewesen, die ihn vom Strafrecht abbrachten. Nein, es waren Maries letzte Worte an ihn im Semmering-Sanatorium gewesen.

»Armer Karl«, hatte sie mit rotglühenden Wangen geflüstert, während sich kastanienbraunes Haar wie ein Fächer auf dem Kissen ausbreitete. »Ehrgeiz ist eine feine Sache, aber du wirst mich vermissen. Eines Tages wirst du verstehen, welche Chance wir vertan haben.«

Unmittelbar nach ihrem Tod gab er das Strafrecht auf. Als wollte er Buße tun, hatte er sich ins raffiniertere und weit gesündere Zivilrecht begeben. Jetzt, beim Anblick der jungen Frau auf der Marmorplatte vor ihm, schien sich eine Klammer um seine Brust zu legen. Marie hatte Recht behalten: er vermisste sie.

Gross hatte inzwischen Hut und Mantel abgelegt und untersuchte den Leichnam mit seinen großen, behaarten Händen. Er drückte an ihrem Mund herum und öffnete ihre Lippen, war aber außerstande, den Unterkiefer zu lösen.

»Sie ist noch ziemlich frisch«, bemerkte der Kriminologe beiläufig, «die Totenstarre hat sich noch nicht abgebaut.«

Bei diesem Worten rutschte plötzlich die Nase der jungen Frau aus ihrem Gesicht und entblößte rosa Knorpel und zwei klaffende Löcher.

Werthen schnappte nach Luft, aber Gross seufzte nur und

drückte den Fleischstummel zurück an seine Position, als modellierte er eine Tonskulptur. Mit der gleichen Teilnahmslosigkeit untersuchte er Ohren, Hände und Füße der Leiche. Je weiter sich Gross am Körper herunterarbeitete, desto heftiger drängte es Werthen nach frischer Luft.

Er war sehr dankbar, dass es Gross nicht interessierte, herauszufinden, ob auch eine Vergewaltigung stattgefunden hatte. Stattdessen wandte er sich wieder dem Kopf zu und hob die Augenlider an, um einen Blick in die leblosen Pupillen zu werfen. Danach konzentrierte er seine Aufmerksamkeit auf den Hals der Leiche.

»Genau so«, murmelte er. »Vielleicht wollen Sie sich das hier mal anschauen, Werthen. Das ist die Handschrift des Mörders.«

Vorsichtig legte Gross die abgetrennte Nase beiseite und justierte den Kopf, um die Halsschlagader freizulegen. Dort, auf halber Länge des Halses, befand sich ein kleiner sauberer Schnitt, der Fleisch, obere Fettschicht und Sehnen durchtrennt hatte. Werthen schluckte und nickte.

»Ich vermute, dieser Schnitt wurde erst gemacht, als sie schon tot war«, bemerkte Gross. Er drehte den Kopf der Leiche wieder nach vorn, aber der sackte zurück auf die Seite. »Das heißt, nachdem er ihr das Genick gebrochen hatte. Genau wie bei den anderen vier Opfern. Der zweite Halswirbel ist zerbrochen wie ein trockener Zweig. Das war die Todesursache.« Gross drückte die Nase zurück ins Gesicht. »Und das hier passt auch. Man hat die Nase mit einem einzigen glatten Schnitt abgetrennt und dann irgendwo neben der Leiche zurückgelassen.«

Wieder musste Werthen schlucken. Dies hier war ganz und gar nicht mehr die Art Abenteuer, nach dem es noch vor wenigen Stunden ausgesehen hatte. Doch gleichzeitig machte die Ähnlichkeit des Opfers mit seiner Verlobten den Fall noch dringlicher. Er würde den Mörder dieses armen Mädchens dingfest machen und so seine Liebe zu Marie beweisen.

»Wenn sie bereits tot war, warum dann dieser Schnitt?«, erkundigte sich Gross. Die Frage war nur rhetorisch gemeint. Er deutete mit der Hand auf den weißen Leichnam.

»Natürlich um sie ausbluten zu lassen«, beantwortete er dann seine eigene Frage. »Alle fünf Opfer waren so blutleer wie ein ausgenommenes Kaninchen.«

Werthen antwortete nicht. Er wollte nur noch eins: frische Luft.

Gross zog das Laken wieder über den Leichnam. Bedächtig streifte er sich den Mantel über, setzte seinen Hut auf und warf Werthen einen Blick aus kalten, klaren Augen zu.

»Bei unserem Gespräch gestern Abend haben Sie vermutet, hier wäre ein Wahnsinniger am Werk. Sind Sie immer noch dieser Meinung?«

Es gelang Werthen, seine Stimme wiederzufinden. »Wer sonst könnte zu so etwas imstande sein?«

Erneut richtete Gross seinen durchdringenden Blick auf ihn. »Vielleicht gibt es noch eine andere Erklärung, mein lieber Werthen.«

Als sie den Autopsiesaal verließen, hatte sich der Rechtsmediziner zu einer neuen Leiche vorgearbeitet.

Gutgelaunt zerlegte Gross die Wurst auf seinem Teller und türmte ein stattliches Häufchen saftigen Sauerkrauts darüber, bevor er die schwerbeladene Gabel zum Mund führte. Werthen nippte an seinem Mineralwasser und versuchte vergeblich, seinen Appetit anzuregen, indem er die Schar der anderen Mittagsgäste im Gastraum um sich herum beobachtete. Auf dem Teller vor ihm lag ein Schnitzel. Es kam ihm genauso leblos vor wie die Leiche auf dem Seziertisch.

Wegen des Ausflugs ins Leichenschauhaus hatte Gross zwar das Essen im *Hotel Bristol* versäumt, bestand jedoch darauf, ein ordentliches Mittagessen zu sich zu nehmen. Also hatte Werthen ihn zum *Schöner Beisl* mitgenommen, einem netten kleinen Restaurant, das sich in einer Seitenstraße in der Nähe der Universität versteckte. Es war genau die Art von Lokal, wie er es liebte, betriebsam und erfüllt von herzhaften Düften aus der Küche. Jetzt jedoch musste er immerzu an das tote Mädchen denken. Und wie es seine Erinnerung an Marie beschworen hatte, als ob ihm seine frühere Verlobte durch diese andere Tote aus dem Grabe heraus etwas mitzuteilen versuchte.

»Haben Sie denn gar keinen Hunger, Werthen?«

»Es braucht wohl eine Weile, bis man einen Magen bekommt, der so etwas verdauen kann«, gab er zurück.

Gross, dessen beträchtlicher Leibesumfang ihn gezwungen hatte, sich die Jacke aufzuknöpfen, bevor er sich setzte, überhörte diese Anspielung. Stattdessen verschlang er unverdrossen die Wurst.

Nach dem Essen schlenderten sie durch den erst vor kurzem fertiggestellten Rathauspark, rauchten ihre Mittagszigarre und bewunderten die Fontänen der Springbrunnen. In dem gut besuchten Gasthaus hatten sie nicht über den Fall diskutieren können, jetzt aber, gesättigt von Wurst und mit einem Verdauungsschnaps im Bauch, wurde Gross ausgesprochen redselig.

»Wie Sie sehen konnten«, sagte er, »passt das letzte Opfer exakt zum Muster der anderen Morde. Daraus folgt, dass Ihr Malerfreund entweder alle oder gar keinen Mord begangen hat.«

»Er ist nicht mein *Malerfreund*. Und ich stimme Ihnen zu. Es ist sehr unwahrscheinlich, dass er der Mörder ist.«

»Dazu sind noch nicht alle Fragen beantwortet. Seine Geliebte wohnte doch in Ottakring?«

Werthen nickte.

»Ich denke, ein kleiner Spaziergang nach dem Essen kann nicht schaden«, meinte Gross. »Und während unser Magen seine Arbeit tut, können wir derweil unser Gehirn trainieren. Glauben Sie nach allem, was Sie gesehen haben, immer noch, wir hätten es mit einem Verrückten zu tun, oder haben Sie noch eine andere Theorie?«

»Dieses Ausbluten!«, rief Werthen unvermittelt. »Das kommt mir irgendwie merkwürdig bekannt vor!«

Gross warf seinem Begleiter einen scharfen Seitenblick zu. »Ja?«

»Ich meine mich an einen Ihrer Fälle zu erinnern. War es nicht diese Angelegenheit in Polna?«

»Ah.« Gross nickte anerkennend. »Sie überraschen mich, Werthen. Offenbar haben Sie meine Karriere sehr genau verfolgt.«

»So könnte man es vielleicht auch sehen. Wenn ich mich jedoch recht entsinne, überschlugen sich die Zeitungen damals wegen dieser Morde. Man hätte diese Geschichte kaum ignorieren können.«

»Erinnern Sie sich auch noch an die Einzelheiten?«, erkundigte sich Gross.

»Es waren zwei – nein, drei Morde in einem kleinen Landkreis in Böhmen, nahe der Stadt Polna. Alle Opfer waren erwürgt worden und ausgeblutet. Man sprach sofort von Ritualmorden. Sie selbst ebenfalls, Gross, wenn ich mich recht entsinne.«

»Wenn bestimmte Tatsachen so klar auf dem Tisch liegen, ist es meine Pflicht, sie auch dann nicht zu vernachlässigen, wenn sie unbequem sind.«

»Jüdische Ritualmorde, nicht wahr?«

»Ich bin kein Antisemit, Werthen. Schon unsere Freundschaft sollte dafür Beweis genug sein.«

»Ah. Allerdings bin ich auch bereits ziemlich assimiliert. Sagten Sie selbst nicht einmal, dass mein Vorname absolut arisch klänge und dass meine helle Gesichtsfarbe oder meine Körpergröße recht verwirrend wirkten?«

»Das stimmt ja wohl auch«, entgegnete Gross.

»Wie haben Sie mich einmal genannt? *Goldjunge*, glaube ich. Als müssten Juden immer wie die personifizierte Karikatur eines buckligen gierigen Wucherers aussehen. Nun, wir Werthens versuchen tatsächlich, uns anzupassen«, erklärte Werthen etwas schnippisch.

Die Erinnerung an die hartnäckige Forderung seines Vaters, dass Werthen lernte, sich wie ein Gentleman zu benehmen, löste selbst jetzt noch starken Widerwillen ihn ihm aus. Er hatte endlose Ritte über die Hügel Oberösterreichs und ermüdende Stunden mit dem Fechtmeister über sich ergehen lassen und im Herbst und Frühling viele Wochen in seinem Studium pausieren müssen, um auf der Suche nach Gemsen und Bären über Berg und Tal zu stapfen. So war Werthen gegen seinen Willen zu einem durchtrainierten jungen Mann und einem hervorragenden Schützen geworden, obwohl er sich doch eigentlich nach einem geistigen Leben sehnte.

»Mein Großvater hat unsere Vornamen ausgesucht«, fuhr Werthen fort. »Genauer gesagt, sein früherer Arbeitgeber. Seit Jahrzehnten hatten wir keine religiösen Juden mehr in unserer Familie. Wir alle waren einfach nur gute Protestanten.«

Gross, der Katholik, enthielt sich eines Kommentars. Schweigend gingen sie weiter und beobachteten, wie ein Langhaardackel, der offenbar seiner Leine entkommen war, wohlgemut sein schirmschwenkendes Frauchen umkreiste.

Diese Art von Wortgeplänkel hatten Werthen und Gross während ihrer langen gemeinsamen Zeit in Graz entwickelt. Nachdem er einen seiner ersten Fälle gegen den als Ankläger auftretenden Kriminologen verloren hatte, wurde Werthen schon bald zu einem seiner Jünger.

Nach der Verhandlung hatte er Gross privat aufgesucht, ihm zu seiner ausgezeichneten Arbeit gratuliert und ihm gestanden, wie sehr er sich wünschte, von seiner umfassenden Erfahrung lernen zu dürfen. Gross fühlte sich geschmeichelt und nahm Werthen unter seine Fittiche. Der junge Anwalt wurde ein häufiger Gast in der von Gross' Frau Adele geschickt geführten, eleganten Wohnung in der Grazer Innenstadt.

Da er gut siebzehn Jahre jünger war als Hans Gross, wurde

Werthen schon bald zum Vertrauten ihres schwierigen Sohnes Otto, der selbst dreizehn Jahre jünger war als Werthen. Aus diesem Grunde fungierte der junge Anwalt als eine Art Mittler und gab dem Jungen in diesem schwierigen Alter geistige Anleitung, bis der volljährig geworden war.

Gross war für Werthens Vermittlerdienste dankbar, denn die Beziehung zwischen Otto und seinem Vater war alles andere als einfach.

Obwohl er ein so umfassendes Wissen über die Psychologie von Verbrechern besaß, schien Gross keinerlei Gespür für ganz normale zwischenmenschliche Angelegenheiten zu haben. Die militärische Strenge seiner Vorfahren hatte sehr stark auf Hans Gross abgefärbt, so dass er mit der extremen Sensibilität des jungen Otto nichts anfangen konnte. Werthen dagegen war das Zusammenleben mit Personen, die ein etwas überspanntes Nervenkostüm besaßen, nur allzu vertraut. Sein jüngerer Bruder Max hatte diese Art der Überempfindlichkeit das Leben gekostet. Er hatte sich auf eine wahrhaft österreichische Art und Weise am Grabe seines Idols, des Stückeschreibers Grillparzer, erschossen. Werthen war fest entschlossen, zu verhindern, dass Otto dieses Schicksal teilte, und freute sich, als er jetzt erfuhr, dass Otto bereits den Abschlussjahrgang der medizinischen Fakultät erreicht hatte.

Diese Vorgeschichte verband Werthen und Gross miteinander. Wo andere nur den stürmischen, aufgeblasenen Kriminologen sahen, vermochte Werthen auch seine Schwächen zu schätzen.

Das wilde Kläffen des Langhaardackels riss den Anwalt aus seinen Gedanken.

»Ich hoffe, Sie kommen diesmal nicht wieder mit ähnlichen Hypothesen wie damals«, meinte Werthen schließlich und wandte sich von dem herumtollenden Hund ab. »Diese Polna-Affäre war nicht gerade Ihre Sternstunde. Wenn ich mich recht entsinne, hat sich am Ende sogar herausgestellt, dass diese

Morde auf irgendwelche lokalen Eifersüchteleien zurückzuführen waren, und man hatte die Leichen nur ausgeblutet, um den Verdacht vom Postboten, dem wahren Mörder, abzulenken.«

»Dennoch bleibe ich dabei, dass es unsere Pflicht als Untersuchungsbehörde ist, jedem Hinweis und jedem Verdachtsmoment zu folgen, ganz gleich, wohin er uns bringt.«

»Auch wenn das zu Antisemitismus führen kann?«

»Immerhin hält sich die Behauptung, dass die Juden zum Passahfest menschliches Blut für ihre Matzen aus ungesäuertem Brot benötigen«, antwortete Gross in einem fast feierlichen sokratischen Tonfall, als wollte er Werthen zu einem Disput herausfordern.

Der blieb wie angewurzelt stehen. »Das kann doch wohl nicht Ihr Ernst sein, Gross! Ritualmorde? Wir schreiben bald das zwanzigste Jahrhundert. Das ist doch ausgemachter Blödsinn.«

»Die Leichen wurden im Prater gefunden«, sagte Gross. »Im Judenviertel.«

»Sie können so etwas doch wohl nicht wirklich glauben. Ich mag vielleicht assimiliert sein, aber ich bin nach wie vor ein Jude, und ich finde solche Mutmaßungen in höchstem Maße beleidigend.«

»Ich untersuche nur einen Fall«, beschwichtigte ihn Gross. »Und ich glaube erst mal gar nichts. Ich halte mich an die Wissenschaft und nicht an Aberglauben. Bisher weiß ich nur, dass es bis jetzt fünf Opfer gab. Zwei männliche und drei weibliche. Sie waren zwischen achtzehn und dreiundfünfzig Jahre alt und entstammten unterschiedlichen sozialen Schichten, von der Mittelschicht und der unteren Mittelschicht bis hin zur Oberschicht. Bis jetzt ist die einzige Verbindung zwischen den Morden die Tötungsmethode, das Ausbluten nach dem Tod, die abgeschnittene Nase und der Fundort der Leichen. Aus all dem schließe ich, dass wir eine Person, höchstwahrscheinlich einen Mann suchen, der stark genug ist, Leuten das Genick zu brechen, und geschickt genug, um mit einem Messer oder einem anderen scharfen Instrument entsprechende Schnitte an der Halsschlagader vorzunehmen. Das ist bis jetzt alles, was ich weiß, Werthen.«

»Aber warum trennt man ihnen die Nase ab? Wie könnte das mit irgendwelchen Ritualmorden in Verbindung stehen?«

Gross lächelte nur.

»Verstehe.« Werthen nickte. »Eine Art Signatur, ist das Ihre Theorie?«

»Exzellent, Werthen. Ihre Schlussfolgerungen sind wirklich erstklassig. Sie hätten das Strafrecht nicht an den Nagel hängen sollen. Wie sagt man so schön: ›Man sieht es ihnen an der Nasenspitze an.‹«

Gross wartete auf die Wirkung seines Scherzes, aber Werthen verzog keine Miene.

»Welche Art von Karikatur assoziieren wir sofort mit einem Juden, wenn nicht diese Hakennase? Also wäre es eine Art von sadistischer Rache, wenn man den Ariern ihre Nasen abschneiden würde. Das wäre in der Tat ein jüdisches Markenzeichen.«

»Ich hoffe sehr, Sie spielen den Advokaten des Teufels nur.«

Wieder zuckte der stattliche Kriminologe als Antwort mit den Schultern.»Ich deute nur an, in welche Richtung sich die Nachforschungen möglicherweise wenden sollten«, meinte er dann.

»Ich versichere Ihnen, Gross, Klimt ist weder Jude noch Antisemit.«

»Genauso wenig wie der Schuldige der Polna-Morde, an die Sie mich gerade so freundlich erinnerten«, erwiderte Gross mit einem etwas gequälten Lächeln. »Trotzdem hat das für einige Zeit wirkungsvoll vom wahren Mörder abgelenkt. Mir scheint«, fuhr er fort, als Werthen darauf nichts erwiderte, »dieser Fall birgt eine Vielzahl von Problemen, mein Freund. Schnelligkeit ist dabei von äußerster Wichtigkeit. Frankreich ist vielleicht für seine Dreyfus-Affäre berüchtigt, aber ich kann

Ihnen versichern, Werthen, dass Österreich in diesem Bereich ebenfalls seine eigenen hausgemachten Fanatiker hat. In meiner Heimat, der Steiermark, gibt es etliche, die lauthals *Hurra* brüllen. Wir haben *Schönerer* und seine Deutsch-Nationalisten, und sogar Ihr frisch gebackener, geschätzter Bürgermeister *Karl Lueger* gehört dazu, mit seinem berühmten Ausspruch: ›*Wer ein Jude ist, bestimme ich …*‹

Sollten die Einzelheiten über diese Morde den Weg in die Zeitungen finden, würden die Antisemiten sie im Handumdrehen zu Ritualmorden erklären. Jüdische Morde. Bei einem Bürgermeister, der von der Rednertribüne aus den Judenhass verbreitet, muss man kein Hellseher sein, um zu wissen, wohin das führt. Pogrome und wer weiß schon was sonst noch.«

Noch immer antwortete Werthen nichts. Aber es missfiel ihm, dass Gross Bürgermeister Lueger als *geschätzten Menschen* bezeichnete. Der Mann, den die Unterschicht gern den *Schönen Karl* nannte, war in Wirklichkeit ein Scharlatan, der nur darauf wartete, die Massen mit seinem Antisemitismus aufzuhetzen. Derselbe Bürgermeister hatte eine Art städtischen Sozialismus geschaffen, der von der Wiege bis zur Bahre alles umfasste, aber das wog seine demagogische Hetzerei schwerlich auf. Der Kaiser hatte ihm wegen dieser Überzeugungen bereits dreimal die offizielle Anerkennung im Amt verweigert.

»Wie Sie unschwer erkennen können, Werthen«, polterte Gross weiter, »kann es rasch passieren, dass wir unter schweren Beschuss geraten. Ich muss diese Mordfälle aufklären, bevor die Öffentlichkeit Wind davon bekommt oder irgendein umtriebiger Zeitungsmann etwas herauskriegt und die Angelegenheit in der ausländischen Presse veröffentlicht.«

»Eigentlich, und dazu hatte ich Sie bringen wollen, Gross, sollten Sie nur beweisen, dass mein Mandant Klimt an dieser letzten Gräueltat unschuldig ist«, sagte Werthen.

»Aber das läuft doch auf dasselbe hinaus oder nicht?« Gross machte eine dramatische Pause. »Entweder hat Ihr Mandant nichts mit dem fünften Mord zu tun, oder er hat alle fünf Morde auf dem Gewissen, denn nur der Mörder konnte seine Handschrift so genau kennen.«

Werthen überlief es eiskalt, als wäre er über ein Grab getreten. Er war nicht mehr ganz davon überzeugt, dass es richtig gewesen war, sich an Gross zu wenden. Und vielleicht war es auch nicht klug, sich in dieser Angelegenheit zu sehr zu engagieren. Es hatte zwei Generationen gedauert, bis die Werthens ihre jüdischen Wurzeln hatten kaschieren können. Würde ihn diese Untersuchung vielleicht auf alle Ewigkeit mit den Juden verknüpfen? Aber das unschuldige Mädchen auf dem Seziertisch hatte ihn gerührt. Auf dieses Gefühl war er nicht vorbereitet gewesen, und es hatte ihn schlicht überwältigt.

3. Kapitel

Während der Tramfahrt nach Ottakring setzte Gross Werthen über seine Beobachtungen ins Bild.

»Sie haben doch sicherlich auch die charakteristischen Merkmale dieses Rechtsmediziners im Leichenschauhaus bemerkt, Werthen?«

Der war jedoch so sehr vom Geruch des Todes beansprucht worden, dass er nur wahrgenommen hatte, dass der Rechtsmediziner bis zu den Ellenbogen mit Blut besudelt war.

»Das kann ich nicht behaupten, Gross.« Die Straßenbahn überquerte den *Gürtel*, die zweite Ringstraße, welche die äußeren Bezirke von der Innenstadt abgrenzte. Hier wurden die Häuserzeilen größer, grauer und deutlich ärmlicher. Die in den letzten Jahrzehnten errichteten Arbeiterwohnungen wiesen nichts von der Eleganz und Schönheit der Häuser zwischen der Ringstraße und dem Gürtel auf.

»Tatsächlich nicht?« Gross klang ehrlich überrascht. »Stellen Sie sich den Autopsiesaal vor, Werthen. Denken Sie an die Einrichtung, das Licht und konzentrieren Sie sich dann auf den Rechtsmediziner, der so sehr in seine Arbeit vertieft war, dass er noch nicht einmal zu uns aufblickte. Fällt Ihnen da nicht ein sehr kennzeichnendes Merkmal ein? Ich gebe Ihnen einen Tipp: Es war rot.«

»Ich bin überzeugt, Gross, dass seine Arme keineswegs immer mit Blut bedeckt sind.« Das Fragespiel ging Werthen zusehends auf die Nerven.

Ein Pensionär mit einem Tirolerhut in der Sitzreihe vor ihnen drehte sich um und starrte Gross und Werthen mit seinen rotgeäderten rheumatischen Augen neugierig an.

Gross griff sich kurz grüßend an den Hut, kam dann jedoch sofort auf sein Thema zurück.

»Nein, Werthen. Ich meine nicht das Blut. Es war ein sichelförmiges Muttermal auf seiner linken Schläfe. Es war sehr gut zu erkennen, als wir hereingekommen sind.«

Der Rentner glotzte sie immer noch an, während Werthen kurz die Augen schloss und versuchte, sich den Sezierraum zu vergegenwärtigen.

Ein Bild der Hände des Rechtsmediziners stieg hinter seinen Lidern auf, die tief in den Eingeweiden der Leiche wühlten, dann arbeitete er sich weiter am Körper des Mannes hinauf, bis plötzlich das besagte Muttermal auftauchte.

»Sie haben recht, Gross! Der Mann hatte tatsächlich ein Muttermal in der Form einer Mondsichel.« Dann sah er den alten Mann an, der sie immer noch anstarrte: »Möchten Sie uns vielleicht Gesellschaft leisten?« Mit einem empörten Schnauben drehte der Mann den Kopf wieder nach vorn.

»Nicht nötig, gleich grob zu werden, Werthen«, bemerkte Gross. Werthen hob erstaunt eine Braue bei dieser Bemerkung. Gerade Gross achtete für gewöhnlich so wenig auf die Gefühle anderer Menschen, dass er nicht einmal bemerkte, wenn er unhöflich war.

»Sie sollten unbedingt lernen, solche Details wahrzunehmen, Werthen«, fuhr Gross fort. »Nehmen Sie mich als Beispiel. Ich habe mich gewissenhaft in der höchsten Kunst der Betrachtung geübt: die des zuverlässigen Zeugen.« Gross hob die Hände, bevor Werthen antworten konnte. »Ich weiß, das klingt wie ein Widerspruch in sich. Ich mag nicht daran denken, wie viele Fälle mir durch die Finger geglitten sind, weil Zeugen so leicht manipulierbar sind. Zeugen, die unbedingt berühmt werden wollten und bereitwillig alles aussagten, was dafür nötig schien. Manche waren sogar farbenblind. Wussten Sie, dass immerhin fünf Prozent aller männlichen Erwachsenen Rot nicht von Blau unterscheiden können?«

»Ich kann mich nur wiederholen, Gross. Ihr umfassendes Wissen beeindruckt mich.«

Diesmal entging Gross der spöttische Unterton in Werthens Stimme nicht. »Entschuldigen Sie, falls ich Sie gelangweilt habe, alter Junge.« Er straffte sich. »Übrigens hatte der Pathologe gar kein Muttermal im Gesicht. Ich wollte Ihnen nur beweisen, wie leicht wir alle beeinflussbar sind.«

Der Rentner in der Sitzreihe vor ihnen kommentierte das mit einem verächtlichen Schnauben.

Den Rest der Strecke bis zu Anna Plötzls Wohnung legten sie schweigend zurück.

Anna lebte in der Nähe des Ottakringer Krematoriums, der Endstation der Tramlinie J. Das Gebäude an der Ottakringer Straße 231 glich den fünf anderen in jenem Teil der schmalen Straße. Die Häuser hatten fünf Stockwerke und ihre Fassaden mussten dringend überholt werden.

Die Haustür war unverschlossen, kein neugieriger Portier verfolgte das Kommen und Gehen der Mieter.

Im Inneren des Hauses war es dunkel wie in einer Höhle. Man gelangte durch drei Treppenhäuser in die oberen Etagen. Treppenaufgang A befand sich zur Linken des Eingangs. Auf dem zweiten Absatz begriff Werthen, dass die Nummerierung der Appartements nichts mit dem Stockwerk zu tun hatte, in dem sich die Wohnungen befanden. Anna Plötzls Appartement lag am Ende des Flurs im fünften Stock. Werthen schickte ein Stoßgebet in den Himmel, dass sie zu Hause sein möge, als sie an die Tür klopften. Er hatte keine Lust auf einen zweiten Ausflug nach Ottakring, um Klimts Alibi zu überprüfen.

Nach dem dritten Klopfen öffnete eine kleine Frau die Tür. Ganz offensichtlich hatte sie jemand anderen erwartet.

Ihr Lächeln erlosch, und sie musterte die beiden Herrn mit einem finsteren Blick.

»Was wollen Sie?«

»Gnädige Frau.« Gross setzte hastig den Hut ab und bedeutete Werthen, es ihm gleichzutun. »Wir kommen im Auftrag ihres guten Freundes, des Herrn Klimt.«

»Hat Gustl Sie geschickt?« Sie verzog misstrauisch das Gesicht. Sie glich so wenig den ätherischen Frauen, die Klimt auf seinen Leinwänden porträtiert hatte, dass sich Werthen unwillkürlich fragte, was der Künstler wohl in ihr gesehen haben mochte. Sie schien ein bisschen gebeugt zu sein und ziemlich flachbrüstig, so weit er das erkennen konnte. Außerdem schimmerte auf ihrer Oberlippe der Schatten eines dunklen Flaums.

»Das hat er tatsächlich, Madame«, entgegnete Gross, aber sie verzog das Gesicht, bis ihre Augen nur noch schmale Schlitze des Argwohns waren.

Werthen gab ihr seine Visitenkarte. »Ich bin Klimts Anwalt, Fräulein Plötzl.« Sie nahm die Karte in die Hand. Die Haut ihrer Finger war vom vielen Waschen gerötet und rau. Vermutlich ist sie zuvor Wäscherin gewesen, vermutete Werthen.

»Wofür braucht er einen Anwalt?«

»Vielleicht dürfen wir hereinkommen, damit wir alles in Ruhe besprechen können?«, schlug Werthen vor. Auf der anderen Seite des spärlich beleuchteten Flurs öffnete sich eine Tür, und einen Moment später steckte jemand den Kopf heraus. Dann wurde die Tür schnell wieder geschlossen.

»Über was für Angelegenheiten wollen Sie mit mir reden?«

Ein kleiner Junge tauchte hinter ihr auf und zupfte an ihrem Rock. Sie schob ihn unsanft mit dem Fuß fort. »Jetzt nicht, Gustl. Geh' spielen. Mutti hat was zu erledigen.« Sie studierte noch einmal die Karte und warf dann einen misstrauischen Blick durch den Flur. »Sie kommen wohl besser rein.«

Die beiden Männer betraten die Wohnung, blieben jedoch in dem kleinen Flur stehen, an den sich unmittelbar ein Raum anschloss, der zugleich als Wohn-, Schlaf- und Esszimmer zu dienen schien. Ein Kruzifix zierte die Wand über dem zerwühlten Doppelbett, von dem die Laken und Bettdecken bis auf den Boden hingen. Auf dem Bett selbst lagen Bauklötze verstreut, und noch mehr davon stapelten sich unter dem Bett. In der Mitte des Raumes stand ein Tisch aus undefinierbarem Holz, auf dessen zerkratzter Tischplatte sich schmutziges Geschirr neben bekritzelten Papierfetzen und einer schmuddeligen Bluse stapelte.

Dieser Anblick häuslichen Durcheinanders war Werthen unangenehm. In diesen Teil von Klimts Leben wollte er eigentlich nicht eingeweiht sein.

»Was hat er denn ausgefressen, dass er einen Anwalt braucht?«, fragte sie noch einmal. Dann musterte sie Gross und verbesserte sich: »Oder vielmehr zwei Anwälte.«

»Wir wollen ihm nur helfen«, begann Gross, was ihre Furcht offenkundig vergrößerte.

»Dann ist er also *tatsächlich* in Schwierigkeiten? Damit will ich nichts zu tun haben.«

Das Kind, das eher kränklich als robust aussah, versteckte sich in einer Ecke des Raumes hinter einer Ottomane. Mit seinen zierlichen Gliedmaßen, dem blassen Teint und den dunkel geränderten Augen bildete der Junge das glatte Gegenteil zu dem robusten Klimt.

Werthen bemühte sich, die Situation zu retten. »Ich versichere Ihnen, dass Sie keinerlei Schwierigkeiten bekommen. Wir sind nur hier, um zu verifizieren ... will sagen, um zu überprüfen, ob er ...«

»Ich weiß, was *verifizieren* heißt. Sie brauchen mich nicht so von oben herab zu behandeln. Außerdem lese ich auch Bücher.«

Sie deutete auf ein Bücherregal in der Ecke, in der der Junge stand.

»Entschuldigen Sie bitte. Ich wollte nicht unhöflich sein«, meinte Werthen.

Gross ging unterdessen zu dem Regal und nahm einen Band heraus. »Interessant.«

»Ich mag meine Bücher«, sagte Anna fast trotzig.

»Um auf den Grund unseres Besuchs zurückzukommen«, fuhr Werthen fort, während Gross in dem Buch herumblätterte. »Vielleicht könnten Sie uns bestätigen, dass Herr Klimt Sie letzte Nacht hier besucht hat.«

»Gar nichts kann ich Ihnen bestätigen. Wofür halten Sie mich?«

»Sie sind doch mit Herrn Klimt befreundet?«

»Befreundet, das ist eine Sache. Manchmal kommt er her, um mich zu zeichnen. Nur mein Gesicht, wohlgemerkt. Wir machen nichts Unanständiges.«

»Selbstverständlich nicht. Und gestern?«

Sie schürzte die Lippen. »Ich glaube, Ihre Penetranz gefällt mir nicht, Herr Von-und-Zu.«

»Jetzt ist wahrlich nicht der richtige Moment, um sittsam zu tun«, fuhr Werthen sie an. Er verlor die Geduld mit der Frau. »Klimt braucht Ihre Hilfe.«

»Also steckt er doch in Schwierigkeiten. Warum haben Sie mich angelogen? Lassen Sie mich damit in Ruhe. Alle beide: raus jetzt!« Sie nahm Gross das Buch aus der Hand und scheuchte ihn zur Tür.

»Fräulein Plötzl, bitte –«

»*Frau* Plötzl. Oder haben Sie etwas an den Augen? Das da ist mein Sohn.«

»Und sein Vater?«, fragte Gross.

»Das geht Sie gar nichts an. Und jetzt verschwinden Sie, bevor ich um Hilfe rufe. Bei so feinen Pinkeln wie euch kann ich richtig ungemütlich werden, damit Sie's nur wissen.«

»Mama«, mischte sich der kleine Junge aus seiner Ecke ein. »Wann kommt Onkel Gustl wieder?«

»Raus!«, schrie sie. »Sofort!«

Die beiden Männer gehorchten. Auf der Straße blieben sie stehen, sahen sich an und seufzten.

»Was sollen wir jetzt damit anfangen?«, erkundigte sich Werthen schließlich.

»Vermutlich würde sie mit der Sprache herausrücken, wenn Klimt sie selbst darum bittet. Nur würde das den Wert ihrer Zeugenaussage beträchtlich verringern. Typisch Unterschichtmoral. Manchmal könnte man weinen über die menschliche Rasse. Hier haben wir eine in jeder Hinsicht kompromittierte Frau: Sie hat ein uneheliches Kind von einem Liebhaber, der bei Tageslicht kaum ihren Namen aussprechen würde. Und trotzdem fürchtet sie, ihr Ruf könnte leiden, wenn besagter Liebhaber in irgendwelche *Schwierigkeiten* verwickelt ist. Eines kann ich Ihnen versichern, Werthen: Manchmal habe ich es so satt, dass ich die Menschheit aufgeben und lieber Affen züchten würde.«

»Ich gehe einfach davon aus, dass Klimt die Wahrheit gesagt hat und wirklich letzte Nacht bei ihr war«, gab Werthen zurück. »Sie als Alibi anzugeben war ihm äußerst peinlich, und jetzt verstehe ich auch, warum.«

»Trotzdem gehen wir nicht mit leeren Händen.« Gross zog einen Zettel aus der Manteltasche. Er entfaltete das Blatt und zeigte es Werthen, der darauf einen bärtigen Gnom erkannte, der unverkennbar Klimts Züge aufwies, Hörner auf dem Kopf und einen gegabelten Schweif hatte. Unverkennbar war auch die in Großbuchstaben ausgeführte Signatur am unteren Blattrand: KLIMT.

»Woher haben Sie das?«, fragte Werthen und reichte das Papier zurück.

»Aus dem Buch, das ich mir bei Frau Plötzl angeschaut habe. Eine interessante Lektüre, aber wohl kaum für die gute Frau. Die Zeichnung lässt eher darauf schließen, dass das Buch Klimt gehört.«

»Na und? Der Mann liest. Er ist schließlich ja kein malender Barbar.«

»Scheint so. Andererseits …«

»Bitte, Gross! Drucksen Sie nicht so herum. Was war das für ein Buch?«

»*Genie und Irrsinn.*«

»Von Cesare Lombroso?«

»Genau der«, sagte Gross. »Einer meiner Vorläufer auf dem Feld der Kriminalistik, obwohl ich seine Theorie der vererblichen Kriminalität weder teile noch sonderlich schätze. In einigen Fällen mag das vielleicht zutreffen. Aber dieser Italiener hat sich viel zu sehr von körperlichen Defiziten abhängig gemacht, an denen man seiner Auffassung nach den Typus des Kriminellen erkennen kann. Nehmen wir zum Beispiel Sie, Werthen: Mit ihren hohen Wangenknochen und ihrer Adlernase passen Sie schon in zwei Kategorien der kriminellen Physiognomie. Dennoch bin ich in meiner gesamten Laufbahn noch nie jemandem begegnet, der weniger kriminelle Veranlagungen hätte als Sie.«

»Danke für die Blumen, Gross.«

»Trotzdem ist dieses Buch eine interessante Lektüre für Ihren Künstlerfreund, finden Sie nicht?«

Werthen hatte das Buch zwar nicht gelesen, kannte aber ungefähr seinen Inhalt: Darin wurde behauptet, dass künstlerisches Genie Hand in Hand mit dem Wahnsinn ginge. Weiterhin bestimmte Lombroso darin ein gutes Dutzend Kunstrichtungen, die er als »die Kunst der Verrückten« charakterisierte.

»Ich frage mich, ob Klimt seine eigene Kunst in dem Buch beschrieben fand«, sagte Gross und lächelte schwach. »Darüber sollten wir nachdenken.«

Am späten Nachmittag trafen sie wieder in der Wiener Innenstadt ein. Sie stiegen in eine andere Straßenbahn, die sie zum Karlsplatz brachte.

An diesem Tag, wie auch an den meisten anderen Tagen des Sommers 1898, drängten sich viele Zuschauer um die große Baustelle am östlichen Ende des Platzes in der Nähe der Friedrichstraße. In die Holzwände, die den Bauplatz abschirmten, hatte man in unterschiedlicher Höhe Löcher gebohrt, um den verschiedenen Körpergrößen der Schaulustigen Rechnung zu tragen. Jetzt, wo der Neubau den Zaun weit überragte, waren solche Gucklöcher nicht länger vonnöten. Alle Blicke richteten sich auf die Spitze des würfelförmigen Gebäudes, die eine riesige Kugel aus bronzegegossenen Lorbeerblättern zierte. Von weitem wirkte die Kugel allerdings eher wie ein gewaltiger goldener Kohlkopf oder Blumenkohl. Passanten blieben mitten auf der Straße stehen, schüttelten verwundert die Köpfe und stießen sich amüsiert an. »Da sind schon wieder diese verrückten Künstler am Werk«, hieß es.

»Das sieht sehr nach einem Mausoleum aus«, verkündete eine pralle Matrone, die sich ein Lorgnon vor die Augen hielt, als Werthen und Gross an ihr vorbei auf den Eingang des neuen Gebäudes zueilten.

»Werthen!«, rief Gross schließlich. »Was soll diese Heimlichtuerei? Wohin in Gottes Namen schleppen Sie mich eigentlich?«

»Das werden Sie gleich sehen«, erwiderte Werthen, ohne sein Tempo zu drosseln. Nun war es an ihm, die Spielregeln festzulegen, so wie Gross es im Leichenschauhaus getan hatte. Und er konnte nicht verhehlen, dass er es genoss.

Er zeigte einem Wachmann mit einer mächtigen roten Nase am Haupteingang seinen Ausweis und wurde von ihm in die große Eingangshalle des Hauses gewinkt, die sich noch im Bau befand. Staub waberte in der Luft. Die Rufe der Arbeiter und das Dröhnen der Hammerschläge waren so laut, dass Gross sich die Ohren zuhielt.

Nach einem Moment hatte Werthen den Mann entdeckt, den er suchte. Er trug noch immer den fließenden Kaftan mit der verschlungenen Blumenstickerei. Tischler und Anstreicher anzuweisen schien Klimt genauso vertraut zu sein, wie hinter der Staffelei zu stehen. Als wäre er der Architekt und nicht einer der Kunstmaler, die ihre Arbeiten in der neuen Galerie zeigen wollten.

Werthen eilte zu Klimt, der gerade damit beschäftigt war, einem Arbeiter zu erklären, wie er die erwünschte Oberflächenstruktur auf der weißen Wand erzielen könnte.

Der Maler bemerkte ihn aus den Augenwinkeln, noch bevor Werthen ihn grüßen konnte.

»Werthen. Endlich! Was hat Sie so lange aufgehalten?« Der Maler schloss seine fleischige Pranke um Werthens feingliedrige Hand und drückte sie fest.

»Wir mussten …«, begann Werthen, wurde aber von einem korpulenten Arbeiter unterbrochen, dem der Schweiß unter seinem schwarzen Filzhut hervorlief. Der Mann deutete gestikulierend auf ein Blatt mit Bauplänen und grantelte Klimt irgendetwas Unverständliches zu. Der Maler trat kurz mit ihm zur Seite.

Gross nutzte die Gelegenheit und zupfte an Werthens Ärmel. »Was ist das denn für einer?« Gross wies mit dem Kopf spöttisch auf Klimt in seinem Kaftan. »Eine Art Muselmann?«

»Das ist unser Mandant, um genau zu sein.«

Gross presste die Lippen so fest aufeinander, bis sie nur noch zwei weiße Striche unter seinem Schnurrbart waren. »Das hätten Sie mir auch früher sagen können.«

»Ja, aber dann hätte ich mir diesen Spaß nicht machen können.«

Schließlich konnte Klimt den Bauarbeiter zufriedenstellen und eilte zu ihnen. Er zuckte entschuldigend mit den Schultern.

»Klimt, ich möchte Ihnen einen Kollegen vorstellen, der uns unterstützen wird. Dr. Hans Gross.«

Klimt drehte sich zu ihm um. Gross war zwar erheblich größer, aber längst nicht so bullig wie der Maler.

»*Der* Dr. Hans Gross? Der Kriminologe?«

Werthen sah, wie ein Strahlen über Gross' Gesicht zuckte. »Ganz genau der!«

»Wundervoll«, sagte Klimt und schloss den Kriminologen in

seine Arme. Gross ließ die Umarmung stocksteif und mit hängenden Armen über sich ergehen, blinzelte aber über Klimts Schulter hinweg indigniert Werthen zu. Werthen überzeugte sich, dass keiner sie belauschte, und meinte dann: »Wir hatten gewisse Schwierigkeiten mit Ihrer Freundin in Ottakring.«

Klimt schien nicht besonders viel Wert darauf zu legen, einen ruhigeren Ort zum Reden zu finden. Der unablässige Lärm der Bauarbeiter überlagerte ihre Unterhaltung ohnehin. Außerdem befand sich Klimt hier in Gesellschaft Gleichgesinnter, und es kam nicht so sehr darauf an, in einer argwöhnischen Öffentlichkeit seinen anständigen Ruf zu erhalten.

»Sie sagt, ich war in der letzten Nacht nicht mit ihr zusammen?«

»Sie weigert sich, das Eine oder das Andere einzuräumen. Als sie begriffen hatte, dass ich Ihr Anwalt bin, hielt sie es offenbar für das Klügste, ihre Beziehung zu leugnen.«

Klimt legte Werthen seine fleischige Hand auf die Schulter. »Sie braucht noch Zeit. Das Leben war nicht leicht für Anna. Sie muss erst noch lernen zu vertrauen.«

»Das wird sie ganz bestimmt, Herr Klimt«, mischte sich Gross in das Gespräch. »Bis dahin könnten wir vielleicht einfach damit beginnen, die Alibis für die anderen fraglichen Nächte zu überprüfen.«

Klimt schaute hilfesuchend Werthen an.

»Ich hatte Ihnen ja gesagt, dass wir später darauf zurückkommen würden. Jetzt ist es so weit. Wir müssen uns auf die Tage konzentrieren, die ich Ihnen genannt hatte. Den 15. Juni, den 30. Juni, 15. Juli und 2. August. Die ersten drei Morde hatten ganz Wien in Aufregung versetzt und viele Bürger in Amateurdetektive verwandelt. Die Morde hatten sich in regelmäßigen Abständen ereignet. Maria Müller, eine Wäscherin, wurde am Morgen des 15. Juni gefunden. Etwas über zwei Wochen später, am 30. Juni, fand man die Leiche des Rohrschlossers Felix Brunner. Als am 15. Juli der dritte Mord geschah, glaubte bereits ganz Wien, ein Muster darin zu erkennen. Nicht nur, weil zwischen diesem und dem vorigen Verbrechen fünfzehn Tage lagen, sondern auch, weil es sich wieder um ein Opfer aus der Arbeiterschicht handelte. Das dritte Opfer, Hilde Diener, Näherin und Mutter von vier Kindern, war abends mit dem Hund vor die Tür gegangen und nicht nach Hause gekommen. Man fand ihren Leichnam im Prater, so wie die anderen. Der Hund wurde nicht gefunden. Folglich lagen jeweils fünfzehn Tage zwischen den Morden, alle Opfer entstammten der Arbeiterschicht, und sie schienen ein weiteres Muster aufzuweisen: erst eine Frau, dann ein Mann und dann wieder eine Frau. Die Regenbogenpresse hatte die Massen angestiftet, Detektiv zu spielen, und darauf hingewiesen, dass sich das nächste Verbrechen wahrscheinlich am 30. Juli ereignen würde, und dass alle Männer auf der Hut sein sollten. Doch der 30. Juli verlief ohne Zwischenfälle, abgesehen von drei tätlichen Angriffen mit Körperverletzung. Einzelne Männer, selbsternannte Hilfspolizisten, hatten sich als Köder in der Nähe des Praters platziert. Jeder von ihnen war bewaffnet, mit Schlagstock, Schlagring oder einem Spazierstock, in dem sich ein Stilett verbarg. Als sie von Fremden angesprochen wurden, hatten sie, ohne zu zögern, zugeschlagen. Das Ergebnis dieser Aktion: Ein Schullehrer aus St. Pölten mit einer Gehirnerschütterung – der Mann war Urlauber in Wien – hatte sich verlaufen und wollte sich nur nach dem Weg zu seiner Pension erkundigen. Ein kleiner Ganove und polizeibekannter Taschendieb mit einem gebrochenen Arm, der sich in den Straßen rings um den Vergnügungspark herumtrieb. Und ein Gendarm mit einer Stichverletzung. Der Beamte hatte sich in Zivilkleidung in den Prater begeben, um den Mörder dingfest zu machen.

Am nächsten Morgen ging ein Raunen der Erleichterung durch Wien, und man dachte, die Mordserie habe ein Ende genommen. Doch drei Tage später schlug der Mörder abermals zu. Und tatsächlich war das Opfer diesmal ein Mann, nur stammte er nicht aus der Arbeiterschicht. Alexander von Fliegel war ein Fabrikant, der seine Zugehörigkeit zur vornehmen Gesellschaft mehr seinem Wohlstand als seiner Abstammung verdankte. Werthen hatte ihn zwar nicht persönlich gekannt, aber ein Anwaltskollege hatte mit dem Mann Umgang gepflegt. Von Fliegel produzierte in seinen Fabriken in Wien, Linz und Graz eine beliebte Gesichtscreme für Damen, *Hautzart*. Er hatte sich abends mit einigen Geschäftsfreunden in der Stadt amüsiert, und seine Freunde hatten ihn zum letzten Mal gesehen, als er deutlich schwankend die Weihburggasse hinunterwankte und sich eine Zigarre ansteckte. Er hatte ihnen erzählt, dass er nur einen kleinen Spaziergang unternehmen wollte. Am nächsten Morgen, dem 2. August, fand man seine Leiche im Prater.«

Klimt runzelte die Stirn und versuchte sich zu erinnern, wo und wie er die fraglichen Tage verbracht hatte. Schließlich schüttelte er den Kopf. »Ich muss Emilie fragen. Vielleicht habe ich ihr an einem der Tage eine Postkarte geschrieben.«

Gross und Werthen sahen sich vielsagend an.

»Auf diese Weise bleiben wir miteinander in Verbindung, auch wenn ich keine Zeit habe, sie zu besuchen. Es sind wunderschöne Postkarten. Sie stammen aus unseren Wiener Werkstätten.«

»Ich bin sicher, dass sie wunderschön sind, Herr Klimt«, entgegnete Gross, »und ich bin ebenso sicher, dass Sie verstehen, wie wichtig es ist, dass wir Ihre Alibis überprüfen.«

»Ja, Herr Werthen hat mir bereits erklärt, dass ich nicht als Mörder von Liesel in Betracht komme, wenn ich nicht auch die anderen umgebracht habe. Ich meine, in Anbetracht dieser Verstümmelungen, von denen die Presse berichtet, muss es doch eine Verbindung durch die Wunden geben, zu der Art und Weise, in der der Mörder vorgegangen ist.«

»So in etwa, ja«, antwortete Gross ausweichend.

»Eindeutige Beweise wären mir lieber.«

»Sie scheinen eine besondere Neigung für die Jurisdiktion zu haben, Herr Klimt. Immerhin kennen Sie meinen Namen. Und ich bin keineswegs so sehr von mir eingenommen, dass ich nicht wüsste, dass der Name Gross kaum allgemein bekannt sein dürfte.«

»Ich lese viel«, erwiderte Klimt mit einem etwas dümmlichen Grinsen.

»Einschließlich Lombroso, würde ich meinen.«

Das Grinsen auf Klimts Gesicht erlosch schlagartig. »Woher wissen Sie das?«

Gross reichte ihm das zusammengefaltete Blatt Papier mit Klimts Zeichnung. »Dies hier lag in einer Ausgabe von *Genie und Irrsinn* in der Wohnung Ihrer … Freundin.«

Klimt faltete das Blatt auseinander, warf kurz einen Blick darauf, lachte leise, zerknüllte es dann und warf es auf einen Müllhaufen in der Mitte des Raumes.

»Halten Sie sich für ein Genie, Herr Klimt?«, wollte Gross wissen.

»Ich gestehe, dass das gelegentlich vorkommt. Manchmal fühle ich mich aber auch nur wie ein Schwindler. Kennen Sie dieses Gefühl, Doktor Gross?«

Gross beantwortete die Frage mit einem Lächeln.

Als sie die Baustelle verließen, schüttelte Gross den Kopf.

»Was sollen wir nur mit diesem Mann anfangen? Läuft in einem übergroßen Ballettrock herum, hält sich für ein Genie, für das die Regeln der Gesellschaft nicht gelten, und verteidigt trotzdem noch die Ehre seiner etwas schlampigen Bettgenossin.«

»Er ist auf jeden Fall eine komplexe Persönlichkeit«, meinte Werthen bestätigend.

»Sie haben übrigens noch nicht erwähnt, Werthen, wie um alles in der Welt Sie ausgerechnet an diesen Mandanten geraten sind.«

»Ehrlich gesagt, war das von meiner Seite aus eher eine Art berufliche Mildtätigkeit.«

Ihre Unterhaltung wurde von einigen Straßenbengeln gestört, die am Saum von Gross' Mantel zupften. Er verscheuchte sie mit einer raschen Handbewegung. Die zwei Männer ließen die Jahrmarktsatmosphäre des Bauplatzes hinter sich, und Werthen setzte seine Erklärung fort.

»Als junger Mann war Klimt ein wenig ... gefährdet. Aber eines sage ich Ihnen: Der Kerl konnte malen! Schon damals. Und bei den *Triestern* hat er sich eine Menge Ärger eingehandelt.«

»Wie denn das? Und was wollte er überhaupt in Italien?«

»Das war nur seine Art, es zu umschreiben. Er meinte nicht die Stadt, sondern die Straße. Die Triester Straße hier in Wien. Das ist eine Hauptverkehrsader für Fuhrleute, die Waren in die Stadt herein- und hinausbringen. Wenn ihm die Muse einmal nicht sonderlich gewogen war, ist er auf die Triester Straße gerannt und hat mit dem erstbesten Pferdekutscher, der seine Zugtiere zu hart angefasst hat, eine Prügelei angezettelt. Klimt meinte, ein bisschen Bewegung würde seine Lebensgeister wecken.«

»Und wie lautete die Anklage?«, erkundigte sich Gross.

Werthen zuckte mit den Schultern. »Schwere Körperverletzung, fürchte ich. Er hat einem dieser Kutscher mit bloßen Händen den Arm gebrochen.«

»Zerbrochen wie ein trockener Zweig«, murmelte Gross.

»Ich konnte beweisen, dass es Notwehr war. Der andere hatte ein Messer.«

Aber trotzdem dachte Werthen im Moment nur an die bloße Körperkraft des Malers. Klimt wäre ohne weiteres in der Lage, jemandem das Genick zu brechen.

4. Kapitel

Früher als gewohnt saß Werthen an seinem Schreibtisch, um die Ereignisse des Vortages zu notieren. An diesem Morgen ließ er sich auch von seinem üblichen Morgenkaffee samt Kipferl nicht unterbrechen, und nach einer Dreiviertelstunde merkte er, dass ihm diese Art von Aufzeichnungen viel leichter von der Hand ging als seine Kurzgeschichten.

Er hatte gerade seinen zweiten Kaffee getrunken, als es an der Doppeltür des Wohn- und Arbeitszimmers klopfte. Frau Blatschky steckte schüchtern den Kopf hindurch und trat dann ein.

»Sie haben Besuch, Doktor Werthen.«

Unwillkürlich warf er einen Blick zur Uhr. Es ist viel zu früh, sogar für Gross, dachte er.

»Es ist eine Frau.« In ihrer Stimme klang ein missbilligender Unterton mit. Hätte die Besucherin Gnade vor Frau Blatschky gefunden, hätte die Pensionswirtin sie wohl als »Dame« bezeichnet.

Werthen hatte keine Ahnung, um wen es sich handeln könnte. »Schicken Sie sie herein, Frau Blatschky«, forderte er sie kopfschüttelnd auf.

Ihr üppiges Gewand raschelte, als eine Frau in das Zimmer trat. Sie war die Verkörperung von Anmut, Schönheit und Jugend. Ihre Haut schien wie Alabaster, fast durchsichtig, ihre Haare waren modisch gelockt, und sie hatte einen lavendelfarbenen Schal hineingeschlungen.

»Herr Werthen, endlich.« Ihre Stimme war sanft, fast ein Flüstern.

»Was kann ich für Sie tun, Fräulein …?«

In dem Moment erkannte er sie von Klimts Bildern. »… Fräulein Flöge.«

Sie nickte bestätigend.

»Das wäre dann alles, Frau Blatschky.«

Die Zimmerwirtin warf einen letzten argwöhnischen Blick auf die Dame und zog dann nachdrücklich die Tür hinter sich ins Schloss.

»Gustl wurde verhaftet!«, entfuhr es der jungen Frau. »Man ist zu ihm nach Hause gekommen und hat ihn vor den Augen seiner Mutter und seiner Geschwister wie einen gewöhnlichen Kriminellen abgeführt. Sie müssen ihm helfen, Advokat Werthen.«

Vor Überraschung war er einen Moment sprachlos. Doch dann gewann sein Scharfsinn wieder die Oberhand, und er versuchte, die offenbar fassungslose Besucherin zu beschwichtigen, was ihm als erfahrenen Anwalt nicht schwerfiel.

»Wir holen ihn schon wieder heraus«, versicherte er ihr. »Schließlich hat die Polizei nichts gegen ihn in der Hand.«

»Sie meinen wegen seines Alibis, dem Fräulein Plötzl.«

Werthen konnte seine Überraschung nur mit Mühe verbergen.

»Aber ich bitte Sie, mein Herr! Gustls Affären sind in ganz Wien ein offenes Geheimnis.«

»Er wollte Sie nur beschützen«, erklärte Werthen und war erleichtert, nicht etwa Klimts guten Ruf verteidigen zu müssen.

»Woher sollte er auch wissen, dass ich darüber informiert bin?« Ihre Stimme war zwar sanft und leise, aber offenbar fehlte es ihr keineswegs an Entschlossenheit.

»Fräulein Flöge, ich glaube, Sie verstehen nicht ganz. Herr Klimt wurde wegen Mordes verhaftet. Sein Leben könnte von einem Alibi abhängen.«

»Ich glaube, *Sie* verstehen nicht, Herr Werthen. Ein Mann ist nun mal ein Mann. Und gilt nur so viel wie sein Ruf. Wir alle wissen, dass Gustl nicht vollkommen ist. Nur *er* hat das noch nicht begriffen. Und ich will ganz sicher nicht diejenige sein, die es ihm unter die Nase reibt. Die Polizei kann doch nicht wirklich glauben, dass er ein wahnsinniger Mörder ist! Wir werden dieses Risiko eingehen. Haben Sie vielen Dank.«

»Wir?«

Sie schaute ihn nur an, und der samtene Glanz ihrer Alabasterhaut kontrastierte zu dem Glanz auf ihren Lippen. Unter ihrer weichen Schale war sie eisenhart, aber sie spielte auch ein Spiel. Ein sehr riskantes Spiel. Mit einem hohen Einsatz.

»Gustl will es so. Ich soll Ihnen ausrichten, dass Sie nicht weiter nachforschen sollen und dass es keinen Zweck hat, ihn von seiner Meinung abzubringen.«

»Weiß denn seine Mutter …?«

»…von seiner Untreue? Natürlich. Aber sie weiß nichts von diesem kleinen Bankert.«

Die Kälte, mit der sie diese Worte aussprach, sprach Bände über ihre wahren Gefühle.

»Seine Mutter ist eine schwache Frau. Mit einem schwachen Herzen. Eine solche Neuigkeit könnte, nein, würde ihr sehr schaden. Es ist Gustls Entscheidung, Herr Rechtsanwalt. Und das haben wir zu respektieren.«

»Diese Narren«, sagte Gross. Er saß stocksteif auf einem Arbeitsstuhl im Büro von Inspektor Meindl im Polizeipräsidium, aus dessen Fenster man einen Blick auf die Platanen des Schottenrings hatte. »Jemand spielt der Presse Informationen zu. Welche Beweise könnte es sonst schon gegen Klimt geben?«

»Ganz meine Meinung«, pflichtete Meindl ihm bei. Der Inspektor wirkte wesentlich kleiner, als Werthen ihn in Erinnerung hatte. Er saß hinter einem Ungetüm von Schreibtisch aus Kirschholz und schien fast in dem gewaltigen Lehnstuhl zu verschwinden, der einem mittelalterlichen Herrscher gut angestanden hätte. Das ließ den Mann noch kleiner aussehen. An der Wand hinter ihm hing das übliche Kaiserporträt, Franz Joseph mit Backenbart und schlechter Laune. Daneben hing ein kleineres Ölbild mit dem Konterfei eines vornehmen Herrn mit vollem, weißem Haar. Am unteren Bildrand hatte der Maler gerade noch die stattliche Ordensleiste auf der Jacke des Mannes andeuten können. Da der so Porträtierte fast ebenso bekannt war wie der Kaiser selbst, erkannte selbst Werthen ihn auf den ersten Blick. Es handelte sich um Prinz Grunenthal, die graue Eminenz am Hofe des Kaisers.

Dieses Ölbildnis brachte Werthen auf die Idee, dass der Prinz persönlich Meindl protegieren könnte, was dessen meteorhaften Aufstieg in Wien erklären würde.

»Ich weiß Ihren Besuch zu schätzen, vor allem, falls die Möglichkeit besteht, dass wir einem Irrtum unterliegen.« Meindl lächelte Gross an und schenkte Werthen keine weitere Beachtung.

Heute steht er noch auf unserer Seite, dachte Werthen, aber wie sieht es morgen aus?

Meindl war glattrasiert, hatte gerötete Wangen und trug einen dieser neumodischen Kneifer mit Drahtbügel und Schildpatt. »Ich hatte mich ausdrücklich gegen eine übereilte Verhaftung ausgesprochen, Doktor Gross. Aber Sie kennen die Ermittlungsbehörden. Zu wenig Leute und zu viel Erfolgsdruck. Der Bürger will Ergebnisse sehen, ja, er fordert sie geradezu. Und Ihr Herr Klimt ist offenbar ein leichtes Ziel. Ein Außenseiter, der sich stolz als Bohemien gibt und der aus freien Stücken der Kunstakademie den Rücken gekehrt hat, um seine eigene Galerie zu eröffnen. Künstler sind ja gemeinhin ein wenig labil, nicht wahr?«

»Also wird ihm vorgeworfen, ein Künstler zu sein?«, fragte Werthen. »Absurd. Ich sehe hier keinerlei stichhaltige Beweise.«

»Nur ist da diese Angelegenheit mit dem blutigen Lappen, der in seinem Atelier gefunden wurde«, erwiderte Meindl, ohne den Blick von Gross zu wenden.

»Ein blutiger Lappen macht noch keinen Tatort«, entgegnete Gross. »Wir können nicht einmal zweifelsfrei feststellen, ob es sich überhaupt um menschliches Blut handelt.«

»Klimt behauptet, es sei das Blut seiner Katze«, ergänzte Werthen. »Das Tier hat kürzlich in einem Kampf mit anderen Katzen den Kürzeren gezogen.«

Meindl spitzte nachdenklich die Lippen. »Und warum hat er den Lappen dann versteckt?«

»Er hat ihn mitnichten versteckt!«, protestierte Werthen, was ihm endlich Meindls volle Aufmerksamkeit einbrachte. »Der Lappen lag in einem Sack mit anderen Maltüchern, mit denen Klimt seine Pinsel reinigt. Falls wirklich das Blut von Frau Landtauer daran gewesen wäre, hätte Klimt den Lappen zweifelsohne vernichtet.«

»Vollkommen richtig«, pflichtete Gross ihm bei. »Wenn überhaupt, dann beweist das Vorhandensein des Lappens seine Unschuld. Der Mann hat nichts zu verbergen.«

»Möglicherweise war das seine bizarre Art, ein Andenken an das Opfer zu behalten.« Meindls Lächeln war alles andere als humorvoll.

»Ich darf doch vermuten, dass Ihnen meine Schriften über Blut vertraut sind, Meindl?«, sagte Gross. »Sie kennen also den Unterschied, wenn aus einer Vene oder einer Arterie Blut spritzt? Hätte Klimt in seinem Atelier die Arterie eines Opfers aufgeschnitten, hätte es unübersehbare Blutspuren geben müssen. Im menschlichen Körper sind ungefähr fünf Liter Blut, und eine gehörige Menge davon wäre an den Wänden und auf dem Fußboden des Ateliers gelandet. Da gäbe es einiges zu säubern, aber ihre Leute haben außer dem Lappen keine weiteren Blutspuren gefunden.«

Meindl nickte. »Ich habe nicht gesagt, dass ich die Meinung meiner Kollegen von der Kriminalpolizei teile, sondern nur, dass es noch einige offene Fragen gibt.«

»Wir können den Leichnam der toten Katze vorlegen«, setzte

Werthen nach. Vor dem Treffen mit Meindl hatte er sich in aller Hast mit dem Maler in dessen Zelle im Gefängnis des Landesgerichts besprochen. Klimt war zwar offenkundig verzweifelt, konnte aber jeden Vorwurf entkräften.

»Klimt sagt, er hätte ihn unter dem Aprikosenbaum im Garten hinter dem Atelier begraben«, fügte Werthen hinzu.

»Das beweist noch gar nichts«, erwiderte Meindl scharf. »Herr Klimt könnte durchaus weit scharfsinniger sein, als wir alle es ihm zutrauen. Vielleicht ist das ja alles nur eine Finte, ein Trick.«

»Sagten Sie nicht, Sie hätten sich gegen seine Verhaftung ausgesprochen?«, erkundigte sich Werthen.

»Beim gegenwärtigen Stand der Ermittlungen – ja. Aber wir könnten auf weitere Spuren stoßen. Und offen gestanden ist dieser Mord der bisher einzige dieser Serie, bei dem hinsichtlich der den Opfern nahestehenden Personen nicht alles abgeklärt ist. Bei den anderen Fällen konnten die jeweiligen Ehegatten nachweisen, wo sie sich zur Tatzeit aufgehalten hatten. Im Fall von Fräulein Landtauer jedoch kann der Mann, der ihr am nächsten stand, keine Angaben zu seinem Aufenthaltsort zum Zeitpunkt des Mordes machen.«

»Oder er weigert sich einfach, das zu tun«, fügte Werthen hinzu.

»Oder er weigert sich, das zu tun«, räumte Meindl ein. »Was jedoch letztlich auf dasselbe hinausläuft.«

»Gehen Sie denn davon aus, dass Klimt der einzige Freund des Mädchens war?«, fragte Gross plötzlich. »Haben Sie schon mit ihrer Zimmergenossin gesprochen?«

»Bei diesen Morden braucht man schon etwas Überzeugenderes als einen Fetzen Papier, den ein Mädchen geschrieben hat«, erwiderte Meindl.

Gross verzog das Gesicht und schüttelte den Kopf, als sei er von seinem ehemaligen Lehrling enttäuscht.

Doch Werthen begriff, worauf er hinauswollte.

»Gross meint, dass Klimt uns erzählt hat, wie Fräulein Landtauer ihm in der Mordnacht eine Nachricht geschickt hatte, um das Modellsitzen abzusagen. Darin stand, dass sie sich um ihre kranke Mitbewohnerin kümmern müsste. Klimt wusste aber, dass das eine Lüge war, denn er hatte eben diese Mitbewohnerin beim Verlassen seines Hauses gesehen, wo sie ebendiese Nachricht abgegeben hatte. Dass es Fräulein Landtauer für nötig hielt, zu einer Lüge zu greifen, um ihre Verabredung mit Klimt abzusagen, lässt Schuldbewusstsein vermuten. Vielleicht hat sie in jener Nacht einen anderen Mann getroffen?«

»Dieser Angelegenheit müssen wir natürlich noch nachgehen.« Meindl seufzte. »Meines Wissens haben bereits Ermittler der Wohnung des Mädchens einen Besuch abgestattet. Sie haben jedoch nichts Ungewöhnliches dort entdeckt.«

Der Inspektor seufzte wieder, nahm den Kneifer ab und rieb seinen Nasenrücken. »Sie müssen meine Lage verstehen. Ich bin zwar nicht mit diesem Fall direkt befasst, aber ich sorge mich um das Ansehen der Wiener Gendarmerie. Ich habe Sie heute Morgen nur angerufen, Professor Doktor Gross, weil ich erfahren hatte, dass Sie der Fall interessiert.« Er schwieg einen Moment und nickte dann etwas kühler in Werthens Richtung. »Und Sie ebenfalls, Herr Anwalt. Ich bin bereit, unsere bisherigen Erkenntnisse mit Ihnen zu teilen, wenn das dazu beiträgt, weitere Unruhe zu verhindern. Aber über meine Unterstützung muss natürlich absolutes Stillschweigen bewahrt werden.«

»Selbstverständlich, Meindl«, erwiderte Gross rasch.

Der Mann hat vor allem seine Karriere im Visier, dachte Werthen. Meindl wollte sich absichern. Obwohl Klimt nur ein Maler war, besaß er einige recht einflussreiche Freunde. Angeblich hatte die Hälfte aller Frauen der besseren Wiener Gesellschaft ihm Modell gesessen. Und zwar so, wie Gott sie schuf. Und diese Frauen verfügten zweifellos über gewisse Überredungskünste, mit denen sie ihre Ehegatten manipulierten, denn Klimt hatte etliche öffentliche Ausschreibungen gewonnen, unter anderem für eine Reihe umstrittener Bilder für den neuen Eingangsbereich der Universität. Der Kriminalpolizei war wohl nicht so ganz klar, wen sie da in Untersuchungshaft hielt. Sie glaubte, bei der verzweifelten Suche nach einem Schuldigen in Klimt einen geeigneten Sündenbock gefunden zu haben, selbst wenn sie ihn nur vorübergehend festhalten konnte.

Meindl hingegen war sich über die gesellschaftliche Stellung des Untersuchungsgefangenen sehr wohl im Klaren. Das wusste Werthen. Wegen dieser Verhaftung könnten durchaus Köpfe rollen, aber Meindls Kopf würde nicht darunter sein. Konnte Gross mit Hilfe der Informationen, die ihm Meindl zugänglich machte, Klimts Unschuld beweisen, würde Meindl sich das mit Sicherheit selbst zugutehalten.

Sollte sich jedoch stattdessen Klimts Schuld herausstellen, würden Meindls Machenschaften unbemerkt bleiben, da er Gross und Werthen zur Geheimhaltung verpflichtet hatte. So würde Meindl in jedem Fall gewinnen. Kein Wunder, dass der Mann es im Präsidium so weit gebracht hat, dachte Werthen. Meindl wusste sehr genau, wie man in diesem System vorankommt. Und natürlich würde Prinz Grunenthal bei seiner Suche nach Protegés ein solches Talent kaum übersehen.

»Es gibt da etwas, das bislang keiner von uns erwähnt hat«, bemerkte Gross.

»Und das wäre?«, erkundigte sich Meindl.

»Die Schächtung der Opfer und ihre abgeschnittenen Nasen.«

Meindl setzte den Kneifer wieder auf die Nase. »Ja. Einer unserer Inspektoren hat diesen Aspekt genauer untersucht. Er könnte auf die Existenz einer Gruppe jüdischer Extremisten hindeuten.«

Werthen rutschte beklommen auf dem Stuhl herum und spürte, wie ihm das Blut ins Gesicht stieg.

»Allerdings hat sich in dieser Richtung bisher nicht viel ergeben«, fügte Meindl rasch hinzu.

Werthen entging nicht, dass Gross die Unverfrorenheit besaß, einen enttäuschten Blick aufzusetzen.

»Trotzdem ist es uns gelungen, in diesem Zusammenhang ein Ergebnis zu erzielen«, fuhr Meindl fort und blätterte in der Akte, die vor ihm auf dem Tisch lag. »Es gibt hier eine der wenigen Verbindungen zwischen den Opfern, die wir belegen können. Zwei von ihnen waren nämlich bei einem örtlichen Nervenarzt jüdischer Abstammung in Behandlung.«

Er schob Gross ein Blatt Papier hinüber, das dieser an Werthen weiterreichte. Der Name und die Adresse des Nervenarztes lauteten: Doktor Sigmund Freud, Berggasse 19.

Zunächst jedoch hatten sie einen dringlicheren Besuch zu erledigen. Liesel Landtauer wohnte zur Untermiete im Wiener Dritten Bezirk bei einer gewissen Frau Iloshnya. Die Uchatiusgasse war eine lange, unauffällige Straße nicht weit von der Stadtbahnhaltestelle Landstraße. Sie war nach einem jener eigenbrötlerischen Autodidakten des 19. Jahrhunderts benannt worden, nach Baron Freiherr Franz von Uchatius, einem Erfinder und Militär. Er hatte einmal das Wiener Zeughaus geleitet, und zu seinen Erfindungen gehörte ein primitiver Bewegtbild-Projektor; fünfzig Jahre vor dem des Amerikaners Edison. Seinen Ruf als Militär und den Generalsrang hatte er allerdings der Erfindung von Stahlbronze zu verdanken, die sich zum Gießen von Kanonen eignete. Als eine der aus diesem Metall gegossenen Kanonen bei einer Vorführung vor dem Kaiser explodierte, wählte Uchatius, um der Schande zu entgehen, den Wiener Weg. Er beging Selbstmord.

Werthen, der viel über seine Wahlheimat wusste, war einen Moment versucht, Gross diese Anekdote zu erzählen. Nur bezweifelte er, dass sie den Kriminologen amüsieren würde. Also folgte er Gross schweigend zur Hausnummer 13, wo eine Putzfrau gerade damit beschäftigt war, den Hausflur zu wischen. Sie erkundigten sich bei ihr nach Liesel Landtauers Wohnung und wurden in den dritten Stock zum Appartement 39 geschickt. Gross, der unter klaustrophobischen Anwandlungen litt, ignorierte den bereitstehenden Fahrstuhl und nahm die Treppen. Er schnaufte recht vernehmlich, als sie den dritten Stock erreichten. Gross hatte ein offizielles Schreiben aus dem Polizeipräsidium in der Tasche, mit dem sie die Vermieterin Frau Iloshyna rasch überzeugten, sie in Liesels Raum einzulassen.

»Liesels Mitbewohnerin Helga war so mitgenommen, dass sie zu ihren Eltern nach Niederösterreich gegangen ist«, erklärte die Dame. »Sie hat alle ihre Sachen mitgenommen. Davon abgesehen ist der Raum noch genau so, wie ihn die arme Liesel verlassen hat, bevor sie …«

»Aber sicherlich, gewiss, gewiss«, versuchte Gross sie zu trösten und tätschelte ihr verlegen den Oberarm.

»Sie war ein gutes Mädchen. Ganz gleich, was die Zeitungen schreiben.«

Die Presse hatte die Meldung von Klimts Verhaftung schon gebracht. Auf den Straßen kursierten die Nachmittagsausgaben mit Schlagzeilen wie *Böses Ende von Liebeshändeln* oder *Die Schöne und der Unhold*. Letztere Zeitung hatte einer Fotografie des bärbeißigen und fast dämonisch wirkenden Klimt die Skizze von Liesel für das Gemälde der *Nuda Veritas* gegenübergestellt. Ein Grafiker hatte allerdings zuvor die Partien ihres Körpers verhüllt, deren Anblick die Gefühle der anständigen Bürger Wiens verletzen könnte.

»Ganz bestimmt war sie das«, erwiderte Werthen beschwichtigend.

»Ich werde alles tun, was in meiner Macht steht, um diesen Unhold zu überführen. Alles!«, sagte sie.

Offenbar wusste sie zwar, dass Werthen und Gross sie im Auftrag der Polizei aufsuchten, hatte jedoch keine Ahnung, dass sie Klimts Unschuld nachweisen wollten.

Sie führte die beiden Männer zu einem schmalen Zimmer im rückwärtigen Teil der Wohnung, der an den Lichtschacht grenzte. Obwohl es erst später Nachmittag war, lag das Zimmer vollkommen im Dunkeln. Sah man aus dem Fenster, konnte man gerade noch einen Zweig der Kastanie im Hinterhof des Mietshauses erkennen. In dem Raum standen zwei Eisenbetten, über denen Kruzifixe hingen. An der gegenüberliegenden Wand befanden sich zwei Kleiderschränke. Die Tür des Schranks neben der Zimmertür war nur angelehnt. Gross warf einen Blick hinein und stellte fest, dass er leer war.

»Das ist Helgas Schrank«, erklärte Frau Iloshnya. »Ich glaube nicht, dass sie wieder zurückkommt. Sie hat doch sehr unter Liesels Tod gelitten.«

Während sich Gross damit beschäftigte, den Inhalt des zweiten Kleiderschrankes einer genaueren Inspektion zu unterziehen – die Polizei hatte bereits flüchtig hineingeschaut und nichts entdeckt –, versuchte Werthen, etwas aus der Frau herauszubekommen.

»Wir sind für jede Information dankbar, die Sie uns über Liesel geben können. Wissen Sie, ob sie viele Freunde hatte?«

Sie schüttelte den Kopf so vehement, dass sich eine weiße Strähne aus dem Haarknoten an ihrem Hinterkopf löste.

»Helga und sie klebten förmlich zusammen. Sie haben beide in derselben Teppichfabrik gearbeitet«, meinte sie.

Gross, der mitgehört hatte, warf Werthen einen skeptischen Blick zu. Sie wussten, dass Liesel diese Arbeit schon sehr bald nach ihrer Ankunft in Wien aufgegeben hatte. In den vergangenen sechs Monaten hatte sie ihren Lebensunterhalt als Modell für Maler bestritten und hauptsächlich für Klimt gearbeitet.

Gross warnte Werthen mit seinem Blick, nicht alles für bare Münze zu nehmen, was die Vermieterin erzählte. Denn ganz offensichtlich kannte sie ihre Mieterin nicht besonders gut.

»Gab es denn gar keine Männer in ihrem Leben? Sie war doch eine sehr attraktive junge Frau.«

»Sie war ein anständiges Mädchen.« Frau Iloshnya schrie fast.

Werthen sah, dass Gross den einzigen Stuhl im Raum bestiegen hatte und damit beschäftigt war, oben auf dem Kleiderschrank nachzuschauen.

»Ich wollte nichts Gegenteiliges behaupten, gnädige Frau, aber Herrenbesuch an sich muss ja nicht gleich ungehörig sein.«

»Unter meinem Dach gibt es so etwas nicht, das kann ich Ihnen versichern!«, erwiderte sie empört.

Zum Teufel damit, sagte sich Werthen. Mit dieser alten Schachtel würde er sich nur Ärger einhandeln.

Er nahm ihrem Arm und führte sie sanft aber bestimmt zur Tür. »Vielen, vielen Dank für Ihre Hilfe«, sagte er und schob sie aus dem Zimmer. »Wir werden alles genau so zurücklassen, wie wir es vorgefunden haben.«

Sie wirkte überrascht, dann verärgert und schien protestieren zu wollen.

»Wir finden den Weg allein hinaus«, setzte Werthen rasch hinzu und schloss die Zimmertür vor ihrer Nase.

»Ich glaube, das hier könnte etwas sein, Werthen«, sagte Gross und reckte den Arm in den hintersten Winkel auf dem Schrank. Er nickte, als seine tastende Hand fündig wurde, und zog ein Bündel von Briefen hervor, die mit einer roten Schleife zusammengebunden waren.

Er blies über die Umschläge, aber es wirbelte kein Staub auf. Gross kletterte vom Stuhl herunter und setzte sich aufs Bett.

»Vielleicht hat uns unsere Liesel ja eine Spur hinterlassen.«

Er knotete die Schleife auf, öffnete einen Brief nach dem anderen und überflog seinen Inhalt, bis er beim letzten Brief angelangt war.

»Aha – jetzt wird es allmählich interessanter.«

Er reichte Werthen den Brief, der ihn schnell las und bestätigend nickte. »Das hier bringt zweifellos einen neuen Aspekt in die Sache.«

»Vielleicht ist es Zeit für einen Theaterbesuch«, sagte Gross, dessen Augen unternehmungslustig funkelten.

Zwanzig Minuten später stiegen sie am Burgtheater aus der Tram.

Werthen hatte die architektonischen Verstiegenheiten im Wien des ausgehenden 19. Jahrhunderts aufmerksam verfolgt. Insbesondere die Bauvorhaben an der Ringstraße waren in seine Kurzgeschichten eingeflossen und lieferten ihm einen ergiebigen Hintergrund von Prunk und Künstlichkeit.

Die Neubauten der Ringstraße waren prachtvoll herausgeputzt, um ihre Zweckbestimmung besonders deutlich zu symbolisieren. Das Opernhaus gab sich im Stil der Neorenaissance als Heimstatt der Künste, das Parlament erschien ganz neoklassizistisch als Hommage an die griechische Architektur und das Ursprungsland der Demokratie, und das Rathaus symbolisierte neugotisch den bürgerlichen Wohlstand. Der Zuschauerraum des Burgtheaters, vor dem Werthen nun stand, war in der Form einer Lyra angelegt, was an die griechische Herkunft der dramatischen Kunst erinnern sollte. Mit Symbolen hatten es die Wiener wirklich.

Das Burgtheater gehört eindeutig zu den ungeheuerlichsten architektonischen Monstrositäten am Ring, dachte Werthen. Die Bauzeit hatte sechzehn Jahre betragen, in denen die Baukosten unablässig in die Höhe getrieben worden waren, bis sie die ursprüngliche Veranschlagung schließlich um ein Mehrfaches übertrafen. Die Deckengemälde des Burg- oder Hoftheaters stammten unter anderem von Gustav Klimt, und das Gebäude wurde 1888 unter Fanfarenklängen und im Glanze von viertausend elektrischen Glühbirnen, die die Fassade erhellten, feierlich eröffnet. Und dies, obwohl selbst jetzt, ein Jahrzehnt später, die Elektrifizierung der Stadt noch immer in weiter Ferne lag. Anders als in anderen europäischen Städten, wo elektrisches Licht schnell zur Norm wurde, erhellte in Wien noch immer der Schein von Gaslaternen die Nacht.

Die Lyra-Form des Zuschauerraums schuf, nach Aussagen eines Schauspielers und Kritikers der *Neuen Freien Presse*, ein unter Ornamenten ersticktes Mausoleum, in dem aufzutreten eine Zumutung für ihn und seine Kollegen sei. An dieser Bühne der darstellenden Kunst sei weder die Sprache zu verstehen noch die Handlung zu verfolgen. Zu allem Überfluss, so der Kritiker, hätten sich die Architekten sogar beim Symbol vertan; nicht die Lyra, sondern die griechische Doppelflöte *Aulos* symbolisierte eigentlich die Ursprünge des griechischen Theaters.

Die schlechte Akustik und die Sichtbehinderungen blieben auch nach der Eröffnung noch jahrelang bestehen und wurden erst vor zwei Jahren nachgebessert.

Werthen schob solche Gedanken beiseite, als er Gross schweigend um das Bauwerk herum zu dem Bühneneingang an der Seite des Gebäudes folgte. Hier zeigte der Kriminologe seinen Brief vom Polizeipräsidium einem skeptischen Portier, der wohl schon alle möglichen Tricks gesehen hatte, derer sich die Leute bedienten, um sich via Bühneneingang Zugang zu den Künstlergarderoben und Autogrammen zu verschaffen.

»Herr Girardi, wenn Sie die Güte hätten«, bat Gross den Türwächter. »Es ist eine offizielle Angelegenheit.«

Es half nicht gerade, dass diese »Angelegenheit« den Star des Abends betraf. Verärgert über die Störung seiner nachmittäglichen Vesperpause starrte der backenbärtige und aufgedunsene Portier verdrossen auf die Visitenkarte.

»Nun machen Sie etwas zügiger, Mann«, fuhr Gross ihn ungeduldig an und verfiel in den einschüchternden Tonfall eines Staatsanwalts. »Wenn Sie mir nicht glauben, rufen Sie das Präsidium an. Ein Telefon werden Sie hier ja wohl haben, oder?«

Der Portier grummelte irgendetwas Unverständliches und wies dann in den Flur zur Linken. Anscheinend lag dort die Garderobe Girardis.

Werthen war bekannt, dass die Zeitungen Girardi zur gegenwärtig nach dem Kaiser berühmtesten Persönlichkeit Wiens hochgeputscht hatten.

Hätte man jedoch die einfachen Wiener auf den Straßen gefragt, wessen Autogramm sie lieber besäßen, hätte der Kaiser dem Schauspieler wohl den Vortritt lassen müssen. Girardi war ein Phänomen, beherrschte den Wiener Dialekt perfekt, war ein vorzüglicher Komödiant und ebenso gut in Schauspiel und Operette. Seine Art, sich zu kleiden, hatte die ganze Stadt infiziert und ihn davor bewahrt, in eine Nervenheilanstalt eingesperrt zu werden. Gerüchten zufolge hatten er und seine Exfrau, eine unberechenbare Schauspielerin, eine furchtbare Ehe geführt, in der die beiden vor allem tiefster Hass verband. Um ihren Gatten loszuwerden, hatte seine Frau ihn sogar von einem Nervenarzt für verrückt erklären lassen, der den Mann zuvor nicht einmal untersucht hatte.

Als die Pfleger gekommen waren, um ihn in die Irrenanstalt zu bringen, hatten sie Girardi mit einem seiner Bewunderer verwechselt, der vor dem Haus des Schauspielers herumlungerte und bis hin zum obligatorischen Strohhut genau wie dieser angezogen war.

Sein Debüt am ehrwürdigen Burgtheater hatte Girardi, der als Volksschauspieler in beliebten Stücken und Komödien bekannt geworden war, anlässlich einer Produktion von Raimund gegeben. Anlass dafür war eine für den Kaiser und seine Familie sowie befreundete Adelige und den zu Besuch weilenden Prince of Wales eigens anberaumte Sondervorstellung außerhalb der üblichen Spielzeit. Normalerweise waren das Burgtheater wie auch alle anderen Spielstätten und Konzerthallen der Stadt von Juli bis September geschlossen.

Der strahlende Glanz Girardis als neuer Stern am Theaterhimmel war sogar bis nach Graz und selbst zu Gross gedrungen, der offenkundig schon von »dem Girardi« gehört hatte.

Gross klopfte an die Tür des Schauspielers.

Von innen rief eine Stimme auf Französisch: »Entrée!«

Gross öffnete schwungvoll die Tür. Dahinter befand sich etwas, was im ersten Moment wie ein Gewächshaus aussah. Der Raum war vollkommen mit Blumen vollgestellt; Rosen quollen aus Vasen, Veilchen und Lilien waren zu Ehrenkränzen geflochten, und Nelkensträuße in allen Farben standen neben Topfpflanzen, Alokasien, Farnen und Palmen in Messingübertöpfen.

Der Duft dieser Pflanzenvielfalt traf die beiden Männer wie ein olfaktorischer Hammer. Sie blieben einen Moment an der Türschwelle wie angewurzelt stehen.

»Ja, was ist denn?« Die volle, tragende Stimme gehörte einem überaus kleinen Mann – noch kleiner als selbst Meindl –, der fast vollständig hinter einer offenkundig falschen Ming-Vase mit purpurnen Chrysanthemen verschwand, die auf dem Frisiertisch stand. Der Mann betrachtete die Besucher in seinem Garderobenspiegel. Sein Gesicht war so weiß wie das der Leichen im Schauhaus. Allerdings war diese Blässe in Girardis Fall künstlich erzeugt worden. Werthen begann zu begreifen, woher der Ruhm des Mannes rührte. Es war noch nicht einmal zwei Uhr nachmittags, und schon war Girardi dabei, seine Maske anzulegen. Wie es schien, drehte sich sein ganzes Leben ums Theater.

Gross stellte sich selbst kurz und Werthen als »meinen Kollegen« vor.

Girardi erhob sich, murmelte »Enchanté« und sah in seinen Opernstiefelchen mit den hohen Sohlen ziemlich albern aus. Allerdings betrachtete er sie mit einem gerissenen, argwöhnischen Blick. Offenbar spielte er gerade die Rolle »scharfsinniges Mutmaßen«.

»Was kann ich für Sie tun, meine Herren?«

»Bitte verzeihen Sie die Störung, Herr Girardi. Es geht um den Fall Landtauer, Fräulein Liesel Landtauer«, antwortete Gross.

Girardi wechselte die Rolle – jetzt war er der gewiefte Bonvivant. »Liesel? Das liebe Mädchen, das kenne ich gut. Ich hatte durchaus schon das Vergnügen, möchte ich einmal sagen.« Sein makelloses Burgtheater-Deutsch durchzog jetzt ein Hauch Wiener Dialekt. Girardis Gespür für Wirkung war perfekt – wie auf Stichwort hin präsentierte er ein zweideutiges Grinsen. »Pflegen die Herren ebenfalls Umgang mit ihr?«

Werthen und Gross wechselten kurz einen Blick.

»Dann wissen Sie es also noch nicht«, erwiderte Gross. »Haben Sie noch nicht die Zeitungen gelesen?«

Girardi fiel aus seiner Bühnenrolle, und einen kurzen Augenblick blitzte ein menschlicher Ausdruck hinter seiner Maske auf.

»Vor einer Vorstellung lese ich keine Nachrichten. Das lenkt nur ab. Worum geht es denn?«

»Ich habe leider die traurige Pflicht, Ihnen mitzuteilen, dass Fräulein Landtauer tot ist … Sie wurde ermordet.«

Offenkundig hielt Girardi das einen Moment für einen üblen Scherz. Er setzte gerade an, sich vehement dagegen zu verwahren, als er den bekümmerten Blick in Werthens Augen bemerkte.Ohne sich umzudrehen, tastete er mit der Hand zum Stuhl vor dem Frisiertisch und ließ sich darauffallen.

»Wie bitte?«, flüsterte er fast unhörbar.

»Jemand hat ihr das Genick gebrochen«, fuhr Gross fort und legte beruhigend die Hand auf Girardis Schulter. »Es ging ganz schnell. Sie musste keine Schmerzen erleiden.«

Als sich Schweigen in dem Raum breit machte, nahmen die Geräusche von draußen an Lautstärke zu. Anweisungen, das Hämmern der Bühnenarbeiter und der Gesang einer Altistin, die, Gott weiß warum, irgendwo im Zuschauerraum übte.

»Das kann doch nicht sein«, sagte Girardi schließlich. »Da muss einfach ein Irrtum vorliegen. Ganz bestimmt!«

Gross schüttelte den Kopf. »Ich fürchte nicht, Herr Girardi. Sie ist bereits identifiziert worden.«

Girardi blickte starr geradeaus. »Wann?« Dann hob er den Blick. »Um welche Zeit ist das passiert?«, fuhr er Gross beinahe an.

»Vorgestern Nacht. Irgendwann zwischen Mitternacht und drei Uhr morgens. Die medizinische Untersuchung konnte den Zeitpunkt nicht näher bestimmen.«

Girardi ließ den Kopf in die Hände sinken und schloss die Augen. Dann ging ein Ruck durch seinen Körper. Wie von Marionettenfäden gezogen, setzte er sich aufrecht in den Stuhl und schob den Kiefer nach vorn.

»Warum kommen Sie damit zu mir? Wie sind Sie überhaupt darauf gekommen, dass wir ... befreundet waren?«

Gross zog das Bündel mit den Briefen hervor. »Die junge Dame hat Ihre Briefe aufbewahrt. Sehen Sie? Die letzten Schreiben legen den Schluss nahe, dass Sie in der fraglichen Nacht zusammen waren.«

»Da muss ich widersprechen«, erwiderte Girardi und sprang auf.

Diesmal wirkte er wie ein kleiner, kampfbereiter Streithahn. Er streckte die Hand nach den Briefen aus. Gross gab nach und reichte sie ihm.

»Sie wollte am Dienstag mit mir zusammen sein«, fuhr Girardi fort und ließ die Briefe in einer Schublade seines Schminktisches verschwinden. »Aber ich habe das Mädchen nach einem kurzen Abendessen im Sacher nach Hause geschickt. Sie wissen es vielleicht nicht, aber ich habe heute Abend eine Premiere. Liesel kümmerte das wahrscheinlich wenig. Doch ein Mann meines Alters braucht in den Tagen vor einer solchen Vorstellung Schlaf nötiger als Liebesspiele.«

»Wann genau war das, mein Herr?«, fragte Gross.

Girardi schüttelte den Kopf. Er hatte nicht verstanden, was der Kriminologe von ihm wollte.

»Wann haben Sie sie nach Hause geschickt?«

Der Schauspieler schürzte nachdenklich die Lippen. »Nicht viel später als elf. Vielleicht um Viertel nach. Fragen Sie die Kellner im Sacher. Sie ging zu Fuß, leider, muss ich wohl sagen. Sie hatte mir irgendeine Lappalie übelgenommen, und wollte nicht einmal den Fiaker, den ich ihr gerufen hatte. Sie verschwand einfach in die Nacht, wie …«

»Ja, mein Herr? Wie verschwand sie?«, hakte Gross nach, als Girardi verstummte.

»Unter den gegebenen Umständen ist es vielleicht unpassend, das zu sagen … wie ein Flittchen. Eine Dame des horizontalen Gewerbes, Sie verstehen. Von denen ziehen abends schließlich genügend durch die Straßen.«

»Und dann sind Sie nach Hause gegangen?«, fuhr Gross fort und griff zu seinem Notizblock.

»Ja, mein Kammerdiener kann Ihnen das bestätigen, falls Sie Zweifel daran haben. Allerdings möchte ich anmerken, dass es mir gar nicht gefällt, vor einer Aufführung in dieser Form verhört zu werden.«

Werthen merkte dem Mann an, dass sein Schock über Liesels Tod ein wenig abebbte.

Girardi musterte die beiden Männer argwöhnisch. »Und was genau sind Sie beide eigentlich? Jedenfalls sind Sie nicht von der Polizei, wie mir scheint. Sind Sie etwa Reporter? Ich werde Sie hinauswerfen lassen!« Er griff nach einer Zugleine beim Garderobentisch.

»Wir versuchen zu rekonstruieren, was das unglückselige Opfer vor zwei Nächten getan hat«, erwiderte Gross. Seine tiefe Bassstimme zeigte Wirkung. Der Schauspieler hielt mitten in der Bewegung inne. »Nein, wir sind keine Reporter, Herr Girardi. Ich bin Dr. Hans Gross und war zuvor in Graz tätig.«

Girardi schien seinen Namen nicht zu kennen.

»In Fällen wie diesem können selbst die kleinsten Hinweise hilfreich sein«, fiel Werthen rasch ein, um die Wogen etwas zu glätten.

Girardi seufzte. »Nun, dann reden Sie doch mal mit Ihrem Malerfreund. Eigentlich hätte sie ihn an jenem Abend in seinem Atelier besuchen sollen, stattdessen ist sie jedoch mit mir ins Sacher gegangen zum Souper. Diesen Klimt sollten Sie aufsuchen und herausfinden, was er am Dienstagabend gemacht hat. Der Mörder hat ihr das Genick gebrochen, sagen Sie? Nun, dieser Bursche ist immerhin gebaut wie ein Kleiderschrank.«

»Das kann nicht sein!«, sagte Gross mehrmals, während sie unter der gleißenden Sonne den Ring entlangtrotteten.

»Es ist schlichtweg inakzeptabel«, wiederholte er. Er klang ungeduldig. Offenbar war ihm die so heiß begehrte Anerkennung versagt geblieben, weil Girardi ihn nicht erkannt hatte.

»Was haben Sie denn?«, ging Werthen schließlich auf das Spiel ein.

»Dieser aufgeblasene Verseschmied! Hält mich für irgendeinen verdammten Reporter mit Zelluloidkragen. Kommt selbst aus Graz und weiß noch nicht mal, dass ich zu den führenden Kriminologen zähle. Dass ich Bücher geschrieben und eine Zeitschrift gegründet habe. Dass Monarchen und Gendarmerien gleichermaßen meinen Rat suchen.«

»Die Nerven«, meinte Werthen beschwichtigend. »Es liegt sicher am Lampenfieber vor seiner Premiere heute Abend!«

Was Gross jedoch nicht besänftigen konnte.

»Erzählt mir, was ich tun soll. *Reden Sie doch mal mit Ihrem Malerfreund*, sagt er. Macht einen auf wichtig.«

»Seine Überraschung über den Tod der kleinen Landtauer jedenfalls schien echt zu sein.«

»Hmmm.«

»Aber warum haben Sie ihm die Briefe zurückgegeben?«

»Eine solche Freundlichkeit würde ich ihm ganz gewiss nicht noch einmal erweisen«, meinte Gross und zuckte mit den Schultern. »Aber letztlich beweisen sie nur, dass Girardi ein erbärmlicher Plagiator ist. Zärtliches Liebesgesäusel, alles aus Shakespeares Sonetten oder Lessings Gedichten abgeschrieben. Was die Landtauer wohl kaum bemerkt haben dürfte; es wäre schon verwunderlich, wenn sie auch nur die Schlagzeilen oder Groschenheftchen gelesen hätte.«

»Immerhin waren diese Briefe Beweis für eine Liaison. Vielleicht wollte sie Girardi wegen Klimt verlassen und nicht umgekehrt.«

»Wir dürften diese Briefe kaum benötigen, um ihre Affäre zu beweisen. Ich bin fest davon überzeugt, dass Herr Girardi nur zu gern die ganze Welt von seinen Eroberungen in Kenntnis setzt. Solche Affären sind gut für das Ego, und im Sacher findet er ganz sicherlich genug Öffentlichkeit für seine Rendezvous. Wir können sein Alibi natürlich überprüfen, aber ich zweifle nicht daran, dass Girardis Geschichte stimmt. Er hat das Mädchen schlicht und einfach nach Hause geschickt.«

»Er hat es in den Tod geschickt«, fügte Werthen hinzu.

Darauf erwiderte Gross nichts, beschleunigte jedoch seine Schritte.

»Was haben wir jetzt vor?«, wollte Werthen wissen, während er ihm in Richtung Schottenring folgte.

Gross antwortete über die Schulter hinweg. »Mir scheint, wir haben gerade noch genug Zeit, um einen gewissen Nervenarzt aufzusuchen, bevor wir uns ein anständiges Dinner genehmigen.«

Wie sich jedoch herausstellte, war Doktor Sigmund Freud nicht zu Hause. Ein Schild an der Tür verkündete, dass seine Praxis im August geschlossen sei. In dringenden Fällen erreiche man ihn in der Pension zum See, Altaussee, Salzkammergut.

Das Schild war auf den 10. August datiert, folglich war Sigmund Freud in der Todesnacht von Liesel Landtauer nicht in Wien gewesen.

»Ich würde sagen, nach diesem ausgefüllten Tag haben wir uns einen kleinen Schluck vor dem Essen verdient«, verkündete Gross, während er das Schild an der Berggasse 19 betrachtete. »Trotzdem ist es schade. Ich hatte mich schon darauf gefreut, mit dem Mann über mein Werk zu diskutieren. Wie ich hörte, arbeitet er an einer neuen Art Therapie für Nervenkranke. Er nennt es Gesprächstherapie.«

»Ach ja?« Mehr sagte Werthen nicht, der selbst schon auf Freuds Couch gelegen hatte. Wenn Gross seine Geheimnisse hatte, würde er wohl auch die seinen haben dürfen.

5. Kapitel

Sie trafen ihren Gast im Café Landtmann in der Nähe vom Burgtheater, dem Ort, den er gewählt hatte. Während Gross und Werthen an einem Tischchen mit Marmorplatte Platz nahmen, protestierte Werthen gegen ihre Verabredung mit Theodor Herzl, dem ehemaligen Dandy, Feuilletonisten und Stückeschreiber, der neuerdings als Begründer des Zionismus und Verfasser des Buches *Der Judenstaat* bekannt geworden war.

»Meindl hat selbst gesagt, es lohne sich nicht, die jüdische Spur zu verfolgen«, erinnerte Werthen den Kriminologen.

»Seit wann lassen Sie sich von Meindl vorschreiben, was Sie tun sollen? Haben Sie selbst ihm nicht schon einmal vorgeworfen, nur über einen zweitrangigen Verstand zu verfügen?«

Gross' Elefantengedächtnis kann einem zuweilen den Nerv töten, dachte Werthen. Besonders wenn es unliebsame Wahrheiten ans Licht bringt.

Je stärker sich Gross auf die Möglichkeit eines jüdischen Ritualmordes versteifte, desto nachdrücklicher schien Werthens latentes Judentum in den Vordergrund zu rücken. Er hatte geglaubt, es läge tief unter seiner Bildung, seinem Geld und seiner Konversion zur christlichen Konfession vergraben, doch nun schien es sich in ihm aufzubäumen wie ein wildes Ungetüm. Die Vorstellung, es handele sich bei den Morden ausgerechnet um von Juden begangene Blutopfer, machte ihn zornig. Schließlich waren es doch gerade die leidgeprüften Juden, die seit Jahrhunderten ihr Blut durch die Hände europäischer Christen verloren hatten.

Gross hatte einen seiner ehemaligen Studenten um Hilfe gebeten, der inzwischen Redakteur bei der *Neuen Freien Presse* war, wo Herzl bis vor kurzem als Redakteur und Essayist gearbeitet hatte. Die Kontaktperson hatte es vermocht, Herzl trotz seines ungeheuren Arbeitspensums zu einem kurzen Treffen zu überreden. Sich mit Herzl jedoch ausgerechnet über Ritualmorde zu unterhalten oder gar nach Verbindungen zu radikalen Juden zu suchen, die zu solchen Taten imstande wären, kam Werthen wie eine beinahe demagogische Unverfrorenheit von Gross' Seite vor, und er hatte für ein solches Verhalten keinerlei Verständnis.

Dennoch wollte er an dem Gespräch teilnehmen, da die Neugier in ihm die Oberhand gewonnen hatte. Herzls Name war erst unlängst in den Blickpunkt öffentlichen Interesses geraten. Schon in wenigen Tagen würde in Basel der zweite Zionistische Weltkongress stattfinden, und Herzl hatte angesehene Juden aus der ganzen Welt versammelt, um mit ihrer Hilfe den neuen Judenstaat in Argentinien oder in Palästina zu planen. Werthen wollte herausfinden, was diesen Mann antrieb, wie es möglich war, dass er sich gleichsam über Nacht von einem angepassten Österreicher zu einem Fürsprecher eines Judenstaates verwandeln konnte.

Er erkannte Herzl sofort, als der durch die Doppeltüren ins Café trat. Der Mann war nicht groß, aber sein imposanter Vollbart verlieh ihm die Ausstrahlung eines biblischen Patriarchen.

Herzl sprach kurz mit dem Oberkellner Herrn Otto und wurde von ihm zu ihrem Tisch geschickt. Gross und Werthen standen auf, um den Mann zu begrüßen.

»Wie schön, dass Sie sich so kurzfristig Zeit nehmen konnten«, sagte Gross und hielt Herzl die Hand hin. »Mir ist klar, wie sehr Sie mit der Vorbereitung des Zionistenkongresses und Ihren literarischen Arbeiten beschäftigt sind.« Er deutete mit der Hand auf den freien Stuhl an ihrem Tisch.

Man stellte sich einander vor. Als Herzl das übliche höfliche *Sehr erfreut* aussprach, war Werthen über den Kontrast zwischen seiner äußeren Erscheinung und dem Klang seiner Stimme fast schockiert. Dieser imposante Mann trug einen makellosen taubengrauen Anzug, der ohne weiteres vom Edelschneider Knieze am Graben stammen konnte, aber die beeindruckende Wirkung seines Äußeren wurde von seiner Stimme zunichtegemacht, die fast wie die eines Kastraten klang.

Gross schien davon keine Notiz zu nehmen, sondern kam sofort auf die Mordserie zu sprechen. Herzl räumte ein, bereits in den Zeitungen ein wenig darüber gelesen zu haben. »Ich habe das Thema jedoch nicht weiter verfolgt, da meine Zeit gegenwärtig sehr begrenzt ist.«

Trotz der hellen Stimme wirkten seine Worte nachdrücklich. Er sprach langsam und verlieh jedem einzelnen Wort Gewicht; als hätte er früher einmal gestottert und versuchte jetzt, mit jeder seiner Äußerungen dagegen anzuarbeiten.

Das wirkte auf Werthen fast hypnotisch, und er hing förmlich an jedem Wort.

»Ich bin mir jedoch wirklich nicht sicher, auf welche Weise ich Ihre Nachforschungen unterstützen könnte, meine Herren!«, sagte Herzl.

Werthen sah Gross an, dessen Blick auf Herzl fixiert war. »Es geht um einen möglichen Zusammenhang mit jüdischen Gepflogenheiten«, begann Gross und beschrieb die Wunden der Opfer und ihr Ausbluten.

»Ich verstehe«, sagte Herzl. »Sie meinen, es handele sich um jüdische Ritualmorde, nicht wahr?«

»Ganz genau.« Gross schätzte Gespräche mit Damen und Herren, deren intuitive oder intellektuelle Fähigkeiten es ihm ersparten, jedes einzelne Wort zu buchstabieren.

»Beziehungsweise Morde, die den Anschein erwecken, jüdische Ritualmorde zu sein«, fügte Werthen hastig hinzu.

»Mein geschätzter Kollege verweist hier auf einen sehr wichtigen Punkt: Morde, die den Anschein erwecken, von Juden begangen worden zu sein! Herr Herzl, vielleicht können Sie mir jemanden nennen?«

Jetzt kommt es, dachte Werthen und war drauf und dran dazwischenzugehen, als ihn Gross überraschte.

»Gibt es vielleicht jemanden, der Ihnen übel mitspielen will? Irgendeine Person oder Gruppe, die beabsichtigen könnte, mit einer solchen Scharade bestialischer Verbrechen den Zionismus oder das jüdische Volk zu diskreditieren? Sind Sie oder Ihre Organisation in letzter Zeit in irgendeiner Weise bedroht worden?«

Werthens Gereiztheit schlug in Bewunderung für seinen Kollegen um. Der Kriminologe schmunzelte und erwartete Herzls Antwort.

Herzl lachte leise. »Wo soll ich da wohl anfangen, Doktor Gross? Wie lang soll die Liste denn werden?«

»Ein Mann in Ihrer Position verfügt in solchen Angelegenheiten doch sicherlich über eine Art sechsten Sinn. Ich gehe davon aus, dass Sie imstande sind, harmlose Schwachköpfe von ernstzunehmenden Feinden zu unterscheiden.«

Herzl nickte. »Eine Fähigkeit, die ich mir bedauerlicherweise mühsam aneignen musste. Ich werde meinen Sekretär anweisen, eine Liste von Namen von Leuten zu verfassen, die uns bereits als ernstzunehmende Gefahr aufgefallen sind. Wohin soll ich die Liste schicken?«

Gross gab ihm seine Zimmernummer im *Bristol*.

Sie waren im Aufbruch begriffen, als Herzl fragte: »Hat einer der Herren mein Buch *Der Judenstaat* gelesen?«

»Ich bin noch nicht dazu gekommen«, gab Werthen zu. »Aber ich werde es lesen, ganz bestimmt. Sagen Sie, Herr Herzl, wie ist es gekommen, dass Sie zum Judentum zurückgefunden haben?«

»Sie sind jüdischer Abstammung, Herr Anwalt?«

»Ja, das bin ich.« Das Bekenntnis erfüllte Werthen unvermittelt mit Stolz.

»Dann kennen Sie ebenso gut wie ich die Ausflüchte, die unsereins bezüglich unserer Herkunft macht. Die verzweifelten

Bemühungen, in der nichtjüdischen Gesellschaft Fuß zu fassen, und die Verleugnung jeglichen Einflusses, den das jüdische Vermächtnis auf einen haben könnte. Vielleicht wissen Sie von meinem früheren Werdegang als Stückeschreiber und ambitionierter Dilettant. Aber als ich aus Paris für die *Neue Freie Presse* über den Dreyfus-Prozess berichtete, wurde mir klar, dass wir in der europäischen Gesellschaft immer Außenseiter bleiben werden, ganz gleich, wie sehr wir uns auch um Anpassung bemühen. Inzwischen erscheint mir mein früheres Leben wie vertane Zeit. Meine wahren Fähigkeiten lagen brach und warteten darauf, sinnvoll eingesetzt zu werden.«

Herzl schwieg einen Augenblick, als fürchtete er, bereits zu viel gesagt zu haben.

»Ihre Arbeit war gewiss nicht nur vertane Zeit, Herr Herzl«, sagte Gross. »Selbst in meinem provinziellen Grazer Vorposten hat mir Ihre Arbeit den Kontakt zu einer größeren Welt vermittelt. Ganz besonders inspirierend war Ihr Werk *Das Palais Bourbon, Bilder aus dem französischen Parlamentsleben*.«

Herzl nahm das Kompliment mit einer tiefen Verbeugung entgegen. Werthen dagegen überraschte es, dass der Kriminologe auch noch die Zeit gefunden hatte, etwas anderes als Artikel über die Rechtsmedizin zu lesen.

»Dennoch empfinde ich diese Jahre als vergeudete Zeit«, sagte Herzl, an beide gewandt. »In gewisser Hinsicht zählen die Juden Europas noch immer zum Bodensatz der Gesellschaft. Früher kam mir mein eigenes Leben vor, als lebte ich in einer Art Wartezustand. Heute dagegen erscheint mir mein Umwandlungsprozess wie ein Modell für die kollektive Transformation aller Juden. Lesen Sie doch einmal meine Erzählung *Das Wirtshaus zum Aniline*, wenn Sie Zeit haben. Dort finden Sie all das. Jetzt wünsche ich mir für mich nur noch ein Leben voller männlicher Taten, die auslöschen und vergessen machen können, was es jemals an Liederlichem, Gewöhnlichem oder Unentschlossenem in mir gegeben haben mag.«

Nachdem Herzl gegangen war, blieben Werthen und Gross noch eine Weile am Tisch sitzen und planten ihre nächsten Schritte.

»Ich muss mich noch einmal mit Klimt abstimmen«, erklärte Werthen. »Möglicherweise kann er inzwischen ja genauere Angaben machen, wo er sich während der übrigen Mordnächte aufgehalten hat.«

»Das ist eine gute Idee«, erwiderte Gross. »Was mich betrifft, werde ich als Gast unseres geschätzten Herrn Inspektors Meindl der polizeilichen rechtsmedizinischen Abteilung einen Besuch abstatten. Man hat gewisse Vorkehrungen getroffen, mir Fotografien von der Autopsie zu zeigen.«

Er klang sehr zufrieden, als er das sagte; andere würden so vielleicht einen erfreulichen Besuch im Theater oder in einem Restaurant beschreiben.

»Offiziell unternehme ich Recherchen für einen Artikel im *Archiv der Kriminalistik*«, ergänzte Gross mit unverhohlener Ironie.

Das ist sicher auf Meindls Mist gewachsen, vermutete Werthen. Der Mann würde seinen Kopf ganz sicher nicht zu weit aus dem Fenster beugen.

Sie vereinbarten ein Treffen im Labor der Rechtsmedizin im Anschluss an Werthens Gespräch mit Klimt.

Werthen zahlte die Rechnung. Bevor er den Hut aufsetzte, fragte er Gross: »Mir ist aufgefallen, dass Sie Herzl Ihre Adresse im *Bristol* gegeben haben. Heißt das, Sie brechen nicht so früh wie geplant nach Czernowitz auf?«

Gross warf ihm einen kurzen Seitenblick zu. »Ebenso wenig sehe ich Sie den Zug zum Landsitz Ihrer Eltern besteigen, mein lieber Werthen. Nicht, solange noch Arbeit auf uns wartet.«

Werthen zögerte. Sollte er das Thema anschneiden? Schließlich rückte er doch mit der Sprache heraus. »Ihre Fragen an Herzl haben mich ein wenig überrascht. Ich muss mich wohl bei Ihnen entschuldigen.«

»Seien Sie nicht töricht! Sie haben mich also für einen Antisemiten gehalten? Pah, man hat mir schon Schlimmeres unterstellt. Und glauben Sie nur nicht, ich hätte diese Fragen nur deshalb so gestellt, um Ihre zarten Gefühle zu schonen. Ganz im Gegenteil. Wie Sie selbst bereits angedeutet haben, ist die Art und Weise, in der diese Verbrechen inszeniert wurden, ganz offensichtlich eine Provokation. Entweder wurden sie von einem fanatischen Antisemiten oder von einem sehr gerissenen Kerl begangen, der es vorzieht, im Dunkeln zu bleiben und falsche Fährten und Verdachtsmomente auszustreuen.«

»Freut mich, dass Sie das so sehen.«

»Aber machen Sie sich nichts vor. Es gibt durchaus Ritualmorde. Lesen Sie nur die nächste Ausgabe von *Archiv der Kriminalistik*. Dort finden Sie einen langen Artikel über afrokaribische synkretistische Religionen wie Santeria, Voodoo und Palo Mayombe. In diesen Religionen spielen Ritualmorde eine wichtige Rolle. Wie ich immer zu sagen pflege: Nur weil ein Faktum abgrundtief abscheulich ist, bedeutet das keineswegs, dass man es ignorieren oder gar leugnen sollte.«

Man führte Werthen zu einer winzigen, schlecht belüfteten Zelle im Landgerichtsgefängnis, die Klimt mit zwei zwielichtigen Gestalten teilte, die, wie Werthen wusste, ebenfalls unter Mordverdacht standen.

Allerdings konnte sich Werthen bei den beiden anderen Delinquenten durchaus vorstellen, dass die gegen sie erhobenen Anschuldigungen der Wahrheit entsprachen. Sie wiesen jene ungesunde Blässe, den verschlagenen Blick und die Überheblichkeit von Berufsverbrechern auf.

Die Wache führte die beiden recht grob aus der Zelle, damit Werthen sich ungestört mit Klimt unterhalten konnte. Als die beiden die Zelle verließen, warf ihm der größere und brutaler aussehende von beiden noch einen vielsagenden Blick zu.

»Kümmern Sie sich bloß um den, klar? Ich habe ihm gesagt,

dass er jetzt einen richtigen Anwalt braucht, aber Gustl ist ja einer von der naiven Sorte. Enttäuschen Sie ihn nicht.«

»Weitergehen!« Der Wachmann stieß ihm unsanft den Schlagstock ins Kreuz.

»Ich komme schon klar, Hugo«, beruhigte Klimt den Mann. »Mach dir keine Sorgen.«

Werthen wartete, bis die Zellentür hinter den Wachen ins Schloss gefallen war. »*Gustl?*«

»Offenbar habe ich neue Freunde gefunden. Auf ihre Art sind diese Burschen gar nicht mal so übel. Sie hatten in ihrem Leben eben nie eine echte Chance. Nehmen Sie zum Beispiel Hugo: Sein Vater ist bei einem Arbeitsunfall in einer Textilfabrik ums Leben gekommen. Entschädigung gab es keine, und weil der Ernährer weg war, hat seine Mutter ihren Körper verkauft, um die Familie über Wasser zu halten, als Hugo noch ein kleiner Junge war. Er hat das alles ausführlich mitbekommen. Mit sieben Jahren hat er dann als Taschendieb die Straßen unsicher gemacht.«

»Ja, sicherlich. Diese Männer können bestimmt viele Geschichten über das Leben erzählen. Vermutlich genug, um selbst einen Stifter oder Grillparzer zu inspirieren.«

»Ich betrachte mein Leben jetzt mit anderen Augen«, erklärte Klimt, offensichtlich begeistert. »Ich dachte schon, ich hätte es schwer gehabt, als mein Vater starb und ich für den Rest der Familie sorgen musste.«

Er strahlte förmlich, und Werthen hatte den Eindruck, als hätte der Mann niemals gesünder ausgesehen. Es schien fast so, als würde er seine Haft sogar genießen.

»Um auf den eigentlichen Zweck meines Besuches zu kommen«, sagte Werthen. »Ist es Ihnen inzwischen gelungen, herauszufinden, wo Sie sich während der fraglichen Tage aufgehalten haben?«

Klimt saß auf der Pritsche aus Metallrohr und klopfte neben sich auf die Matratze, um Werthen aufzufordern, neben ihm Platz zu nehmen.

»Ich fürchte, ich kann Ihnen gar nicht helfen, alter Freund. Emilie hat die Termine in ihrem Tagebuch nachgeschlagen. Es sieht aus, als hätte ich jedes Mal bis spät in die Nacht im Atelier gearbeitet. Alleine. Allerdings habe ich seit Monaten nichts anderes getan. Ich musste das Porträt von Sonja Knips fertigstellen und die letzten Pinselstriche an meiner Pallas Athene anbringen. Abgabetermine, Abgabetermine – manchmal komme ich mir mehr wie ein Buchhalter denn wie ein Künstler vor.«

Werthen fuhr sich mit der Hand über die Augen.

»Das ist nicht gut, oder? Sind Sie und Gross dem wahren Mörder denn noch nicht auf die Spur gekommen?«

Werthen schilderte Klimt den aktuellen Stand ihrer Ermittlungen.

»Aber wenn mich dieser Meindl auch für unschuldig hält …«

»Das habe ich nicht gesagt«, unterbrach ihn Werthen. »Den Inspektor interessiert ausschließlich seine Karriere, und dafür sichert er sich eben doppelt ab.«

»In diesem Fall«, sagte Klimt aufmunternd, »wird sich die Liste, die Herzl schicken will, bestimmt als hilfreich erweisen. Vergessen Sie nicht, dass ich unschuldig bin. Einen Unschuldigen wird man doch nicht verurteilen.«

In diesem Augenblick ertönte ein lauter Knall, der durch den langen Gefängniskorridor hallte.

Werthen kümmerte sich nicht um das Geräusch, aber als er den verzweifelten Ausdruck in Klimts Gesicht wahrnahm, wurde ihm klar, dass der Maler genau wusste, was dieser Knall bedeutete. Die Gefängnisaufseher hatten die Falltür unter dem Galgen ausprobiert, weil später am Tag noch eine Exekution angesetzt war.

Gross inspizierte noch immer die Fotografien, die auf einem langen Tisch in einem Eckzimmer der rechtsmedizinischen Abteilung ausgebreitet lagen, als Werthen dort eintraf. Nachmittägliches Sonnenlicht strömte durch die nach Norden ausgerichteten Fenster. In dem breiten Streifen goldenen Lichts flatterten nervös Staubmotten.

Gross betrachtete die Fotografien durch ein mächtiges Vergrößerungsglas und war so in seine Arbeit vertieft, dass er nicht hörte, wie Werthen den Raum betrat. Erst nach zehn Minuten legte er die Lupe beiseite und bemerkte dann seinen Kollegen.

»Gute Nachrichten von Klimt?«

Werthen schüttelte den Kopf. »Er hat kein Alibi. Nicht für einen einzigen der fraglichen Tage. Stattdessen scheint er seinen Zwangsurlaub sogar zu genießen. Haben Sie irgendetwas herausgefunden?«

»Nicht mehr, als dass sich mein Verdacht bestätigt hat.«

»Und der wäre?«

»Schauen Sie sich das hier einmal an.« Gross legte fünf Fotos nebeneinander. Alle zeigten dieselben Abschnitte von Hälsen, die allesamt nur einen einzigen Schnitt aufwiesen.

»Dies hier sind die Verletzungen an den Halsschlagadern von allen fünf Opfern. Wir können dankbar sein, dass die Wiener Rechtsmediziner meine Arbeit gelesen und sich die Aussagekraft fotografischer Aufnahmen zu eigen gemacht haben. Für jedes der Opfer steht eine Auswahl hervorragender Autopsiefotos zur Verfügung. Inzwischen sind schon vier der Opfer beerdigt worden, deshalb wäre ich ohne diese Bilder niemals in der Lage gewesen, irgendwelche Vergleiche anzustellen.«

»Die Schnitte sind einander sehr ähnlich«, sagte Werthen, der das mit bloßem Auge erkannte.

»In der Tat, sie sind äußerst ähnlich«, sagte Gross und reichte ihm das Vergrößerungsglas.

Werthen untersuchte nun jeden einzelnen Schnitt gründlicher.

»Um genau zu sein, sind sie identisch, meinen Sie nicht?«, erkundigte sich Gross.

»Ja«, bestätigte Werthen und ließ die Lupe sinken. »Aber ich bin natürlich kein Experte.«

»Ich aber, und ich behaupte, die Schnitte sind einander so ähnlich, dass sie nur von ein und derselben Hand ausgeführt worden sein können. Zudem einer Hand, die Übung darin hatte. Entweder ist dieser Mörder ein ausgebildeter Chirurg, oder es handelt sich um einen professionellen Mörder mit sehr viel Erfahrung.«

»Das können Sie an den Schnitten erkennen?«

»An den Inzisionen«, verbesserte Gross. »Ja, daran erkenne ich es. Diese Inzisionen haben nichts Zögerliches, es gibt hier kein zerrupftes Fleisch, keine Abrasionen und kein Ausprobieren. Ich gehe davon aus, dass unser Mörder Rechtshänder ist, weil die Inzision auf der rechten Seite des Einschnitts tiefer ist als auf der linken Seite. Ergo setzte die Inzision an dieser linken Stelle hier an und wurde dann in einem einzigen, sicheren Zug über die Arterie geführt. Vermutlich wurde ein Skalpell benutzt, vielleicht auch ein Rasiermesser, denn keine normale Messerklinge lässt sich mit dieser Präzision schärfen, die diese Schnitte offenbaren. Daraus folgt, dass an diesen Taten ein ausgebildeter Arzt oder Mediziner beteiligt gewesen sein muss.«

»Oder ein Barbier«, scherzte Werthen. Dann runzelte er die Stirn und dachte über Gross' letzte Worte nach. »*Beteiligt sein muss*, sagen Sie?«

»Die Opfer wurden zuerst umgebracht. Dann wurde ihnen das Genick gebrochen. Das Blut wurde erst später abgezapft. Es ist keineswegs sicher, dass der Mörder das ebenfalls gemacht hat. Vielleicht waren mehr als nur eine Person in diese Morde involviert.«

»Diese Angelegenheit wird von Stunde zu Stunde verzwickter, Gross. Darf auch ich meinen Teil zu der Verwirrung beitragen?«

»Aber herzlich gern!«, erwiderte Gross.

»Auf dem Weg hierher kam mir in den Sinn, dass es vielleicht noch eine Erklärung für diese Verbrechen gibt. Wäre es nicht möglich, dass Herr Klimt das eigentliche Opfer ist?«

Gross blinzelte und nickte. »Sie meinen, all diese Verbrechen hätten allein dem Zweck gedient, ihn als Schuldigen darzustellen.«

»Der Gedanke ist mir gekommen, ja«, bestätigte Werthen. »Es müsste jemand aus dem Umfeld des Malers sein. Jemand, der seinen Tagesablauf kennt und genau weiß, dass er für keine Mordzeit ein Alibi hat. Da kämen wohl ein paar Dutzend Künstlerkollegen in Frage.«

»Missgunst!«, rief Gross. »Sie zeigt ihre hässliche Visage in allen Bereichen menschlichen Schaffens. Dass unser Herr Klimt den Fittichen der offiziellen Kunst entflohen ist und die Sezession gegründet hat, könnte ein paar akademischen Malern erheblich gegen den Strich gegangen sein.«

»So sehr, dass es ausreichte, aus Rache fünf unschuldige Menschen zu ermorden?«, stellte Werthen seine eigene Hypothese auf den Prüfstand.

»Ich habe schon ebenso abscheuliche Täter mit weitaus schwächeren Motiven überführt.«

»Mit Herzls Liste und Klimts Umfeld verdächtigen wir dann fast halb Wien.«

»Darauf könnte es hinauslaufen. Vielleicht ist es einfacher, der Herkunft der Waffe nachzugehen.«

»Aber wie viele Skalpelle und Rasiermesser wird es in Wien geben? Ist das nicht nur eine andere Nadel im Heuhaufen, Gross?«

»Ganz und gar nicht, mein lieber Freund.« Gross führte das Vergrößerungsglas wieder an sein Auge und betrachtete die Schnittlinie auf dem mit »M5« bezeichneten Foto. Er wies mit dem angespitzten Ende eines Bleistifts auf einen Bereich des Einschnittes, der sich ungefähr in dessen Mitte befand.

»Wenn Sie sich bitte einmal diese Stelle hier genau anschauen würden? Und dann sagen Sie mir, was Sie an den Wundrändern bemerken.«

Werthen betrachtete die Inzision durch die Lupe und fokussierte sie mehrmals auf den bezeichneten Bereich. Endlich erkannte er, was Gross' geübter Blick wahrgenommen hatte.

»Sieht aus, als wäre das Fleisch hier ein wenig ausgefranst.«

»Exzellent, Werthen. Genau das ist es. Bei den anderen Opfern ist das jedoch nicht zu erkennen.«

»Ich gehe davon, dass Sie daraus nicht auf einen anderen Täter schließen, sondern eher auf ein anderes Werkzeug.«

»Sie haben wieder ins Schwarze getroffen, Werthen. Sie folgen exakt meiner Methodenlehre. Die Länge, Tiefe und – ich will es so ausdrücken – Kaltblütigkeit des Schnittes ist bei allen fünf Opfern dieselbe. Nur diese Anmutung einer leichten Ausfransung weicht ab.«

»Das wäre dann wohl bei Fräulein Landtauer der Fall. Dem letzten Opfer?«

Wieder nickte Gross.

»Vielleicht muss die Klinge nachgeschliffen werden?«

»Nein, mein Freund. Tatsächlich studiere ich bereits lange so Esoterisches wie Klingen oder Schusswaffen. Ich glaube, unser Mann ist im Besitz eines dieser neumodischen Skalpelle mit Wellenschliff, mit denen die britische Firma Harwood und Meier herumexperimentiert hat. Klingen mit Wellenschliff verursachen ein solches Ausfedern und wurden deshalb bisher nicht für Skalpelle benutzt, mit denen man glatte, leicht zu verschließende Schnitte beibringen will. Das Harwood-Modell indessen verspricht zusätzlichen Infektionsschutz als Begleiterscheinung des leichten Ausfransens. Unser Mann mag zuvor ein herkömmliches Stahlskalpell oder Rasiermesser benutzt haben, doch kürzlich ist er zum Skalpell mit Wellenschliff übergewechselt. Und das, versichere ich Ihnen, Werthen, ist alles andere als eine Nadel im Heuhaufen. Ich weiß mit Bestimmtheit, dass es in diesem Land nur eine Handvoll Lieferanten für Klingen von Harwood und Meier gibt. Wir werden bei diesen Lieferanten anfangen und uns bis zu ihren Kunden vorarbeiten. Selbst wenn sie gestohlen wurde: Irgendwo muss die fragliche Klinge herkommen.«

Er war dem großgewachsenen Anwalt vom Gefängnis bis zu dem Gebäude der Wiener Rechtsmedizin gefolgt. Der geschniegelte Anwalt ahnte nicht, dass ihm jemand folgte. Ganz offensichtlich war er ein Amateur. Außerdem gerieten er und sein Freund, der Professor, allmählich in ein Fahrwasser, in dem sie schon sehr bald untergehen würden. Momentan ruderten sie einfach nur herum und prüften die Wassertiefe. Über diese Metapher musste er lächeln. Das war gut. Einfach nur herumrudern. Aber manchmal hatten sogar Amateure Glück und erwischten zufällig die richtige Strömung.

Vorerst jedoch waren die beiden keine Gefahr für ihn oder seine Operation. Abermals huschte ein Lächeln über sein schmales Gesicht. Heute war er aber wirklich gut aufgelegt. Seine *Operation* – im wahrsten Sinne des Wortes. Allerdings näherte sie sich dem Ende, und dieser Gedanke erfüllte ihn mit einer Art von Traurigkeit. Diese Morde waren eine echte Herausforderung für ihn gewesen.

Er blickte zu den Fenstern des rechtsmedizinischen Labors hinauf.

Nein, die beiden stellten keine echte Bedrohung dar.

Noch nicht.

6. Kapitel

Die ganze Nacht hatte der Föhn aus den südlichen Alpen geweht und die Stadt mit seinen trockenen Winden ausgedörrt. Er hatte die Nerven der Menschen bloßgelegt und ihre Hüte weggefegt.

Werthen hatte verschlafen und pflegte noch zur Mittagszeit seinen Kater. Er und Gross hatten abends zuvor den *Heurigen* aufgesucht, eine Weinstube in Sievering, einem dieser Weindörfer am Rande der Stadt. Sie hatten einige Gläser Neuburger Wein geleert, kalten Schweinebraten gegessen und dazu schüsselweise Liptauer und eingelegte Salate verspeist. Werthen hatte das alte Wiener Rezept gegen den Heurigen-Kater ausgelassen: eine Scheibe Roggenbrot mit Bratenfett oder Schmalz, um den Magen zu ölen. Für eine solche Vorsichtsmaßnahme war es zu heiß gewesen, und nun musste er dafür büßen. Er sollte Gross am Nachmittag treffen, um mit ihm die Suche nach Handelsvertretern für medizinische Instrumente fortzusetzen. Zuvor jedoch musste er sich erst einmal frischmachen. Gross hatte der viele Wein natürlich nicht zugesetzt; und er hatte auch nicht gesungen wie Werthen, der sich das nicht hatte nehmen lassen, als ein Schrammel-Quartett an ihrem Tisch eine populäre Weise zum Besten gab. Dass er die Verse dieses Liedchens kannte, hatte Werthen selbst überrascht, andererseits war es in Wien auch nicht gerade leicht, solchen Dingen zu entgehen. Die Fiakerkutscher pfiffen seit jeher die beliebtesten Melodien oder sangen gar die Lieder, wenn sie mit ihren Wagen durch Wien ratterten. Auch die Tresenkräfte in den Bäckereien oder dem Gemüseladen in Werthens Viertel gehörten zur begeisterten Anhängerschaft dieser eher schlichten Volkskunst. Obwohl Werthen seine Besorgungen nur selten selbst erledigte, kam er doch mit einigen von diesen Leuten in Berührung.

Osmose, erklärte er es sich, als er sein Wohnhaus verließ, um in einem nahegelegenen Café ein kräftigendes Mittagsmahl zu sich zu nehmen. Diese Volksbelustigungen sickerten einfach ungefragt in jedermanns Poren.

Gleich vor dem Gebäude entbot ihm Frau Korneck, die Hausmeisterfrau, ein freundliches *Grüß Gott*. Er lupfte kurz den Hut. Als wollte sie seine Osmosetheorie untermauern, summte sie eine Melodie aus einer Strauß-Operette, während sie den Bürgersteig vor dem Haus fegte.

Während Werthen die Straße überquerte, rief er sich noch einmal jene Szene mit der Zigeunerkapelle in der Weinstube vergangene Nacht in Erinnerung. Nein, höchstwahrscheinlich hatte er nicht getanzt. Wenigstens etwas. Er hatte lediglich gesungen. Wenn auch recht schmerzhaft falsch. Außerdem schob sich das Bild vor seine Augen, wie Gross ihn auf eine Weise angelächelt hatte, die von mildem Amüsement bis hin zu Verachtung alles hätte bedeuten können.

Seine Irritation wurde noch verstärkt, als er das Café Eiles erreichte und feststellen musste, dass tags zuvor die zweiwöchige Sommerpause begonnen hatte.

Werthen war in diesen Dingen nicht auf dem Laufenden, da er für gewöhnlich fast den ganzen August bei seinen Eltern verbrachte. Was ihn an eine weitere Pflicht erinnerte. Er würde seinen Eltern telegrafieren müssen, um sie wissen zu lassen, dass sich seine Ankunft wohl noch weiter hinauszögern würde. Allerdings war er auch aus mehreren Gründen nicht so besonders erpicht auf diesen Besuch. Nicht zuletzt wegen der teuflischen Bemühungen seiner Eltern, endlich eine Ehe für ihn zu arrangieren.

»*Advokat* Werthen?«

Er war so sehr in Gedanken versunken gewesen, dass er nicht bemerkt hatte, wie sich ihm der Mann näherte.

Der kräftige, grobschlächtige Bursche hatte einen Anzug aus dickem Stoff an, der in Anbetracht des warmen Wetters vollständig unangebracht zu sein schien, und er trug keinen Hut. Sein Gesicht war sonnengegerbt, und er machte den Eindruck, als sei er seine steife Kleidung alles andere als gewohnt. An seinem Verhalten und dem Schnitt seines Anzuges erkannte Werthen deutlich, dass dieser Mann vom Lande stammen musste.

»Ja?«, antwortete Werthen. »Was kann ich für Sie tun?«

»Bitte entschuldigen Sie meine Aufdringlichkeit, aber man hat mir gesagt, dass ich mich an Sie halten soll.«

Der starke Akzent des Mannes bestätigte Werthen, dass er tatsächlich von außerhalb stammte, wahrscheinlich aus dem äußeren Westen, Tirol vielleicht oder Salzburg.

»Sie haben mir etwas voraus«, bemerkte Werthen. Aber der Mann blinzelte ihn nur verständnislos an. »Sie kennen meinen Namen, mein Herr, doch leider weiß ich den Ihren nicht.«

Der Mann zog hastig seine Rechte aus der Hosentasche und streckte sie Werthen entgegen. »Landtauer ist mein Name – Joseph Landtauer.«

Nun war es an Werthen, überrascht zu blinzeln. Fast hätte ihm eine warme Windböe die Melone vom Kopf gefegt, er konnte sie gerade festhalten.

»Ich bin hierher gekommen, um meine Tochter Liesel abzuholen.«

Sie suchten ein Gasthaus mit einem schattigem Garten in der Nähe des Rathauses auf und bestellten zum Bier das Tagesgericht, Rauchfleisch mit Sauerkraut. Sie hatten einen Tisch unter einer großen Kastanie gewählt, deren Schatten eine gewisse Kühlung versprach.

Sobald die in ein hellblaues Trachtendirndl gekleidete Kellnerin die Getränke und Speisen vor ihnen abgestellt hatte, setzten sie ihr Gespräch fort.

»Vielleicht sollten Sie zuerst einmal erklären, warum Sie Herrn Klimt besuchen möchten«, sagte Werthen.

Während sie nach einem Lokal suchten, hatte Landtauer ihm erzählt, dass er gestern aus seinem Vorarlberger Heimatort in Wien eingetroffen war. Werthens Einordnung seines Akzentes war also ziemlich akkurat gewesen.

Dann war er zum Gefängnis gegangen, um Klimt aufzusuchen, doch die Vollzugsbeamten hatten ihm erklärt, dass nur Familienmitglieder oder sein Rechtbeistand den Gefangenen besuchen dürften.

Bei dieser Gelegenheit hatte man Landtauer den Namen Werthens genannt. Ein schneller Blick ins neue Telefonbuch auf dem Telegrafenamt hatte ihm die Büro- und die Privatadresse Werthens verraten, obwohl der in seinem Appartement noch gar kein Fernsprechgerät aufgestellt hatte.

Weil Landtauer zu schüchtern war, um Werthen anzurufen, ohne ihm zuvor vorgestellt worden zu sein, war er die Straße auf und ab marschiert, um seine nächsten Schritte zu bedenken. Als Werthen seine Wohnung verließ und Landtauer aufschnappte, wie ihn die Hausmeisterfrau mit Namen grüßte, war er ihm einfach gefolgt, weil er, wie er behauptete, noch immer nicht wusste, wie er den Anwalt ansprechen sollte.

»Das ist wirklich eine seltsame Bitte, das müssen Sie zugeben, Herr Landtauer.«

»Es ist aber nicht so, wie Sie denken«, sagte der große und unbeholfene Mann und beugte sich über seine Mahlzeit. »Meine Liesel hat mir geschrieben und erzählt, was für eine Art Bekanntschaft der Herr Klimt für sie war. Ein richtiger feiner Herr, hat sie gesagt. So wie sie ihn in ihren Briefen beschrieben hat, würde ich sagen, dass der Mensch kein Mörder sein kann.«

Bei seinen letzten Worten füllten sich die Augen Landtauers mit Tränen. Wie um die Traurigkeit zu verscheuchen, trank er einen tiefen Schluck Bier.

»Ich kann Ihnen gar nicht sagen, wie sehr ich Ihren Verlust bedaure, Herr Landtauer. Nach allem, was ich gehört habe, war Ihre Tochter ein ganz prachtvolles Mädchen.«

Werthen war bei solchen Gelegenheiten immer ein wenig befangen. Er hoffte, seine barmherzigen Lügen würden ein wenig Trost spenden. Trotzdem klangen die Worte irgendwie hohl in seinen Ohren.

»Das war sie, Advokat Werthen. Sie war ein wahrer Engel.« Landtauer wischte sich mit dem groben Ärmel die tränennassen Augen. »Ihre Mutter ist gestorben, als sie noch ein ganz kleines Würmchen war, und ich habe sie ganz alleine großgezogen. Anständig und gottesfürchtig habe ich sie erzogen. Und ich will ganz ehrlich sein: dass sie in die Stadt geht, das habe ich nie gutgeheißen. Hab' doch gewusst, dass sie da an schlimme Leute gerät und in schlimme Machenschaften.«

Einen kurzen Moment lang zeichnete sich in dem Gesicht des Mannes noch ein anderes Gefühl als Schmerz ab. Dann nahm er schnell noch einen Zug Bier. Werthen trank ebenfalls einen Schluck.

»Ist der Leichnam Ihrer Tochter denn schon freigegeben worden?«, fragte Werthen.

Der große Mann nickte geistesabwesend.

»Dann belassen Sie es dabei, Herr Landtauer. Nehmen Sie Ihre Tochter mit nach Hause und bestatten Sie sie. Jetzt noch Herrn Klimt zu sehen wird Ihren Schmerz nicht heilen. Ich kann Ihnen nur versichern, dass ich Herrn Klimt auch für unschuldig halte. Mein Freund Professor Doktor Hans Gross und ich tun alles, den wahren Schuldigen zu finden. Diese Person oder diese Personen werden vor Gericht gestellt, das verspreche ich Ihnen.« Eine weitere barmherzige Lüge? Werthen war sich nicht sicher. Schließlich war seine erste und vordringlichste Pflicht in dieser Angelegenheit, dafür zu sorgen, dass Klimt aus dem Gefängnis entlassen und seine Unschuld festgestellt werden würde. Aber darüber hinaus …?

»Ich wünschte, ich könnte es dabei bewenden lassen, Herr Werthen«, erwiderte Landtauer. »Aber es gebietet die Ehre, den Mann zu besuchen, den meine Tochter so sehr gelobt hat. Es ist wie eine offene Schuld. Ich könnte nicht mehr ruhig schlafen, wenn ich das nicht erledigt hätte.« Er warf Werthen einen flehenden Blick zu. »Sie werden mir helfen, Herr Advokat, das weiß ich. Sie sind doch auch ein anständiger und feiner Herr.«

Schweigend setzten sie ihr Mahl fort. Als er fertig war, tupfte Werthen seine Lippen mit der Leinenserviette ab, faltete sie sorgfältig zusammen und legte sie neben seinen Teller.

Währenddessen wischte Landtauer mit einer dicken Scheibe Roggenbrot die letzten Bratensäfte von seinem Teller auf.

»Das ist mein erstes richtiges Essen seit Tagen«, erklärte er und schaute auf die Reste, die noch auf Werthens Teller lagen. »Seit ich von ... davon erfahren habe. Die Dorfpolizei hat bei mir an die Tür geklopft, als ich mich gerade zum Essen hingesetzt hatte. Seitdem ist alles ein einziger Alptraum, das kann ich Ihnen sagen.«

Werthen bedeutete der Kellnerin, die Rechnung zu bringen, und der große Mann angelte in seiner Manteltasche nach seiner Geldbörse.

»Nicht doch. Wenn Sie erlauben, Herr Landtauer.«

Werthen legte den Betrag und noch ein großzügiges Trinkgeld auf den Teller mit der Rechnung.

Die dralle Kellnerin bedankte sich mit einem kurzen Lächeln, als er mit Landtauer das Restaurant verließ und sie in das gleißende Sonnenlicht der Reichsratsstraße traten. Es war Samstagnachmittag, Mitte August. Die Straße war wie ausgestorben. Halb Wien suchte Erfrischung in den Badeanstalten oder wanderte in den Alpen, während Werthen vor Hitze in Wien fast verging und den flehenden Blick eines Mannes aushalten musste, der gerade seine einzige Tochter verloren hatte. Er würde sich nicht mit Worten abspeisen lassen, das wusste Werthen.

»Aber es wird nur ein kurzer Besuch sein, Herr Landtauer.«

Der Mann ergriff Werthens Hand und schüttelte sie heftig. Das Landgerichtsgefängnis lag nur wenige Straßen vom Rathaus entfernt.

Werthen führte Landtauer zur Anmeldung, wo er seinen eigenen Namen eintrug und zusätzlich »samt Gast« ergänzte.

»Sie sind gerade mit dem Essen fertig«, sagte der rotnasige Wachtmeister an der Anmeldung. »Jetzt geht's zurück in die Zellen. Nur noch ein paar Minuten.«

Sie warteten in der Registratur. Landtauer ging rastlos hin und her und hatte die dicken Finger fest hinter dem Rücken verschränkt. Armer Mann, dachte Werthen. Der Verlust seiner Tochter musste ein schwerer Schlag für ihn sein.

Schließlich kam ein Wärter und führte sie zu Klimts Zelle. Klimt lag faul auf seiner Pritsche und zeigte mit dem Finger auf Landtauer, als sie hereinkamen. Dabei warf er Werthen einen fragenden Blick zu.

»Warten Sie hier, bis ich Klimt alles erklärt habe«, bat Werthen Landtauer.

»Ich will ihm nur die Hand schütteln«, sagte der Mann. »Sagen Sie ihm das. Weil er so gut zu meiner Liesel war.«

Werthen klopfte ihm auf die Schulter. »Ich richte es ihm aus.«

In der Zelle erklärte Werthen Klimt rasch die Situation.

»Selbstverständlich. Herein mit ihm, Werthen. Ich will auf jeden Fall mit ihm sprechen«, entgegnete Klimt, ohne zu zögern.

Werthen drehte sich so zu Klimt, dass er Landtauer den Rücken zukehrte, der noch vor der Zelle stand. Auf diese Weise konnte Landtauer weder sein Gesicht sehen noch hören, was er sagte.

»Vielleicht ist es das Beste, einfach nur *hallo* durch die Gitter hindurch zu sagen. Ich kenne den Mann nicht persönlich. Der Tod seiner Tochter scheint ihm zwar wirklich sehr nahe gegangen zu sein, aber …«

»Ach Unsinn«, unterbrach Klimt ihn nachdrücklich. »Ich will dem Mann offen ins Gesicht sehen. Ohne Gitterstäbe zwi schen uns. Dann wird er wissen, dass ich seine Tochter niemals hätte umbringen können.«

Werthen rief nach dem Wachmann vor der Zellentür. »Also gut, Wachtmeister! Worauf warten Sie? Führen Sie den Mann bitte herein.«

Klimts zwei Zellengenossen, die dem Gespräch gelauscht hatten, schwangen die Beine aus ihren Kojen. Hugo, der Größere von beiden, warf ein: »Hältst du das wirklich für eine gute Idee, Gustl?«

»Der Mann hat seine Tochter verloren«, sprach Klimt zur Seite hin. »Das ist das Wenigste, was ich für ihn tun kann.«

»Mir kommt das komisch vor«, sagte Hugo und blinzelte Werthen zu.

Die Zellentür wurde schwungvoll geöffnet, und mit einem dankbaren Lächeln auf den Lippen trat Landtauer in den kleinen Raum.

»Herr Klimt«, sagte der Mann und trat auf Klimt zu, der ihm die Hand entgegenstreckte. »Das hier ist ein Gruß von meiner Tochter.«

Mit einer einzigen Bewegung warf der Mann die Zellentür hinter sich ins Schloss und riss seine Hand aus der Hosentasche. Er hielt ein Messer darin. Dann stürzte er sich auf Klimt.

Werthen, der zwischen den beiden Männern auf der Koje gesessen hatte, handelte instinktiv. Er streckte ein Bein vor, Landtauer stolperte und fiel kopfüber auf den Zellenboden.

Hugo sprang aus der oberen Pritsche und zerschmetterte mit dem Fuß die Hand, die das Messer hielt. Landtauer stöhnte vor Schmerzen auf, aber das alles schien seinen Zorn nur noch mehr anzustacheln. Er stieß Hugo einfach zurück und war schon wieder auf den Beinen, noch bevor der Schließer die Zellentür öffnen und zu Hilfe eilen konnte.

»Weg mit dem Messer!«, schrie eine anderer Wachmann vor der Zelle.

»Du Bastard!« Landtauer spie Klimt die Worte förmlich ins Gesicht. »Du hast meine Liesel umgebracht. Dafür wirst du bezahlen.«

Klimt duckte sich, als wollte er sich wirklich auf einen Kampf mit Landtauer einlassen.

»Wache!«, rief Werthen. »So unternehmen Sie doch endlich etwas!«

Der erste Wachmann mühte sich immer noch mit dem Schlüssel ab, während der andere hinter ihm freies Schussfeld auf Landtauer zu bekommen versuchte. Doch Klimt stand ihm im Weg.

Landtauer schwang sein Messer gegen Klimt, der dem Angriff jedoch ausweichen konnte. Der Maler riss die Decke von seinem Bett und wickelte sie sich schnell um den linken Arm.

»Ich habe sie nicht umgebracht, das schwöre ich«, redete er Landtauer mit überraschend ruhiger Stimme zu. »Nimm das Messer runter, Mann, bevor noch jemand zu Schaden kommt.«

»Du Teufel! Du Monster! Du Tier!«, heulte Landtauer. »Du hast meinen kleinen Engel geschändet.«

Landtauer stach erneut zu, aber Klimt fing den Stoß mit seinem umwickelten Arm ab. Doch das Messer durchtrennte die dünne Decke und hinterließ einen roten Streifen auf der Wolle.

Gerade in dem Moment, als der Wachmann durch die Zellentür stürmte, sprang Hugo auf Landtauers Rücken und bohrte ihm seine dünnen, knochigen Finger in die Augen. Landtauer schrie vor Schmerz, wand sich und schlug mit beiden Armen um sich. Es gelang ihm, Hugo das Messer in die linke Hüfte zu rammen, aber dann zog einer der Wachleute seine Pistole und drückte das kalte Metall des Laufs gegen Landtauers Schläfe.

»Das reicht!«, sagte der Wachmann. »Ich werde die Waffe benutzen. Lassen Sie sofort das Messer fallen!«

Landtauer sah sich um wie ein in die Enge getriebenes Tier. Er hatte die Augen weit aufgerissen und atmete schnell und flach. Schließlich brach er zusammen und sank zu Boden. Das Messer fiel klappernd neben ihn.

Werthen beförderte es mit einem Tritt außer Reichweite, und der Wachmann legte Landtauer Handschellen an. Der murmelte jetzt nur noch unverständliches Zeug vor sich hin. Als die Gefängniswärter ihn wieder auf seine Füße hoben, bemerkte Werthen eine Zeitungsseite in der Innentasche von Landtauers Mantel, die ihm bekannt vorkam. Werthen zog sie hervor und entfaltete die Titelseite eines jener Wiener Sensationsblättchen. Sie zeigte ein Foto von Klimt und daneben seine Skizze von Liesel für *Nuda Veritas*.

Als Landtauers Blick auf die Zeitungsseite fiel, schien er einen Moment wieder zu sich zu kommen. »Bevor dieses Schwein sie besudelt, hätte ich die kleine Hure lieber selbst umgebracht.«

Er drehte den Kopf zu Werthen herum, während ihn die Wachen aus der Zelle schleiften. »In der Hölle sollst du verrotten, du Stück Dreck!«

»Klingt, als hätten Sie einen recht lebhafter Nachmittag hinter sich«, bemerkte Gross, als sie es sich später in seiner Suite im *Bristol* bequem gemacht hatten, um den Stand der bisher zusammengetragenen Beweise durchzugehen und Werthen ihm von seinem Abenteuer berichtet hatte.

»Es war alles meine Schuld.«

»Unsinn«, widersprach Gross, während er die Liste der Feinde durchging, die Herzls Sekretär am Nachmittag persönlich vorbeigebracht hatte. »Sie haben Klimt gewarnt, und es war nur sein fehlgeleiteter Sinn für Pflicht und Ehre, der ihn in Gefahr gebracht hat.«

»Ich hätte Landtauer niemals mit zum Gefängnis nehmen sollen. Aber er machte einen so aufrichtigen Eindruck auf mich. Na ja, soviel zu meiner Menschenkenntnis.«

»Ich wäre an Ihrer Stelle nicht so streng mit mir selbst, Werthen. Ich bin davon überzeugt, dass der Schmerz dieses Mannes aufrichtig war, ganz gleich, was seine Ursache gewesen sein mag. Und sogar der einfachste Landmann kann in Krisenzeiten so schlau sein wie ein Tier.«

»Ich kann Ihnen sagen, Gross, Girardi könnte von unserem Joseph Landtauer noch etwas lernen.«

»Da Sie ihn gerade erwähnen«, sagte Gross. »Ich hatte heute Nachmittag die Gelegenheit, seine Geschichte zu überprüfen. Der Oberkellner im Sacher erinnert sich daran, ihn in der fraglichen Nacht in Gesellschaft einer jungen Frau gesehen zu haben. Und er sagt, dass beide unabhängig voneinander gegangen sind.«

»Dann hat ja wenigstens einer von uns beiden heute etwas Sinnvolles geleistet«, sagte Werthen und seufzte.

»Und wie geht es Klimt und seinem kriminellen Beschützer?«

»Klimt hat nur eine oberflächliche Wunde davongetragen, obwohl ihn der Zwischenfall ziemlich aufgewühlt hat. Jedenfalls nimmt er das Gefängnis nicht mehr auf die leichte Schulter, soviel ist sicher. Und sein neuer Freund Hugo hat sich erst mal ein gemütliches Plätzchen in der Krankenstation gesichert. Vielleicht wird ihm sogar zugutegehalten, einen versuchten Mord verhindert zu haben, wenn er selbst wegen Mordes vor Gericht steht.«

»Und Herr Landtauer ist jetzt auch auf Staatskosten untergebracht, vermute ich?«, fragte Gross. Er legte die Liste beiseite und widmete sich nun wieder der Durchsicht des Wiener Telefonbuches.

Werthen schüttelt den Kopf. »Klimt weigert sich, Anzeige zu erstatten, und die Polizei war bereit, die Sache fallen zu lassen und einfach auf den Föhn zu schieben.«

Der Wiener Schirokko, der warme Wind, der aus den Alpen blies, konnte selbst die psychisch stabilsten Männer in den Wahnsinn treiben.

Während dieses Föhns wurden zum Beispiel keine Operationen durchgeführt, und unter gewissen Umständen wurde sogar dieses Klima sehr zu Werthens Verdruss vor Gericht als Entlastungsbeweis akzeptiert.

»Ich habe aber darauf gedrungen, erst mal die Gendarmerie in Vorarlberg zu kontaktieren und in Erfahrung zu bringen, ob Landtauer dort schon wegen gewalttätigen Verhaltens bekannt ist. Und offenkundig war dieser Mann dafür bekannt, dass er seine Familie schlug. Die Polizei verdächtigte ihn sogar, seine Frau erschlagen zu haben. Man konnte ihm aber nichts nachweisen. Seine Tochter Liesel hat offenbar die erste sich bietende Gelegenheit genutzt, um den Misshandlungen durch ihn zu entkommen. Die Vorarlberger Polizei meint, Landtauer sei zum Gespött der Leute geworden, seit die Groschenblätter Klimts Aktporträts von Liesel überall auf den ersten Seiten hatten. Er konnte sich nicht mal mehr in der örtlichen Dorfschänke sehen lassen.«

»Also wollte Landtauer wohl eher sich selbst als seine Tochter rächen, als er Klimt angriff«, folgerte Gross.

»So sieht es aus.«

Gross schüttelte den Kopf. »Ein wahrhaft reizender Herr, der Landtauer. Aber jetzt vergessen wir ihn, Werthen, einverstanden? Es ist ja nichts wirklich Schlimmes geschehen.«

»Das ist ein gefundenes Fressen für die Zeitungen, wenn sie erst einmal Wind davon bekommen.« Der Anwalt seufzte, lehnte sich in seinen Rokoko-Stuhl und nahm kleine Schlucke aus einem Kristallglas-Schwenker, der mit feinstem Cognac gefüllt war. Eines hatte der Trubel mit Sicherheit bewirkt: Sein Kater war geheilt. »Die Sensationspresse wird sich nun Klimt vornehmen, um ihre Seiten zu füllen. Wahrscheinlich werden sie den abscheulichen Familientyrannen Landtauer zum Volkshelden hochstilisieren und Klimt als Verführer unschuldiger Jungfrauen verteufeln.«

Aber Gross hörte ihm gar nicht mehr zu. Seine Aufmerksamkeit war nur kurz durch Werthens Erzählung abgelenkt worden, und er richtete sie jetzt wieder voll und ganz auf den langen Esstisch, den er in seinem Zimmer hatte aufstellen lassen. Darauf ausgebreitet lagen Fotografien von den Opfern, die sich Gross in der Rechtsmedizin ausgeliehen hatte, sowie die Listen von Verdächtigen, die Herzl zur Verfügung gestellt und Werthen von möglichen Feinden und Rivalen Klimts angefertigt hatte. Außerdem war ihm noch eine weitere Liste von einem Sonderboten im Auftrag von Inspektor Meindl zugestellt worden. Darauf standen die Namen bekannter Unruhestifter und Anarchisten, die von der Polizei observiert wurden. Nach Meindls Einschätzung könnten diese Personen Interesse daran haben, jegliche Art von Aufruhr in der Bevölkerung zu schüren, der sich vielleicht zu einem Umsturz hochschaukeln ließe.

Gross hielt das zwar für ausgemachten Blödsinn, aber Werthen entschloss sich, die Liste sorgsam nach möglichen Verdächtigen abzusuchen, war dann jedoch abwechselnd erstaunt oder amüsiert, als er sah, wer es alles auf die Liste geschafft hatte: jedermann, vom starrsinnigen italienischen Anarchisten bis hin zu Regierungskritikern der Mitte der Gesellschaft, so wie Herzl einer war, und selbst der Sozialist Viktor Adler.

Neben den Listen lagen stapelweise Notizen in der gestochenen Handschrift von Gross, ein Spielplan des Burgtheaters mit der Ankündigung einer Vorstellung von Girardi sowie das Wiener Telefonverzeichnis von 1898 mit Dutzenden eingeklebter Lesezeichen.

Später am Abend trafen sie noch einen anderen ehemaligen Kollegen aus Gross' Grazer Tagen: den Vorsitzenden der psychiatrischen Abteilung der Universität Wien, Freiherrn Richard von Krafft-Ebing. Auch Werthen kannte diesen Mann, da er bis 1889 Direktor des Feldhof-Asyls in der Nähe von Graz gewesen war, bevor er nach Wien berufen worden war, um das staatliche Irrenhaus zu leiten. 1892 übernahm er den Lehrstuhl für Psychiatrie an der Universität Wien, der durch den Tod von Theodor Hermann Meinert vakant geworden war. Werthen kannte Krafft-Ebing aus seinen Auftritten als Gerichtspsychiater, bei denen er versucht hatte, aus der Vorgehensweise bei den Verbrechen auf ein bestimmtes Täterprofil zu schließen. Darüber hinaus war Krafft-Ebing Vorreiter einer juristischen Auffassung, die unter dem Begriff »eingeschränkte Zurechnungsfähigkeit« langsam an Bekanntheit gewann. Nach Krafft-Ebings Auffassung sollten Menschen, die aus einer Geisteskrankheit heraus Verbrechen begingen, dafür nicht zur Verantwortung gezogen werden. Das neue Konzept befürwortete Behandlung statt Bestrafung. Nach Werthens Einschätzung würde sich diese Sichtweise allerdings im Strafrecht niemals durchsetzen.

Darüber hinaus galt Krafft-Ebing auch noch als führender Erforscher der Syphilis und ihrer Nebenwirkungen, glaubte an die Hypnose als Heilmittel bei seelischen Erkrankungen und war einer der Ersten, die ernsthaft abweichendes sexuelles Verhalten erforschten. In seinem 1886 erschienenen Buch *Psychopathia Sexualis* waren Hunderte Fälle des von ihm so benannten Masochismus, Sadismus und anderer Perversionen aufgeführt, zu denen auch Homosexualität, Inzest und Päderastie gehörten. Obwohl Krafft-Ebing die Fallstudien in lateinischer Sprache verfasst hatte, um der Sensationsgier vorzubeugen, war das Buch ein internationaler Bestseller geworden und verfehlte trotz der lateinischen Passi niemals, sittenstrenge Leser zu schockieren. Es hieß, der Absatz lateinischer Wörterbücher habe sich verzehnfacht, als in Deutschland und Österreich die erste Ausgabe der *Psychopathia Sexualis* erschien.

Krafft-Ebing sah allerdings keineswegs aus wie ein Sozialrevolutionär. Er war mittelgroß und eher konservativ gekleidet. Sein ergrauendes, schütteres Haar war kurz geschnitten und sein Bart unter dem Kinn zu einem scharfen »V« modelliert. Nach Werthens Meinung waren die Augen das Bemerkenswerteste an dem Mann. Sie waren graugrün und schienen auf eine besondere Weise von innen zu leuchten.

Zudem war er ausnehmend freundlich, denn er tat, als könne er sich an Werthen erinnern, was dieser jedoch bezweifelte. Gross und Krafft-Ebing allerdings waren ebenso enge Freunde wie Kollegen.

Sie trafen sich im *Griechenbeisl*, einem Lieblingslokal von Werthen, das im Ersten Bezirk lag. Nach kurzem Vorgeplänkel und dem Studium der Speisekarte kam Gross gleich auf ihr Anliegen zu sprechen. Da sie in einem kleinen Séparée saßen, konnten sie offen reden. Gross informierte den Psychologen über die untersuchten Verbrechen und beschrieb ausführlich die Wunden an den Körpern der Opfer.

Der erste Gang wurde serviert, und Krafft-Ebing, dem die Schilderung drastischer Details offenbar nicht auf den Appetit geschlagen hatte, machte sich vergnügt über seinen Leberknödel her, der in einer fettigen Brühe schwamm.

»Keine Anzeichen sexueller Übergriffe, nehme ich an?«, fragte Krafft-Ebing.

»Gar keine. Obwohl …«

Der Psychiater schien Gross' unausgesprochenen Gedanken zu verstehen. »Ganz recht. Verletzungen dieser Art könnten auf eine Art Übertragung von Seiten des Mörders hinweisen. Grundlage dafür mögen tiefsitzende Neurosen des Mörders sein, die vielleicht sexueller Natur sind, aber auf asexuelle Weise ihren Ausdruck finden. Was bedeuten würde, dass es dem Mörder gelingt, seine Perversion sehr gut unter Kontrolle zu behalten. Er – ich vermute doch, Sie gehen von einem männlichen Mörder aus?«

Gross nickte und schob sich eine Gabel Gurkensalat in den Mund.

»Also er«, fuhr Krafft-Ebing fort, »könnte eine Person sein, die kein Mensch für pervers halten würde. Nach außen hin wirkt er anständig und ausgeglichen, aber in seinem Inneren brodelt es. Das macht Ihnen Ihre Aufgabe nicht gerade leichter.«

»Ihre Beschreibung trifft so ziemlich auf jeden zweiten männlichen Wiener zu«, warf Werthen scherzhaft ein.

»Verstehen Sie mich nicht falsch«, erwiderte Krafft-Ebing und warf Werthen einen durchdringenden Blick zu. »Sexualität ist die Wurzel jeglicher Ethik. Gleichzeitig kann fehlgeleitete Sexualität zu den schädlichsten Handlungen führen, die der Gesellschaft bekannt sind. Man sollte das nicht auf die leichte Schulter nehmen.«

»Aus diesem Grunde sind Sie hier«, versicherte Gross, der sich um Würde und Ernsthaftigkeit bemühte.

Dieses Bekenntnis schien Krafft-Ebing zufriedenzustellen. »Das mit der Nase ist faszinierend«, fuhr er fort. »Der naheliegendste Zusammenhang, auch im Hinblick auf das Ausblutenlassen der Opfer, wäre ein jüdischer Ritualmord.«

»Daran haben wir ebenfalls bereits gedacht«, meinte Gross rasch und warf Werthen einen warnenden Seitenblick zu.

»Das wäre, wie schon gesagt, das Naheliegendste. Meine Forschungsarbeit auf dem Gebiet der Syphilis lässt jedoch auch eine andere Erklärung zu.« Krafft-Ebing hielt einen Moment inne und tupfte sich die Lippen mit seiner Leinenserviette ab.

Sie schwiegen, während die Serviererin unter der Aufsicht des befrackten Oberkellners die Spezialität des Hauses auftrug: *Pariser Schnitzel* aus hauchdünn geschnittenem Kalbfleisch.

Als die beiden gegangen waren, fuhr Krafft-Ebing fort: »Moderne Therapien mit Quecksilber haben zwar gewisse Fortschritte gebracht, aber noch immer sind geschätzte fünfzehn Prozent der männlichen Bevölkerung mit der Krankheit infiziert. Jeder von uns kennt berühmte Beispiele von Betroffenen, die daran gestorben sind. Hier in Wien ist der Maler Hans Makart wohl der bekannteste Fall.«

Krafft-Ebing machte eine kurze Pause, um sich ein kleines Stück Fleisch in den Mund zu schieben. Die Ausführungen des Psychiaters schürten Werthens Ungeduld. Er wusste nicht, was das alles mit ihrem Fall zu tun haben sollte. Gross hingegen ermunterte den Mann mit eifrigem Nicken weiterzureden.

»Der Fortgang der Krankheit erstreckt sich über mehrere Phasen«, begann Krafft-Ebing von neuem. »Das erste Stadium ist von einem harten Schanker gekennzeichnet, der sich etwa drei Wochen nach dem Kontakt mit einer infizierten Person entwickelt. Zirka zwei Monate danach folgen Hautausschläge, Fieber, Kopfschmerzen und vergrößerte Lymphknoten. Das ist das zweite Stadium. In diesen frühen Stadien ist die Krankheit noch leicht zu heilen, aber viele ignorieren die Symptome, die nach einiger Zeit sogar verschwinden können. Die infizierte Person lebt, scheinbar gesund, noch ein Jahr, vielleicht sogar zehn Jahre, bis schließlich das dritte Stadium der Erkrankung einsetzt. Dann beginnt die Zersetzung des Nervensystems, die Infektion erreicht das kardiovaskuläre System, das Rückenmark wird in Mitleidenschaft gezogen, Lähmung tritt ein.« Er schüttelte den Kopf. »Eine grässliche Krankheit, soviel steht fest. Meine Herren, nach wie vor halte ich die Sexualität viel mehr für die Grundlage aller Ethik als für die Wurzel allen Übels. Wenn sie ihrem wahren Zwecke dient, nämlich der menschlichen Fortpflanzung, dann ist Sexualität ein Gottesgeschenk. Dient sie jedoch nur schmutzigem Vergnügen oder gar perversen Gelüsten, dann ...« Er hob beschwörend die Hände.

Inzwischen brannte sogar Gross darauf, dass der Psychologe seine langatmigen Ausführungen endlich mit dem vorliegenden Fall in Verbindung brachte.

»Und Sie glauben also, dass die Syphilis bei diesen Verbrechen eine Rolle gespielt haben könnte?«, brach es aus ihm hervor.

»Haben Sie vielleicht schon einmal vom *Club der Hundert* gehört?«

Werthen und Gross schüttelten synchron ihre Köpfe.

»Es ist wahrhaftig eine zynische Gemeinschaft, die ihresgleichen sucht«, stieß Krafft-Ebing mit hasserfüllter Stimme hervor. »Dahinter verbirgt sich eine Vereinigung von Männern aus der Oberschicht – sie Herren zu nennen widerstrebt mir –, die allesamt von dem befallen sind, was sie als Liebesorden bezeichnen. Roués und andere verdorbene Mitglieder der Elite unserer Gesellschaft, die sich mit Syphilis angesteckt haben und stolz die Zeichen ihres Verfalls zur Schau stellen. Viele von ihnen sind gezwungen, lederne Nasen zu tragen, weil die Bakterien in den Spätstadien der Krankheit Knorpel zerfressen, einschließlich der Gelenke oder der Nase. Man sagt, dass Erzherzog Otto, der jüngere Bruder des Thronfolgers Franz Ferdinand, ein prominentes Mitglied des *Clubs der Hundert* sei. Junge, unschuldige Mädchen werden zu den Orgien dieser Perversen geschleppt und von ihnen infiziert.«

»Das ist skandalös!«, entfuhr es Werthen.

»Wie inspirierend!«, rief Gross. Allerdings bezog sich seine Anmerkung nicht auf die Aktivitäten dieser verkommenen Subjekte, sondern galt vielmehr den Offenbarungen Krafft-Ebings. »Die zeigen der Gesellschaft im wahrsten Sinne eine Nase, nicht wahr, Freiherr?«

»Ich denke schon«, antwortete Krafft-Ebing. »*Die Nasenlosen* scheint tatsächlich so eine Art Straßenjargon für Syphiliskranke geworden zu sein. Müsste ich eine Vermutung äußern, würde ich Ihnen raten, nach jemandem zu suchen, der sich zwar mit Syphilis angesteckt hat, sich aber bislang in einem Stadium befindet, das seine Beweglichkeit nicht weiter einschränkt. Die Krankheit hat zwar schon den Verstand befallen, aber noch nicht die Muskulatur. Ihr Mörder ist wahrscheinlich keineswegs ein Jude, der sich an Nichtjuden rächen will. Sondern Ihr Mörder ist vom Bazillus *Treponema Palladium* befallen und versucht aufgrund eines perversen Verfolgungswahns auf furchtbare Weise Rache an allen zu nehmen, die nicht von dieser Krankheit infiziert sind.«

7. Kapitel

Am geheiligten Sonntag konnten Gross und Werthen in Wien nur wenig ausrichten. Alle Läden und Geschäfte waren geschlossen, und für die meisten Wiener gab es sonntags nichts zu verdienen. Wenigstens mussten sie sich an diesem einen Tag keine Sorgen um ihren Arbeitsplatz machen.

Für Werthen war der Sonntag ein Tag der Ruhe, den er dazu nutzte, seine bisherigen Aufzeichnungen zum Fortschritt des Falles zu notieren. Gross war fleißig gewesen und hatte sich ausführlich damit beschäftigt, die Listen der Verdächtigen durchzugehen und sich über die Firmen zu informieren, die das Wellenschliff-Skalpell von Harwood und Meier anboten.

Am Montag besuchten sie die drei Firmen, die Österreich mit Harwood-und-Meier-Bestecken sowie Chirurgiebedarf versorgten. Sie alle hatten ihr österreichisches Hauptquartier in Wien. Breitstein und Söhne befand sich im Dritten Quartier, nur ein paar Straßen von dem Ort entfernt, an dem Liesel Landtauer gewohnt hatte. Das war Gross nicht verborgen geblieben, und deshalb hatte er sich entschieden, dort den ersten Besuch zu machen.

Der Chef der Firma – trotz des Wortes »Söhne« im Firmennamen der einzige Sohn Breitsteins – empfing sie in seinem Büro im dritten Stock. Es war sehr schwül, und der große, kräftig gebaute Mann war schweißüberströmt. Die Föhnwinde hatte eine drückende Hitze abgelöst, in der sich kein einziges Lüftchen regte. Durch die offenen Fenster drangen die Geräusche von klappernden Pferdehufen und das Rumpeln der Wagenräder auf dem Kopfsteinpflaster bis hinauf in das geräumige Büro. An der Wand direkt hinter dem Direktor hing eine kleine Galerie von Schwarzweißfotografien.

Gross legte erneut sein Schreiben vom Polizeipräsidium als Entrée vor und erklärte, dass Breitsteins Hilfe für eine offizielle Nachforschung gefragt sei.

»Ich wüsste nicht, wie ich der Polizei behilflich sein könnte«, erwiderte der Firmenleiter und lachte nervös.

Werthen war schon oft aufgefallen, dass völlig unschuldige Menschen sofort ein schlechtes Gewissen bekamen, sobald die Polizei sie besuchte.

Gross versuchte, den Mann zu beruhigen. Schließlich lehrte der Kriminologe selbst, dass entspannte Menschen weit bessere Zeugen waren als nervöse. Menschen waren für gewöhnlich eher ungenau in ihren Beschreibungen. Verunsicherte man sie zusätzlich noch, war nicht auszudenken, was sie alles sagen würden, nur um demjenigen zu gefallen, der sie befragte.

»Ich bin überzeugt, dass Ihr Wissen für uns von Interesse sein wird, Herr Breitstein«, begann Gross. »Ein Mann in Ihrer Stellung an der Spitze eines solchen Unternehmens kann manchmal gar nicht überschauen, von wie vielen Dingen er Kenntnis hat. Auch wenn diese Fülle für Sie vielleicht unzusammenhängend erscheint. Deshalb haben Sie hoffentlich nichts dagegen einzuwenden, wenn ich Ihre Aufmerksamkeit auf bestimmte Details lenke.«

Gross' Worte schienen Breitstein tatsächlich zu beruhigen. Er lehnte sich auf seinem Stuhl zurück, und die verkniffenen Falten um seinen Mund herum verschwanden.

»Es stimmt allerdings, dass wir in unserem Gewerbe einiges vom Leben mitbekommen«, erklärte der Direktor. »Die Welt des Handels erfordert die Fähigkeit, sich in Kunden hineinzuversetzen und die menschliche Natur zu verstehen.«

»Ganz genau«, pflichtete Gross ihm bei. »Sie haben gewiss eine große Verkaufsabteilung?«

»Sieben Mitarbeiter im Außendienst und drei Sekretärinnen hier in der Zentrale. Als ich die Leitung der Firma übernommen habe, hatten wir nur vier Außendienstler.«

»Und die Abteilung für medizinische Instrumente?«, erkundigte sich Gross. »Wie viele Leute sind dort tätig?«

»Nur zwei.« Breitstein lächelte. »Gerhard Binder. Der Mann arbeitet schon seit sechs Jahren bei uns. Intelligenter Bursche. Und Maxim Schmidt. Ein altgedienter Mitarbeiter noch aus der Zeit, als mein Vater die Leitung der Firma innehatte. Für Küchenmesser und Essbestecke beschäftigen wir drei und für Rasierer und Frisörbedarf zwei weitere Mitarbeiter. Brauchen Sie deren Namen auch?«

Gross hob die Hand. »Vielleicht sollten wir einfach mit Ihren Vertretern für chirurgische Instrumente beginnen. Wenn ich recht verstehe, führen Sie auch Produkte von Harwood und Meier?«

»Allerdings. Dann müssen Sie mit Binder sprechen. Er ist bei uns für Harwood und Meier zuständig. Das ist das Beste, was Sheffield zu bieten hat. Sheffield-Stahl bleibt um fünfundzwanzig Prozent länger scharf als deutscher Stahl. Wussten Sie das, Doktor Gross?«

»Nein. Aber das ist wirklich bemerkenswert«, erwiderte Gross, und Breitstein nickte mit breitem Grinsen.

Werthen betrachtete inzwischen eingehend die Bilder an der Wand hinter dem Direktor. Breitsteins Konterfei grinste wohl auf einem guten Dutzend der Fotografien. Eine zeigte eine kleine Voliere voller toter Vögel. Auf einem anderen Foto setzte Breitstein einem toten Schwarzbär in Siegerpose den Fuß auf den Rücken. Ein drittes Foto zeigte eine erlegte Gemse. Auf einem weiteren Bild glaubte Werthen im Hintergrund ein bekanntes Gesicht zu erkennen, aber es war zu weit entfernt, als dass er es hätte genauer erkennen können. Es war einer jener kurzen Momente, über die man sich im Nachhinein das Hirn zermarterte, denn jetzt lenkte Werthen seine Aufmerksamkeit von dem Bild rasch wieder auf das Gespräch.

»Wenn ich mich nicht irre, führen Sie auch das neue gezahnte Skalpell von Harwood und Meier?«

»Das Wellenschliff-Skalpell, ganz recht.«

»Ah.« Gross schien sich die genaue Bezeichnung des neuen Skalpells einzuprägen.

»Die Klinge verfügt zwar über einen Wellenschliff, jedoch nicht über Sägezähne.«

»Tatsächlich.« Gross warf Werthen einen vielsagenden Blick zu. »Ihr Herr Binder ist nicht zufälligerweise zugegen, oder?«

Breitstein suchte in einem großen Kalender Rat, der, wie ein Dienstbuch aufgeschlagen, vor ihm auf dem Schreibtisch lag.

»Herr Binder hat diese Woche Urlaub, scheint's. Aber Sie können ihn gewiss in seiner kleinen Gartenlaube antreffen. Der Mann ist begeisterter Laubhüttengärtner und hat mit seinen eigenen Rosenzüchtungen schon etliche lokale Wettbewerbe gewonnen, soweit ich weiß.«

Breitstein konnte sich ein Lächeln nicht verkneifen. Eine Rotwildjagd in den Alpen liegt ihm als Freizeitbeschäftigung vermutlich näher, dachte Werthen.

»Wenden Sie sich an Fräulein Matthias vom Empfang. Sie kann Ihnen Namen und Adressen unseres gesamten Verkaufspersonals geben. Aber würden Sie mir zunächst bitte sagen, worum es überhaupt geht? Ich bin den Behörden selbstverständlich gern behilflich, aber ich muss zugeben, dass ich auch zur Neugier neige, und die möchte gern befriedigt werden.«

Gross war bereits aufgestanden und reichte dem Direktor die Hand. »Es ist eine ziemlich verwickelte Angelegenheit. Es hat etwas mit mangelhaften Eisenwaren zu tun. Es sind billige Imitationen, die als Originalware verkauft worden sind.«

Breitstein schluckte den Köder sofort. »Ich versichere Ihnen, meine Herren, dass meine Firma die Ware direkt vom Hersteller bezieht.«

»Aber selbstverständlich. Offen gestanden würden wir Ihre Firma sogar gern als Referenz für Vergleiche dieser Imitate mit echter Markenware nutzen«, behauptete Gross.

Werthen war klar, dass Gross vermeiden wollte, die Nachforschungen bezüglich des Harwood-und-Meier-Skalpells im

Zusammenhang mit den Pratermorden in der Öffentlichkeit auszuposaunen.

Es war der erste handfeste Hinweis, auf den sie gestoßen waren, und es wäre dumm gewesen, diesen Wissensvorsprung dadurch zu verlieren, dass der Mörder auf irgendeine Weise davon Kenntnis erhalten konnte.

Vor der Mittagspause besuchten sie noch zwei weitere Wiener Lieferanten für Chirurgie- und Medizinbedarf. Beide erwiesen sich jedoch als Sackgasse. Obwohl die zwei Firmen Produkte von Harwood und Meier führten, führten weder die Müller GmbH noch die Firma Leikowitz das Wellenschliff-Skalpell in ihrem Programm. Ihren Ausführungen zufolge hatte sich Breitstein durch gewiefte Verhandlungen mit Harwood und Meier das Alleinvertriebsrecht des neuen Produktes für ganz Österreich gesichert.

»Das erleichtert uns die Arbeit ein wenig«, sagte Gross, nachdem sie in einem kleinen Beisl einen kurzen Mittagsimbiss zu sich genommen hatten. Sie waren jetzt zum Gartenbezirk von Penzing unterwegs, wo sich Binders kleiner Schrebergarten befand.

Werthen hing bereits den ganzen Morgen seinen eigenen Gedanken nach. Die Erschütterung über den Mordanschlag auf Klimt vom letzten Samstag war noch nicht ganz abgeklungen, und er war seitdem sehr nachdenklich gestimmt.

In Penzing angekommen, mussten sie sich zweimal nach dem Weg erkundigen, um die Gartenkolonie zu finden. Sie lag auf einem Stück Brachland neben der Bahnlinie. Die Siedlung war auf einer kleinen Erhebung errichtet worden, von der aus man die Schienen überblicken konnte, und bestand aus vielen kleinen Hütten, die man jeweils in die Mitte von etwa vierhundert Quadratmeter großen Grundstücken gesetzt hatte. Die Besitzer hatten aus den rechteckigen Fleckchen Erde eine überraschende fruchtbare Vielfalt an Pflanzen herausgekitzelt. Manche Laubengärtner bevorzugten Obstbäume, andere hatten grüne Gemüsegärten angelegt, und wieder andere konzentrierten sich auf verschiedenartigste Blumen.

Folglich war die ganze Kolonie ein wahres Durcheinander von Farben und Gerüchen. Die Reinraum-Lauben auf den Parzellen wurden offenbar mit ebenso viel Liebe gepflegt wie die Gärten und Blumenhaine. Die meisten gaben ihren Lauben den Anstrich von Jagdhütten, allerdings in Miniaturausgabe. Viele Wände waren mit braunem Holz verkleidet und wiesen grüne Fensterläden auf. Über den Türen hingen Hirsch- oder Elchgeweihe, und auf den schmalen Fensterbrettern prangten rote Topfgeranien.

Binder besaß Parzelle Nummer 55, und genau wie Breitstein es vorhergesagt hatte, kümmerte er sich gerade um seine Rosen. Gross hielt Werthen einen Augenblick lang zurück, um den Mann bei der Arbeit an seinen Pflanzen zu beobachten, bevor sie sich vorstellten. Werthen bemerkte, dass Binder, falls es sich wirklich um den Mann handelte, sehr methodisch vorging. Er zupfte welke Blätter ab und schnitt verblühte Blüten aus den Sträuchern und kunstvoll beschnittenen Büschen. Eigens für diese Aufgabe hatte er ein Körbchen am Arm und achtete sorgsam darauf, dass keine Blütenblätter auf den penibel geharkten Boden unter den Pflanzen fielen.

Binder trug lange, gummierte Handschuhe, um Hände und Arme vor den Dornen zu schützen. Er trennte die verwelkten Blütenköpfe mit schnellen und festen Schnitten der rechten Hand ab, benutzte dabei jedoch keine Gartenschere, sondern ein kleines, offenbar sehr scharfes Gärtnermesser mit einer gebogenen Klinge.

Der mittelgroße Mann mit dem leuchtend roten Haar trug bei dieser Arbeit einen makellos weißen Kittel, unter dem ein leichter Sommeranzug hervorlugte.

Endlich hatte Gross genug gesehen. Er trat an die Gartenpforte und klopfte an die Holzleisten. »Herr Binder!«, rief er.

Damit lenkte er den Mann von seinen Rosen ab.

»Hallo«, begrüßte Binder sie, während er mit einem letzten Schnitt einer verdorrten Rose den Blütenkopf abtrennte, der in den kleinen Korb fiel. Werthen drängten sich unwillkürlich Bilder von der Funktionsweise der Guillotine während der Französischen Revolution auf.

»Ein wundervoller Tag zum Gärtnern, nicht wahr?«, fuhr Binder fort, während er sich der Pforte näherte. »Sind die Herren von der Parzellenkommission?«

Gross schüttelte den Kopf. »Bedaure. Uns führen andere Angelegenheiten her.«

»Ah. Ich habe auf sie gewartet, wissen Sie? Denn die Nachbarparzelle ist freigeworden. Die alte Frau Gimbauer ist doch letzte Woche gestorben. Das ist natürlich ein Jammer. Außerdem hat sie keine Familie, niemanden, der die Tradition hier fortsetzen könnte, wissen Sie? Und meine Rosen brauchen dringend mehr Platz. Sie dürfen nicht so dicht beisammenstehen, die Rosen. Dürfen nicht so zusammengepfercht sein wie wir Menschen in unseren kleinen Wohnungen. Sie vertragen nicht einmal die Berührung von anderen Pflanzen. Sie vertrocknen und sterben, wenn man sie schlecht behandelt. Der Garten nebenan würde es mir ermöglichen, mit den neuen Hybridsorten aus Amerika zu experimentieren.«

Plötzlich unterbrach er seine Ausführungen. »Verzeihen Sie bitte. Ich habe schon für meine Rede vor dem Komitee geübt. Es ist nämlich gar nicht so ungewöhnlich, dass jemand zwei Parzellen hat. Gestatten, Binder.« Er zog den Handschuh von der rechten Hand. »Und wer sagten Sie, sind Sie?«

»Wir haben uns noch nicht vorgestellt«, erwiderte Gross. »Herr Breitstein hat uns geraten, mit Ihnen zu reden, weil Sie uns seiner Meinung nach wahrscheinlich bei unseren Untersuchungen behilflich sein könnten.«

Gross tischte dem Mann dieselbe Geschichte auf, die er auch dem Direktor erzählt hatte. Instrumente von Harwood und

Meier wären imitiert worden und man hätte dafür minderwertigen Stahl verwendet.

»Wenn Sie uns vielleicht mit einer Liste von allen Kunden dienen könnten, die in den letzten Wochen diese neuen Skalpelle mit Wellenschliff erworben haben? Das würde uns enorm weiterbringen.«

»Diese Imitationen sind eine richtige Plage geworden«, pflichtete Binder ihm bei. »Es freut mich, dass endlich jemand diese Sache ernstnimmt. Schließlich beschneiden diesen Fälschungen auch unsere Profite.« Er grinste. »Aber Spaß beiseite«, fuhr er dann fort. »Sie zerstören vor allem das Vertrauen der Kunden in unsere Produkte.«

Binder gehörte offenbar zu jenen arbeitswütigen Menschen, die ihre Aufgaben sogar mit in die Ferien nahmen. Er verschwand kurz in seiner Laube und kam mit einem kleinen Musterkoffer zurück, in dem sich sein Bestellbuch und sein Terminkalender befanden.

»Es gab keine größeren Verkäufe«, meinte er, während er die Verkaufslisten durchging. »In den letzten Wochen, sagten Sie?« Werthen fiel auf, dass die Hand des Mannes leicht zitterte, als er die Seiten umblätterte.

»Zunächst einmal genügt das, ja«, antwortete Gross.

»Der letzte Auftrag wurde in der vorigen Woche ausgeliefert. Ich selbst war am Dienstag und Mittwoch in Klagenfurt und habe dort Dr. Fritz Weininger vom Hauptkrankenhaus Klagenfurt etliche dieser Skalpelle verkauft. Und davor …« Er blätterte das Buch durch und fuhr suchend mit dem Zeigefinger über die Spalten. »Davor Ende Juni an einen Chirurgen in Salzburg.« Binder zeigte Gross das aufgeklappte Buch.

»In Wien haben Sie gar keine Skalpelle verkauft?«, erkundigte sich Gross.

Binder schüttelte den Kopf, klappte das Buch zu und verstaute es wieder im Musterkoffer.

»Die Wiener Chirurgen sind ein recht konservatives Grüppchen und offenbar noch nicht ganz davon überzeugt, dass das leichte Ausfächern des Einschnittes durch Klingen mit Wellenschliff zusätzliche Keimfreiheit bringt.«

Gross nickte dem Verkäufer zu und verbarg mühsam seine Enttäuschung.

»Aber …«

»Was?«

»Es stimmt zwar, dass in Wien kein einziges Instrument verkauft wurde, aber ich habe den Verdacht, dass mir eines aus meinem Musterkoffer entwendet wurde. Bevor ich letzte Woche bei einigen Wiener Chirurgen vorstellig wurde, hatte ich drei Muster im Koffer. Es waren Originale, die mir Harwood und Meier zur Verfügung gestellt hatten. Am Abend des ersten Tages waren jedoch nur noch zwei Skalpelle da.«

»Welche Chirurgen haben Sie besucht?«, wollte Gross wissen.

»Ich bin vollkommen sicher, dass von ihnen keiner das Skalpell entwendet hat. Aber als ich an diesem Nachmittag in einem Kaffeehaus eine Pause machte, habe ich den Koffer einen Moment lang unbeaufsichtigt zurückgelassen. Ich musste die Örtlichkeiten des Lokals aufsuchen.«

Es ist ziemlich riskant, jemandem in einem gut besuchten Kaffeehaus ein Skalpell aus dem Musterkoffer zu stehlen, dachte Werthen.

»Trotzdem benötigen wir wohl eine Liste mit den Namen der Chirurgen. Und auch den Namen des Kaffeehauses«, sagte Gross.

»Glauben Sie ihm?«, fragte Werthen Gross, als sie die Laubensiedlung verließen.

»Haben Sie beobachtet, wie geschickt er die Rosen beschnitten hat?«, gab Gross zur Antwort.

Werthen nickte.

»Und er hätte hier ein sehr schön abgeschiedenes Örtchen für seine Arbeit«, ergänzte Gross.

»Sie meinen, um die Leichen hierherzubringen und zu verunstalten?« Werthen warf einen letzten Blick auf den beflissenen Vertreter, der sich bereits wieder seinen Rosen widmete. »Das bezweifle ich. Irgendjemand hätte das Kommen und Gehen bemerken müssen, meinen Sie nicht?«

Gross seufzte. »Möglich. Außerdem kann er Fräulein Landtauer nicht umgebracht haben.«

»Seinen Worten zufolge, jedenfalls. Mir kommt es allerdings vor, als hätte er sich auffallend darum bemüht, dieses Alibi einzustreuen.«

»Sehr gut, Werthen. Aber das dürfte nicht allzu schwer zu überprüfen sein. Es war ein Doktor Fritz Weininger, nicht wahr?«

»Am Klagenfurter Hauptkrankenhaus.«

Als sie jedoch schließlich ein Post- und Telegrafenamt gefunden hatten, um das Ferngespräch nach Kärnten zu führen, wurden sie enttäuscht. Dr. Fritz Weininger war – wie halb Österreich – in Urlaub.

Er würde erst am Ende der Woche wieder in seinem Büro anzutreffen sein.

Doch dann geschah etwas, was weitere Nachforschungen in diese Richtung überflüssig machte.

8. Kapitel

Die Uhr auf dem marmornen Kaminsims schlug sechs Mal. Das rötliche Licht des Sonnenaufgangs drang durch die Spitzenvorhänge und ließ den Raum sanft erstrahlen. Werthen wischte die Tinte von seinem Mittelfinger und griff dann wieder nach seinem Füllfederhalter.

Ein Klopfen an der Tür unterbrach Werthen mitten im Satz.

»Herr Doktor Werthen?« Die schüchterne Stimme von Frau Blatschky ertönte hinter der geschlossenen Tür des Arbeitszimmers.

»Kommen Sie herein!«

Sie gehorchte zögernd Werthens Aufforderung und wischte sich beständig die Hände an der frischgestärkten Schürze ab.

»Was ist denn?«

»Da ist ein Herr für Sie.«

Sie hatte die Worte kaum ausgesprochen, als trampelnde Schritte auf dem Parkett vor der Wohnzimmertür zu hören waren.

»Werthen!« Es war Gross' Stimme.

»Kann ich ihn hereinlassen, gnädiger Herr?«

Aber der Anwalt kam nicht dazu, etwas zu antworten.

»Mein lieber Werthen!« Gross trat durch die halbgeöffnete Tür in den Raum. »Legen Sie Ihren Füllfederhalter schleunigst beiseite! Auf uns wartet Arbeit.«

Frau Blatschky war neben der Tür stehen geblieben und beobachtete den hochgewachsenen Mann neugierig.

»Das wär's dann, Frau Blatschky!«, sagte Werthen.

Sie knickste kurz und verließ den Raum.

»Kommen Sie endlich, Herr. Wir haben keine Zeit zu verlieren.« Tatsächlich rieb sich Gross schon vor Vorfreude die Hände.

»Was bringt Sie denn um diese frühe Zeit hierher, Gross?«

Dann bemerkte er das spitzbübische Grinsen auf dem Gesicht des Doktors.

»Es ist doch wohl nicht noch ein Mord geschehen?«

»Aber nein, keineswegs. Ich bin zu dieser unchristlich frühen Stunde aufgestanden, um mit Ihnen die Blumenschau zu besuchen.«

Das verblüffte Werthen. Er hätte Gross diese Art von Ironie, ja, fast schon Sarkasmus nicht zugetraut.

»Natürlich hat es einen weiteren Mord gegeben«, meinte Gross. »Werfen Sie sich den Mantel über, Herr. Der Tatort ist noch relativ unberührt.«

»Aber woher … Nein, lassen Sie mich raten: Meindl!«

Gross nickte. »Er hat mich freundlicherweise sofort nach der Auffindung der Leiche im Hotel angerufen. Und jetzt rasch, bevor mir noch irgendwer den Tatort verwüstet.«

Werthen griff sich eilig Hut, Handschuhe sowie Geldbörse und folgte dem massigen Gross, der bereits die Treppen hinabeilte, ohne lange auf den Fahrstuhl zu warten.

Gross hatte den Fiaker, ein geschlossenes, von zwei grauen Mähren gezogenes Stadtcoupé, vor dem Haus warten lassen. Die beiden Männer sprangen förmlich hinein und los ging die Fahrt. Sie flogen nur so die Josephstädter Straße hinunter und wanden sich so rüttelnd hastig durch den Verkehr, dass Werthen bei dem Geschaukel seinen Hut festhalten musste. Endlich bogen sie in die breite Ringstraße ein und fuhren Richtung Kanal. Als sie den Kanal überquerten und die Praterstraße erreichten, ergriff Werthen schließlich das Wort.

»Also wurde auch diese Leiche im Prater gefunden?«

»Ganz genau. Und diesmal sind wir den Amtsschimmeln eine Nasenlänge voraus. Wie ich schon sagte: Es ist ein relativ frischer Tatort, das heißt, wenn wir uns sputen.«

Gross schlug mit dem silbernen Knauf des Spazierstockes an das Dach des Fiakers. »Zehn Kreuzer Trinkgeld für Sie, braver Mann, wenn wir es in weniger als zehn Minuten schaffen.«

Die Zügel klatschten prompt lauter, als der Kutscher das ohnehin scharfe Tempo noch verdoppelte. Werthen wurde in seinen Sitz gedrückt, als die Pferde zu galoppieren begannen. Er sah aus dem Fenster und bemerkte die überraschten Blicke aus den weit aufgerissenen Augen der Frühaufsteher, die schon zum Einkaufen unterwegs waren. Der Fiaker raste über das Kopfsteinpflaster der Praterstraße, und ab und an sprühten die Eisen der Pferde blaue Funken, wenn sie Tramschienen überquerten.

»Diesmal handelt es sich um eine ältere Person, hat Meindl mir verraten«, erklärte Gross, der sich so fest an der ledernen Halteschlaufe über dem Kutschenfenster festhielt, dass sich die Knöchel seiner Hand weiß abzeichneten. »Ansonsten liegt jedoch derselbe *modus operandi* vor.« Gross benutzte anscheinend gern lateinische Ausdrücke. »Damit möchte ich die von unserem Mörder bevorzugte Tötungsmethode bezeichnen. Wir dürften uns gleich selbst davon überzeugen können, mit welcher Genauigkeit diese Methode diesmal angewandt wurde.«

Gross zog etwas unter dem Sitz hervor, das wie ein lederner Postbeutel aussah. Er schlug die Lasche zurück und überprüfte den Inhalt. Werthen konnte nicht anders, er warf ebenfalls einen Blick in den Beutel. Er enthielt Schreibpapier, Briefumschläge, Löschblätter, Füller und Stifte, letztere aufgefächert wie die Borsten eines Stachelschweins, ein Fläschchen Tinte, ein Maßband, Zirkel, Schrittzähler, ein Fläschchen mit Gipspulver, Siegelwachs, Reagenzgläser, Kerzen, Seife, ein Vergrößerungsglas, Gummiarabikum und eine große Eisenbahneruhr.

»Wollen wir auf eine Safari, Gross?«

Der Kriminologe überhörte die Bemerkung und kontrollierte, ob das Siegel des Gipsfläschchens unversehrt war. Befriedigt schlug er die Lasche wieder vor und legte den Beutel auf seine Knie, wie ein Zugpassagier seine Reisetasche beim Einlaufen des Zuges in den Bahnhof auf den Schoß nimmt.

»Das ist meine Tatort-Tasche«, erläuterte der Kriminologe schließlich.

Schon bald erreichten sie die Ausläufer des Parks, der sich im Schatten des gigantischen Riesenrades ausdehnte.

Sie folgten einer Gasse, die von den Buden und Spielhallen wegführte, und Werthen betrachtete suchend das leuchtende, morgendliche Grün der Bäume.

»Da! Dort drüben!«, rief Gross plötzlich und wies mit dem Stock aus dem rechten Fenster der Kutsche auf eine Gruppe von Männern, die sich im Gegenlicht vor der aufgehenden Sonne abhob. Sie standen bei einer Baumgruppe, die etwa fünfzig Meter von der Straße entfernt war. An eine kleine Kastanie waren vier Pferde festgebunden, und sie zuckten mit den Ohren, als sich der Fiaker näherte. Nicht weit von den Pferden lagen einige Fahrräder von Polizisten achtlos auf dem Boden. Ihre Fahrer hatten sie offenbar in großer Eile zurückgelassen.

»Dem Himmel sei Dank, dass wir eine milde Nacht hatten!«, meinte Gross.

Werthen wusste, worauf der Kriminologe anspielte, sagte jedoch nichts.

»Die Körpertemperatur, Mann!«, platzte Gross schließlich heraus, als müsste er einen begriffsstutzigen Studenten unterweisen. »Wir müssen in Erfahrung bringen, wie lange er schon tot ist, aber in kalter Luft kühlt ein Körper schneller ab, als das normalerweise nach dem Eintritt des Todes der Fall wäre.«

Werthen ließ diese Belehrung wortlos an sich abprallen. Gross war nie besonders freundlich oder höflich gewesen, wenn er auf der Jagd war.

»Wenigstens hat unser Freund Klimt für die letzte Nacht ein hieb- und stichfestes Alibi, das er laut hinausposaunen kann«, fügte Gross hinzu. »Er saß sicher im Wiener Gefängnis.«

Natürlich war Werthen ebenfalls bereits auf diesen Gedanken gekommen. Sollten die Wunden des Opfers tatsächlich zu den anderen passen, würde das hinlänglich beweisen, dass Klimt auch an dem Tod von Liesel Landtauer unschuldig war, weil die Morde eindeutig von demselben Mörder begangen worden waren.

Die Kutsche rollte noch, als Gross schon hinaussprang. Einen Moment schwankte er bedenklich, bis er sein Gleichgewicht wiederfand. Mit der Tatort-Tasche in der Hand steuerte er sogleich auf die Gruppe zu, die sich unter einem Kastanienbaum versammelt hatte.

Werthen stieg aus und wollte ihm folgen, als der Kutscher ihm nachrief: »Aber Herr Doktor! Ich bekomme noch mein Trinkgeld.«

Werthen warf einen Blick auf den rotnasigen Fahrer und sah dann dem davoneilenden Gross hinterher. Missmutig öffnete er seine Geldbörse, die er zum Glück noch eingesteckt hatte, und wühlte suchend darin. Richtig! Gross, der verdammte Narr, hatte dem Kutscher ja zehn Kreuzer versprochen. Er fand die entsprechende Münze und drückte sie gereizt dem Fahrer in die ausgestreckte Hand.

»Und der normale Fahrpreis. Das wären dann weitere fünfundzwanzig Kreuzer.«

»Das ist eine Unverschämtheit!«, fuhr Werthen den Mann an.

Der hielt jedoch unerschütterlich die Hand ausgestreckt und sah Werthen gerade in die Augen.

Ihm blieb nichts übrig, als erneut in seiner Börse zu suchen und dem Kutscher das Geld in die Hand zu zählen.

»Gott beschütze Sie«, meinte der Kutscher und lupfte die Mütze. »Soll ich warten?«

Das wagt er jetzt noch zu fragen! dachte Werthen und wäre vor Empörung fast explodiert. Dann besann er sich. Sie würden für den Rückweg ein Transportmittel benötigen.

»Wenn ich darum bitten dürfte«, erwiderte er sarkastisch. Dann machte er sich auf zum Schauplatz des Verbrechens, wo Gross, zur Belustigung seiner staunenden Zuschauer, auf Händen und Knien herumkrabbelte.

Dabei stieß der Kriminologe ab und zu ein Brummen aus, nahm immer wieder das Vergrößerungsglas aus seiner Ledertasche, inspizierte den Boden, hob unter Zuhilfenahme einer Pinzette nahezu unsichtbare Teile von der Erde auf und deponierte sie in einen der Umschläge, die er aus derselben Tasche nahm.

Werthen verspürte das unwiderstehliche Verlangen, laut loszulachen, als er den ansonsten so peniblen Gross über den Boden kriechen sah, ohne darauf zu achten, dass er seine Hose an den Knien beschmutzte. Aber der Anblick der Leiche, die an einem Baumstumpf lehnte, erstickte jeden Gedanken an Fröhlichkeit im Ansatz.

Der Tote mochte etwa sechzig Jahre alt sein. Sein Kopf hing schlaff auf seine rechte Schulter; das dichte graue Haar war sorgfältig nach hinten gekämmt. Seine Kleidung erinnerte an eine Jägertracht: graue Wolle mit lodengrüner Paspelierung, dazu Hirschhornknöpfe.

Die Augen des Opfers waren weit aufgerissen und schienen im Schrecken erstarrt. Seine Haut war so weiß wie Alabaster – dasselbe Weiß wie das der Haut der jungen Landtauer im Leichenschauhaus. Und wo die Nase hätte sein sollen, klaffte ein großes Loch, das diesem Gesicht eine gewisse Ähnlichkeit mit der Schnauze eines Schweins verlieh.

Plötzlich schnaubte Gross zornig und richtete sich unvermittelt auf.

»Wer hat sich hier zu schaffen gemacht?«

Er schaute zu der Gruppe von sechs Männern hinüber, die ein Stück abseits von Werthen zusammenstand.

Zwei von ihnen waren Gendarmen. Ihr Grinsen erlosch schlagartig, als sie verlegen hüstelten und rot anliefen. Die anderen vier trugen Militäruniform: braune, mit hellem Violett gesäumte Uniformröcke, Feldmützen und Stiefel, die blauschwarz poliert glänzten. Sie schauten betreten auf den Boden vor ihren Schuhen.

Gross strahlte zweifelsohne Autorität aus, und keiner der Männer bezweifelte sein Recht, den Tatort zu untersuchen oder Beweise sicherzustellen. Schließlich beantwortete der größere der beiden Gendarmen die Frage: »Wir mussten uns vergewissern, ob der Herr wirklich tot ist.« Er wischte sich mit dem Ärmel der blauen Wolljacke über seine tropfende Nase. »So sind die Bestimmungen.«

Gross schüttelte den Kopf. »Gibt es etwa auch die Vorschrift, dass Sie am Tatort Führungen veranstalten sollen? Ich finde hier mindestens sechs Paar unterschiedliche Fußabdrücke. Falls Sie nicht künftig in der Bukowina als Schülerlotsen arbeiten wollen, sollten Sie mir das bitte erklären.«

Einer der Armeeoffiziere nahm unwillig Haltung an und salutierte vor Gross: »Das ist unsere Schuld, mein Herr. Wir dachten, der Mann könnte Hilfe gebrauchen. In der Dämmerung konnten wir nicht erkennen, dass ihm nicht mehr zu helfen war.«

Rote Flecken bildeten sich auf den Wangen des Offiziers. Er sah aus, als käme er direkt vom Land, und passte anscheinend nicht so recht in seine Uniform. Werthen betrachtete die Hände des Mannes. Sie schienen eher dazu geeignet zu sein, einen Pflug zu führen, als den Säbel zu schwingen, den er an der Seite trug.

Gross musterte die vier Soldaten mit einem langen, kühlen Blick. »Und was, wenn ich fragen darf, hat Sie zu so unchristlicher Zeit hierher geführt?«

Darauf schauten die Angesprochenen wieder zu Boden, so dass der große Gendarm einsprang.

»Das habe ich schon überprüft, Herr Doktor. Die vier Herren haben nur die Leiche gefunden. Um die Zeit war sonst niemand hier, das haben sie bereits angegeben. Keine Menschenseele. Die Offiziere haben nichts mit dieser Sache tun, glauben Sie mir.«

Gross brummte mürrisch und ließ das Vergrößerungsglas wieder in seiner Ledertasche verschwinden. Dann näherte er sich dem Leichnam, denn es war klar, dass es keinen Anlass gab, in der unmittelbaren Umgebung des Toten Vorsicht walten zu lassen. Hier gab es nichts mehr zu entdecken als die Fußabdrücke von Soldaten und von Gendarmen, die aller Wahrscheinlichkeit nach sämtliche Spuren verwischt hatten, die der Mörder zurückgelassen hatte. Gross beugte sich über den Leichnam und untersuchte Kopf und Hals auf dieselbe Art und Weise, wie er schon das unglückliche Fräulein Landtauer examiniert hatte.

»Ah! Genau, wie ich gedacht hatte.« Er winkte Werthen zu sich. »Sehen Sie das?« Gross deutete mit dem Zeigefinger auf einen haarfeinen Einschnitt über der Halsschlagader des Opfers. »Das ist die Handschrift unseres Mörders«, flüsterte er. »Und das gleiche feine Ausfächern der Haut wie bei der Landtauer. Unser Mann benutzt noch immer das Wellenschliff-Skalpell.«

Die Soldaten beobachteten sie neugierig, bis Gross schließlich den Gendarmen befahl, ihre Namen zu notieren und sie in ihre Kasernen zurückzuschicken.

Anschließend setzte Gross die Untersuchung des Leichnams fort. In einer seiner geballten Fäuste fanden sie ein weiteres Markenzeichen des Mörders: die abgeschnittene Nasenspitze.

Gross durchsuchte die Taschen des Mannes, fand aber offenbar nichts mehr. Allerdings war Werthens Aufmerksamkeit einen Moment lang dadurch abgelenkt, dass er die Gendarmen dabei beobachtete, wie sie die Namen der Soldaten notierten. Die vier Armeeoffiziere gestikulierten, als sie milde protestierten, gaben aber offenbar am Ende widerstrebend ihre Identität preis.

Gross' Arbeit war getan. Er zog ein weißes Taschentuch aus der Brusttasche seines Jacketts und wischte sich über die schmutzigen Knie seiner Hose.

»Sie wollen die Soldaten nicht selber vernehmen?«, fragte Werthen.

Gross befeuchtete das Taschentuch mit der Zungenspitze und rieb heftiger an den Flecken auf seiner Hose herum, allerdings mit wenig Erfolg.

»Die Gendarmen haben ihre Namen aufgeschrieben. Die Polizei wird sie verhören, aber ich bezweifle sehr, dass man sie mit den Morden in Verbindung bringen kann.«

Schließlich gab er den Versuch auf, die Hose zu reinigen, und stopfte das schmutzige Taschentuch in seine voluminöse Manteltasche. »Aber was zum Teufel wollten sie hier draußen? Zum Ausklang eines angenehmen Abends noch ein bisschen im Freien Leibesübungen betreiben?«

Werthen tippte verschmitzt an seine Nasenspitze. »Duelle, alter Freund. Dafür ist der Prater ein beliebter Treffpunkt. Natürlich sind diese Duelle illegal, aber sie kommen trotzdem jeden Tag vor. Man hätte diese jungen Offiziere mit Schimpf und Schande aus der Armee geprügelt, wenn sie eine Duellforderung abgelehnt hätten. Trotzdem wird man sie jetzt degradieren. Weil sie sich dabei erwischen ließen. Immerhin hat sich letztes Jahr sogar unser früherer Ministerpräsident Badeni nicht nehmen lassen, sich mit einem deutschnationalen Abgeordneten des Reichsrates zu duellieren. Soweit ich weiß, wählte er Pistolen auf zwanzig Schritt.

»Barbarisch«, rief Gross aus. »Hat diesen Leuten denn niemand verraten, dass wir fast im zwanzigsten Jahrhundert leben?«

Aber Duelle und seine Empörung darüber beschäftigten Gross nicht sonderlich lange. Er winkte dem wartenden Kutscher, und sie bestiegen den Fiaker.

»Schuld daran hat nur dieser verrückte Brite, wissen Sie?«, meinte Gross, als er sich auf dem Sitz zurücklehnte und seinen Tatort-Beutel wieder auf dem hölzernen Boden deponierte.

Werthen schaute ihn fragend an.

»Doyle«, fuhr Gross fort. »Ich glaube, so heißt der Bursche. Er schreibt phantastische Geschichten, versteift sich jedoch darauf, meine Methoden für seine Hauptperson zu verwenden – diesen Holmes. Das war es doch, was diese Burschen vorhin so erheitert hat.« Er deutete mit einem Nicken auf die beiden Gendarmen am Tatort.

Werthen hatte Gross nicht angemerkt, dass er deren Amüsement registriert hatte.

»Zum Henker mit dem Mann! Vermutlich hat er meine frühen Artikel zur Kriminologie gelesen. Unter meinen Kollegen hat er mich damit zum Gespött gemacht. Als ob ich derjenige wäre, der die genialen Methoden von Sherlock Holmes kopiert, und nicht umgekehrt.«

Aus dem Fenster des Fiakers sahen sie, wie ein Ambulanzkarren am Tatort hielt und Sanitäter in weißen Kitteln ausstiegen. Gross stöhnte. Ob wegen dieses Anblickes oder wegen seiner Fehde mit Arthur Conan Doyle, konnte Werthen allerdings nicht erkennen.

»Also, Werthen. Haben Sie bereits irgendwelche Vermutungen?« Gross klopfte mit seinem Spazierstock gegen das Dach des Fiakers, der daraufhin abrupt anfuhr.

»Wie Sie schon sagten. Derselbe *modus operandi*.«

»Und darüber hinaus? Haben Sie irgendwelche Beobachtungen mitzuteilen?«

»Das Opfer ist ganz offenkundig woanders umgebracht worden.«

Gross lächelte. »Wie kommen Sie darauf?«

»Der Tatort war zu sauber; es gab keinerlei Blutspuren.«

Gross nickte. »Genau wie bei den anderen.« Er fixierte Werthen mit einem durchdringenden Blick. »Was uns einiges über den Mörder verrät, würde ich behaupten. Er könnte vermögend sein. Immerhin besitzt er die Möglichkeit, ganz ungestört seinen Opfern das Blut abzuzapfen. Dazu braucht man einen geeigneten Raum, und einen solchen Raum muss man sich leisten können. Ich bezweifle ernsthaft, dass man so etwas im Freien machen kann. Das ist viel zu riskant. Also hat er irgendeinen geschützten Raum zur Verfügung. Und ein Transportmittel. Vielleicht tötet er, wo sich ihm die Gelegenheit bietet, muss dann aber die Leichen dorthin bringen, wo er ihnen das Blut abzapft. Danach muss er sie in den Prater transportieren, und zudem muss er große Mengen von Blut lagern können.«

»Könnte es nicht sein, dass er ganz in der Nähe des Praters lebt?«, warf Werthen ein.

Gross dachte einen Moment lang nach. »Möglicherweise. Aber nicht zwingend. Der Prater ist ein geschlossenes Gelände, hervorragend geeignet, um die Leichen hier zu deponieren. Außerdem liegt er im Zweiten Bezirk. Dem zum größten Teil von Juden bewohnten Zweiten Bezirk, wie Sie ja bereits selbst festgestellt haben.«

Sie schwiegen, während sie über das Kopfsteinpflaster der Praterstraße rumpelten. Seit ihrer Hinfahrt war es in der Straße erheblich geschäftiger geworden. Erste Geschäfte hatten bereits geöffnet, und Fußgänger mit Einkaufskörben eilten über die breiten Bürgersteige. Hier geht das Leben ganz normal weiter, dachte Werthen. Und die Menschen befinden sich in seliger Unkenntnis über die jüngste Gräueltat, die in ihrer schönen Stadt begangen worden war.

»Und was denken Sie zur Identität des Opfers?«, fragte Gross.

Werthen schüttelte den Kopf. »Ich kann schwerlich Gedanken lesen. Womit ich nicht sagen will, dass der arme Mann noch zu Gedanken fähig gewesen wäre. Aber erzählen Sie mir jetzt bitte nicht, Sie könnten aus dem Wenigen, was wir dort gesehen haben, auf seine Identität schließen!«

Gross zuckte mit den Schultern. »Offensichtlich handelt es sich um einen ehemaligen Staatsdiener. Vielleicht sogar einen kaiserlichen Beamten. Der Mann entspricht dem Treuer-Diener-Typus. Das ist sonnenklar.«

Werthen war überrascht. »Wie kommen Sie darauf?«

Gross grinste verschmitzt. »Ganz einfach. Das Opfer hatte einen Rentnerausweis bei sich.«

Werthen lehnte sich auf dem Sitz zurück, nahm eine Zigarre aus dem Etui, knipste ein Ende ab, warf es aus dem Fenster und entzündete die Zigarre mit seinem Feuerzeug.

»Brillant«, murmelte er, während er dem blauen Rauch nachsah, der aus dem Fiakerfenster schwebte.

»Ich gehe davon aus, dass unsere Untersuchungen damit abgeschlossen sind, Werthen?« Natürlich hatte Gross recht, das wurde jetzt auch Werthen klar. Die Polizei musste Klimt freilassen, und da Klimt sein Auftraggeber war, war somit auch seine Untersuchung dieser furchtbaren Verbrechen beendet. Zu seiner Überraschung empfand er bei dieser Vorstellung so etwas wie Enttäuschung. Er hatte sich in diese Angelegenheit verbissen. Außerdem war da auch noch dieses Landtauer-Mädchen und ihre auffällige Ähnlichkeit mit seiner Marie.

»Das nehme ich an«, erwiderte er zögernd. »Und Sie werden jetzt vermutlich nach Czernowitz aufbrechen.«

Gross seufzte. »Ja, das werde ich wohl.«

Nur glaubte das keiner von ihnen auch nur eine einzige Sekunde.

Gross wartete, bis die Polizei Frau Frosch über den Tod ihres Mannes in Kenntnis gesetzt und sie befragt hatte. Erst dann stattete er ihr einen Besuch ab.

»Ich möchte mich bei der guten Frau beliebt machen, Werthen«, erklärte er später am Nachmittag, als sie sich dem Wohnblock in der Gusshausstraße 12 im Wiener Vierten Bezirk gleich hinter der Karlskirche näherten. »Als Überbringer schlechter, tragischer Nachrichten macht man sich aber nicht beliebt. Also überlasse ich das lieber der Polizei. Es stimmt zwar, dass sie die

Frau unwillentlich manipulieren und ihr Dinge eingeben könnten, die sie uns später als ihre eigene Meinung darstellt. Aber das muss ich in Kauf nehmen. Das ganze Leben ist ein Kompromiss, habe ich recht?«

Als die Wohnungstür geöffnet wurde, dachte Werthen im ersten Moment, diese Frau müsse eine Hausdienerin oder eine Freundin von Frau Frosch sein. Da waren keine rotumränderten Augen, keine Spur von Tränen einer bekümmerten Witwe.

»Entschuldigen Sie, ist Frau Frosch zu Hause?« Offenkundig war Gross zu demselben Schluss gelangt.

»Ich bin Frau Frosch«, antwortete die Dame gefasst. »Und wer sind Sie, bitte schön?«

»Wir unterstützen die Polizei bei den Nachforschungen«, sagte Gross, und zeigte wieder einmal das Schreiben Meindls vor, das inzwischen schon ein wenig mitgenommen war.

»Die Polizei war heute Morgen bereits hier«, sagte sie und betrachtete die beiden so gelassen, als nähme sie für Anzüge Maß.

»Ja, das weiß ich«, pflichtete Gross bei. »Aber vielleicht erlauben Sie einige weitere Fragen, gnädige Frau? Ich weiß, dass es für Sie unter diesen Umständen eine Zumutung sein muss, aber meine ausgedehnte kriminalistische Erfahrung lehrt mich, dass die ersten 24 Stunden nach einem Verbrechen entscheidend sind.«

Sie zuckte nicht mit der Wimper. »Dann möchten Sie gewiss hereinkommen?«

»Natürlich nur, wenn wir nicht ungelegen kommen, gnädige Frau.« Gross' etwas ölige Jovialität erschien Werthen ein wenig übertrieben.

Die Einrichtung ihrer Wohnung wirkte wie der Inbegriff des bürgerlichen Lebensstils. Alles war so, wie es sich gehörte. Zumindest nach Auffassung der Salonblattleser, die alles über die Einrichtungen der Oberschicht und der Adelshäuser verinnerlicht hatten. Keine einzige welke Pflanze, kein Stäubchen Staub und keine Falte im Läufer waren zu sehen.

Die Wohnung vermittelte eine unbewohnte, fast leblose Atmosphäre, wie sie nur fast zwanghafte Hausfrauen bewirken können. Und sie war das krasse Gegenteil zur Wohnung der Plötzl in Ottakring. Selbst Werthen fühlte sich von dieser Ordnung abgestoßen. Obwohl er durchaus penibel war, benötigte er doch ein gewisses Maß an Unordnung, wenn er sich wohlfühlen sollte.

In Frau Froschs Wohnung war davon nichts zu finden. Sie wurden durch einen Durchgang in ein Wohnzimmer geführt, das aussah wie von Makart gemalt. Schwere Gardinen und Wandbehänge erdrückten den Raum beinahe, der mit massiven altdeutschen Möbeln vollgestellt war, wie sie vielleicht vor zwanzig Jahren einmal modern gewesen waren. Jetzt jedoch wirkten sie düster und beklemmend. Auf jedem Tisch und jeder Oberfläche lagen Brokatstoffe oder Gobelins, die Wände verschwanden hinter dunklen Ölgemälden, eine Ecke wurde von einer Anrichte von beeindruckenden Ausmaßen beherrscht, und in der anderen stand ein glänzender Kachelofen.

Frau Frosch setzte sich vorsichtig auf die Kante einer Ottomane und lud die beiden Männer ein, in geschnitzten, lederbezogenen Armstühlen mit gerader Rückenlehne Platz zu nehmen. Werthen hatte den Eindruck, dass sich die Frau in dieser Umgebung genauso unbehaglich fühlte wie er selbst.

»Ich habe den Polizisten schon alles erzählt«, begann sie. »Sehr gut. Aber ich bin auf der Suche nach neuen Anhaltspunkten. Manchmal sind es nur Kleinigkeiten, Frau Frosch. Oft sind es die unbedeutendsten Details, die uns am meisten verraten.«

»Gross, die gute Frau Frosch hat doch bereits gesagt, dass sie uns nichts mehr Neues mitzuteilen hat«, unterbrach ihn Werthen unvermittelt. »Die Polizei hat bestimmt schon alles in Erfahrung gebracht, was sie beizutragen hatte. Wir sollten jetzt gehen.«

»Seien Sie doch so freundlich, und lassen Sie mich das Gespräch führen, mein lieber Werthen. Und überlassen Sie Frau Frosch die Entscheidung, ob sie wirklich nichts mehr beizusteuern hat.«

»Sie müssen meinen Kollegen entschuldigen, Frau Frosch.« Werthen ignorierte Gross' Kommentar. »Er ist manchmal übereifrig in seiner Arbeit und nimmt dabei keine Rücksicht auf die Gefühle anderer Menschen.«

»Gefühle müssen jetzt bedauerlicherweise beiseitestehen, Werthen.« Dann wandte er sich an Frau Frosch. »Darf ich weitermachen?«

Sie antwortete mit einem steifen Nicken.

»Wann haben Sie ihren Gatten zum letzten Mal gesehen?«

»Also wirklich, Gross!«, platzte Werthen hervor. »Nennen Sie das ›neue Anhaltspunkte‹?«

»Werthen, jetzt reicht es!«, fuhr Gross ihn mit einem tiefen Knurren an, bei dessen befehlenden Ton die Frau sich unwillkürlich auf der Kante der Ottomane aufrichtete.

»Also bitte, Frau Frosch. Wann haben Sie Ihren Ehemann zum letzten Mal gesehen?«

»Gestern Abend. So gegen neunzehn Uhr. Er ging los, um wie üblich mit seinen Freunden Tarock zu spielen.«

Wie Werthen wusste, hatte die Polizei das bereits überprüft. Herr Frosch war im neuen *Café Museum* gegenüber seiner Wohnung am Karlsplatz mit drei anderen Pensionären zu ihrem wöchentlichen Kartenspiel verabredet gewesen. Nach Aussage seiner Freunde war er dort nie angekommen.

»Was hatte er an?«

»Seinen Anzug natürlich. Den Trachtenanzug.«

»War der nicht ein bisschen zu warm für diese milde Nacht?«

Sie schüttelte den Kopf. »Er hat ihn immer getragen. Er war seine Uniform, wenn Sie so wollen.« Sie verzog bei diesen Worten keine Miene. »Wenn Sie wollen, können Sie einen Blick in seinen Kleiderschrank werfen. Da hängen noch sechs Stück davon. Alle in derselben Farbe und mit demselben Schnitt. Mein Mann hat am Gericht gearbeitet, wissen Sie? Als Gerichtsdiener.«

»Dann war er also jemand, der sehr auf Förmlichkeiten achtete?«, erkundigte sich Gross.

Sie nickte vehement. »Allerdings!«

Gross deutete mit der Hand durch den Raum. »Die Inneneinrichtung entspricht vermutlich seinem Geschmack, könnte ich mir vorstellen?«

Seine Schlussfolgerung schien die Frau zu verblüffen. »Woher wissen Sie das?«

»Gnädige Frau, eine hellere, leichtere Umgebung würde viel besser zu Ihnen passen. Viel mehr Pflanzen und vor allem Sonnenlicht im Zimmer.«

»Ganz recht.«

Gross hat sie tatsächlich für uns erwärmt, räumte Werthen ein. Er würde seinen Kollegen jetzt jedenfalls nicht mehr unterbrechen.

»Bitte verzeihen Sie die Frage, Frau Frosch, aber haben Sie und Ihr Gatte eine harmonische Ehe geführt?«

»Ich weiß nicht, was Sie damit meinen.«

Werthen fürchtete, dass Gross zu weit gegangen sein könnte. Einen Augenblick lang herrschte Schweigen. Doch offensichtlich war das nicht der Fall, denn die Frau antwortete plötzlich.

»Wir hatten keine Kinder!«, sagte Frau Frosch. »Er war der Meinung, seine Pflicht dem Reich gegenüber hätte absoluten Vorrang.«

»Das war bestimmt eine schwere Entscheidung für sie beide.«

»Es war seine Entscheidung.«

»Ja«, erwiderte Gross, »natürlich, es war seine Entscheidung. Hat Ihr Mann getrunken?«

Der plötzliche Themawechsel überrumpelte sie. Unwillkürlich zuckte ihre Hand zum linken Auge, und sie betastete vorsichtig den Knochen darunter. Jetzt erst fiel Werthen auf, was

Gross wahrscheinlich schon längst entdeckt hatte: eine bläuliche Verfärbung unter dem rosafarbenen Puder.

»Er trank gern sein Glas Wein«, gab sie schließlich zu. »Vor allem seit seiner Pensionierung.«

»Sonst hatte er keine Hobbys? Außer dem Kartenspiel, meine ich?«

Sie schüttelte den Kopf, hielt dann jedoch nachdenklich inne. »Doch. Vielleicht kann man es ein Hobby nennen. Er sagte, er würde seine Memoiren schreiben. Aber ich habe nie auch nur eine Seite davon zu lesen bekommen. Ich glaube, das war nur ein Vorwand, um sich den ganzen Morgen im Arbeitszimmer einzuschließen. Seit er aus dem Gerichtsdienst ausgeschieden ist, wusste er nichts mehr mit sich anzufangen. Sei dem, wie es mag; die Polizei hat jedenfalls nichts gefunden.«

»Hätten Sie etwas dagegen, wenn ich seine Papiere noch einmal durchsehen würde?«, erkundigte sich Gross.

»Aber nein, ganz und gar nicht.« Frau Frosch führte die beiden Männer zu einem Arbeitszimmer am Ende des Flurs. Der Raum wirkte genauso düster und wuchtig wie das Wohnzimmer.

»Hat er hier alle seine Papiere verwahrt?«

Frau Frosch nickte. »Sie brauchen nicht wieder aufzuräumen«, erklärte sie, bevor sie den Raum verließ. »Ich werde das hier sowieso zusammenpacken. Alles.«

»Sie wollen mehr Licht?«, erkundigte sich Gross und lächelte.

»Allerdings, Herr Doktor Gross. Sehr viel mehr Licht!«

Sie verbrachten fast zwei Stunden damit, jede Schublade und jeden Winkel zu durchsuchen, und erforschten jedes nur denkbare Versteck, fanden jedoch nichts. Gross klopfte auf der Suche nach einem geheimen Ort unter den Bodenbrettern sogar den Parkettboden ab, suchte im Schreibtisch und in den Bücherschränken nach Geheimschubladen und verschob die Bilder an den Wänden, ob sich vielleicht ein Tresor dahinter verbarg. Nichts.

»Vielleicht hatte sie recht«, meinte Werthen schließlich. »Vielleicht hat er sich hier wirklich nur zum Trinken zurückgezogen.«

Gross antwortete nicht. Er kroch auf Händen und Füßen herum und war gerade damit beschäftigt, einen großen Keramiktopf mit einer Palme abzuklopfen. Der Topf klang jedoch nicht hohl, war also tatsächlich mit Erde und Wurzelwerk gefüllt.

»Hier werden wir nichts finden«, meinte Gross schließlich, stand mühsam auf und streckte sich.

Ihre methodische Suche hatte nur erbracht, dass Herr Frosch nur wenig Interessen zu haben schien.

Eine Schublade seines Schreibtisches enthielt Rechnungen vom vergangenen Jahr: Gebühren und Steuern, Gasrechnungen, 612 Kronen 38 Heller; Miete – 1475 Kronen; Kohle – 241 Kronen 14 Heller; Kleidung, Frau – 742 Kronen 69 Heller; Kleidung, Mann – 812 Kronen 98 Heller. Und so weiter. Penible Aufzeichnungen eines peniblen Menschen.

Sowohl Gross als auch Werthen war die Diskrepanz im Bekleidungsbudget aufgefallen. Ebenso, dass Frosch die neuen Währungsbezeichnungen *Krone* und *Heller* benutzt hatte, statt der alten Begriffe *Gulden* und *Kreuzer*.

Gross selbst haderte ebenfalls wie fast ganz Österreich noch immer mit der Umstellung von der Silber- auf die Goldwährung, obwohl die schon vor sechs Jahren vorgenommen worden war. In zwei Jahren würden die alten Gulden und Kreuzer auf der Müllhalde der historischen Währungen landen.

Sie verabschiedeten sich von Frau Frosch, und Werthen kam es vor, als würden ihre Augen funkeln, als Gross ihr galant die Hand küsste.

»Mir scheint«, merkte er auf der Straße an, »dass Sie da eine Eroberung gemacht haben, Gross.«

»Nicht zuletzt dank Ihrer Hilfe, mein Freund«, gab Gross anerkennend zurück. Werthens geplante Unterbrechungen des Gesprächs hatten ihre Wirkung nicht verfehlt. »Einen Kollegen vor Zeugen zurechtzuweisen verleiht doch einige Autorität.«

Eine Weile gingen sie schweigend weiter und dachten über die Ergebnisse ihrer Befragung und der vergeblichen Suche nach.

»Sie hatte offenbar genügend Gründe, sich den Tod dieses Mannes zu wünschen«, meinte Werthen schließlich.

»Allerdings. Sie haben die Blutergüsse wohl ebenfalls gesehen?«

»Das arme Geschöpf.«

»Gewalt kann niemals entschuldigt werden«, erklärte Gross. »Aber wer weiß schon, was sich in einer Ehe hinter verschlossenen Türen so alles anstaut, bis es schließlich auf diese Weise zum Ausbruch kommt?«

»Ein hochnäsiger Beamter, der sich zum Tyrannen aufschwingt!«

»Möglich. Trotzdem halte ich es für sehr zweifelhaft, dass diese Dame ihren Mann selbst getötet und seine Leiche in den Prater geschafft haben könnte.«

»Und selbst wenn, wozu dann die anderen Morde?«, fügte Werthen hinzu. »Welches Motiv sollte sie gehabt haben?«

»Vielleicht dienten sie nur zur Täuschung, um vom eigentlichen Opfer abzulenken?«

Diese Theorie war durchaus eine genauere Überprüfung wert, aber dann wurde Werthen schlagartig klar, dass dafür jetzt ja gar keine Notwendigkeit mehr bestand.

»Wir sollten sofort mit Inspektor Meindl reden«, sagte er. »Nach dem letzten Mord wird er Klimt kaum länger festhalten können.« Fast widerstrebend fuhr er fort: »Was Klimt angeht, haben wir unsere Arbeit getan.«

Aber Gross hörte gar nicht zu. Er war nur wenige Schritte hinter dem Eingang zu dem Haus, in dem Froschs Wohnung lag, mitten auf dem Bürgersteig stehengeblieben.

»Mittel und Motive«, murmelte er und schüttelte voller Verachtung den Kopf. »Von der Aufdeckung dieser entscheidenden Punkte sind wir jetzt noch genauso weit entfernt wie noch vor einer Woche.«

»Unser Auftrag ist erledigt, Gross«, wiederholte Werthen. »Die Frage nach Mitteln und Motiven kann jetzt jemand anderem Kopfzerbrechen bereiten.«

»Mag sein. Aber Sie haben natürlich recht. Wir sollten Inspektor Meindl aufsuchen. Zunächst jedoch möchte ich dem *Café Museum* einen Besuch abstatten. Wissen Sie, wo es sich befindet?«

»Die Polizei hat doch herausgefunden, dass Herr Frosch dort nie angekommen ist.«

»Genau das ist mein Punkt. Daraus folgt, dass der Unglückselige irgendwo zwischen hier und dort verschwunden ist. Obwohl es nicht einmal dunkel war. Nach neunzehn Uhr ist es zu dieser Jahreszeit gut und gerne noch eine Stunde hell.«

Werthen nickte. Er begriff, worauf Gross hinauswollte. »Jemand muss etwas gesehen haben.«

»Ja. Die besten Ermittler Wiens sind die Scharen von neugierigen alten Damen, die in ihren Fenstern liegen. Um neunzehn Uhr muss auf der fraglichen Strecke mindestens eine von ihnen einen älteren Herrn im viel zu warmen Trachtenanzug gesehen haben.«

»Und die anderen Morde?«, erkundigte sich Werthen, den erneut das Jagdfieber gepackt hatte.

»Wenn ich mich recht entsinne, ist nur der Fabrikant mitten in der Nacht verschwunden. Die anderen wurden das letzte Mal in der Dämmerung oder den frühen Abendstunden gesehen.«

»Ganz genau! Und sie können kaum zu so früher Stunde in einer geschäftigen Hauptstadt auf offener Straße ermordet worden sein, ohne dass es einen Zeugen gibt. Doch die Polizei hat die Gegenden durchgekämmt, in denen die anderen Opfer verschwunden sind. Niemand hat dort irgendetwas Ungewöhnliches bemerkt.«

Werthen zog seine Schlussfolgerung. »Also wurden sie nicht auf der Straße ermordet. Irgendwie muss es dem Mörder gelungen sein, sie in ein Fahrzeug zu locken oder sie zum Einsteigen zu zwingen. Umgebracht wurden sie woanders.«

Dann schüttelte er den Kopf. »Doch auch das kann nicht sein. Wie Sie schon sagten: Niemand hat etwas Ungewöhnliches bemerkt.«

Gross lächelte. »Also bleibt nur eine Möglichkeit: Irgendjemand hat etwas ganz Normales, Gewöhnliches gesehen und davon keine Notiz genommen. Kommen Sie! Führen Sie mich auf dem kürzesten Weg ins *Café Museum*!«

Sie gingen über die Gusshausstraße in Richtung Karlsplatz. Auf der Straße herrschte dichter Verkehr, und wegen des Lärms und des Gestanks waren alle Fenster geschlossen. Kurz vor dem Karlsplatz kreuzten sie die Paniglgasse. Werthen vermutete, dass der penible Pensionär Frosch, statt an der Umzäunung des Karlsplatzes entlangzulaufen, eher den engeren, aber direkteren Weg durch die Paniglgasse gewählt hatte.

Während sie durch die schmale Gasse gingen, hielten sie nach möglichen Zeugen Ausschau.

Vor der Einfahrt mit der Nummer 16 lungerte ein Dienstmann herum, einer jener Bediensteten, die Kofferträger, Umzugshelfer, Boten und Gehilfen in einer Person waren. Sehr wahrscheinlich war er auch die zentrale Anlaufstelle für allen Klatsch und Tratsch in dieser Gegend. In seinem grauen Uniformrock mit den Epauletten und dem blauen Käppi sah er aus wie ein Ex-Soldat. Die schmale Plakette auf seiner Brust verstärkte diesen Eindruck. Allerdings handelte es sich dabei, wie Werthen wusste, nicht um ein militärisches Abzeichen, sondern lediglich um die Dienstmarke des Mannes.

Gross trat auf ihn zu, lupfte die Melone und stellte Werthen und sich vor.

»Womit kann ich Ihnen dienen, Chef?«, erwiderte der Mann. Gross wich vor seinem nach Wurst und billigem Wein stinkenden Atem zurück.

»Ist das hier ihr üblicher Standort, werter Herr?«

»Die Leute aus der Gegend wissen, dass sie mich hier finden, wenn sie Hilfe brauchen. Egal, worum es geht.«

Der Dienstmann keuchte schon beim Sprechen.

»Gestern Abend waren Sie auch hier?«

»Aber sicher. Ganz bestimmt.«

»Bis wann etwa? Können Sie sich daran noch erinnern?«

»Na ja …« Der Dienstmann nahm das verschwitzte Käppi ab und kratzte sich den Kopf mit den grauen Haarborsten. »Wenn die Tage so lang sind wie zu dieser Jahreszeit, bin ich normalerweise so bis sieben, manchmal auch bis acht draußen. Gestern Abend …«

»Hatten Sie schon Ihr zweites Viertel intus«, ertönte eine Stimme aus dem Fenster der Parterrewohnung rechts von der Einfahrt.

Der Dienstmann drehte sich nicht einmal nach der Sprecherin um. Er hob nur die Brauen und verdrehte die Augen.

»Ist schon recht, Frau Novotny. Vom Übertreiben verstehen Sie wirklich etwas.«

Hinter einer fast durchsichtigen Spitzengardine vor einem geöffneten Fenster lugte eine alte Dame hervor. Ihr vogelähnlicher Kopf wurde von einer Haube aus dem 18. Jahrhundert gekrönt.

»Und Sie verstehen was vom Weintrinken. Nach sechs Uhr war von Ihnen nichts mehr zu sehen. Sonst hätte mich Frau Ohlmeier aus 26 b wohl kaum gefragt, ob ich mal auf ihren Beutel Kartoffeln aufpassen kann, solange sie die anderen Sachen die Treppe hinaufschleppt.«

»Also meine Herren«, der Dienstmann klang unverkennbar ironisch, »Sie haben es gehört. Und zwar direkt aus dem Mund Gottes! Gestern bin ich also früher gegangen. Was kann ich jetzt noch für Sie tun?«

»Offen gestanden«, entgegnete Gross und lupfte die Melone in Richtung alter Dame, »hatte ich gehofft, mich mit jemandem unterhalten zu können, der gestern Abend gegen neunzehn Uhr gesehen hat, was hier auf dieser Straße passiert ist. Werthen, würden Sie diesem Herrn eine kleine Aufmerksamkeit zukommen lassen?« Wie üblich überließ Gross solche Nebensächlichkeiten wie Trinkgeld gern Werthen.

Der Anwalt drückte dem Dienstmann einen Gulden in die Hand. Der starrte ihn eine Weile skeptisch an, als erwartete er, der einsamen Münze würde sich ein Gefährte zugesellen.

»Vielen Dank für Ihre Hilfe«, erklärte Werthen nachdrücklich.

Unterdessen war Gross an das Fenster der alten Dame getreten.

Er stand der älteren Frau jetzt direkt gegenüber. Die stützte sich mit den Ellenbogen auf ein Kissen ab, das zwischen den Doppelfenstern lag.

»Gute Frau! Ich stelle Nachforschungen über einen Herrn an, der möglicherweise gestern Abend hier vorbeigekommen ist. Er ist etwa in den Sechzigern und trägt einen grauen Trachtenanzug aus Wolle.«

»Sind Sie etwa von der Schmiere?«, erkundigte sich die Alte amüsiert.

»Ich …«, Gross deutete auf Werthen, »…will sagen, wir unterstützen die Polizei bei ihren Nachforschungen.«

»Hier haben heute ein paar Gendarmen herumgelungert. Haben mit Herrn Ignaz gesprochen.« Sie wies voller Verachtung auf den Dienstmann, der inzwischen auf der anderen Straßenseite Posten bezogen hatte. »Haben überall angeklopft.«

Sie schüttelte den Kopf so vehement, dass ihr die Haube in die Stirn rutschte. Während sie sie zurechtrückte, fuhr sie fort: »Ich konnte die Schmiere noch nie ausstehen. Habe den Beamten nicht aufgemacht, als sie bei mir geklopft haben.« Sie schaute Gross verschmitzt an. »Ihr zwei seht aber nicht wie Polizisten aus. Und ihr benehmt euch auch nicht so. Die zahlen für gar nichts.«

»Ich will es damit bewenden lassen, dass wir uns für jede Hilfe sehr dankbar erweisen«, erwiderte Gross.

»Was hat er denn angestellt, ihr alter Freund im Trachtenanzug?«

»Er scheint verschwunden zu sein«, antwortete Gross.

»Muss wohl eine so wichtige Persönlichkeit sein, dass die Schmiere dafür ehrbare Bürger belästigt und ihr zwei Dandys nach Brotkrümeln sucht, die zu ihm führen könnten.«

»Das stimmt.« Gross verzichtete auf weitere Erklärungen.

»Gegen neunzehn Uhr, sagten Sie?«

Die beiden nickten.

»Könnte sein, dass ich ihn gesehen habe. Aber mein Gedächtnis, Sie verstehen schon …«

Gross warf Werthen einen vielsagenden Blick zu. »Wären Sie wohl so freundlich?«

Werthen stöhnte gereizt, förderte aber dennoch einen Gulden zutage und reichte ihn der alten Dame.

Sie legte ihn auf das Kissen zwischen ihren Ellenbogen.

»Eher gegen halb acht, würde ich sagen. Um die Zeit kommt Herr Dietrich von der Arbeit nach Hause. Er macht immer Überstunden, unser Herr Dietrich. Unter uns gesagt, ich glaube eher, dass er bestimmt irgendwo eine Geliebte unterhält. Arbeitet so viel und kann nur so wenig vorzeigen. Frau Dietrich trägt immer nur die Mode vom letzten Jahr. Und hat außerdem ein bisschen zugelegt, die arme Frau.«

»Gewiss.« Gross versuchte, die Frau wieder auf das Thema zurückzulenken. »Und Sie sehen also einen Zusammenhang zwischen der Ankunft von Herrn Dietrich und dem Mann mit der Tracht?«

Sie lächelte ihn an und zeigte dabei ihre braun verfärbten Zähne. Dann blickte sie auf den Gulden zwischen ihren Ellbogen.

»Werthen«, bat Gross.

Der Anwalt wollte sich gerade beschweren, als Gross ihm einen durchdringenden Blick zuwarf. Also legte Werthen einen zweiten Gulden neben den ersten.

»Ihr Freund ist gerade vorbeigekommen, als Herr Dietrich in die Nummer 15 gegangen ist, da drüben. Er ging ziemlich langsam. Würde mich nicht wundern, wenn er krank ist.«

»Und hat ihn jemand begleitet oder angesprochen?«, erkundigte sich Gross.

»Ist mir nicht aufgefallen. Ich will ihnen nicht noch einen Gulden aus dem Kreuz leiern. So gierig bin ich nicht. Ich kann nur sagen, dass der Mann hier vorbeigekommen ist. Viel hab ich nicht von ihm mitbekommen, außer, dass er angezogen war wie im Winter.«

»Haben Sie zufällig gesehen, ob er mit jemandem gesprochen hat?«

Sie schüttelte den Kopf.

»Waren vielleicht irgendwelche Fahrzeuge hier abgestellt? Eine Kutsche oder dergleichen?«

»Hier stehen immer ein oder zwei Kutschen. Wir sind schließlich nicht in Ottakring. Das hier ist eine vornehme Gegend. Die Stadtverwaltung hält alles ordentlich instand. Sogar gestern Abend. Da haben sie noch spät an der Kanalisation gearbeitet.«

»Haben Sie beobachtet, wie der Mann zur Wiedner Hauptstraße gegangen ist?«, fuhr Gross fort.

»Ich habe ihn nicht beobachtet«, protestierte sie. »Ich habe ihn nur zufällig gesehen. Wo er hingegangen ist, kann ich Ihnen auch nicht sagen. Mein Teewasser hat gekocht, und ich musste rasch in die Küche laufen.«

Sie verabschiedeten sich von der Frau und schlenderten weiter über die Straße, wobei sie nach offenen Fenstern mit möglichen Zeugen Ausschau hielten.

»Diese Informationen waren kaum die drei Gulden wert«, beschwerte sich Gross, als hätte er sein eigenes Geld dafür verschwendet.

Am Abend waren Gross und Werthen Ehrengäste Gustav Klimts in der *Bierklinik*, einem Speiselokal in der Innenstadt, das für seinen frischen Fisch und die großzügigen Portionen bekannt war. Klimt – oder wahrscheinlich eher Fräulein Flöge – hatte ihnen umsichtig ein Hinterzimmer reserviert. Außer diesen vier Personen waren bei dem Essen auch Klimts Mutter, seine unverheiratete Schwester und der Maler Karl Moll, ein Mitstreiter Klimts in der Sezession, zugegen.

Die *Bierklinik* war eines jener Restaurants, das ausländische Gäste, die glaubten, in der Wiener Küche ginge es nur um Sauerkraut und Würstchen, eines Besseren belehrte. Große Fischbecken flankierten die Wände des Eingangsbereiches. Die dort ausgesuchten, ansehnlichen Forellen wurden mit Madeira und einer Spur Zitrone pochiert und mit Petersilienkartoffeln und knackigem, feinem Gewächshaussalat serviert, der mit Wachauer Weißweinessig und frischgepresstem Traubenkernöl mariniert worden war.

Die Freilassung des Malers wurde mit großem Hallo gefeiert. Man begrüßte Klimt in der wiedergewonnenen Freiheit und dankte Werthen und Gross für ihre Hilfe in dieser Angelegenheit.

Aber Gross war nicht der Mann, der sich mit unverdienten Ehrungen schmückte.

»Die Umstände haben Sie gerettet, Klimt, nicht unsere Nachforschungen. Nur dass Sie eingesperrt waren, als der letzte Mord geschah, hat Ihre Freilassung bewirkt.«

»Aber Sie hätten meine Unschuld schon noch bewiesen, Doktor Gross«, nuschelte Klimt, der inzwischen seinen vierten Bierhumpen vor sich stehen hatte. »Davon bin ich fest überzeugt.«

»Wir haben jedenfalls etliche Spuren verfolgt, nur um sicherzugehen.«

»Und Sie, lieber Werthen«, Klimt erhob sein Glas, »sind ein wahrhaft treuer Freund!«

»Der dafür verantwortlich war, dass Landtauer Sie fast umgebracht hätte.«

Klimt ignorierte die Bemerkung. »Sie beide sind jetzt sicherlich etwas niederschlagen, hab ich recht?«

Gross betrachtete den Mann nachdenklich, antwortete jedoch nicht.

»Ich jedenfalls wäre es«, fuhr Klimt fort, »wenn man mir auf halbem Wege den Auftrag für ein Bild entzogen hätte. Ehrlich gesagt, wäre ich fast versucht, eine solche Arbeit auf jeden Fall zu Ende zu bringen.«

»Gustl.« Fräulein Flöge zupfte an seinem Ärmel. Dem Anlass entsprechend trug Klimt einen weißen Anzug mit rotem Kummerbund anstelle seines üblichen Kaftans. Sein linker Arm lag in einer Armschlinge, was einen dramatischen Effekt ergab. »Ich bin sicher, dass die Herren noch andere Verpflichtungen haben. Wir besitzen nicht alle die Freiheit, unseren Launen nachgehen zu können, so wie du.«

Sie umklammerte seinen gesunden rechten Arm und atmete einmal tief durch. In diesem Moment wurde Werthen klar, wie sehr sie diesen Maler liebte. Eine Moment begegnete sie dem Blick des Anwalts und zwinkerte ihm zu, als wollte sie sich bei ihm dafür bedanken, Klimt verschwiegen zu haben, dass sie von seiner Geliebten und seinem Kind wusste.

»Du hast recht, Emilie. Wie gewöhnlich. Ich werde mich heute Abend darauf beschränken, Bier zu trinken, und keine ungefragten Ratschläge mehr erteilen.«

»Auf die Freiheit!«, fuhr Klimt dann fort. Er befreite seinen gesunden Arm aus Emilies Griff und prostete den anderen zu.

Aber Klimt hatte nur ihre eigenen Gedanken ausgesprochen. Als Gross und Werthen spät am Abend die *Bierklinik* verließen, war ihnen klar, dass sie ihre Nachforschungen fortsetzen würden.

Sie gingen durch die ruhigen Straßen der Innenstadt.

»Ich kann mir vorstellen«, meinte Werthen, »dass sich zu dieser Stunde jemand einer anderen Person nähern und sie umbringen kann. Gewiss, man müsste es sehr verstohlen anfangen und bräuchte viel Glück, aber um zehn Uhr abends schlafen die meisten braven Bürger Wiens tief und fest unter ihren Daunendecken.«

»Aber die anderen?«, fragte Gross, während ihre Schritte laut auf dem Kopfsteinpflaster hallten. »Wie erklären Sie die Morde an den anderen?«

»Die Ermordeten haben sich in Luft aufgelöst, um am nächsten Morgen als Leichen im Prater wieder aufzutauchen.«

»In Luft aufgelöst«, erwiderte Gross grübelnd. »Oder sind wie vom Erdboden verschluckt worden, um eine andere Redensart zu bemühen.«

9. Kapitel

Zwei Tage später nahm Meindl persönlich sie mit an den Tatort. Der Tote hatte eine Kleinkaliberpistole benutzt und sich in den Mund geschossen. Die Waffe hatte trotz des kleinen Kalibers ganze Arbeit geleistet. Der Hinterkopf war ein klaffendes Loch. Blut und Hirnmasse klebten am Kopfende des Gitterbettes, auf dem die Leiche lag.

Die kleine Gartenlaube bot nur wenig Platz für andere Möbel als das Eisenbett. Den restlichen Platz nahm ein großer kupferner Waschzuber ein, neben dem ein Garderobenständer stand, der offenbar als Kleiderschrank diente. In einer Ecke der Hütte hatte man die Fußbodenbretter aufgestemmt. Die Schätze, die die Polizei dort gefunden hatte, lagen neben dem Loch: zwei Skalpelle, Ledergeschirr, eine Schlauchpumpe und ein Fläschchen Chloroform.

Gross berührte Binders Hals. »Er ist noch warm.«

Inspektor Meindl nickte. »Kurz vor Sonnenuntergang haben Nachbarn einen Schuss gehört. Offiziell ist es eigentlich verboten, in diesen Lauben zu übernachten, aber natürlich halten sich nicht alle daran. Der Nachbar war früher beim Militär, und ihm gefiel dieses Schussgeräusch gar nicht, gab er an. Aber nachgeschaut hat er erst später am Morgen, als er sah, dass die Tür nur angelehnt war. Er hat die Leiche gefunden. Und das hier.«

Meindl zog einen Brief aus seiner Manteltasche und reichte ihn Gross. Der Kriminologe erblasste sichtlich.

»Fingerabdrücke, Meindl, denken Sie an die Fingerabdrücke!«

Meindl schüttelte den Kopf. »Das dürfte nicht mehr nötig sein, Gross. Lesen Sie selbst!«

Das tat Gross, und Werthen schaute ihm über die Schulter:

Das Spiel ist aus, fürchte ich. Alles lief prächtig, aber jetzt sind sie hinter mir her. Alles nur wegen des Skalpells. Wirklich schade. Ich hatte noch so große Pläne. Und den Rosen haben die unerwarteten Mahlzeiten wirklich gut getan. Es hat wirklich Spaß gemacht, sich mit der Polizei zu messen und jetzt auch noch mit dem berühmten Kriminologen Gross. Keiner von ihnen hat die wundervollen Hinweise wahrgenommen, die ich an den Tatorten zurückgelassen habe. Die Nasen, die Nasen. Alles dreht sich um die Nasen. Wir haben feine Exemplare unter den Nasenlosen gehabt. Was hatten sie für eine schöne Zeit! Was hatte ich für eine schöne Zeit! Und es hätten noch mehr werden können, viel mehr, wenn ich nicht so blöd gewesen wäre. Zu blöde, wie öde. Darauf kann ich mir keinen Vers machen. Eine Ledernase ist kein Ersatz für eine Rose. Grabt und grabt, vielleicht findet ihr was.

Sie hörten, dass eben in diesem Moment Polizisten draußen im Garten schaufelten. Allem Anschein nach waren sie schon fündig geworden, wenn man nach den Gegenständen urteilte, die in der Hütte entdeckt wurden.

»Mein Gott, Gross«, sagte Werthen, »es ist genauso, wie Krafft-Ebing gesagt hat.«

»Zumindest erweckt es den Anschein.«

»Was meinen Sie damit?«, fragte Inspektor Meindl.

Gross ignorierte die Frage und strich sich nur nachdenklich über den Bart. »Ich glaube, Sie können Ihre Männer zurückpfeifen, Meindl. Da draußen gibt es nichts mehr zu finden. Blutspuren werden sehr schnell aus Erde ausgewaschen.«

»Binder war wirklich verrückt, oder?«, bemerkte Werthen. »Er hat das Blut der Opfer als Dünger benutzt!«

»Das ist zu befürchten«, antwortete Gross. Dann wandte er sich an Meindl. »An Ihrer Stelle würde ich die Wanne sorgfältig nach Blutspuren untersuchen lassen. Darin hat er wahrscheinlich das Blut gesammelt.«

»Und die Nasen?«, fragte Meindl abermals.

»Dazu muss ich erst jemanden konsultieren.«

Später am Tage trafen sich Werthen und Gross wieder zu einem Nachmittagstee im *Café Landtmann*.

»Es war genauso, wie wir vermutet haben, Werthen«, sagte Gross. »Ich habe mich bei der Sekretärin von Breitstein erkundigt und herausgefunden, dass die Angestellten für Notfälle eine Liste mit den Namen ihrer Ärzten angelegt hatten. Ich habe Binders Hausarzt besucht. Herr Binder befand sich bereits im dritten Stadium der Syphilis.«

»Geistige Umnachtung, natürlich.«

»So sieht es aus«, pflichtete Gross bei. »Aber, wie Krafft-Ebing es schon vorhergesagt hatte, körperlich noch nicht eingeschränkt.«

»Dann scheint ja alles zu passen«, sagte Werthen. »Inspektor Meindl lässt Ihnen ausrichten, dass man tatsächlich Blutspuren am Waschzuber gefunden, wie Sie es gesagt hatten. Und an den Skalpellen, dem Ledergeschirr und der Schlauchpumpe. Wie auch an den Wänden. Das Ledergeschirr wurde offenbar dazu benutzt, die Opfer aufzuhängen, und mit der Schlauchpumpe wurde das Blut aus dem Zuber gepumpt, um die Rosen zu düngen.« Werthen lief ein Schauer über den Rücken, obwohl es ein warmer Tag war. »Alles in allem eine ziemlich makabere Beschäftigung.«

»Stimmt. Aber eine, die noch nicht ganz geklärt ist. Man möchte meinen, das Fläschchen Chloroform, das man bei Binder ausgegraben hat, diente dazu, die Opfer zu betäuben. Es wäre ein Leichtes, jemanden mit der Frage nach dem Weg zu einer wartenden Kutsche zu locken. Mit ein wenig Chloroform auf einem Lappen würde eine Person rasch das Bewusstsein verlieren und keinen Widerstand mehr leisten. Was eine Erklärung dafür wäre, dass sich die Opfer einfach in Luft auflösen konnten, wie sie es einmal genannt haben.«

»Das ist auch meine Vermutung«, bemerkte Werthen.

»Was aber bleibt, ist die nicht unwesentliche Tatsache, dass Herr Binder für den Mord an der Landtauer ein Alibi vorweisen konnte. Und weiterhin haben wir das verzwickte Problem mit dem Transport. Wie hat Herr Binder seine Opfer in die Gartenhütte bekommen und danach in den Prater? Für solche Dienste dürfte er sich kaum einen Fiaker gemietet haben.«

Jetzt war es an Werthen, mit seinen Erkenntnissen zu protzen. »Ich glaube, an diesem Punkt kann ich etwas beisteuern, Doktor Gross. Es ist Meindl gelungen, Doktor Weininger aus Klagenfurt aufzuspüren. Er hat wohl hier in der Nähe Urlaub gemacht. In Baden. Dem Doktor zufolge war Binder nicht letzten Dienstag und Mittwoch in Klagenfurt, sondern nur am Dienstagmorgen. Weininger hatte um zehn Uhr vormittags einen Termin mit ihm, und der Verkäufer hat ihm bei der Gelegenheit erzählt, dass er einen Zug um zwölf Uhr erreichen müsste. Also hatte Binder Zeit genug, nach Wien zurückzukehren und Fräulein Landtauer umzubringen.«

Gross nickte. »Und der Transport der Leichen?«

Werthen lächelt. »In der Tat! Während Sie Binders Arzt besucht haben, kam ich auf den Gedanken, mich mit Direktor Breitstein in Verbindung zu setzen. Ich hatte mich gefragt, ob die Firma wohl über einen Lieferwagen verfügt.« Werthen machte eine vielsagende Pause.

»Jetzt spucken Sie es schon aus, Werthen«, knurrte Gross.

»Um es kurz zu machen: Sie haben einen. Auf Nachfrage von Breitstein hat der Lagerverwalter, der für die Pflege des Wagens zuständig ist, eingeräumt, dass Binder den Wagen seines Wissens mehrfach des Nachts genutzt hat. Er gab vor, er hätte größere Auslieferungen an Kunden außerhalb der Bürostunden zu erledigen.«

Gross blies verächtlich die Luft durch die Lippen, was ein recht obszönes Geräusch machte.

»Seien Sie nicht traurig, Gross. Schließlich hat Binder doch selbst geschrieben, dass es Ihre Entdeckung seines Wellenschliff-Skalpells war, die ihn davon überzeugt hat, sein Spiel wäre aus. Sie können sich getrost das Verdienst anrechnen, dass diese furchtbaren Verbrechen nun endlich vorbei sind.«

»Das, mein lieber Werthen, ist nur *eine* Betrachtungsweise. Befriedigender wäre es auf jeden Fall gewesen, dem Mörder persönlich die Handschellen anzulegen.«

»Und selbst der Hof hat Ihnen Anerkennung gezollt«, bemerkte Werthen in einem neuen, vergeblichen Versuch, Gross' Laune zu verbessern. Am Tag nach Binders Selbstmord war ein Schreiben von der Hofburg eingetroffen. Nachdem er das rote Wachssiegel geöffnet hatte, las Werthen zu seiner Überraschung eine Belobigung, die Prinz Grunenthal persönlich geschrieben hatte, der Geheimrat Kaiser Franz Josephs. Er dankte ihnen beiden für ihre unschätzbare Hilfe dabei, diese, wie er sich ausdrückte, »unersprießliche Angelegenheit« aus der Welt zu schaffen. Als der Brief eintraf, hatte er Gross jedoch kaum aufmuntern können, und ihn jetzt daran zu erinnern half ebenfalls nicht.

Gross brach am nächsten Tag auf, um seine Stelle in Czernowitz anzutreten. Werthen verabschiedete ihn am Ostbahnhof. Als wollte es den Moment der Abreise kommentieren, war das Wetter umgeschlagen. Ein Gewitter zog aus der ungarischen Tiefebene auf, und der Regen trommelte auf das gewölbte Kupferdach des Bahnhofes, in dem Gross' Zug zur Abfahrt bereit stand.

Gross' Gewohnheit entsprechend trafen sie eine halbe Stunde zu früh ein. Sein Erster-Klasse-Abteil war noch leer. Er hatte einen Platz in Fahrtrichtung reserviert. Der Gepäckträger hatte sein Gepäck verstaut. Werthen hatte versprochen, einige Schachteln nachzuschicken, sobald sich Gross in der Bukowina eingerichtet hätte. Der Kriminologe hatte alle Beweisstücke zu ihrem Fall gesammelt, derer er habhaft werden konnte. Er wollte auf sie zurückgreifen, um einen Artikel für seine Zeitschrift zu schreiben.

»Vielleicht mache ich ja auch einen Roman daraus, wie dieser Doyle in England«, scherzte Gross lächelnd.

»Ja, warum nicht?« Werthen mühte sich darum, wohlgemut zu bleiben, obwohl Gross seit dem Abschluss des Falles ziemlich mürrisch war.

Als die Zeit der Abfahrt näherrückte, nahm Gross seinen Platz ein. »Sie brauchen nicht zu warten, Werthen. Der Zug fährt auch ohne Sie ab.«

Werthen hatte sich fest vorgenommen, sich nicht von Gross' schlechter Laune anstecken zu lassen. »Es war mir eine Ehre, mit Ihnen arbeiten zu dürfen, Dr. Gross.« Er musste eine Weile mit ausgestrecktem Arm warten, bis Gross endlich Notiz davon nahm, aufstand und ihm die Hand schüttelte.

»Ganz meinerseits, lieber Werthen. Dann geht's für uns jetzt wohl mit dem Alltagstrott weiter, was?«

Werthen zuckte mit den Schultern.

»Ich will Ihnen einen Rat geben«, sagte Gross. »Gehen Sie wieder ins Strafrecht. Das ist es doch, wofür Ihr Herz schlägt.«

»Zuerst muss ich wohl aufs Land fahren, fürchte ich. Und werde mir die jungen Damen anschauen, die meine Eltern ›zufällig‹ und in der unverhohlenen Hoffnung eingeladen haben, dass ihr einziger Sohn und Erbe endlich heiraten, ein Heim gründen und Nachwuchs produzieren wird.«

»Machen Sie sich nicht darüber lustig, Werthen. Ohne meine Adele wäre ich verloren.«

Sie schüttelten sich abermals die Hände, und Werthen verließ das Abteil. Er sah sich noch einmal um, aber Gross hatte sich wieder auf seinen Fensterplatz gesetzt und eine Ausgabe der Nachmittagszeitung aufgeschlagen.

Als Werthen aus dem Bahnhof trat, schrie ein Zeitungsjunge mit einer Stimme, die sich bei jeder Silbe überschlug, die Schlagzeilen der Straßenblätter hinaus: »Pratermörder gefasst. Dramatische Ereignisse beenden Schreckensserie. Inspektor Meindl der Held des Tages. Alles hier zu lesen.«

Werthen schüttelte den Kopf. Gross' spöttischer Vorschlag, aus der Sache einen Roman zu machen, schien bereits Wirklichkeit zu werden. Die Wiener jedenfalls liebten ein solches Theater.

Tief in seinem Innern musste er einräumen, dass er ein bisschen verärgert war, dass von all dem Ruhm nichts für ihn und Gross abfiel. Er dachte an Gross' Ratschlag, zum Strafrecht zurückzukehren. Wenn alle Fälle so erfolgreich endeten wie dieser hier, würde er darüber nachdenken. Dann war er vielleicht das nächste Mal »der Held des Tages«, wie es der Zeitungsjunge formuliert hatte.

Er kaufte eine Zeitung, während er diesen affektierten Anwalt dabei beobachtete, wie er den Bahnhof verließ.

Also musste er ihn und diesen anderen, älteren Kerl nicht umbringen. Der Gedanke erleichterte ihn nicht; es war nur eine kühle Feststellung. Offensichtlich war der lästige Kriminologe auf dem Weg in die Bukowina, wo er hingehörte. Der Anwalt würde bestimmt in seine protzige Kanzlei zurückkehren. Dann war auch er dort, wo er hingehörte. Und mit dem Herumgestöbere in anderer Leute Angelegenheiten war endlich Schluss.

Er überflog die Schlagzeilen der Zeitung. Gute Arbeit geleistet zu haben erfüllte ihn mit einem gewissen Stolz. Andere verkauften Straßenbahnbilletts, fegten Straßen, kutschierten einen Fiaker oder lehrten sogar an vornehmen Universitäten.

Er brachte Leute um.

Mit siebzehn hatte er zum ersten Mal getötet. Damals hatte ihn der Major für sehr vielversprechend gehalten, denn er hatte unbewaffnet, mit bloßen Händen gemordet. Ruhig und kontrolliert.

Also wurde er aus seiner Zelle in Linz in eine Ausbildungsstätte für das Elite-Rollkommando in der Wiener Neustadt verfrachtet. Dort verfeinerte er sein Handwerk, lernte, zum Töten sein Messer zu benutzen, eine Schnur, die Finger oder sogar den Fuß.

Diese Ausbildung hatte Spuren hinterlassen. Eines Tages hatte ihm ein Ausbilder, dem seine Überheblichkeit aufgefallen war, während einer Nahkampfübung mit einem Stilett eine gezackte Narbe auf der Wange hinterlassen.

»Du darfst dich während einer Attacke niemals sicher fühlen«, hatte ihm der Mann hinterher eingeschärft. »So etwas wie einen kumpelhaften Kampf auf Leben und Tod gibt es nicht.«

Eine lohnende Lektion, die er sich einprägt hatte. Am Ende liebte er die Narbe, die sie ihm eingebracht hatte. Er trug sie wie einen Orden.

Er hatte die Ausbildung gerade abgeschlossen, als man ihm den ersten Auftrag gab. Ihm und zwei anderen Mitgliedern des Rollkommandos. Er konnte sich noch erinnern, wie sie draußen im Schnee vor der Jagdhütte gewartet hatten, während es Nacht wurde, und die geschäftigen Diener und Fahrer beobachteten. Eine Stunde vor dem Morgengrauen waren sie durch die Fenster in das Haus eingedrungen. Das Schlafzimmer befand sich am Ende eines langen, engen Flures, weit entfernt von den anderen Zimmern. Der junge Mann lag da, als hätte er auf sie gewartet. Die beiden anderen kümmerten sich um ihn, einer rang ihn auf den Boden, und der zweite hielt einen Revolver an seinen Kopf.

Das Mädchen blieb ihm überlassen. »Töten Sie mich nicht«, winselte sie. »Ich tue alles, was Sie verlangen. Bringen Sie mich nur nicht um!« Es widerte ihn an. Sie öffnete ihr Nachthemd und zeigte ihm ihre Brüste und das Büschel dunkler Schamhaare. Das erweckte seinen Zorn, und er ließ sich davon hinreißen. Zum ersten und einzigen Mal. Er war doch kein degenerierter Perverser, sondern erfüllte nur seine Pflicht. Also benutzte er nicht die Pistole, wie befohlen, sondern brachte sie mit bloßen Händen um. Er würgte sie und schlug so lange ihren Kopf gegen den Bettpfosten, bis das Gurgeln in ihrer Kehle verstummte.

Danach wurde er nach Serbien versetzt, wo er ein paar Jahre in einer Garnisonsstadt schmorte, bevor man ihn wieder nach

Wien holte. Er wusste nicht genau, warum. Er hatte gelernt, keine Fragen zu stellen.

Seitdem hatte er viele Aufträge erhalten. Die letzten waren eine echte Herausforderung gewesen. Sie alle mussten mitten in der Hauptstadt erledigt werden. Er mochte Herausforderungen. Seine Anweisungen hatten nur die Art der Wunden beschrieben, aber er hatte die Opfer selbst aussuchen dürfen und war mit seinen eigenen Methoden vorgegangen. Um in die Unterwelt zu gehen, brauchte man schon ein gewisses Genie, dachte er.

Er wusste nicht, woher seine Befehle stammten, sondern nur, dass seine Dienste für das Reich sehr wichtig waren. Allerdings war es ihm vollkommen gleichgültig, ob seine Taten dem Vaterland nützten.

Denn im Gegensatz zu einem Straßenfeger liebte er seine Arbeit. Für ihn war das Morden nicht nur eine lästige Pflicht, sondern es verlieh ihm das Gefühl, als würde er ein Kunstwerk erschaffen. Der perfekte Mord. Das helle Knacken des Genicks, ähnlich dem Eis auf einem See bei Tauwetter. Die Furcht in den Augen der Opfer, wenn er sich ihnen näherte. Dann ihr friedlicher, fast zufriedener Ausdruck, wenn er sein Werk an ihnen verrichtet hatte. All das befriedigte ihn zutiefst. Natürlich konnte er das seinen Vorgesetzten gegenüber niemals erwähnen.

Und jetzt hatte man ihm den größten Auftrag von allen aufgetragen.

Mehr konnte er wirklich nicht verlangen.

Zweiter Teil

Wie allen anderen Disziplinen obliegt es auch dem Strafrecht, zu fragen, wann und unter welchen Umständen man sagen darf: »Wir wissen.«

Dr. Hans Gross, Kriminalpsychologie

10. Kapitel

Samstag, 10. September 1898 – Wien

Die Welt hatte sich verändert.

Der infernalische Lärm und Gestank der Pferdedroschken auf der Kärntner Straße störten ihn nicht mehr. Stattdessen betrachtete er sie als romantische Einladungen zu einem Ausflug, zum Beispiel in das Sacher-Gartenrestaurant im Prater. Die Nachmittagssonne brannte ihm nicht mehr auf den Kopf, sondern badete ihn in ihrem goldenen Licht. Fußgängerinnen mochten sich mit Sonnenschirmen vor ihr schützen, aber Werthen lächelte selbstvergessen in ihre lebensspendenden Strahlen. Der einbeinige Kriegsveteran, der vor dem Stephansdom Lotterielose verkaufte, war keine bemitleidenswerte Kreatur mehr, sondern hatte sich stattdessen in einen stillen Helden verwandelt. Sogar die Touristen der Nachsaison, viele von ihnen laute, chaotische Amerikaner, erschienen ihm in ihrer kulturellen Unbedarftheit geradezu charmant.

Kurz gesagt, Anwalt Karl Werthen war verliebt.

Das Objekt seiner Zuneigung saß ihm jetzt in der *Kleinen Ecke* gegenüber, einem Straßencafé Ecke Graben und Kärntner Straße. Und Wunder über Wunder, an all dem waren nur seine Eltern schuld.

Am Samstag nach Gross' Abreise war Werthen auf Hohenlände, dem Familienbesitz in Oberösterreich, eingetroffen. Er war fest entschlossen, jede junge Dame, die seine Eltern dieses Jahr eingeladen haben mochten, kurzerhand abzufertigen. Die alljährliche Veranstaltung, diese, wie er es nannte, Pferdeschau, war zwar zu seinem Wohl anberaumt und bestand aus angeblich rein zufälligen Besuchen aller möglichen in Frage kommenden Füllen aus einem Umkreis von mehreren Kilometern. Mama und Papa sehnten sich nach einem Erben, und nach dem Tod von Max, seinem jüngeren Bruder, lastete die Pflicht, den Familiennamen weiterzuführen, allein auf seinen Schultern. Was für eine entsetzliche Vorstellung, dachte er. Der Bedeutung nach zu urteilen, die Mama und Papa der Fortsetzung des Familienstammbaums beimaßen, könnte man meinen, wir gehörten zur örtlichen Aristokratie oder gar zum niederen Adel.

In Wirklichkeit jedoch stammte das Familienvermögen aus dem Handel mit Wolle, und seine Eltern waren vor gar nicht so langer Zeit aus Morawien hierher gezogen. Sie waren hart arbeitende böhmische Juden, die sich zu assimilieren hofften. Mit einer Mischung aus Geschäftssinn und Zwölf-Stunden-Tag hatte Großvater Isaac den Grundstein für ihren Wohlstand gelegt.

Werthens Vater Emile hatte die Früchte dieser Anstrengungen geerntet, als der Familie im Jahre 1876, fünf Jahre nach ihrer Konversion zum Protestantismus, das vornehme »von« im Namen verliehen wurde.

Werthen war damals zwölf Jahre alt gewesen und verabscheute den Gebrauch dieses Titels. Ebenso hatte er darüber geflucht, dass sein Vater darauf bestand, dass der junge Werthen die Erziehung eines Gentlemans genoss, was die angeblichen Freuden der Jagd und des Fechtens einbezog.

Dieses Jahr war die Wahl auf Ariadne von Traitner gefallen, die Tochter Ottos von Traitner, ein ebenfalls in den Adelstand erhobener, erfolgreicher Bleistiftfabrikant aus Linz. Ariadne war durchaus reizend, das musste Werthen seinen Eltern lassen: blond, blauäugig, groß und gertenschlank. Genau die Sorte Mädchen, die Klimt gern malte. Ihre Familie war bereits in den vierziger Jahren des neunzehnten Jahrhunderts zum Christentum konvertiert, und man wäre niemals auf die Idee gekommen, sie könnte jüdische Wurzeln haben. Abgesehen davon war sie genauso langweilig wie die jungen Frauen, die seine Eltern sonst immer einluden.

Am ersten Nachmittag auf Hohenlände trank man gemeinsam Limonade auf der Rasenfläche neben dem Krocketfeld. Die Vögel zwitscherten im nahegelegenen Wäldchen, und die Sonne badete sie in goldenem Licht. Werthen indessen empfand die Situation alles andere als zauberhaft oder idyllisch. Er wahrte natürlich die Höflichkeit, doch nachdem Ariadne verkündet hatte, ihrer Meinung nach sei Johann Strauß der bedeutendste österreichische Komponist, sann er auf einen Weg, das Mädchen möglichst unkompliziert loszuwerden. Er konnte sich nicht vorstellen, den Rest seines Lebens mit jemandem zu verbringen, der Strauß höher schätzte als Mozart, Haydn oder selbst den schrulligen alten Bruckner.

Gerade als er seinen Plan in die Tat umsetzen wollte, traf eine weitere Besucherin ein. Berthe Meisner wurde ihm als Ariadnes Reisebegleiterin vorgestellt. Sie war eine alte Schulfreundin aus Linz, die jetzt in Wien lebte.

Werthens Eltern hätten sich normalerweise wohl nicht besonders um diese andere Frau bemüht, hielten es aber offenkundig für ein Gebot der Höflichkeit, ein paar Worte mit dieser Person niederen Standes zu wechseln. Hätte man Werthen darauf angesprochen, hätte er kaum erklären können, warum er sich sofort zu Fräulein Meisner hingezogen fühlte. Sie hatte so gar nichts von der germanischen Erscheinung ihrer Freundin und gehörte auch nicht zu den höheren Kreisen. Dafür jedoch hatte sie ein dunkles, hübsches Gesicht und Augen, aus denen Übermut und Erfahrung sprachen. Sie war fünfundzwanzig und arbeitete für die Wiener Stadtverwaltung in einem der neuen Ganztagshorte für Arbeiterkinder.

»Sie arbeitet mit den Schmuddelkindern, um die eigene Seele zu retten«, verkündete Ariadne auf ihre seltsam gestelzte Art. Werthens Eltern schienen diesen Ausspruch ungemein komisch zu finden, Berthe jedoch war nur mäßig amüsiert. Sie warf der

Freundin einen gereizten Blick zu, und Werthen sah, dass ihr eine scharfe Replik auf der Zunge lag. Doch dann bedachte sie sich, trank stattdessen einen Schluck Limonade und lächelte nur.

Werthen schätzte ihre Zurückhaltung. Auf eine so alberne Bemerkung gab es auch nicht viel zu erwidern. Es schien fast, als würde Fräulein Meisner sich für ihre wohlhabende Freundin schämen und vermeiden wollen, ihrer Plattitüde zusätzliche Aufmerksamkeit zu gewähren. Für Werthen sprach ihr Schweigen jedoch Bände.

Am nächsten Tag stand er früh auf, um Ariadne nicht schon beim Frühstück zu begegnen, und machte einen Spaziergang zum nahegelegenen Iglausee.

Der Sonnenaufgang am See war eine magische Zeit. Nebel stiegen vom Wasser auf, und Hechte kräuselten auf der Suche nach Nahrung die Wasseroberfläche. Vor sich auf dem Pfad zum See entdeckte er plötzlich noch eine andere Gestalt. Eine Frau. Er fürchtete schon, er könnte sich in Ariadne von Traitner getäuscht haben und sie wäre doch eine Frühaufsteherin. Er erkannte jedoch bald, dass es sich um ihre Gefährtin handelte, Berthe Meisner. Erneut spürte er, wie er sich zu ihr hingezogen fühlte, und das zum zweiten Mal innerhalb von vierundzwanzig Stunden. Allein ihr Anblick freute ihn, und er holte tief Luft. Als hätte sie seine Gegenwart bemerkt, drehte sie sich um, blinzelte, als wäre sie kurzsichtig, und winkte ihm zu.

»Sieht aus, als hätten wir beide die gleiche Idee gehabt«, meinte er, nachdem er sie eingeholt hatte. »Stört es Sie, wenn ich Ihnen Gesellschaft leiste?«

»Überhaupt nicht. Welche gleiche Idee?«

»Dem See einen Besuch abzustatten.«

»Oh. Daran hatte ich gar nicht gedacht. Ich wollte nur etwas frische Luft schnappen.«

»Dann erlauben Sie mir bitte, Ihnen die Wunder des Iglausees vorzustellen.«

Sie lächelte und schüttelte den Kopf. »Reden Sie immer so?«

Die Frage überraschte ihn. »Wie denn?«

»Als ob Sie Bürgermeister von Wien werden wollen. Zu viele Worte. Und so pompös.«

Er errötete.

»O nein. Ich schon wieder. Es tut mir schrecklich leid. Dabei schärft mir Mutter immer ein, dass ich nicht gleich losplappern soll.«

»Das ist mir noch gar nicht aufgefallen«, erwiderte Werthen ein wenig beleidigt. Außerdem fühlte er sich zugleich in die Defensive gedrängt.

»Jetzt spricht aber der Anwalt aus Ihnen. Aber meinethalben brauchen Sie keine Umstände zu machen. Wirklich nicht. Ich mag klare Worte.«

Berthe schien sein Unbehagen erst jetzt zu bemerken. »Verflixt, dabei sind Sie mir doch sympathisch. Rosa sagt auch immer, ich sollte lieber erst zweimal überlegen, bevor ich den Mund aufmache.«

»Ist das auch eine Freundin von Ihnen?« Werthen hoffte, das Thema wechseln zu können, damit er wieder das warme Gefühl empfand, das er zu ihr gehabt hatte.

»Rosa? Ja, man könnte sie wohl eine Freundin nennen. Rosa Mayreder. Sie haben doch bestimmt schon von ihr gehört, oder?«

Selbstverständlich hatte Werthen schon von der streitbaren Frau Mayreder gehört, der österreichischen Susan B. Anthony oder Emmeline Pankhurst.

»Dann sind Sie also eine Suffragette?«

Sie schlenderten weiter in Richtung des Sees.

»Haben Sie etwas dagegen?«, fragte Berthe und lächelte ihn an.

»Im Gegenteil. Das Wahlrecht für Frauen ist schon lange überfällig. Wir stehen an der Schwelle zum zwanzigsten Jahrhundert, aber Österreich scheint sich in vielerlei Hinsicht immer noch ans Mittelalter zu klammern.«

Sie ergriff unvermittelt seine Hand. »Meine Hochachtung. Jetzt klangen Sie gar kein bisschen geschwollen. Es waren einfach nur gerade, aufrechte Worte.« Plötzlich wurde sie verlegen und ließ seine Hand wieder los. »Oh, verzeihen Sie bitte.«

»Nein. Ich meine, es gibt nichts zu verzeihen. Auch wenn Sie recht vorlaut zu sein scheinen, finde ich Sie durchaus …«

Sie legte ihm den Zeigefinger auf die Lippen und schüttelte den Kopf. »Es war einfach nur Pech. Lassen sie uns lieber den Morgen genießen. Erzählen Sie mir lieber etwas über den Vogel da drüben, der mit der rostroten Federkrone.«

Ganz »zufällig« begegneten sie sich auch an den beiden folgenden Morgen. Sie genossen die Gesellschaft des anderen, aber für Werthen wurde rasch mehr daraus als nur ein kleiner Flirt.

Fräulein Meisner war gradlinig und lebte im Hier und Jetzt, was ihm sehr zusagte. Überdies verfügte sie über einen scharfen, spritzigen Intellekt. Sie neckte Werthen und brachte ihn zum Lachen, überraschte und schockierte ihn jedoch auch bisweilen mit ihrer Meinung zu gewissen Themen. Sie hatte zu allem etwas zu sagen, angefangen bei Richard Wagner – »ein schwülstiger, sich selbst beweihräuchernder Antisemit« – bis hin zur neuen Wissenschaft der Psychologie –»Sex, Sex, alle Nervenleiden scheinen vom Sexuellen ausgelöst zu sein. Dieser Freud theoretisiert wie jemand, der davon zu wenig kriegt.«

Am dritten Morgen jedoch fand sich Fräulein Meisner nicht auf dem Pfad zum Iglausee ein. Werthen war enttäuscht, was ihn überraschte. Er beeilte sich mit seinem Spaziergang, weil er hoffte, sie am Frühstückstisch zu treffen. Ariadne war dort, aber kein Fräulein Meisner.

»Karl«, schalt ihn Ariadne und schaute vom Teller voller Käse, Wurst und Brötchen auf. »Sie haben mich sehr schlecht behandelt.« Sie lächelte spitzbübisch, um ihm zu zeigen, dass sie nur scherzte.

Werthen war jedoch nicht nach solchen Spielchen zumute, und außerdem gefiel es ihm nicht, dass sie ihn beim Vornamen nannte. Es setzte eine Vertraulichkeit voraus, die sie niemals teilen würden. Da sie jedoch im Haus seiner Eltern waren, würde er selbstverständlich höflich bleiben.

»Ich habe eine Menge Arbeit aus meiner Kanzlei mitgebracht.«

»Ach, ihr Männer!«, entfuhr es Ariadne. »Immer denkt ihr nur an Arbeit. Natürlich respektiere ich das. Ein Mann sollte Ziele haben und eine anständige Stellung.«

Werthen lächelte, schenkte sich einen Kaffee ein und blieb absichtlich neben dem Frühstückstisch stehen. »Wo ist denn Ihre Freundin heute Morgen?«

Ariadne kaute eine Scheibe Wurst, und ihre kleinen scharfen Zähne klickten vernehmlich aufeinander. Nachdem sie den Bissen heruntergeschluckt hatte, tupfte sie sich ihre stark geschminkten Lippen mit einer Damastserviette ab.

»Ach, Berthe packt wohl gerade. Es sieht so aus, als hätte ich nun niemanden mehr, der mir Gesellschaft leistet.«

»Sie packt?« Werthen hoffte, dass man ihm seine Verwirrung nicht anhörte.

»Offenbar hat ihr Vater sie zurück nach Linz gebeten. Sie nimmt den Mittagszug. Wie schade! Ich hatte gehofft, wir hätten hier alle noch eine Menge Spaß.«

Werthen entschuldigte sich hastig und floh geradezu auf sein Zimmer. Die Nachricht von Fräulein Meisners Abreise hatte ihn erschüttert. Schon ihre Abwesenheit beim heutigen Morgenspaziergang hatte ein Gefühl der Leere in ihm erzeugt. Mein Gott, dachte er. Wäre ich ein Arzt, würde ich mir Bromid verschreiben. So hatte er sich seit dem Tod seiner Verlobten Marie nicht mehr gefühlt, und er war sich nicht sicher, ob er sich jemals wieder so fühlen wollte.

Um elf hatte er eine Entscheidung getroffen. Als er seinen Eltern eröffnete, dass er nach Wien zurückkehren würde, wo er sich um eine Rechtsangelegenheit kümmern musste, die er angeblich ganz vergessen hätte, erbleichten sie sichtlich.

»Aber mein lieber Karl«, beschwerte sich seine Mutter, »du brauchst diesen jährlichen Urlaub. Die Luft in Wien ist um diese Jahreszeit das reinste Gift.«

»Was für ein Ärgernis!«, stieß sein Vater hervor. »Wir hatten fürs Wochenende einen großen Ausritt arrangiert. Und für dich eine herrliche neue Stute angeschafft.«

Werthen entschuldigte sich, blieb aber unnachgiebig.

»Und was ist mit Ariadne?«, fragte seine Mutter.

»Du wirst ihr diese Angelegenheit ganz gewiss erklären können.«

»Das ganze Haus ist im Aufbruch«, murmelte sein Vater. »Alle flattern herein und heraus wie die Motten zum Licht.«

Schließlich schaffte Werthen es gerade noch, den mittäglichen Nahverkehrszug nach Linz mit Anschluss nach Wien zu erreichen.

Die Lokomotive dampfte und zischte, als er mit seiner Reisetasche in der Hand einstieg.

Er benötigte fünfzehn Minuten, bis er Berthe entdeckt hatte. Sie saß allein in einem Abteil der Zweiten Klasse. Er ging zu ihr und ließ sein Erster-Klasse-Billett in der Innentasche seines Jacketts verschwinden.

»Herr Werthen!« Sie sah ihn erstaunt an, als er das Abteil betrat.

»Darf ich?«

»Aber selbstverständlich!« Sie wies auf die leere Sitzreihe ihr gegenüber.

»Was für ein Zufall«, sagte er und errötete bei dieser Lüge.

»Ja«, erwiderte sie und schloss das Buch, in dem sie gelesen hatte. *Die Waffen nieder!* von Bertha von Suttner.

»Ist es gut?« Er deutete auf das Buch.

»Ach, das. Ich habe es schon so oft gelesen, das ich gar nicht mehr sagen kann, ob es wirklich gut ist, was die Erzählung selbst betrifft. Es ist für mich eher so etwas wie ein guter Freund.«

Sie schwiegen, als der Zug sich mit einem Ruck in Bewegung setzte und den kleinen Bahnhof verließ.

»Wollten Sie nicht eine ganze Woche bei Ihren Eltern bleiben?«, fragte sie, während der Zug langsam Fahrt aufnahm und dabei sanft zu schaukeln begann.

»So war es eigentlich auch geplant. Geschäfte«, fuhr er gewichtig fort. »Ich muss noch ein paar Schriftstücke vorbereiten.«

Berthe nickte.

»Und ich dachte, Sie wollten mehr Zeit mit Ihrer Freundin Fräulein von Traitner verbringen«, bemerkte Werthen.

»Ja. Familienangelegenheiten, wissen Sie.«

»Ach. Verstehe.«

Allmählich kam ihm der Gedanke, dass er einen schrecklichen Fehler gemacht hatte. Offenkundig wurden seine Gefühle nicht erwidert. Wie konnte er nur so dumm sein, dieser Frau hinterherzujagen, wenn sie ihn für einen Esel oder gar noch etwas Schlimmeres hielt?

»Wir sind nicht ehrlich miteinander, habe ich recht?«, sagte sie plötzlich.

Plötzlich war alles ganz einfach.

»Nein. Ganz und gar nicht«, gab Werthen zu. »Ich habe erfahren, dass Sie abreisen, und dann …«

»Ariadne ist eine alte Freundin von mir. Sie wirkt zimperlich und oberflächlich, aber ich kenne sie schon seit Jahren. Eigentlich ist sie ganz anders. Können Sie das verstehen?«

Sehr gut sogar, denn seine Beziehung zu Gross war sehr ähnlich.

»Ich habe mich einfach nicht mehr wohlgefühlt«, fuhr Berthe fort. »Immerhin hatten Ihre Eltern Ariadne eingeladen, um Sie Ihnen vorzustellen.«

»Dann spüren Sie es also auch?«

»Ja. O ja, Herr Werthen. Ich empfinde es durchaus.«

Plötzlich schien es, als wären sie beide zu schnell zu weit gegangen. Sie schwiegen eine Weile, während der Zug durch die reizende Landschaft mit den verstreuten Seen dampfte.

Wieder war es Berthe, die die Initiative ergriff.

»Also, Herr Werthen. Jetzt nur kein verlegenes Schweigen. Soll ich Ihnen mehr über mich erzählen?«

Während der Zug Richtung Linz zockelte, erfuhr Werthen, dass sie sich zum Schreiben hingezogen fühlte, genau wie er selbst. Allerdings war für Fräulein Meisner der Journalismus der erstrebte Gipfel. Sie verfasste bereits für Viktor Adlers sozialistische *Arbeiter-Zeitung* regelmäßig Artikel über soziale Fragen.

»Trotzdem würde ich mich nicht Sozialistin nennen«, sagte sie. »Schließlich lebe ich von den Zuwendungen meines Vaters. Er verdient sein Geld mit einer Schuhmanufaktur. Und dieses Geschäft beruht auf Schweiß und Mühen zumeist schlecht bezahlter Arbeiter. Wir alle leben mehr oder weniger auf Kosten anderer, fürchte ich.«

Das erklärt ihre freiwillige Arbeit im Kinderhort, dachte Werthen, hütete sich jedoch, nachzufragen. Vermutlich war das auch der Grund, warum sie Zweiter Klasse reiste, obwohl sie ganz bestimmt genug Geld für die Erste Klasse besaß.

»Reden wir von Ihnen! Was fasziniert sie an Testamenten und Treuhand-Verwaltung?«

Er wollte gerade seine Standardantwort geben, als sie hinzusetzte: »Aber erzählen Sie mir jetzt nur nicht, das läge nur an den Wertvorstellungen Ihrer Eltern.«

Ihre Einsicht und Ehrlichkeit raubten ihm einen Moment die Sprache; zugleich jedoch empörte ihn die darin versteckte Kritik.

»Jemand muss es schließlich tun. Und außerdem ist es ein durchaus ehrbarer Beruf.«

»Nicht doch«, warf Berthe rasch ein, als sie seinen verteidigenden Tonfall bemerkte. »Verstehen Sie mich nicht falsch. Ich will Ihren Berufsstand nicht herabsetzen. Aber bei Ihnen habe ich das Gefühl, dass Sie … ich spüre den Hang zu etwas anderem.«

Werthen wollte gerade mit den jüngsten Erfolgen seiner Untersuchungen mit Gross auftrumpfen, als er sich plötzlich entschied, ihr Vertrauen zu erwidern. »Ich war einmal Strafverteidiger.«

»Ah.« Sie blickte ihm tief in die Augen. »Und Sie haben einen Fall verloren. Oder hat sich Ihre Leidenschaft für das Gesetz zwischen Sie und jemand gestellt, den Sie liebten?«

Abermals machte ihn ihre Klarsicht sprachlos. Es schien, als könnte sie direkt in sein Inneres blicken. Schließlich erzählte er ihr von seiner Verlobten Marie und von seinen Selbstvorwürfen, sie während ihrer tödlichen Krankheit vernachlässigt zu haben.

»Sie wollte immer, dass ich mir ein geregelteres Fachgebiet der Jurisprudenz aussuche«, sagte er dann. »Und nun erfülle ich ihr diesen letzten Wunsch.«

Zu diesem Bekenntnis sagte Fräulein Meisner nichts, sondern streckte einfach nur die Hand aus und strich ihm zärtlich übers Knie.

Schließlich fuhr der Zug in den Linzer Bahnhof ein. Sie stiegen aus, und als Werthen in Richtung Bahnsteig Drei ging, wo der Anschlusszug nach Wien abfuhr, blieb Berthe plötzlich stehen.

»Weiter komme ich nicht mit.«

Werthen war plötzlich niedergeschlagen, denn er hatte ihre Gesellschaft sehr genossen. Er konnte sich nicht erinnern, wann ihm die Gesellschaft einer Frau zum letzten Mal so gut getan hatte. Und offenbar sah sie es ihm an.

»Mein Vater erwartet mich wirklich«, erklärte sie. »Es ist ein kleines Familienzusammentreffen, bevor ich wieder nach Wien fahre, um weiterzuarbeiten.«

»Wie schön für Sie – und ihn.«

Sie standen eine Weile in der Mitte des geschäftigen Bahnsteigs, während die Menschen an ihnen vorbeihasteten.

Schließlich reichte sie ihm die Hand. »Es war mir ein Vergnügen, Herr Werthen.«

»Ganz meinerseits, das versichere ich Ihnen, Fräulein Meisner.« Ihre Hand fühlte sich weich und warm an. Und dennoch kräftig.

»Halten Sie sich an einfache Worte, Herr Geheimrat! Dies hier ist schließlich nicht die Bürgermeisterwahl.«

Wieder errötete er.

»Außerdem sollten Sie es wirklich tun, wissen Sie?«

Er schüttelte verständnislos den Kopf.

»Ich meine, zum Strafrecht zurückkehren. Es ist doch ganz offensichtlich, dass Sie dieser Art der Juristerei verfallen sind.«

»Ja«, sagte er. Die Art, wie sie ihn zu durchschauen schien, machte ihn nervös und brachte ihn aus dem Gleichgewicht.

Der Schaffner rief den Zug nach Wien aus, aber Werthen rührte sich nicht von der Stelle.

»Ihr Zug«, sagte sie schließlich.

»Darf ich Sie wiedersehen?«

Sie dachte einen Moment nach. »Und Ariadne?«, erinnerte sie ihn.

»Sie wird ganz gewiss einen jungen Mann finden, der besser zu ihr passt, da mache ich mir keine Sorgen. Also, darf ich?«

Sein Zug wurde zum zweiten Mal ausgerufen.

»Beeilen Sie sich, sonst verpassen Sie ihn noch.«

Werthen sah sie nur an.

»Ja«, sagte sie schließlich. »Das fände ich sehr schön.«

Er strahlte sie an wie ein Schuljunge.

»Fein. Gut.« Er hatte den Eindruck, dass er sich wie ein Narr benahm. »Das ist wundervoll, Fräulein Meisner.«

»Nun gehen Sie schon!« Sie schob ihn sanft fort. Als er endlich ging, rief sie ihm nach: »Und es heißt Berthe, nicht Fräulein Meisner.«

Er lüpfte grüßend seine Melone, während er zu seinem Zug eilte, den er im letzten Moment noch erreichte.

Erst als er sich auf seinen Sitz fallen ließ, wurde ihm klar, dass er Berthe gar nicht nach ihrer Adresse gefragt hatte.

Darüber ärgerte er sich während der gesamten Rückfahrt nach Wien. Er überlegte, wie er wohl die junge Frau aufspüren sollte, die einen so großen Eindruck auf ihn gemacht hatte. Er konnte schlecht die von Traitners nach der Adresse der besten Freundin ihrer Tochter fragen. Mit viel Glück würde er sie im Telefonverzeichnis finden, aber eigentlich bezweifelte er es. Vermutlich wohnte sie irgendwo in einem möblierten Zimmer bei einer furchteinflößenden Pensionswirtin, die alles tat, um die Moral ihrer Mieter zu beschützen.

Was war das noch einmal für eine Schule, an der sie arbeitete? Aber er konnte sich nicht an den Namen erinnern. Dann fiel ihm ein, dass sie für dieses sozialistische Blatt *Arbeiter-Zeitung* schrieb.

Vielleicht konnte er bei einem Besuch in der Redaktion die Adresse ihrer Korrespondentin herausbekommen.

Also drückte sich Werthen in diesen ersten heißen Septembertagen in Wien herum und öffnete sogar seine Kanzlei, jedenfalls halbtags. Sein Assistent, Dr. Wilfried Ungar, war noch nicht aus seinem Urlaub – wenn man das so nennen konnte – in Rom zurückgekehrt. Dort erforschte er in der Vatikan-Bibliothek Dokumente aus dem dreizehnten Jahrhundert über die Irrlehren der Albigenser. Der junge Ungar war sehr um seine geistige Entwicklung besorgt und außerdem ein diensteifriger und pflichtbewusster Gehilfe und Assistent. Werthen arbeitete auch außerhalb des Büros mit ihm zusammen, und je häufiger sie das taten, desto unersetzlicher war der Ungar für ihn geworden.

Die Mahagonimöbel, die grünen Tapeten und die geschmackvollen Drucke mit Bildern von Pflanzen und Tieren an den Wänden seiner Kanzlei hatten Werthen einmal sehr gefallen;

und ganz sicher erfüllten sie ihren Zweck, seine Klienten von seiner Ehrbarkeit zu überzeugen. Jetzt jedoch fühlte er sich von der Affektiertheit, die sie ausstrahlten, geradezu erdrückt.

Gegen Ende der Woche war es ihm endlich gelungen, ihre Adresse herauszufinden. Ein Journalistenfreund, der gelegentlich – und natürlich unter einem Pseudonym – Artikel für die *Arbeiter-Zeitung* verfasste, hatte sie ihm beschafft.

Sie wohnte in einem gut erhaltenen Barockhaus im Siebten Bezirk, gar nicht weit von seiner eigenen Wohnung entfernt. Dass sie sich nie auf der Straße begegnet waren, überraschte Werthen. Vielleicht hatten sich ihre Wege ja sogar gekreuzt, ohne dass sie Notiz voneinander genommen hatten.

Er läutete die Portiersglocke. Eine blasse Frau in einem weißen Hausmantel aus festem Baumwollstoff öffnete die Tür und beäugte ihn misstrauisch.

»Sie wünschen?«

»Ich möchte zu Fräulein Meisner.«

»Die ist nicht zu Hause«, antwortete die Dame.

»Wissen Sie vielleicht, wann sie zurückerwartet wird?«

Sie spitzte verächtlich die Lippen. »Keine Ahnung. Sie wollte ihren Vater besuchen. Können Sie sich das vorstellen? So eine junge Dame und hat schon eine ganze Wohnung für sich allein. Zu meiner Zeit wohnten die Mädchen bis zur Hochzeit brav zu Hause. In was für einer Welt leben wir nur?«

Sie sah Werthen beifallheischend an, der jedoch tippte nur an die Krempe seiner Melone.

»Dann versuche ich es Ende der Woche noch einmal, vielen Dank.«

Er war gerade im Begriff, um die Ecke zu biegen, als jemand seinen Namen rief. Als er sich umdrehte, erkannte er Berthe. Sie hatte einen Koffer in der Hand.

»Sind Sie gewieft«, erklärte sie, während sie auf ihn zukam. »Und dabei habe ich die ganze Zeit überlegt, wie ich Sie wohl aufspüren könnte. Schließlich hätte ich es einfacher gehabt als

Sie. Ein Anwalt hat immerhin eine Kanzlei und ist gewiss in der Standesvereinigung, wenn nicht sogar im Telefonverzeichnis aufgelistet.«

Sie standen sich eine Weile auf der Straße gegenüber und lächelten sich an.

»Wir können hier nicht festwachsen«, meinte Berthe. »Kommen Sie mit nach oben, dann packe ich meine Sachen aus und koche Ihnen einen Kaffee.«

Ihr Vorschlag erschreckte Werthen. Er war noch niemals ohne Anstandsdame in den Räumen einer jungen Dame gewesen. Obwohl er redlich bemüht war, sich seine Überraschung nicht anmerken zu lassen, spürte Berthe sein Unbehagen.

»Keine Angst, Herr Geheimrat. Ich werde schon nicht versuchen, Sie zu verführen.«

Sie nahm ihn einfach an die Hand und führte ihn an der empört dreinschauenden Portiersfrau vorbei.

Berthes Zimmerflucht war schlicht und elegant mit Jugendstilstücken möbliert. Während sie den Kaffee zubereitete, betrachtete er die japanischen Holzschnitte an den Wänden und die Schriften von Karl Marx und John Ruskin in ihrem Bücherregal.

Sie servierte den Kaffee in einem Steingutbecher. Dann setzten sie sich und redeten mindestens eine Stunde miteinander.

Als er schließlich ging, beugte sie sich ihm unmissverständlich entgegen. Werthen schloss sie in die Arme und küsste ihre warmen Lippen. Sie roch nach frischem Leinen und so gut wie der neue Tag.

Danach waren sie fast unzertrennlich gewesen. Und jetzt also saßen sie hier in diesem Straßencafé Ecke Graben und Kärntner Straße.

Berthe und er waren gerade erst von einem Besuch auf Hohenlände zurückgekehrt, wo sie seinen Eltern ihre Verlobung mitgeteilt hatten.

Werthens verdutzte Mutter hatte nichts anderes sagen können als: »Wirklich, Karl. Du verstehst es, einen zu überraschen.«

Sein Vater dagegen hatte gleich losgepoltert. »Verlobt! Warum das denn, Junge? Du kennst das Mädchen noch nicht mal vierzehn Tage. Verdammt will ich sein!«

Werthen musste einräumen, dass gerade das Unstandesgemäße ihrer Liaison anfangs einen nicht unwesentlichen Anteil daran gehabt hatte, dass er sich zu Berthe hingezogen fühlte. Schließlich hatte der Habsburger Thronfolger mit einer ähnlichen Romanze am Hof für Aufruhr gesorgt. Er war losgeschickt worden, um eine der beiden Töchter von Erzherzogin Isabel zu freien, hatte sich jedoch stattdessen in die erzherzogliche Kammerfrau Sophie Chotek verliebt, die Tochter eines böhmischen Barons. Angeblich war Franz Ferdinand sogar bereit, eine morganatische Ehe einzugehen, was bedeutet hätte, dass keines ihrer Kinder bei der Thronfolge berücksichtigt worden wären. Als dem Kaiser diese Neuigkeiten überbracht wurden, habe er ausgiebig geflucht, was ganz uncharakteristisch für ihn war. Dabei hätte Werthen dem kriegerischen Militaristen Franz Ferdinand eine solch romantische Anwandlung ganz und gar nicht zugetraut.

Und jetzt saß er in der warmen Septembersonne Wiens mit seiner eigenen Sophie.

Der Kellner brachte den Tee, und Werthen und Berthe setzten ihr Gespräch fort. Sie war der Meinung, sie hätten ihre Verlobung vielleicht ein wenig zu übereilt bekanntgemacht. Der Ansicht war er keineswegs.

»Eine Hochzeit im Frühling wäre doch schön, findest du nicht?«, fragte er unbekümmert. Natürlich nahm er diese Angelegenheit durchaus ernst, aber es machte ihm auch ziemlich viel Spaß.

»Dabei hast du noch nicht einmal meinen Vater kennengelernt.« Ihre Mutter war gestorben, als Berthe zehn Jahre alt war.

»Er wird uns bestimmt seinen Segen geben!«

»Sei nur nicht so optimistisch«, sagte sie und tröpfelte etwas Zitrone in ihren Tee. »Papa hält nicht viel von christlichen Konvertiten.«

Offenbar war Herr Meisner ebenso überzeugter Jude, wie die Werthens leidenschaftlich Assimilierte waren. Seine Tochter sah in der Religion glücklicherweise wie auch Werthen eine entzweiende und irgendwie antiquierte Institution und hatte sie aufgegeben.

»Standesamtliche Trauungen sind gerade sehr in Mode.« Werthen lächelte strahlend und tat die Frage der elterlichen Religion damit einfach ab. »Du wirst mich doch im Frühling noch lieben, oder?«

Berthe schüttelte in gespielter Empörung den Kopf. »Versuch doch wenigstens ein Mal, ernst zu sein.«

Plötzlich wurde es unruhig vor dem Café. Ein Zeitungsjunge bot lauthals eine Sonderausgabe der *Neuen Freien Presse* an, und die Passanten rissen ihm das Blatt so schnell aus der Hand, dass er kaum dazu kam, neue Exemplare aus seiner Schultertasche zu ziehen. Der Kellner sprach mit einem Passanten, der eben eine Zeitung erstanden hatte. Werthen beobachtete, wie der Mann sichtlich erschüttert die Schultern hängen ließ. Dann schlug er die Hände vors Gesicht und stammelte: »Das kann doch nicht wahr sein.«

»Karl?« Berthe griff nach seiner Hand. »Gibt es vielleicht Krieg?«

Werthen winkte den Kellner an ihren Tisch.

»Verzeihen Sie mir bitte meinen Gefühlsausbruch. Aber heute ist ein schrecklicher Tag.«

»Was ist denn passiert?«, erkundigte sich Werthen.

»Unsere Kaiserin ist tot. Sie wurde in Genf ermordet.«

11. Kapitel

Eine Woche später fand das Staatsbegräbnis statt. Die ganze Stadt war mit schwarzen Tüchern verhangen, und sogar das Wetter trug zur Schwermut bei. Nach Wochen schönsten Sonnenscheins graute ein kühler, wolkenverhangener Tag. Bis zum Mittag hatten sich Regenwolken aufgetürmt, die jeden Moment abzuregnen drohten. Ein Meer aus schwarzen Regenschirmen verstärkte die trübselige Begräbnisstimmung.

In jedem Schaufenster standen Bilder der Kaiserin Elisabeth, unserer Sissi, wie sie von den Wienern genannt wurde.

Die Bevölkerung trauerte um die Kaiserin, obwohl sie sich nur selten in ihrer Hauptstadt aufhielt. Einige Journalisten hatten sich sogar erdreistet, sie »die unstete Kaiserin« zu nennen. Sie hatte sich auf der griechischen Insel Korfu eine Villa bauen lassen, war dieser aber schnell überdrüssig geworden. Als hervorragende Reiterin hatte sie auf Hetzjagden ganz Europa und die britischen Inseln bereist.

Man hatte sie zur schönsten Frau Europas gekürt, doch Werthen schien es, als wäre sie auch die traurigste. Als Cousine von Ludwig II., dem wahnhaften König von Bayern, hatte sie vermutlich einige Veranlagungen des Monarchen geerbt. Empfindsam und labil, wie sie war, konnte sie die Intrigen und das erdrückende Zeremoniell des Wiener Hofes nicht ertragen. Ihre ständige Abwesenheit machte Kaiser Franz Joseph zum Strohwitwer, aber die Kaiserin hatte sich um sein Wohlergehen gekümmert. Sie hatte ihm als Gesellschafterin die Burgtheaterschauspielerin Katharina Schratt besorgt, die ihn während ihrer Abwesenheit unterhielt. Nach dem Tod ihres Sohnes, des Kronprinzen Rudolf, im Jahre 1889 hatte sie sich sämtlichen kaiserlichen Verpflichtungen entzogen und sich nicht einmal mehr die Mühe gemacht, auch nur den Schein zu wahren. Selbst zu den Feierlichkeiten anlässlich des kaiserlichen Thronjubiläums im Frühsommer hatte sie sich in Wien nicht sehen lassen.

Jetzt jedoch hatten ihre rastlosen Wanderungen ein Ende gefunden. Der Anarchist Luigi Luccheni hatte sie in Genf mit einer angespitzten Feile heimtückisch niedergestochen. Luccheni saß in der Schweiz in Gewahrsam und genoss offenbar seine plötzliche Berühmtheit. Immerhin hatte er eine Kaiserin ermordet. Hatten die Telegramme von ihrem Tod nicht die ganze Welt erschüttert? Hatte er nicht mit einem einzigen Stich ganz Österreich und Wien in einen tränenerfüllten Schock versetzt?

In was für einer Welt leben wir, dachte Werthen, in der so ein Taugenichts und Abschaum wie dieser ungebildete, gesetzlose Steinmetz Luccheni den Lauf der Weltgeschichte beeinflussen kann?

Seit er den Namen des Attentäters erfahren hatte, war Werthen gleichermaßen verwirrt und zornig. Er war überzeugt, den Namen »Luccheni« erst vor kurzem irgendwo gelesen zu haben. Es war zum Verrücktwerden, aber er kam einfach nicht darauf. Schließlich musste er sich zwingen, nicht länger darüber nachzugrübeln. Vielleicht würde er sich daran erinnern, wenn er sich nicht mehr so sehr darin verbiss.

Am Samstag sollte die Beisetzung der Kaiserin stattfinden, und Klimt hatte ihn eingeladen, den Trauerzug vom Balkon des neuen Hotels Kranz am Neuen Markt aus zu betrachten. Es lag gleich gegenüber der kleinen, in strenger Schlichtheit erbauten Kapuzinerkirche. In der Krypta dieser Kirche wurden seit Jahrhunderten die Angehörigen des Adelsgeschlechts der Habsburger bestattet.

Allerdings war Klimt nicht der Gastgeber dieser Gesellschaft von Schaulustigen, sondern selbst nur Gast des namhaften amerikanischen Schriftstellers Mark Twain. Weil Twain sich dieses

Hotel während der Wintermonate als Domizil ausgesucht hatte, hatte Herr Kranz ihn, seine Familie und seine Freunde eingeladen, sich die Prozession gewissermaßen von den Logenplätzen aus anzuschauen.

Klimt hatte erst eine Woche zuvor die Bekanntschaft des Schriftstellers gemacht, als Twain die Sezession besucht hatte. Die beiden hatten sich auf Anhieb gut verstanden, weil Twain Klimt offenkundig für einen der Arbeiter gehalten und Klimt dies als Kompliment aufgefasst hatte. Da Emilie Flöge mit einer Erkältung im Bett lag, war Klimt so freundlich gewesen, an Werthen zu denken und ihn als seinen Freund einzuladen.

Trotzdem ist das nicht gerade eine ausreichende Vergütung, dachte Werthen. Denn Klimt hatte seine Rechnung noch immer nicht beglichen.

Er traf den Maler mittags vor dem Hotel. Auf dem Platz wimmelte es schon vor Menschen, die den gelegentlichen Regengüssen trotzten. Sie gingen hinauf ins Zwischengeschoss, einen verglasten Säulengang, von dem aus man den Neuen Markt überblicken konnte. Unter ihnen wogte ein Meer von Melonen, schwarzgefederten Hüten und Regenschirmen. Klimt stellte Werthen dem Amerikaner vor, der auf einem Polstersessel in einer Ecke des Raumes saß und dort Hof hielt. Es waren einige Berühmtheiten in dem Raum versammelt, wie Werthen bemerkte. Unter ihnen der Schriftsteller Arthur Schnitzler, die Friedensaktivistin Bertha Kinsky von Suttner, die Gräfin Mysa von Wydenbruck Esterházy sowie die Musiker Theodor Leschetizky und Ossip Gabrilowitsch.

Twain trug seinen obligatorischen weißen Anzug und machte sich nicht die Mühe aufzustehen, als Klimt Werthen vorstellte. Er wedelte dem Anwalt lediglich mit der Zigarre zu, als wollte er damit seine Anwesenheit absegnen, sprach jedoch in einer reichlich bizarren Mischung von Deutsch und Yankee-Englisch nur mit Klimt. Werthen, der bei einem britischen Lehrer Englisch gelernt hatte, staunte nicht schlecht, als Twain den Attentäter Luccheni mit dem Begriff »Stinktier« beschrieb. Klimt lächelte und antwortete mit einem Nicken auf Twains Tirade. Als er später mit Werthen den Gastgeber verließ, um am Fenster Position zu beziehen, murmelte er: »Hab nicht ein Wort von dem verstanden, was der Mann gesagt hat.«

Vor dem Hotel räumten unterdessen Soldaten in prachtvollen Uniformen den Neuen Markt. Sie drängten die Menge zurück auf die Bürgersteige und bildeten einen Kordon um den ganzen Platz. Dann füllte sich der Platz langsam wieder, aber diesmal nicht mit Zivilisten, sondern mit Marine- und Armeeoffizieren in Ausgehuniformen und glänzenden, vergoldeten Helmen. Fünfzig österreichische Generäle in hellblauen Waffenröcken trugen leuchtend grüne Helmbüsche, während die Uniformen anderer Offiziere in Rot, Gold und Weiß glänzten. Zusammen bildeten sie eine Farbpalette, die sich deutlich von der tristen schwarzen Farbe der Bürger abhob, die vor ihnen den Platz bevölkert hatten. Plötzlich rissen die Regenwolken auf, Sonnenstrahlen schienen auf den Platz und tauchten das Farbenmeer in so gleißend helles Licht, dass Werthen die Augen zusammenkneifen musste. Zwei weitere Gruppen nahmen neben den Kirchentüren Aufstellung. Die eine waren purpurgewandete Malteserritter, die andere rotgekleidete Ritter des Ordens vom Goldenen Vlies. Werthen hatte sein Opernglas mitgenommen und erkannte nach einem Blick hindurch Letztere an ihrem Abzeichen, einem kleinen goldenen Anhänger in Form eines Schaffelles, den jeder dieser stocksteif dastehenden Männer an einer Kette um den Hals trug. Der Anhänger symbolisierte das mythische Goldene Vlies, nach dem Jason und die Argonauten gesucht hatten und das für die hohen Ideale der Ordensritter stand, deren wichtigstes die Erhaltung der katholische Kirche war.

Die Offiziere füllten den gesamten Platz und ließen nur eine schmale Gasse für die Kutschen frei, die ihre adeligen Passagiere direkt vor den Stufen der Kirche ausspien. Zuerst trafen der Habsburger Erzherzog und die Erzherzogin ein, gefolgt vom deutschen Kaiser, den Königen von Sachsen und Serbien sowie dem bayerischen Regenten. Ihnen folgten zweihundert Mitglieder des Hofes und des Hochadels, denen es gestattet war, die Kirche zu betreten. Nachdem sich die An- und Abfahrt dieser Kutschen eine volle Stunde lang hingezogen hatte, erschien eine Prozession von Priestern mit dem Kruzifix. Sie trugen goldene, mit weißer Spitze eingefasste Soutanen. Endlich war die Kirche gefüllt, aber es dauerte noch eine weitere halbe Stunde, bis schließlich der Leichenwagen eintraf. Werthen vertrieb sich die Zeit, indem er mit dem Opernglas die Gesichter der Schaulustigen absuchte, die auf den Bürgersteigen längs vom Neuen Markt einen Platz gefunden hatten. Plötzlich jedoch hielt er inne, als ein bekanntes Gesicht in sein Blickfeld geriet: Dr. Hans Gross.

Aufgeregt wies er Klimt auf den Kriminologen hin. Der Maler bestand darauf, ihn ins Hotel zu holen, damit er sich von dort den Rest der Prozession anschauen könnte. Werthen wollte widersprechen, wandte ein, dass es ihnen nicht zustünde, andere einzuladen, aber noch bevor er seinen Einspruch beenden konnte, war Klimt schon verschwunden. Werthen beobachtete den Maler, als der sich den Weg durch die Menschenmenge bahnte und schließlich auch Gross erreichte. Der Kriminologe wirkte sichtlich erfreut und blickte an Klimts ausgestrecktem Arm entlang zum Hotel Kranz hinüber. Auch er schien Bedenken zu haben, sich Twain so einfach aufzudrängen, aber Klimt zog ihn buchstäblich hinter sich her, um seine Entschlossenheit zu unterstreichen.

Als Klimt mit Gross zurückkehrte, schlugen schon die Kirchenglocken von Wien. Sie kündigten die baldige Ankunft des prachtvoll verzierten, von acht grauen Lipizzanern gezogenen schwarzen Totenwagen mit den sterblichen Überresten der Kaiserin Elisabeth an. Wo auch immer im Habsburger Reich man sich an diesem Nachmittag befand, im Westen bis Innsbruck, im Osten bis Budapest, Transsylvanien und selbst darüber hinaus, im Norden in Prag oder südlich in Sarajewo – überall hätte man Glockengeläut gehört. In diesem Moment wurden, so schätzte Werthen, über zehntausend Kirchenglocken gleichzeitig geläutet.

Während sich das Glockenläuten fortsetzte, klapperten Hufschläge auf dem Kopfsteinpflaster. Genau um zwölf Minuten nach vier ritt eine Kavallerieschwadron in Viererreihen auf den Platz, um dem Leichenzug den Weg zu bahnen. Den Kavalleristen folgte eine Schar in Blau und Gold gekleideter Lanzenreiter, denen sich die von sechs Pferden gezogene Trauerkutsche anschloss. Der Kaiser selbst saß darin, seine Töchter Marie Valerie und Gisela an der Seite. Als er aus der Kutsche stieg, wirkte er von dieser schweren Tragödie am Ende seines langen Lebens schwer getroffen, fast gebrochen. Er hatte Attentatsversuche überlebt und eine schwierige Ehe mit der unnahbaren Elisabeth gehabt. Er hatte den tragischen Tod seines Bruders Maximilian in Mexiko und den Freitod seines einzigen Sohnes, des Kronprinzen Rudolf, im Jahre 1889 ertragen müssen.

Man sagte, Franz Joseph wäre weinend zusammengebrochen, als man ihm die Nachricht von Sissis Ermordung überbrachte. »Mir bleibt doch nichts erspart!«, hätte er gerufen.

Franz Joseph verschwand noch vor Ankunft des gewaltigen schwarzen Leichenwagens in der Kirche. Die acht Lipizzaner, die die Kutsche zogen, trugen Büsche aus schwarzen Straußenfedern. Schwarzgekleidete Reiter mit weißen Perücken eskortieren das Gefährt. An ihrer Spitze ritt ein großer weißhaariger Mann, der den gleichen blutroten Umhang trug wie die Ritter des Ordens vom Goldenen Vlies, die neben der Kirchentür standen. Das war Prinz Grunenthal, Berater des Kaisers und sehr wahrscheinlich der mächtige Förderer von Inspektor Meindl.

Grunenthal war der letzte Spross einer sehr alten Familie, die seit Jahrhunderten in Diensten der Habsburger stand. Vermutlich war er so alt wie der Kaiser, wirkte jedoch Jahre jünger, als er aufrecht und stolz vor dem Sarg die Kirchentreppen hinaufging. Oben angelangt klopfte er, wie es die Etikette vorschrieb, an die Tür.

Werthen richtete sein Opernglas auf den ergrauten Prinzen. Den nun folgenden zeremoniellen Wortwechsel kannte jeder Mann und jede Frau Österreichs auswendig, die eine Schule besucht hatten.

Auf das erste Klopfen würde ein Klosterbruder aus dem Inneren der Kirche antworten: »Wer da?«

Darauf antwortete Grunenthal: »Ihre allerdurchlauchtigste kaiserliche und königliche Hoheit, die Kaiserin Elisabeth von Österreich-Ungarn.«

»Die kennen wir nicht.«

Die Tür würde verschlossen bleiben und Grunenthal ein weiteres Mal klopfen.

»Wer da?«

»Kaiserin Elisabeth.«

»Die kennen wir nicht.«

Dann klopfte Grunenthal ein drittes Mal an die Kirchentür. Diesmal mit einem goldenen Stab, den er nur zu diesem Zweck bei sich trug.

»Wer da?«

»Eure Schwester Elisabeth. Eine arme Sünderin.«

Nun erst würde sich die Tür öffnen. Und das Portal schwang auf.

Es herrschte zwar nicht direkt eine feierliche Atmosphäre, aber nachdem sich die Kirchentür hinter dem Sarg geschlossen hatte, hob sich die Stimmung im Hotel Kranz. Es gab nichts mehr zu sehen, und nun hatte man Gelegenheit, sich zwanglos kennenzulernen.

Gross berichtete, er sei für die Beerdigung aus Czernowitz gekommen. Außerdem gäbe es für ihn dort nichts zu tun.

»Sie sind immer noch dabei, meine Unterrichtsräume und Laboratorien einzurichten«, beschwerte er sich. »Hätte ich das gewusst, wäre ich in Graz geblieben. Wenn das in diesem Tempo weitergeht, beginnt der Unterricht frühestens zum Frühjahrssemester.« Seine Frau Adele war zu einer Schulfreundin nach Paris weitergereist und wollte abwarten, bis er sich eingerichtet hatte, bevor sie ihm in die Bukowina folgte.

»Das ist ja ganz hervorragend, Gross«, erwiderte Werthen. »Bleiben Sie doch noch ein wenig in Wien. In meiner Wohnung steht Ihnen ein Zimmer zur Verfügung.«

»Zu freundlich von Ihnen, Werthen, wirklich.« Gross sah ihn an, als meinte er es ernst. »Czernowitz ist nicht gerade eine Weltstadt. Gelinde ausgedrückt.«

Werthen hakte Gross unter, um ihn Twain vorzustellen. Wie sich herausstellte, hatten die beiden bereits einen Briefwechsel geführt. Twain hatte Gross vor einigen Jahren um Rat gefragt, als er an *Tom Sawyer als Detektiv* schrieb. Und die beiden begannen sofort eine angeregte Unterhaltung, in einem seltsamen Gemisch aus Deutsch und Englisch.

Als die letzten Glockenschläge verklangen und das Ende des Gottesdienstes in der Kapuzinerkirche ankündigten, wurde Sherry gereicht. Eine halbe Stunde später näherte sich die Zeremonie ihrem Ende, und Twain gab vor allen Versammelten eine Erklärung in englischer Sprache ab.

»Natürlich«, so schloss er, »haben sie den falschen Mann in der Schweiz verhaftet. Oder auch den richtigen, aber aus dem falschen Grund. Das alles hat mit den Ungarn zu tun. Erst Rudolf und jetzt seine Mutter.«

»Was könnte er gemeint haben«, fragte Werthen Gross, als sie später am Abend vor einem Teller Tafelspitz mit Kartoffeln saßen, den Frau Blatschky zubereitet hatte. Daneben stand eine Flasche herber Grüner Veltliner aus Gumpoldskirchen.

Gross, der Werthens Einladung angenommen hatte und nun

dessen geräumiges Schlafzimmer mit Beschlag belegte, streute frisch geriebenen Meerrettich auf seinen Teller. Berthe leistete ihnen beim Abendessen Gesellschaft und saß Werthen gegenüber am Tisch. Das Esszimmer lag auf der Hofseite. Es war ein gepflegtes kleines Zimmer und ganz im Biedermeierstil eingerichtet. Zwei silberne Kerzenleuchter füllten den Raum mit warmem Licht.

»Twain ist ein Geschichtenerzähler, das dürfen Sie nicht vergessen«, lautete Gross' etwas kryptische Antwort. Er bot Berthe mit einer galanten Geste den Meerrettich an, aber sie lehnte höflich ab.

»Glauben Sie denn, er hätte sich das nur aus den Fingern gesaugt, Herr Doktor Gross?«, fragte sie und lächelte ironisch.

»Vielleicht nicht alles. Aber er nimmt diese Gerüchte, die ihm von irgendwelchen ungarischen Adeligen zugetragen werden, viel zu ernst. Die fordern doch schon seit Ewigkeiten Freiheit für die Magyaren, als ob sie nicht selbst alle Minderheiten in ihrem Einflussgebiet unterdrückten, sobald sie auch nur die geringste Chance dazu bekommen.«

»Darf ich daraus schließen, dass Sie nicht gerade ein glühender Anhänger der Doppelmonarchie sind?« Berthe warf Werthen einen verschwörerischen Blick zu. Er hatte ihr einiges über Gross' Charakterzüge erzählt und dabei auch seine Neigung zur Großspurigkeit angesprochen.

»Das kann ich Ihnen genau sagen, gute Frau«, schnaubte Gross. »Das war das idiotischste Kabinettstück, das sich Franz Joseph jemals ausgedacht hat. Damit hat er das Reich so gut wie ausgelöscht. Ich bin felsenfest davon überzeugt, dass Österreich innerhalb von zwei Jahrzehnten nur noch ein Schatten seiner selbst sein wird. Aber so weit sind wir noch nicht. Unser Freund Twain hat nur die Verschwörungstheorien wiedergekäut, die man von den Magyaren so oft hört. Nämlich dass Kronprinz Rudolf vor neun Jahren nicht etwa Selbstmord begangen habe, sondern einem Anschlag durch regierungsnahe, mächtige Kreise zum Opfer fiel, denen seine liberalen und promagyarischen Ansichten nicht passten. Vermutlich wird jetzt schon bald dasselbe über den Tod seiner Mutter behauptet. Denn die neigte ebenfalls dazu, die Ungarn ein bisschen zu romantisieren.«

»Eine wirklich sehr stichhaltige Theorie.« Werthen zwinkerte Berthe zu. Es versprach höchst vergnüglich zu werden, Gross als Gast zu beherbergen und mit Berthes Hilfe ein bisschen an dem aufgeblasenen Ego des Mannes herumzukratzen.

»Papperlapapp«, erwiderte Gross. Er schob sich ein Stück Fleisch mit einer gehörigen Portion Meerrettich in den Mund, kaute fast wütend und spülte den Bissen mit einem Schluck Wein hinunter.

»Dieser Kerl hat den Mord doch gestanden«, fuhr er fort. »Ich fürchte, unsere Kaiserin wurde einfach nur Opfer eines erklärten Anarchisten, der noch nicht einmal genau wusste, wen er eigentlich ermorden wollte, bis er an den Genfer Landungsbrücken quasi über Elisabeth stolperte. Dieser Mensch konnte sich ja noch nicht einmal eine ordentliche Waffe leisten, sondern hat sich aus einer ordinären Feile ein Stilett zurechtgeschliffen.«

Gross schüttelte nachdrücklich den Kopf, als würde die Tragödie durch diese billige Geschmacklosigkeit noch unerträglicher. »Nein, meine Freunde«, sagte er und richtete den Blick zuerst auf Werthen und dann auf Berthe: »Ich fürchte, wir haben es hier keineswegs mit einem Ränkespiel höchster Kreise zu tun, sondern mit einer billigen und höchst tragischen Komödie.«

12. Kapitel

Nichtstun konnte Gross nur schlecht ertragen. Werthen hatte so etwas zwar vermutet, aber da sie jetzt unter einem Dach wohnten, musste er diese Erfahrung aus erster Hand ertragen.

Am Montag nach dem Staatsbegräbnis suchte Gross erneut seinen geliebten Brueghel-Saal im Kunsthistorischen Museum auf. Werthen arbeitete nach seiner Rückkehr aus Oberösterreich wieder in seinem Anwaltsbüro. Nach einem arbeitsreichen Morgen, in denen er Vorarbeiten für die Stiftung Baron von Geistls erledigte, traf er sich mit Gross zum Mittagessen. Am Abend besuchten sie das Burgtheater, wo Girardi in Johann Nestroys *Lumpacivagabundus* brillierte, einer satirischen Komödie, die Girardis Talente wundervoll zur Wirkung brachte. Gross schien sich trotzdem nicht sonderlich gut zu amüsieren, wie Werthen bemerkte.

Nestroy hatte schon durch sein langes Leben den Sprung vom Volkstheater zum Burgtheater geschafft. Die Uraufführung des Stückes fand im Jahre 1833 statt und hatte die Habsburger Zensoren so sehr verwirrt, dass ihnen die subtile Sozialkritik bis zum heutigen Tag entgangen war. Das Stück handelte von den Geschicken und Missgeschicken des Schreiners Leim, des Schneiders Zwirn und des Schusters Knieriem, die abgesehen von einigen übernatürlichen Ereignissen vor allem dem gemeinsamen Besitz eines Gewinnloses der Lotterie entsprangen.

Nestroy hatte laut Programmzettel die Rolle des Knieriem selbst etwa 258 Mal gespielt. Jetzt hatte Girardi die Rolle übernommen und bot sie sehr schwungvoll dar. Dennoch gefiel Gross diese Farce offenkundig überhaupt nicht. Wenn das Publikum loslachte, starrte er nur auf die Bühne. Während die Handwerksburschen überlegten, wie sie das glücklich gewonnene Geld aus dem gemeinsamen Lotterielos verwenden könnten, rutschte er unruhig in seinem Sessel hin und her. Und auch das Ende, in dem Zwirn und Knieriem ihren wundersamen Gewinn verschleuderten, Leim das Geld jedoch klug anlegte, seine langjährige Liebste heiratete und ein erfolgreiches Unternehmen gründete, kommentierte Gross, als nach dem Ende des dritten Akts die Hauslichter wieder eingeschaltet wurden, mit den Worten: »Völliger Blödsinn!«

»Ich verstehe einfach nicht«, fuhr er fort, »warum das Burgtheater einen solch demoralisierenden Revoluzzerschmu zeigt.«

»Ach kommen Sie schon, Gross!«, gab Werthen zurück, als sie zur Garderobe gingen. »Sie klingen fast wie ein alter Reaktionär. Ich fand das Stück außerordentlich gewitzt.«

»Gewitzt!«, knurrte Gross. »Sie wollen also, dass ihre Sprösslinge ein so liederliches Verhalten nachäffen, wenn Fräulein Berthe und Sie heiraten und eine Familie gründen? Das glaube ich nicht, Werthen. Ich spreche aus persönlicher Erfahrung, wenn ich Ihnen sage, dass man hart durchgreifen muss, wenn es um die eigenen Kinder geht.«

Darauf erwiderte Werthen nichts. Gross bezog sich auf das gestörte Verhältnis zwischen ihm und seinem hochbegabten Sohn Otto. Während Gross senior nur seine Pflicht im Kopf zu haben schien, hatte Otto ein verspielteres Wesen und schien das Leben nicht besonders ernstzunehmen. Tatsächlich hatte sich schon der halbwüchsige Otto eher in zwielichtiger Gesellschaft herumgetrieben, was seinen Vater sehr bekümmerte. Otto Juniors Freunde waren vor allem Bohemiens aus der Kunstszene, und er hatte sich zum Freidenker in Sachen Sex und Heiraten entwickelt. Gross hatte sogar Drogenexperimente erwähnt. Obwohl sich sein Sohn zusammengerissen hatte und inzwischen erfolgreich Medizin studierte, war das Verhältnis zwischen Vater und Sohn nach wie vor gespannt. Dass Gross seinen Sohn überhaupt, wenn auch nur am Rande, erwähnte, war ein Zeichen seines gestörten inneren Gleichgewichts.

Am nächsten Morgen frühstückten sie gemeinsam in bedrückendem Schweigen, bevor Werthen ins Büro aufbrach. Während er die Räume ansteuerte, die er in der Habsburgerstraße im Ersten Bezirk gemietet hatte, fragte sich Werthen, ob es ein Fehler gewesen war, Gross bei sich aufzunehmen. Er verhielt sich so griesgrämig und unfreundlich, dass sogar die vorurteilslose und versöhnliche Berthe fernblieb. Ihr lag nicht sonderlich an der Gesellschaft eines Mannes mit solchen Launen.

Am Abend fiel Werthen wieder ein, dass er einen Brief für den Kriminologen zugestellt bekommen hatte, den man ihm von seiner vorherigen Adresse im *Hotel Bristol* nachgesandt hatte. Zum Abendessen hatte Frau Blatschky einen vorzüglichen Zwiebelrostbraten vorbereitet, zu dem Werthen eine Flasche Bordeaux beisteuerte, den er auf dem Heimweg beim Weinhändler sorgfältig aussuchte.

Gross wirkte munterer, nachdem er den von Werthen übergebenen Brief gelesen hatte.

»Das nenne ich eine interessante Wendung des Geschehens«, sagte er und legte den Brief neben sich auf den Tisch. Er schenkte sich ein halbes Glas Wein ein, obwohl der noch gar nicht lange genug geatmet hatte, und stürzte ihn hinunter wie amerikanischen Whisky.

»Worum geht's denn, Gross?«

»Es ist der Autopsiebericht über Herrn Frosch, das letzte Opfer des Pratermörders. Auch wenn das jetzt vielleicht nicht mehr viel besagt. Sein Genick war gebrochen, wie wir es vermutet hatten.«

»Das klingt irgendwie nicht sonderlich interessant«, gab Werthen zurück. Er schenkte sich Wein ein und schwenkte ihn in dem Glas.

»Interessant ist, dass dieser Mann dem Tod bereits nahe war, als er ermordet wurde. Er wäre kurze Zeit später an Krebs gestorben.«

Werthen betrachtete nachdenklich den tiefroten Wein in dem Glas. »Ob er es wusste?«

»Das, mein lieber Freund, werde ich morgen hoffentlich feststellen.«

Werthen wollte die Angelegenheit abtun. Schließlich war der Fall abgeschlossen. Was also spielte es noch für eine Rolle, ob der Mann wusste, dass er sterben würde oder nicht? Er hatte die Frage nur aus müßiger Neugier gestellt. Doch jetzt hütete er sich, etwas zu sagen. Der Versuch, Gross zu entmutigen, war sinnlos. Außerdem war alles besser als Nichtstun.

Am nächsten Morgen erkundigte sich Werthen bei Frau Blatschky, ob ihr Gast schon aufgestanden sei. Werthen hatte einen frühen Termin in seiner Kanzlei und wollte nicht mit dem Frühstück warten.

»O ja, gnädiger Herr. Der Herr Doktor ist schon mit den Hühnern aufgestanden und hat sein Kipferl eine Stunde früher als sonst verzehrt. Ich glaube, er ist schon gegangen.«

Das erleichterte Werthen ein wenig. Wenigstens konnte er jetzt in aller Ruhe die morgendliche *Neue Freie Presse* lesen. Er überlegte, ob er seine Gewohnheit wieder aufnehmen sollte, vor der Arbeit an seinen Erzählungen zu schreiben. Im Augenblick jedoch genügte es ihm, seinen Kaffee zu schlürfen und in der Zeitung nach den weißen Stellen zu suchen, die verrieten, dass eine Meldung zensiert worden war. Dies war geradezu ein Volkssport in Österreich. Die Leute versuchten den Rest des Tages, herauszufinden, welche anzüglichen Artikel in der Zeitung gestrichen worden waren.

An diesem Nachmittag um fünf Uhr, kurz vor Kanzleischluss, rief Gross ihn an. Er klang lebhaft und aufgeregt, und Werthen freute sich, ihn in so guter Laune zu hören.

Der Kriminologe lud ihn auf einen Umtrunk ins *Café Central* in der Herrengasse ein. Das Lokal war seit dem skandalösen Abriss des *Café Griensteidl* im vorigen Jahr zum Treffpunkt der Wiener Schriftsteller avanciert. Seitdem auf dem Grundstück des Griensteidl ein Bankhaus errichtet worden war, zog es die Wiener Literaturszene, darunter Schnitzler, Peter Altenberg, Hugo von Hofmannsthal, Karl Kraus, Hermann Bahr und Felix Salten, ins nahegelegene *Central*.

Die Wahl des Treffpunktes amüsierte Werthen, er willigte dennoch gerne ein, sich in einer halben Stunde dort mit Gross zu treffen.

Als Werthen eintraf, saß Gross an einem Ecktisch und hatte ein Viertel Weißwein vor sich stehen. Werthen bestellte das Gleiche am Tresen, ging zu seinem Freund und musterte kurz die anderen Tische, um zu sehen, ob jemand Bekanntes da war. Er erkannte nur den jungen Hofmannsthal, der einen schmalen Schnurrbart zur Schau trug, und seinen älteren Mentor Altenberg. Der Bohemien trug wie üblich Sandalen.

»Sie scheinen heute sehr mit sich zufrieden zu sein, Gross«, bemerkte Werthen, während er am Tisch Platz nahm. »Was ist passiert?«

»Es war ein faszinierender Tag, mein lieber Werthen. Außerordentlich faszinierend.«

Während er an seinem Wein nippte, erläuterte Gross, wie er als Erstes zu Frau Frosch in der Gusshausstraße gegangen war, um sich zu vergewissern, ob ihr Ehemann von seiner Krankheit gewusst hatte, und um den Namen seines Arztes zu erfragen. Bei dieser Gelegenheit hatte er jedoch andere Neuigkeiten von der Frau erfahren.

»Sie hat wohl darüber nachgedacht, sich mit mir in Verbindung zu setzen«, meinte Gross. »Glücklicherweise haben sich meine früheren Bemühungen ausgezahlt, ihr Vertrauen zu gewinnen. Und nach der Ermordung unserer Kaiserin fühlte sich Frau Frosch offenbar nicht länger zum Schweigen verpflichtet.« Gross machte eine dramatische Pause, um sich Werthens volle Aufmerksamkeit zu sichern.

»Herr Frosch hatte im Juni hohen Besuch«, fuhr Gross schließlich fort. »Von der Kaiserin persönlich. Sie hat mit ihm geredet. Frau Frosch zufolge dauerte das Gespräch im Arbeitszimmer über eine Stunde, und als die Kaiserin wieder ging, wirkte sie in höchstem Maße bestürzt. Außerdem hat sie Frau Frosch zur Geheimhaltung verpflichtet. Niemand sollte von ihrem Besuch bei Herrn Frosch erfahren.«

»Über was könnten die beiden denn geredet haben, Gross?«

»Das hat Herr Frosch seiner Frau nicht anvertraut, aber sie erinnert sich, dass er ungefähr zur selben Zeit anfing, davon zu sprechen, seine Memoiren schreiben zu wollen. Angeblich wollte er die ganze Wahrheit über die Tragödie von Mayerling schildern.«

»Sie meinen den Freitod von Kronprinz Rudolf?«

»Hat sich dort vielleicht noch eine andere Tragödie zugetragen?«

Gross konnte wirklich unerträglich sein, wenn er ins Grübeln kam, aber Werthen sah ihm das nach. Es war schließlich besser als Depressionen aus Langeweile.

»Aber was hätte Frosch wissen können?«, dachte Werthen laut nach. Die Tragödie von Mayerling hatte im Januar 1889 den Hof und ganz Österreich erschüttert. Rudolf, der Thronerbe Franz Josephs, war vermutlich aus Verzweiflung darüber, dass man ihm keinerlei Verantwortung beim Militär oder in der Regierung übertrug, dem Rauschgift und dem Trunk verfallen. Man spekulierte, dass er von seiner Mutter vielleicht die Labilität der Wittelsbacher geerbt hatte, und sprach sogar davon, der junge Prinz wäre unheilbar an Syphilis erkrankt. Jedenfalls hatte er in einer verschneiten Winternacht zuerst seine junge Geliebte Mary Vetsera und dann sich selbst erschossen.

»Wie sich herausstellte, hat Herr Frosch dem Kronprinzen als persönlicher Kammerdiener gedient. Und in jener Todesnacht war auch er in Rudolfs Jagdhütte in Mayerling anwesend.«

»Aber wir haben doch keinerlei Spuren von solchen Memoiren gefunden«, warf Werthen ein, der sich noch gut daran erinnerte, wie sie nach dem Tod von Frosch sorgfältig dessen Arbeitszimmer durchsucht hatten. »Sind wir nicht zu dem Schluss gekommen, dass diese angeblichen Memoiren gar nicht existierten?«

»Irgendetwas Wichtiges muss jedenfalls Kaiserin Elisabeth veranlasst haben, nach all diesen Jahren Frosch aufzusuchen«, erwiderte Gross. »Und was hinter diesen geschlossenen Türen zur Sprache kam, hat laut Frau Frosch die Kaiserin so erschüttert, dass sie einen Branntwein benötigte, um wieder etwas Farbe in ihre Wangen zu bekommen, bevor sie das Haus verließ.«

Einen Moment lang schwiegen sie, bis Gross fortfuhr. »Frau Frosch wusste übrigens nichts von der tödlichen Krankheit ihres Mannes, konnte mir jedoch den Namen seines Arztes nennen. Ich habe ihn am Nachmittag besucht. Er hat bestätigt, dass sich Herr Frosch der Ernsthaftigkeit seiner Krebserkrankung bewusst war. Das macht die Annahme wahrscheinlicher, dass Frosch bereit gewesen ist, der Kaiserin gewisse Geheimnisse mitzuteilen.«

»Sie meinen, weil er nichts mehr zu verlieren hatte?«, folgerte Werthen.

»So ist es. Wenn wir annehmen, sein Schweigen über gewisse Dinge wäre erkauft oder auf andere Weise gewonnen worden …«

»Durch Drohungen?«

Gross zuckte mit den Schultern. »Vielleicht. Aber da er jetzt ohnehin dem Tod ins Gesicht sah, dachte er möglicherweise, es gebe für ihn keinen Anlass mehr, sein Schweigen zu wahren.«

»Ich verstehe. Das ist wirklich faszinierend.«

»Es wird noch faszinierender, wenn man bedenkt, *wann* die Kaiserin ihn besucht hat. Nämlich am zwölften Juni.«

Gross betonte das Datum sehr nachdrücklich, aber Werthen brauchte dennoch eine Weile, bis er begriff, warum dieses Datum so bedeutsam war.

»Sie meinen, weil die Pratermorde schon ein paar Tage danach begannen?«

»Die Leiche der Wäscherin Maria Müller wurde am fünfzehnten Juni gefunden«, bestätigte Gross.

»Sie vermuten, die Morde standen in Zusammenhang mit dem, was Frosch über Mayerling wusste? Das scheint mir ein wenig weit hergeholt zu sein.«

»Ich vermute gar nichts. Ich stelle nur Tatsachen fest. Herr Frosch war das sechste Opfer in einer Serie von Morden. Aber er ist der erste, für dessen Ermordung wir ein mögliches Motiv in der Hand haben. Jemand wollte vielleicht verhindern, dass er belastende Informationen über den Tod von Kronprinz Rudolf veröffentlichte. Falls Rudolfs Tod kein Selbstmord war, wollen die Verantwortlichen ganz gewiss nicht, dass Informationen darüber an die Öffentlichkeit gelangen. Das ist sehr aufschlussreich, denke ich.«

In Werthens Kopf überschlugen sich die Gedanken. Wer könnte Rudolf ermordet haben, falls es wirklich kein Selbstmord gewesen war? Und aus welchem Grund? Der Kronprinz war als Hitzkopf und Liberaler bekannt. Er hatte vor seinem Tod jahrelang für Moritz Szeps liberales *Wiener Tageblatt* geschrieben. Seine Artikel hatten die dekadente Aristokratie und die Außenpolitik seines Vaters kritisiert, der auf Allianzen mit Deutschland und Russland setzte. Außerdem war bekannt, dass Rudolf mit einflussreichen Magyaren in Budapest verkehrte, die die Unabhängigkeit Ungarns anstrebten, und dass er versuchte, die Franzosen zu Geheimverträgen zu überreden. Beide Bemühungen galten offiziell als Hochverrat. Der Kronprinz hatte in der Tat viele Feinde, sowohl am Hof als auch im diplomatischen Corps am Ballhausplatz und unter dem Militär. Sogar der neue Thronfolger Franz Ferdinand könnte ein

Interesse an Rudolfs Tod gehabt haben. Schließlich machte der ihm den Weg frei, nach Franz Josephs Ableben zum Kaiser gekrönt zu werden.

Viele Theorien über den Tod des Prinzen kursierten in Österreich, was zum Teil auch auf die ungeschickte Handhabung der Angelegenheit durch den damaligen Premierminister Graf Taaffe zurückzuführen war. Der hatte versucht, die Tragödie unter Zuhilfenahme der Habsburger Zensurbehörde unter Kontrolle zu bringen. Laut offizieller Version war Rudolf an einem Schlaganfall gestorben. Die junge Vetsera, die Rudolf in den Tod begleitet hatte, war gar nicht erwähnt worden. Taaffes Versuche einer Zensur wurden jedoch rasch Grenzen gesetzt, da die ausländische Presse von den beiden Erschossenen Wind bekommen hatte. Dann folgte eine abenteuerliche Geschichte der nächsten: Die Ungarn hätten ihn ermordet, weil er ihr Komplott verraten hätte; die Franzosen hätten ihn getötet, damit er ihre Geheimverhandlungen nicht enthüllen könnte; ein Jagdführer hätte ihn erschossen, weil Rudolf seine Frau verführt hätte, und schließlich wurde behauptet, Rudolf wäre bei einem Duell gefallen, bei dem die Ehre einer jungen Auersperger Prinzessin verteidigen wollte. Schließlich beugte sich Taaffe dem Druck und gab bekannt, dass der Kronprinz erst seine junge Geliebte und dann sich selbst getötet hatte. Aber noch immer glaubten etliche an eine Verschwörung der Magyaren oder der Franzosen oder gar an ein Mordkomplott des Premierministers.

Für Werthen waren das alles üble und ungerechtfertigte Spekulationen – und entsprangen dem, was Krafft-Ebing und andere Psychologen Paranoia nannten.

Gross dagegen schoss sehr weit über das Ziel hinaus, wenn er so rasch eine Verbindung zwischen Froschs ehemaliger Stellung als persönlicher Kammerdiener Rudolfs und seinem Tod im letzten August herstellte. Werthen entschied sich, diesen Phantasien mit nüchterner Vernunft Einhalt zu gebieten.

»Sie vergessen, Gross, dass Binder seine Verbrechen gestanden hat. Das einzige Motiv waren schreckliche Alpträume, die den Verstand eines Syphilitikers zerrütteten.«

»So lautete jedenfalls die offizielle Version, gewiss.«

»Eine Version, die Sie selbst gebilligt haben«, erinnerte ihn Werthen.

Gross ignorierte ihn. »Ich erinnere mich an meine Bemerkung aus der Zeit von Froschs Tod. Ich sagte, Froschs Frau wäre offensichtlich von ihm geschlagen worden und hätte deshalb vielleicht ein Motiv, um ihm den Tod zu wünschen. Und dass die anderen Morde vielleicht nur begangen wurden, um den einen, geplanten Mord an Frosch zu vertuschen. Ich habe das damals relativ beiläufig dahergesagt. Aber ich denke, wir sollten diese Theorie im Licht der neuen Beweise noch einmal überprüfen.«

»Sie schlagen doch wohl nicht etwa vor, uns die Pratermorde noch einmal vorzunehmen?«

Gross zog nur die Brauen hoch.

»Sie können doch nicht ernsthaft glauben, dass diese fünf Pechvögel nur deshalb umgebracht wurden, um die Aufmerksamkeit von Froschs Ermordung abzulenken?« Werthen fuhr fort: »Und überhaupt, falls Frosch die ganze Zeit als Opfer vorgesehen war und die anderen fünf Morde nur das wahre Verbrechen vertuschen sollten, warum hätte man dann riskieren sollen, mehr als zwei Monate damit zu warten, ihn umzubringen?«

»Darüber, mein lieber Werthen, werden wir nachdenken, wenn wir weitermachen.«

Werthen hörte ihm jedoch nicht mehr zu. Ihm war ein viel schwerwiegenderer Gedanke gekommen. Eine Überlegung, die, davon war er überzeugt, auch Gross schon angestellt haben musste.

»Wenn ich Ihren zugegebenermaßen recht haarsträubenden Spekulationen folge …«

»Nur weiter«, ermutigte ihn Gross.

»Müsste man auch den Tod der Kaiserin neu überdenken. Falls Frosch ermordet wurde, weil er irgendetwas über den Tod von Kronprinz Rudolf wusste, könnte dann nicht auch der Tod von Kaiserin Elisabeth etwas mit der Ermordung des früheren Kammerdieners ihres Sohnes zu tun haben? War das, was Frosch ihr offenbart hatte, der Grund, dass auch sie ermordet wurde?«

Gross lächelte befriedigt. »Eine ausgezeichnete Schlussfolgerung, mein lieber Werthen.«

»Es ist eine haarsträubende Schlussfolgerung! Immerhin hat der Anarchist Luccheni das Verbrechen zweifelsfrei begangen.«

Im nächsten Moment fiel es ihm wie Schuppen von den Augen.

»Was ist denn los, Werthen? Sie wirken so, als hätten Sie einen Geist gesehen.«

»Der Name! Dieser erbärmliche Luccheni. Ich wusste doch, dass ich ihn schon einmal irgendwo gelesen habe. Gross, erinnern Sie sich noch an die Liste verdächtiger Personen, die wir damals von Meindl bekommen haben? Die mit den Namen der Anarchisten und Terroristen, welche die Polizei diesen Sommer beobachtet hat?«

»Luccheni stand auf dieser Liste?«

»Ich könnte schwören, dass ich seinen Namen dort gelesen habe. Luccheni, Luigi, Steinmetz. Er war in diesem Sommer in Wien! Mein Gott, Gross, könnte Luccheni all die Pratermorde begangen haben? Aber was ist dann mit Binders Geständnis?«

»Offenbar, mein lieber Werthen, befinden wir uns in der merkwürdigen und einzigartigen Situation, zu viele Täter an der Hand zu haben.«

»Das sind alles nur Mutmaßungen, Gross.«

»Und es bleiben Mutmaßungen, falls wir keine weiteren Nachforschungen anstellen.«

Gross' Worte waren eine unausgesprochene Frage, und Werthen brauchte nur einen Augenblick für die Antwort.

»Dann lassen Sie uns anfangen, Gross. *Herr Ober*!« Werthen rief nach dem Oberkellner. »Noch eine Runde Wein, bitte sehr.«

Als sie das *Café Central* nach einer Stunde verließen, bemerkten weder Gross noch Werthen den Mann, der auf der gegenüberliegenden Straßenseite in einer geschlossenen Kutsche saß. Er beobachtete durch das Fenster die beiden Männer auf ihrem Weg die Herrengasse hinunter.

Jetzt nicht, dachte er. Zuviel Publikum.

Also waren diese beiden blinden Hühner, wie er es befürchtet hatte, auf ein Korn gestoßen. Amateure mit Anfängerglück.

Aber ihre Glückssträhne neigte sich dem Ende zu.

Bald. Sehr bald.

13. Kapitel

Berthe hatte seinen Entschluss gut aufgenommen. Er hatte ihn ihr in einer Pause im Musikverein beim Debüt Gustav Mahlers mitgeteilt, der die Wiener Philharmoniker dirigierte. Werthen hatte sich mit ihr zum Abendessen und anschließendem Besuch des Symphoniekonzerts getroffen, nachdem er sich von Gross verabschiedet hatte.

Mahler hatte sich in Wien, der Stadt der Musik, einen Namen gemacht. Ein Jahr zuvor zum Direktor der Wiener Hofoper berufen, hatte er sie bereits zu einem der führenden Musikhäuser Europas gemacht. Da es sich um eine vom Hof ausgeschriebene Stelle handelte, musste er natürlich zum Christentum konvertieren, um die Position zu bekommen, obwohl er kein praktizierender Jude war.

Zum Debüt dirigierte er Beethovens Siebte, Werthens Lieblingssymphonie. Der Abend hatte mit Mozarts Jupitersymphonie begonnen, und in der Pause erklärte Werthen Berthe, was Gross entdeckt hatte und dass er sich entschieden hatte, dem Kriminologen ein weiteres Mal zu assistieren. Werthens juristischer Assistent in der Kanzlei, Dr. Wilfried Ungar, hatte vor drei Jahren die Wiener Rechtsfakultät abgeschlossen und war ein fähiger junger Mann, der durchaus für eine gewisse Zeit die Arbeit des Anwaltsbüros übernehmen konnte.

Außerdem hatte Werthen seinen wichtigsten Auftrag, die Vorarbeiten für die Stiftung Baron von Geistls, gerade abgeschlossen.

»Du musst mir das alles gar nicht erklären, Karl. Als ich mich bereit erklärte, deine Frau zu werden, tat ich es in der Überzeugung, dass ich eine unabhängige Frau bleiben würde, die sehr wohl auch für sich selber sorgen kann. Ich heirate dich nicht wegen deines Geldes. Du solltest das tun, was dich am meisten zufriedenstellt. Wozu sollte das Leben sonst gut sein?« Er hätte sie auf der Stelle umarmen mögen, hier im Pausensaal im zweiten Stock des Musikvereins, zwischen den Topfpalmen und all den befrackten und juwelenbehangenen Wohlsituierten, die während der Pause mit Sektkelchen in der Hand ihre Runden drehten. Stattdessen schloss er nur die Augen und lächelte Berthe an.

Als sie wieder auf ihren Plätzen saßen und es dunkel im Auditorium wurde, nahm sie seine Hand. Als das Adagio der Siebten einsetzte, wusste Werthen, dass er noch nie in seinem Leben so glücklich gewesen war.

Meindl schien überrascht, dass Gross wieder in Wien war. Gross, so hatte er Werthen einst erklärt, folgte seinem Instinkt. Und heute Morgen waren sie ins Polizeipräsidium gegangen, um Meindl um einen Gefallen zu bitten.

»Sie beabsichtigen also, in Ihrer Zeitschrift über die Ermordung der Kaiserin zu schreiben?«, erkundigte sich Meindl, nachdem sie ihm ihre Bitte vorgetragen hatten.

»Es wäre eine faszinierende Fallstudie über die Persönlichkeit eines Terroristen. Alles, was wir über Luccheni in Erfahrung bringen, könnte dazu beitragen, weitere solcher schändlichen Attentate zu verhindern.«

Der unterschwellige Appell an Meindls Berufsehre verfehlte seine Wirkung nicht. Zehn Minuten später händigte der Inspektor ihnen Lucchenis Akte aus.

»Woher wussten Sie eigentlich, dass wir den Mann beobachtet haben und dass es dazu eine Akte gibt?«

»Mein Kollege Dr. Werthen konnte sich an die Namensliste erinnern, die Sie uns so großzügig zur Verfügung gestellt hatten, als wir … in dieser anderen Sache tätig waren.«

Meindl nickte Werthen zu und lächelte knapp. »Ganz recht.«

Dann wandte er sich wieder an Gross. »Ich brauche die Akte so schnell wie möglich zurück. Dass ich damit gegen die Vorschriften verstoße, ist Ihnen doch wohl klar?«

Meindl hatte kein Wort des Dankes für ihre frühere Unterstützung übrig, ja, äußerte sich nicht einmal anerkennend darüber, dass sie sich überhaupt beteiligt hatten. Dieser Inspektor ist ein schrecklicher Kriecher, dachte Werthen. Und hat stets nur die eigene Karriere im Blick.

Meindl führte sie in einen Raum, der normalerweise als Verhörraum diente. Die Fenster waren so hoch angebracht, dass man unmöglich hinaussehen konnte. Sie setzten sich an den großen, zerschrammten Tisch in der Mitte des Raumes und teilten die Seiten des umfangreichen Berichts zwischen sich auf.

Werthen nahm sich den ersten Teil vor, der den Lebenslauf des Anarchisten Luccheni enthielt. Geboren wurde er 1873 in Paris als unehelicher Sohn einer italienischstämmigen Wäscherin und hatte seinen Vater nie kennengelernt. Ein Jahr nach seiner Geburt verließ die Mutter Frankreich und ließ den Sohn in einem Waisenhaus in Parma zurück. Damit verurteilte sie ihn dazu, ein Leben lang Handlangerdienste zu tun. Später fand er als Soldat ein leichteres Auskommen und diente in Neapel unter Hauptmann Prinz Vera d'Arazona. Nach drei Jahren schied Luccheni aus der Armee aus und wurde persönlicher Diener des Prinzen. Aber nur ein paar Monate lang.

Dann vagabundierte Luccheni herum, ließ sich für einige Zeit in der Schweiz nieder, zog dann wieder durch verschiedene Hauptstädte, unter ihnen Wien und Budapest. Schließlich geriet er in Anarchistenkreise. Dort versorgte man den anpassungsfähigen und unbelesenen Mann mit Literatur über die Zerschlagung von Staat und Gesellschaft. Das Ziel war eine freie und klassenlose Welt, die an die Stelle der alten Institutionen träte. Nach Angabe von Schweizer Polizeiinformanten, die die anarchistischen Zellen infiltriert hatten, unterstützte Luccheni schon bald die »Propaganda der Tat«, die beabsichtigte, durch politische Aktionen die Philosophie des Anarchismus zu verbreiten.

Aus den Papieren, die Werthen vorlagen, ging hervor, dass Luccheni Anfang Juni nach Wien gekommen war. Die Schweizer Polizei hatte gemeldet, dass er in Genf einen Zug nach Wien bestiegen hatte, der dort am 10. Juni eintraf. Der Wiener Polizei gelang es jedoch erst am 12. Juni, seine Spur aufzunehmen, als man ihn im Wiener Arbeiterbezirk Fünfhaus vor einem bekannten Anarchistenunterschlupf erkannte: der Pension einer gewissen Frau Geldner. Luccheni hatte den 12. Juni im Volksgarten verbracht, dessen blühende Gärten man an der Stelle der alten Stadtmauern angelegt hatte, die von den französischen Truppen unter Napoleon zerstört worden waren. Werthen verbrachte selbst gerne entspannte Nachmittage in diesen Rosengärten, deren Anlage dem Pariser Jardin du Luxembourg nachempfunden war.

Luccheni war den ganzen Tag über von einer Parkbank zur nächsten gezogen und hatte dabei ständig die Ein- und Ausgänge des Parks im Auge behalten, fast so, als erwarte er jemanden.

Um genau 17 Uhr 28 näherte sich ihm endlich ein großer Mann in der Montur eines Anstreichers in einem weißen Overall und mit einem Schiffchen auf dem Kopf, das aus einer Zeitung gefaltet war. Er gab Luccheni einen Zettel und verließ den Park wieder. Bedauerlicherweise hatte gerade um diese Zeit einer der beiden Polizeiobservanten kurzfristig seinen Platz verlassen, weil ihn ein menschliches Bedürfnis gequält hatte. Deshalb konnte man den anderen Mann nicht weiter verfolgen. Der zweite Observant kehrte jedoch noch so rechtzeitig zurück, dass sie Luccheni aus dem Volksgarten bis in die Ringstraße nachgehen konnten, wo er abbog und auf die Oper zusteuerte.

Einer der Polizisten überquerte die Ringstraße, um sich parallel zu Luccheni zu bewegen, während der andere ihm in sicherer Entfernung folgte, damit er nicht entdeckt wurde. Dem Polizeibericht schritt Luccheni zügig aus, als wüsste er genau, wohin er ginge und als müsste er zu einer bestimmten Zeit sein Ziel erreichen. Hinter der Hofoper überquerte er die geschäftige Ringstraße in Richtung Kärntnerstraße. Die beiden Polizeiobservanten tauschten jetzt ihre Positionen. Luccheni setzte seinen Weg auf der Wiedner Hauptstraße fort und passierte den Karlsplatz. Gleich hinter der Technischen Hochschule bog er plötzlich nach links in die Paniglgasse ein, dann nach rechts in die Argentinierstraße ab und wieder links in die Gusshausstraße. Die Polizisten folgten ihm bis zur halben Höhe der Straße, wo Luccheni stehenblieb und ein Gebäude auf der anderen Straßenseite beobachtete. Sie konnten nicht genau erkennen, ob es sich um die Hausnummer 12 oder 14 handelte.

Unvermittelt hörte Werthen auf zu lesen. Es überlief ihn kalt.

»Gross«, sagte er, »das sollten Sie sich einmal ansehen.«

Werthen reichte dem Kriminologen die Seiten, die er bisher gelesen hatte, und setzte seine Lektüre dort fort, wo er aufgehört hatte.

Subjekt versteckte sich über zwei Stunden hinter einer Gaslaterne. Einmal schien es sich bewegen zu wollen. Eine schwarzgekleidete weibliche Person verließ eilig das Haus und wurde von zwei Männern zu einem wartenden Landauer geführt. Die Kutsche fuhr bald los und Subjekt kehrte wieder auf seinen Beobachtungsposten zurück. Punkt 20 Uhr 12 brach Subjekt die Observation ab und ging zurück zu seiner Unterkunft in Fünfhaus.

Gross war mit dem Lesen seiner Papiere schon fertig, und Werthen reichte ihm die letzten Seiten für den 12. Juni. Der Kriminologe spitzte die Lippen und klopfte dann mit dem Zeigefinger aufs Papier.

»Ha! Sehen Sie, Werthen. Da haben wir die Verbindung.«

»Es war die Nacht, in der Kaiserin Elisabeth Herrn Frosch besucht hat«, erwiderte Werthen aufgeregt. »Luccheni hat Froschs

Wohnung beobachtet. Gusshausstraße 12. Es passt alles zusammen!«

»Nicht so laut, mein Freund«, mahnte ihn Gross. »In der Tat, es war Herr Frosch, zu dem dieser Anarchist beordert wurde. Vermutlich durch den Zettel, den ihm der mysteriöse Anstreicher im Park zugesteckt hatte. Das bedeutet, er hat sein Opfer schon lange verfolgt, bevor er zugeschlagen hat.«

»Und die Dame in Schwarz, die die Polizei aus dem Gebäude herauskommen sah? Das war doch sie, Kaiserin Elisabeth, meine ich?«

»Ja, es muss die Kaiserin gewesen sein. Ausnahmsweise war sie einmal in Begleitung ihrer Leibwächter unterwegs, sonst hätte der Feigling Luccheni schon an jenem Abend zugeschlagen. Allerdings scheint die Polizei nicht über den Aufenthaltsort der Kaiserin im Bilde gewesen zu sein. Denn die Beamten haben sie offensichtlich nicht erkannt.«

»Die Kaiserin reiste oft inkognito«, erklärte Werthen. »So weit ich weiß, nahm sie dann die Identität einer gewissen Gräfin Hohenembs an, obwohl ihre unverwechselbare Schönheit sie natürlich verriet.«

»Das verändert die Sachlage dramatisch«, erklärte Gross und schob die Papiere zusammen. »Die späteren Berichte enthalten nichts von Interesse. Genaugenommen hat die Polizei nach dem 15. Juni Lucchenis Spur verloren. Man vermutet, er hätte Wien zu diesem Zeitpunkt schon verlassen. Vielleicht hat er aber auch einfach nur die Adresse gewechselt, um der Beobachtung durch die Polizei zu entgehen, ist noch weitere zwei Monate in Wien geblieben und hat all die anderen Scheußlichkeiten begangen, die wir fälschlich Binder angelastet haben.«

»Warum hätte er das tun sollen? Schließlich hatte er es doch auf gekrönte Häupter abgesehen. In den Zeitungen stand, er habe eigentlich den Herzog von Orléans ermorden wollen, als ihm die unglückselige Kaiserin zufällig als Erste über den Weg lief. Er wollte eine bedeutende Person ermorden, einfach um in der Zeitung zu stehen. Was für einen Sinn hätten also all die anderen Opfer gehabt, von denen mehrere sogar aus der Arbeiterklasse stammten, die er doch als Anarchist hätte schützen müssen? Das alles ergibt keinen Sinn.«

»Sie haben recht, Werthen. So ergibt die Hypothese keinen Sinn. Aber wir nehmen eine Verbindung zwischen den Morden an Frosch und der Kaiserin an. Das lässt nur einen Schluss zu, nämlich den, dass Luccheni die Kaiserin gar nicht ermordet hat.«

Werthen starrte Gross ungläubig an. Zu so einer haarsträubenden Feststellung fiel ihm wirklich nichts mehr ein.

»Nun kommen Sie schon, Werthen. Machen Sie den Mund wieder zu und helfen Sie mir lieber, die Papiere zu sortieren, damit wir sie Meindl zurückgeben können. Auf uns wartet eine Menge Arbeit.«

Frau Geldners Pension befand sich in der Clementinengasse, nicht weit vom Kaiserin-Elisabeth-Bahnhof. Werthen hörte das Ächzen und Schnaufen der an- und abfahrenden Lokomotiven, und der würzige Kohlenrauch stieg ihm in die Nase. Dieses Gebiet gehörte zu den nördlichen Ausläufern des Textilviertels, wo Weber und Näherinnen an sechs Tagen der Woche in Zwölf-Stunden-Schichten arbeiteten.

Nach dem vierten Klopfen öffnete Frau Geldner, eine kräftige, rotgesichtige Person in einer karierten Schürze. Sie rauchte eine Meerschaumpfeife. Als Gross ihr seine Karte überreichte, maß sie ihn mit einem finsteren Blick. »Ihr Kerle habt euch wohl in der Adresse geirrt. Typen aus eurer Schicht werden hier nicht bedient.«

»Nein, nein, Frau Geldner!« Gross schob hastig die Stiefelspitze in den Türspalt, um sie daran zu hindern, ihnen die Tür vor der Nase zuzuschlagen. »Das hier ist durchaus die richtige Adresse. Hier hat doch der berühmte Signore Luccheni letzten Juni eine Weile gewohnt, wenn ich recht informiert bin.«

Sie schüttelte den Kopf. »Ich kenne keinen Luccheni. Ich bediene keine Ausländer. Keine feinen Pinkel und keine Ausländer. Das ist mein Motto.« Ihr Lachen erstarb in einem gurgelnden Husten.

»Im Polizeibericht steht aber etwas anderes.«

Sie blickte erneut argwöhnisch auf seine Visitenkarte. »Hier steht, Sie sind ein Professor. Stimmt das? Keine Polizei?«

»Das ist korrekt, gute Frau.«

»Und Ihr Diener? Ist der stumm? Jedenfalls redet er nicht viel, das steht wohl fest.«

Werthen hielt es für angebracht, sich vorzustellen.

»Anwalt, was? Ein Professor und ein Anwalt machen sich die Mühe und kommen den weiten Weg nach Fünfhaus, um jemanden wie mich zu besuchen. Dann scheine ich ja sehr wichtig zu sein, was?«

»Ihre Darbietung als Angehörige der Arbeiterklasse ist nicht sehr überzeugend«, antwortete Gross scharf und ließ den Fuß in dem Türspalt. »Ich kenne Ihre Schriften aus der anarchistischen Presse, Frau Geldner. Auch wenn ich nicht gerade Ihrer Meinung bin, dass alle Probleme der Welt auf die Plutokratie und die Aristokratie zurückzuführen sind, erkenne ich trotzdem einen klugen Kopf, wenn mir einer begegnet. Wenn Sie also bitte mit dieser albernen Schauspielerei aufhören würden, damit wir ernsthaft miteinander reden können?«

Plötzlich lächelte die Frau, öffnete die Tür und ließ die beiden Männer eintreten.

»Ein Professor, der anarchistische Zeitungen liest!« Ihre Stimme klang plötzlich sanfter und, wie Werthen fand, auch kultivierter. »Das ist ja ganz was Neues! Hier entlang, meine Herren. Treten Sie ein in meine Höhle.«

Sie folgten ihr durch einen langen, dunklen Flur in ein überraschend modern und komfortabel eingerichtetes Wohnzimmer. Werthen hatte mit einem willkürlichen Sammelsurium billiger altmodischer Möbel gerechnet, fand sich stattdessen jedoch in einem Raum wieder, der in geschmackvollem Jugendstil eingerichtet war. Die grüngoldenen Bezüge der Stühle und des Diwans glänzten in Mustern, wie Klimt sie hätte malen können.

»Wir Anarchisten sind wohl doch nicht alle Barbaren, was, Advokat Werthen?«, erkundigte sie sich, als sie sein Erstaunen bemerkte.

Gross schien jedoch kein Interesse daran zu haben, sich die Mühe zu machen, Klassenvorurteile zu entschärfen.

Er setzte sich auf einen Stuhl, bevor die Frau ihm einen Platz anbot, und kam sofort zur Sache.

»Ausflüchte sind zwecklos. Wir wissen, dass sich Luccheni im Juni ein paar Tage lang hier aufgehalten hat.«

»Drei Tage, um genau zu sein.« Sie ging zu einer Kirschholzanrichte mit geschliffenen Scheiben, die möglicherweise von Koloman Moser stammte, einem weiteren Aushängeschild des Wiener Kunsthandwerks.

Frau Geldner bot ihnen Slibowitz an. »Ich finde, das ist genau das Richtige, um die Zeit zwischen Frühstück und Mittagessen zu überbrücken.«

Ohne eine Antwort abzuwarten, goss sie sich selbst einen tüchtigen Schluck in einen Cognacschwenker und zuckte mit den Schultern, als die beiden Herren dankend ablehnten.

Sie leerte das Glas Pflaumenbrand mit einem Zug, setzte sich dann auf den Diwan und bedeutete Werthen, sich einen Stuhl zu nehmen.

»Ist der immer so einfältig?«, fragte sie Gross.

»Madam …«, wollte Werthen protestieren, aber Gross schnitt ihm mit erhobener Hand das Wort ab.

»Bitte! Bleiben wir beim Thema, dann können Sie mit Ihren Vorbereitungen zum Mittagsmahl weitermachen.«

Sie lachte glucksend. »Sie sind ein Spaßvogel, was? Wir war Ihr Name nochmal, Gross …? Könnte sein, dass ich schon einmal von Ihnen gehört habe.«

Gross nickte. »Mein Arbeit hat durchaus einige Bewunderer.«

»Sind Sie nicht der Kerl, der aller Welt weismachen wollte, dass die Juden in Böhmen Christen schlachten? Es ging doch um Blutrituale und solche Dinge? Da haben Sie aber ganz schön danebengelegen.«

»Gewiss«, antwortete Gross abrupt. »Und jetzt zu Luccheni.«

»Was soll mit ihm sein? Ein kleiner Blödmann, wenn Sie mich fragen. Die Genossen haben ihn ›den Einfaltspinsel‹ genannt.«

»Die ›Genossen‹? Meinen Sie damit die anderen Anarchisten?«, fragte Gross.

Frau Geldner nickte amüsiert. »Genau die meine ich.«

»Was wollte er hier?«, mischte sich Werthen ein, dem das sinnlose Geplänkel auf die Nerven ging.

»Er kann ja sprechen!« Diesmal wurde ihr Lachen von einem langen, krampfhaften Husten erstickt. Sie legte die Pfeife auf einen Beistelltisch.

»Entschuldigung«, sagte sie, als ihr Anfall vorüber war. »Normalerweise benehme ich mich nicht so unhöflich. Aber bei euch beiden macht das richtig Spaß.«

»Mag sein, Frau Geldner, aber Sie haben die Frage meines Partners noch nicht beantwortet«, hakte Gross nach. »Welchen Geschäften ging Luccheni hier in Wien nach?«

»Gar keinen. Er war nur auf Urlaub, soweit ich weiß. Das heißt, mehr wollte ich gar nicht wissen.«

»Der Mann war ein Landstreicher. Und jetzt sollen wir Ihnen abkaufen, dass er in Wien war, um seinen kulturellen Horizont zu erweitern?«

»Ich vermiete Zimmer«, gab sie zurück. »Die meisten meiner Gäste kommen auf Empfehlung, dann weiß ich, womit sie sich beschäftigen. Luccheni kam nicht auf Empfehlung. Er hat offenbar über Bekannte von meiner Pension erfahren und stand am 11. Juni plötzlich vor meiner Haustür. Warum hätte ich ihn wohl abweisen sollen?«

»Sie sagten vorhin: ›Keine feinen Pinkel und keine Ausländer‹«, zitierte Werthen die Frau. »Entweder haben Sie da gelogen, oder Sie lügen jetzt.«

Die Pensionswirtin blieb gelassen. »Ihre geschliffene Rede macht sich vor einem Richter bestimmt ganz ausgezeichnet, Herr Advokat, aber hier bestimme ich, wie es läuft. Ich bin der Richter und sage, was ich will. Etwas davon ist wahr, etwas ein Witz, und anderes ist genau das, was Sie eben gesagt haben: gelogen.«

Gross hob die Hände. »Dann haben wir nicht mehr viel zu bereden. Vielleicht wird sich die Polizei …«

»Ach, mit denen habe ich die ganze Angelegenheit schon mehrmals durchgekaut. Ihnen werde ich jedoch etwas verraten: Dieser Luccheni konnte keiner Fliege etwas zuleide tun. Der Kerl war nur ein Schwätzer mit nichts dahinter. Diejenigen, die wirklich etwas bewegen, die tun es und quatschen nicht. Sie können mir glauben, ich habe beide Sorten kennengelernt.«

»Was halten Sie von der Geldner?«, erkundigte sich Werthen, als sie das Gebäude verließen und zum Fiakerstand am Bahnhof gingen.

»Was ich von ihr halte?« Gross schien sich nur widerwillig von seinen Gedanken loszureißen. »Nun, Werthen, ich halte gar nichts von ihr, weder positiv noch negativ.«

»Ich meine, hat sie die Wahrheit über Luccheni gesagt?«

»Sie hat selbst zugegeben, dass sie es mit der Wahrheit nicht so genau nimmt. Wir sollten ihre Hinweise nicht ernstnehmen. Das alles ist ziemlich verdächtig. Einerseits könnte sie bis zum Hals in das Komplott zur Ermordung der Kaiserin verstrickt sein, andererseits hat sie uns aber vielleicht auch die Wahrheit über Lucchenis Inkompetenz gesagt.«

Er beschleunigte seine Schritte, und Werthen musste fast laufen, um mitzuhalten.

»Gross, würden Sie bitte Ihr Tempo etwas drosseln? Warum sind Sie so in Eile?«

Gross blieb unvermittelt stehen und sah Werthen verwundert an. »Ich dachte, das wäre klar, lieber Werthen. Wir müssen den Zug noch erwischen. Wen wir jetzt eiligst zur Josefstädter Straße gehen, können wir das Nötigste packen und schaffen es noch rechtzeitig zum Westbahnhof für den Alpenexpress um 16 Uhr. Dann wären wir morgen rechtzeitig zum Frühstück da.«

»Da? Wo, da? Wovon reden Sie, Gross?«

»In Genf, Werthen. Wir müssen uns mit Luccheni unterhalten.«

14. Kapitel

Werthen betrachtete die frühherbstliche Landschaft, die an dem makellos geputzten Fenster des Speisewagens vorüberzog.

Gross hatte sich in seinem Abteil vergraben und las die Berichte über die Ermordung der Kaiserin in den Zeitungen, angefangen bei der Londoner *Times* über die Pariser *Le Monde* bis hin zum Mailänder *Corriere della Sera*. Er hatte sie bei einem Tabakwarenhändler in der Josefstädter Straße Ecke Laudongasse erstanden, der auf Internationale Presse spezialisiert war und alle Ausgaben gesammelt hatte, in denen vom Tod der Kaiserin berichtet wurde.

Da die Wiener Zensurbehörde so fleißig war, enthielten ausländische Blätter vielleicht Informationen, welche die lokale Presse nicht drucken konnte. Nachdem der Zug Innsbruck passiert hatte, speisten sie gemeinsam im Speisewagen, Bauernomelett mit einem recht ordentlichen Müller-Thurgau aus der Wachau, einem Weinanbaugebiet an der Donau, das bis vor kurzem vor allem für seinen Weinessig bekannt war. Sie sprachen zunächst nur wenig, weil Gross sehr nachdenklich war.

Schließlich blickte er von seinem nahezu unberührten Mahl auf. »Erinnern Sie sich noch an das, was ich unmittelbar nach der Beisetzung über den Tod der Kaiserin sagte, Werthen? Ich meine bei dem Abendessen mit Ihnen und dem geschätzten Fräulein Meisner?«

»Daran erinnere ich mich sehr gut.« Werthen legte Messer und Gabel auf den Tellerrand. »Sie haben sich recht abfällig über die Möglichkeit geäußert, bei dem Tod der Kaiserin und ihres Sohnes vor neun Jahren könnte es sich um irgendeine Art Verschwörung handeln.«

»Ja. Ich habe behauptet, wir hätten es hier keineswegs mit einer Intrige aus höchsten Kreisen zu tun, sondern mit einer billigen und tragischen Komödie.«

Gross hielt inne, und Werthen nahm noch einen Bissen von dem Omelett. Die Steinpilze schmeckten vorzüglich. Er kaute langsam und gründlich.

»Haben Sie Ihre Meinung jetzt geändert?«, erkundigte er sich dann.

»Was für eine Ironie!«, murmelte Gross und wiederholte seine Worte dann lauter: »Was für eine verdammte Ironie des Schicksals!«

Ein vornehmes Paar am Tisch hinter Gross warf ihm missbilligende Blicke zu.

»Beruhigen Sie sich, Gross. Von welcher Ironie des Schicksals reden Sie?«

»Es fängt schon mit der Reise der Kaiserin nach Genf an, einem bekannten Nest diverser Revoluzzer aller möglichen Schattierungen. Man hatte ihr natürlich geraten, der Stadt fernzubleiben oder wenigstens entsprechende Sicherheitsvorkehrungen zu treffen. Sie aber reiste unter diesem albernen Inkognito Gräfin Hohenembs; albern deshalb, weil ihr Gesicht viel zu bekannt war, um ihre Anonymität zu gewährleisten. Aus diesem Grund hatte sie nur ein kleines Gefolge bei sich: ihre Hofdame Gräfin Sztáray, ihren Privatsekretär Eugene Kromar, ihren Englisch-Korrektor Mr. Baker, ihren Kammerherren General Beszewiczy und einige andere Diener und Lakaien. Sie wollte in Genf Baron und Baronin Adolphe de Rothschild besuchen, die im nahegelegenen Schloss Pregny leben.«

Gross hatte diese Informationen offenkundig den verschiedenen Zeitungen entnommen, die er während des Nachmittags gelesen hatte. Obwohl Werthen die Details kannte, ließ er den Kriminologen weitersprechen. Laut zu denken war Gross' Methode, um zu neuen Schlüssen zu gelangen. Allerdings ließ Werthen es sich nicht nehmen, den Ober heranzuwinken und zum Dessert eine Palatschinke mit Schokoladensoße und Nüssen sowie einen Eiswein zu bestellen.

»Die Kaiserin«, fuhr Gross fort, der auf ein Dessert verzichtete, »besuchte die Baronin am 9. Juni. Sie kehrte noch am selben Tag nach Genf zurück und stieg im Hotel Beau-Rivage ab. Am nächsten Tag erwarb sie ein Phonola, ein automatisches Klavier, und ein Paar Musikzylinder bei Bäkers in der Rue Bonivard. Sie sehen, Werthen, obwohl sie nur selten in Wien war, dachte sie doch stets an ihren Gemahl. Dieses Geschenk war für ihn bestimmt. Nun, sei's drum. Um dreizehn Uhr fünfundvierzig verließ die Kaiserin das Hotel und schlenderte über den Quai du Mont-Blanc zum Dampfschiff Geneva, mit dem sie zu ihrem Schweizer Domizil in Territet auf der anderen Seite des Genfer Sees fahren wollte. Wie die französischen Zeitungen meldeten, hatte sie ihr Gefolge mit dem Zug vorausgeschickt, weil sie Aufsehen verabscheute. Deshalb wurde sie auf ihrem Weg zum Dampfschiff nur von Gräfin Sztáray und einem Hoteldiener begleitet, der ihren Mantel und ihren Reisekoffer trug, als sie am Brunswick-Mausoleum vorbeiging. Die Kaiserin hatte sowohl den Lakaien als auch die Gräfin ein Stück vorausgeschickt, weil sie allein gehen und den wunderschönen Blick auf den Genfer See genießen wollte, den man vom Kai aus hat. Und genau an dieser Stelle hat der Attentäter zugeschlagen.«

Gross verstummte, als der Ober Werthen die Palatschinke und den Dessertwein servierte. Gross beäugte neiderfüllt den schokoladenüberzogenen Pfannkuchen und seufzte resigniert. »Herr Ober, bitte bringen Sie doch noch eine Portion von dieser Köstlichkeit.«

Werthen wartete darauf, dass Gross seinen Faden weiterspann, doch der verwechselte das mit höflichen Manieren. »Fangen Sie ruhig schon an, Werthen. Warten Sie lieber nicht auf mich, sonst riskieren Sie noch, dass die Schokoladensauce kalt wird.«

»Sie sagten gerade, Gross …?«, drängte Werthen ihn.

»Ach ja. Hinter dem Brunswick-Mausoleum hat Luccheni zugeschlagen. Eine weitere Ironie des Schicksals, weil der Mann nicht nach Genf gekommen war, um unsere Kaiserin zu ermorden, sondern Philippe, Herzog von Orléans. Aber er hatte ihn um einen Tag verpasst. Laut *Corriere* hatte Luccheni einfach nur mittellos auf einer Bank am Quai du Mont-Blanc gesessen, als die Kaiserin zufällig vorbeikam.«

Werthen dachte darüber nach, als der Ober Gross' Dessert servierte.

Die nächsten Minuten waren ganz der Palatschinke gewidmet. Gross schloss die Augen und aß kleine Häppchen, während er das Dessert in seinem Mund hin und her rollte wie einen erlesenen Wein.

»Ein wahrhaft sündiges Vergnügen«, sagte er, tupfte die Lippen mit der Damastserviette ab und klopfte sich dann zufrieden auf seinen mächtigen Bauch. »Adele wäre bestimmt nicht begeistert. Nun, wo waren wir gerade?«

»Bei Luccheni, der auf der Bank am Quai du Mont-Blanc saß«, antwortete Werthen.

»Richtig. Ob zufällig oder geplant, jedenfalls saß Luccheni in dem Moment auf dieser Bank, als die Kaiserin unterwegs zu ihrem Dampfschiff dort vorbeikam. Offenbar hat er sich ihr sehr schnell genähert. Vielleicht hielt sie ihn für einen Autogrammjäger. Als er jedoch nah genug bei ihr war, versetzte er ihr einen Stich, und sie ging in die Knie. Die Gräfin und der Hoteldiener drehten sich in dem Augenblick um, in dem der Mann weglief. Sie hielten ihn im ersten Moment für einen Dieb, der es auf die wertvolle Uhr der Kaiserin abgesehen hatte, die sie als Brosche um den Hals trug. Die Gräfin half der Kaiserin auf die Beine, die unversehrt, aber recht mitgenommen wirkte. Elisabeth tat alle Fragen nach ihrem Befinden ab und meinte, sie müssten sich beeilen, wenn sie die Fähre noch erwischen wollten. Sie schafften es bis auf den Dampfer. Dort brach die Kaiserin aber endgültig zusammen, und in der Abgeschiedenheit ihres Salons entdeckte die Gräfin eine Wunde über der linken Brust der Kaiserin. Es war ein kleines Loch, aus dem Blut rann. Zu diesem Zeitpunkt hatte das Dampfschiff schon vom Kai abgelegt. An Bord befand sich kein Arzt, und alarmiert von der ernsten Lage und der Bedeutung seines Fahrgastes wendete der Kapitän und kehrte zur Anlegestelle zurück. Auf einer improvisierten Trage aus Segeltuch und Rudern trug man die Kaiserin vom Schiff zurück in ihre Suite im Hotel Beau-Rivage. Dort wurde ein gewisser Doktor Golay hinzugezogen, der jedoch nichts mehr ausrichten konnte. Ich habe den Autopsiebericht gelesen. Die Stichwunde hatte eine Tiefe von achteinhalb Zentimetern. Der Stich erfolgte knapp über der vierten Rippe, die unter der Wucht des Stoßes brach. Dann durchbohrte der Stahl den Herzbeutel und punktierte die linke Herzkammer. Die inneren Blutungen waren zunächst so langsam, dass sich die Kaiserin nur leichtverletzt wähnte. Bei der Rückkehr in das Hotel war jedoch schon ihr ganzes Kleid blutgetränkt. Sie starb um zehn Minuten nach zwei.«

Eine Weile verharrten die beiden regungslos, als wollten sie das Andenken der verstorbenen Kaiserin ehren. Werthen war zwar nicht gerade ein glühender Royalist und hatte missbilligt, dass sich die Regentin ihren höfischen und ehelichen Pflichten durch ihre Lebensweise entzogen hatte. Ihr tragischer Tod jedoch hatte eine latente und überraschende Loyalität zur Krone in ihm geweckt.

Schließlich sprach Gross weiter. »Der Angriff auf die Kaiserin war jedoch nicht unbemerkt geblieben, und es gab viel Geschrei und Aufregung. Zwei Droschkenkutscher und ein Bootsmann verfolgten Luccheni, der die nahegelegene Rue des Alpes hinunterlief. Ein Elektriker namens Saint Martin kam ihm zufällig entgegen und hörte die Schreie. Als er Luccheni kopflos auf sich zurennen sah, hat er sich dem Mann einfach entgegengestellt und ihn festgehalten. Die Kutscher und der Bootsmannes kamen ihm rasch zu Hilfe, und gemeinsam brachten sie den sich heftig wehrenden Luccheni zur nächsten Polizeiwache.«

»Warum hat Luccheni diesem Saint Martin denn keinen Hieb verpasst?«, erkundigte sich Werthen und schob das Dessert zur Seite. Er hatte nur die Hälfte geschafft, und selbst die lag ihm so schwer im Magen, dass er bestimmt noch mehrere Stunden wachbleiben würde.

»Das ist eine gute Frage, Werthen. Aus der *Le Monde* kenne ich Details über die Waffe. Es war eine einfache Feile, nadelspitz zugeschliffen und mit einem Holzgriff. Er hat sie selbst so hergerichtet. Luccheni hatte sie jedoch bei der Festnahme nicht bei sich. Am nächsten Morgen wurde sie von einer Zugehfrau im Hauseingang der Rue des Alpes 3 gefunden. Anscheinend hat Luccheni die Waffe weggeworfen, als er vom Tatort floh.«

Gross legte eine Pause ein, aber offenbar nicht, um sein Dessert zu essen.

Werthen überlegte einen Moment. »Das ist wirklich ein sehr merkwürdiges Verhalten.«

Gross sah ihn strahlend an. »Und weshalb?«

»Es sieht aus, als hätte Luccheni seine Flucht nicht geplant. Läuft einfach so die Straße hinunter und in die Arme dieses Elektrikers. Hätte er eine Flucht geplant, hätte doch zumindest eine Droschke auf ihn gewartet? Oder er hätte an der Gangway des Dampfers zuschlagen und versuchen können, anschließend in der Menge unterzutauchen.«

»Das setzt aber voraus, dass dieses Verbrechen geplant war und nicht auf einer plötzlichen Eingebung beruhte.«

»Dass Luccheni in Wien die Wohnung von Frosch beobachtet hat«, fuhr Werthen zögernd fort, »als die Kaiserin zu Besuch war, ist ein wichtiger Hinweis. Wir können wohl davon ausgehen, dass dieser Mord geplant war. In dem Fall lässt der Umstand, dass Luccheni keinerlei Fluchtvorbereitungen getroffen hat, darauf schließen, dass er aus Überdruss gefasst werden wollte oder keine Angst davor hatte, gefangen zu werden. Er strahlt auf allen Fotos auf den Titelseiten und scheint ganz aus dem Häuschen, weil er wenigstens einmal in seinem unseligen Leben im Mittelpunkt allgemeiner Aufmerksamkeit steht.«

»Sie sprachen von seinem merkwürdigen Verhalten«, bemerkte Gross.

»Ganz recht. Denn falls meine Vermutungen zutreffen, warum hat er dann die Feile weggeworfen? Er hätte sie doch durchaus noch benutzen können, zum Beispiel um einen Gendarmen anzugreifen, da er in ihnen ja nur die Schergen der Unterdrückung der Arbeiterklasse sieht. Und warum verweigert er nach wie vor jede Aussage?«

»Sie haben die Berichte also auch gelesen. Diese Information stammt aus der *Zürcher Post*, wenn ich mich nicht irre.«

Werthen überging den Einwurf. »Irgendwie passen diese Fakten nicht zusammen. Auf der einen Seite ist Luccheni stolz auf sein Verbrechen. Und auf der anderen Seite versucht er, es herunterzuspielen.«

Gross wiegte bedächtig den Kopf. »Exzellent, Werthen. Genau das habe ich auch gedacht. Wir sollten das im Hinterkopf behalten. Wir haben in Genf wahrhaftig Etliches zu erledigen, mein Freund.«

Nach dem Abendessen zogen sie sich in ihre Schlafabteile zurück. Wie Werthen es befürchtet hatte, hielt das Dessert ihn noch Stunden wach. Normalerweise wirkten das sanfte Schaukeln der Waggons, das Rattern der Räder und das irgendwie klagende Pfeifen der Dampflok, wenn sie sich Übergängen näherten, wie ein Schlafmittel.

Heute Nacht jedoch lag er schlaflos auf seiner schmalen Koje und versuchte eine Weile zu lesen. Werthen genoss es, durch die Lektüre britischer Bücher sein Englisch zu schulen. Amerikanische Autoren wie Twain mied er, weil sie für seinen Geschmack zu oberflächlich schrieben. Er hatte für diese Fahrt Thomas Hardy's *Tess of the d'Urbervilles* mitgenommen, aber irgendwie verblasste das Schicksal des armen Mädchens vom Dorf gegen die Realität der Ereignisse, die er gerade untersuchte. Schließlich verstaute er das Buch im Gepäcknetz über seinem Kopf.

Jedes Mal, wenn er die Augen schloss, zogen Unmengen von Fakten und Ereignissen hinter seinen Lidern vorbei. Er sah die abgeschnittene Nase von Liesel Landtauer, den zerfetzten Schädel von Herrn Binder. Seine Vorstellungskraft machte ihn zum Augenzeugen der Ermordung Kaiserin Elisabeths und führte ihn in die von Kerzen erleuchteten Gemächer Kronprinz Rudolfs in Mayerling. Gab es eine Verbindung zwischen all dem, oder spielte ihre überreizte Phantasie Gross und ihm nur Streiche? Sollten durch diese grausigen Pratermorde tatsächlich nur die Ermordung von Frosch vertuscht werden, und hatte diese wirklich eine Verbindung zur Ermordung der Kaiserin? Oder hatte gar etwas mit dem Tod des Kronprinzen vor fast zehn Jahren zu tun?

Spät in der Nacht schlief Werthen endlich ein, wurde jedoch brüsk aus dem Schlaf gerissen, als ein Schaffner unmittelbar vor dem Fenster seines Abteils die Ankunft des Zuges in Zürich ausrief. Werthen stemmte sich aus der Koje und zog die Gardine zurück. In dieser nächtlichen Stunde verließen oder bestiegen nur wenige Passagiere den Zug. Wie er den Blick über den Bahnsteig schweifen ließ, bemerkte er plötzlich einen großen, hageren Mann, der zu seinem Abteil hinaufstarrte. Eine Narbe überzog sein Gesicht von seinem Mundwinkel bis zur linken Schläfe. Der Mann sah, dass Werthen ihn musterte, wandte den Blick jedoch nicht ab. Stattdessen schien er ihn sogar noch schärfer zu fixieren, und sein Blick hatte etwas Wildes. Werthen ließ unwillkürlich die Gardine zurückfallen. Einen Moment später hob er sie wieder an, aber der Mann war nicht mehr zu sehen.

Kurz nachdem der Zug den Zürcher Hauptbahnhof verlassen hatte, nickte Werthen wieder ein und schlief eine Weile traumlos, bis er aufschreckte, als ihm die Worte Twains in den Sinn kamen, die der Schriftsteller bei der Beisetzung der Kaiserin Elisabeth geäußert hatte: *»Natürlich haben sie den falschen Mann in der Schweiz arrestiert. Oder auch den richtigen, aber aus dem falschen Grund. Es hat alles mit den Ungarn zu tun. Erst Rudolf und jetzt seine Mutter.«*

15. Kapitel

Werthens Laune war auf dem Tiefpunkt, als sie morgens um halb sieben Genf erreichten. Er verzichtete darauf, die Stunden zu zählen, die er geschlafen hatte. Das hätte seine Erschöpfung nur verschlimmert. Er beschloss, nicht zum ersten Mal, künftig auf solche gehaltvolle Desserts zu verzichten.

Den letzten Rest Schlaf hatte ihm ein Traum geraubt, in dem Gross und er von dem großen, dünnen Mann mit der Narbe verfolgt wurden, den er letzte Nacht am Bahnsteig in Zürich gesehen hatte. Oder zumindest gesehen zu haben glaubte. Er war schließlich gerade aus tiefstem, unruhigem Schlaf erwacht, als er die Gardine beiseitegeschoben hatte.

Vielleicht hatte ihm ja die Phantasie einen Streich gespielt, als er glaubte, der Mann starrte ihn an. Möglicherweise hatte er nur den Schaffner vor dem Fenster beobachtet und auf sein »Alles Einsteigen« gewartet.

Auf jeden Fall hielt Werthen die Augen offen, als Gross und er aus dem Zug stiegen. Aber er konnte den mysteriösen Mitfahrer nirgendwo entdecken und sah auch niemanden, der dem Mann auch nur entfernt ähnelte.

»Wonach suchen Sie eigentlich, Werthen?«, erkundigte sich Gross.

Werthen riss sich mühsam zusammen. Vermutlich war er nur ein bisschen paranoid, was sicher an dem Schlafmangel lag. »Natürlich suche ich einen Gepäckträger, Gross. Es sei denn, Sie wollen Ihren Koffer selbst schleppen.«

Selbstverständlich hatte sich Gross jedoch bereits der Dienste eines kräftigen Gepäckträgers versichert, der ihr Gepäck geschickt auf seinem kleinen Karren verstaute und ihnen über den langen Bahnsteig folgte.

Abgesehen von dem bevorstehenden Gespräch mit Luccheni hatte Werthen sich kaum Gedanken über ihre weiteren Pläne in Genf gemacht. Doch als sie aus der gewölbten Bahnhofshalle ins Licht der Sonne hinaustraten, die just im Osten über die Hausdächer stieg, überraschte Gross ihn, als er dem Kutscher das Fahrtziel nannte.

»Zum Hotel Beau-Rivage, guter Mann.«

Natürlich überließ der Kriminologe wie üblich die Kleinigkeiten, das heißt, die Entlohnung des Gepäckträgers, Werthen. Nachdem sie in der Kutsche Platz genommen hatten, äußerte Werthen seine Verwunderung.

»Halten Sie es wirklich für eine gute Idee, im selben Hotel abzusteigen wie die Kaiserin?«

»Genau deshalb werden wir dort logieren, Werthen. Wir können dort Zeugen befragen und den Schauplatz in Augenschein nehmen. Alles andere wäre unklug und reine Zeitverschwendung.«

Werthen verkniff es sich, den finanziellen Aspekt anzusprechen. Gross bezog ein Professorengehalt, das zwar durch seine Schriftstellerei aufgebessert wurde, ihn aber nicht gerade zu einem wohlhabenden Mann machte. Werthen bezweifelte, dass sein Kollege abschätzten konnte, wie kostspielig die Eleganz und Berühmtheit eines Etablissements wie das Beau-Rivage war, in dem immerhin gekrönte Häupter abstiegen. Selbst wenn sich Gross das luxuriöse *Hotel Bristol* in Wien geleistet hatte.

»Ich hätte allerdings nichts dagegen einzuwenden, dieses eine Mal Ihr Gast zu sein«, fuhr Gross nach einem kurzen Schweigen fort. »In Anbetracht Ihrer wohlhabenden Familie dürfte das ja kein Problem sein.«

Werthen gab sich nur wenig Mühe, seine Verärgerung zu verbergen. »Betrachten Sie sich als mein Gast, Gross.«

»Ich hoffe, Sie haben nichts dagegen, wenn ich das Angebot annehme.« Gross lehnte sich in den Sitz zurück und lächelte zufrieden.

Wie viele andere Gebäude Genfs war auch das Hotel Beau-Rivage anlässlich des Todes der Kaiserin schwarz beflaggt. Das große, elegante Gebäude war vor vierzig Jahren am Quai du Mont-Blanc errichtet worden, jedes seiner großzügigen Zimmer bot einen herrlichen Ausblick auf den Genfer See. Das riesige Foyer mit den marmornen Säulen und dem Fußboden aus Marmor war prunkvoll möbliert. Als die beiden Männer eintrafen, wurden gerade frische Blumen auf die mit Marmorplatten oder mit Intarsien verzierten Tische gestellt.

Da sich die Urlaubssaison ihrem Ende näherte, konnten Werthen und Gross sich ihre Zimmer aussuchen. Sie wählten zwei benachbarte Suiten im dritten Stock mit Blick auf den See. Dieser Luxus würde den Zuschuss, den Werthen jährlich aus dem Familienvermögen erhielt, nicht unwesentlich belasten.

Erster Tagesordnungspunkt nach dem Einräumen des Gepäcks und dem Bezug ihrer Zimmer war für Gross das Frühstück. Sie nahmen es auf der Sonnenterrasse des Teesalons zu sich.

Es war fast acht Uhr, als sie ihren Kaffee getrunken hatten. Seine Qualität übertrifft sogar noch das Gebräu von Frau Blatschky, dachte Werthen. Und die Croissants, die dazu gereicht wurden, waren einfach himmlisch. Das französischsprachige Genf gefiel sich in seiner Rolle als Schweizer Vorposten französischer Kultur, besonders, was das Essen betraf.

Gross schien sehr genau zu wissen, wohin er wollte. Als sie aufbrachen, ließ er sich vom Portier eine Kutsche rufen und nannte dem Kutscher eine Adresse im südöstlichen Bezirk Plainpalais. Boulevard Carl-Vogt 17.

»Jawohl«, antwortete der Mann auf Französisch, »Hôtel de Police.«

Der Weg dorthin war fast eine kleine Stadtrundfahrt. Die Kutsche fuhr in südlicher Richtung über den Quai du Mont-Blanc und überquerte dann die Mont-Blanc-Brücke zu den südlichen Gestaden des Genfer Sees. Von dort ging die Fahrt durch gefällige Wohngegenden, Alleen mit öffentlichen Gärten und Parks bis zum Boulevard Carl-Vogt, nahe dem Arveufer. Der Kutscher setzte sie an einem imposanten Gebäudekomplex aus dem 18. Jahrhundert ab, über dessen Eingang das Genfer Stadtwappen prangte. Es beherbergte, wie Gross erläuterte, die Direction Centrale de la Police Judiciaire.

Gross erkundigte sich bei der jungen Frau am Empfangstresen der großen Eingangshalle nach dem Büro von Monsieur Auberty. Sie musterte ihn interessiert. »Werden Sie von Monsieur Auberty erwartet, meine Herren?«

»Ich habe ihm aus Wien telegrafiert. Ich bin Professor Gross, und dies ist mein Partner, Advokat Werthen. Es geht um die Luccheni-Sache.«

»Selbstverständlich«, antwortete sie. Offenkundig war Luccheni der bedeutendste Kriminelle, mit dem man in Genf seit Jahrzehnten zu tun gehabt hatte, und Auberty war der zuständige Untersuchungsrichter. Die Empfangsdame, soweit Werthen sah, eine der wenigen Frauen, die in der Direction Centrale de la Police arbeiteten, führte ein kurzes Telefonat mit dem Richter. Fünf Minuten später schlurfte ein korpulenter Herr das Treppenhaus hinunter. Die wenigen Haare an den Schläfen und über den Ohren waren schneeweiß und bildeten einen auffallenden Kontrast zu seinem schwarzen Anzug.

»Mein lieber Gross.« Er streckte die Hand aus, als er sie erreicht hatte. »Wie schön, Sie nach all den Jahren wiederzusehen. Frankfurt, nicht wahr? Ich erinnere mich noch sehr genau an Ihren Aufsatz über Handschriftenanalyse. Brillant!«

Gross hatte kaum Gelegenheit, den Gruß zu erwidern und Werthen vorzustellen, bevor Auberty sie schon die Treppen hinauf und in den zweiten Stock geführt hatte, wo sich sein Büro befand.

In den Räumen herrschte äußerste Geschäftigkeit. Mehrere männliche Schreibkräfte, die dem Richter offenbar erst kürzlich zugewiesen worden waren, saßen an improvisierten Tischen und hämmerten in die Tasten ihrer Schreibmaschinen. Zwei andere Männer bedienten die Telefone, während ein dritter Polizeiakten wälzte.

»Wir wollen in diesem Verfahren ganz sichergehen«, erklärte Auberty die ganze Geschäftigkeit. »Wir bereiten eine Anklage vor, an der sich jeder Strafverteidiger die Zähne ausbeißen wird.«

Er führte sie in sein Besprechungszimmer, ein geräumiges Büro mit Louis-XV-Möbeln. Durch die deckenhohen, geöffneten Fenster flutete helles Licht in den Raum. Die Spitzengardinen wehten in der Morgenbrise, die den Geruch des nahen Flusses mit sich brachte.

»Bitte«, sagte der Richter und deutete auf zwei gepolsterte Armstühle vor seinem Schreibtisch. »Sie haben also diesen weiten Weg auf sich genommen, nur um mit dem Mann zu reden?«

»Sie kennen ja meine Monatszeitschrift, Auberty. Ich war der Meinung, ein solches Interview wäre vielleicht eine unschätzbare Quelle für andere Untersuchungsbeamte. Eine Bestandsaufnahme der Denkweise eines Anarchisten, wenn Sie so wollen.«

»Aber bitte veröffentlichen Sie das erst nach meinem Prozess«, bat Auberty.

»Das versteht sich von selbst«, erwiderte Gross.

»Er ist schon ein sonderbarer Kauz«, bemerkte der Richter.

»Was meinen Sie mit ›sonderbar‹?«

»Das werden Sie sehr bald selbst sehen.«

Luccheni wurde in einer speziellen Hochsicherheitszelle im Keller des Gebäudes gefangen gehalten. Auberty stellte ihnen einen Passierschein aus, der sie dazu berechtigte, sich unter der Aufsicht eines Gendarmen eine Stunde lang mit dem Mann zu unterhalten. Gross und Werthen wurden zu der Zelle geführt. Sie wurde von einer Glühbirne an der Decke beleuchtet, die von einer Stahlblende gesichert wurde. In der Zelle selbst war alles aus Zement – Bett, Tisch und Stühle –, damit man nichts verbergen konnte. Sie war eigens für politische Häftlinge errichtet worden, hatte ihnen der Schließer auf dem Weg in den Keller erklärt.

»Wir haben sie letztes Jahr gebaut, aber wir wären nie auf die Idee gekommen, dass wir sie so bald benötigen würden«, bemerkte der Wachmann, als er die Zellentür aufschloss.

»Besuch, Luccheni«, sagte er zu einem kleinen Mann, der auf dem Bett kauerte.

Der Anarchist sah auf. Seine Augen waren groß und wirkten wachsam.

»Die Presse?«

»Gewissermaßen«, kam Gross einer Bemerkung des Schließers zuvor. »Ich konnte es kaum erwarten, Sie kennenzulernen, Signore Luccheni.«

Gross sprach Italienisch mit dem Anarchisten, was Werthen zwar nur stockend beherrschte, aber er verstand jedenfalls genug.

»Gewissermaßen?«, wiederholte Luccheni und zog argwöhnisch die Augen zusammen.

»Ich gebe ein Journal für Kriminalistik heraus, das von Gelehrten in der ganzen Welt gelesen wird.«

»Sie sind also ein Fachmann. Das gefällt mir. Soll jeder von meiner Tat erfahren.«

»Ganz gewiss«, entgegnete Gross. »Aber vielleicht können wir zunächst die Ereignisse jenes Tages rekapitulieren.« Gross deutete mit einem Nicken auf die Zementstühle. »Gestatten Sie?«

»Fühlen Sie sich wie zu Hause, Signores«, antwortete Luccheni und lachte dann schallend, was Werthen gehörig gegen den Strich ging.

»Sie sind also nach Genf gekommen, um die Kaiserin von Österreich zu ermorden. Ist das korrekt?«

Luccheni schaute von Gross zu Werthen. »Sie machen keine Notizen? Wie wollen Sie sich dann an alles erinnern, was ich Ihnen sage?«

Gross warf Werthen einen kurzen Blick zu. »Haben Sie verstanden, was er will?«, erkundigte er sich auf Deutsch.

Werthen nickte und zog sein ledernes Notizbuch und einen Stift aus der Jackentasche.

»Versteht er Italienisch?«, wollte Luccheni wissen.

Gross nickte, worauf der Anarchist mit einem Lächeln reagierte.

»Dann schreiben Sie genau auf, was ich Ihnen sage. Also: Wie lautete Ihre Frage?«

»Ich wollte wissen, ob Sie mit dem ausdrücklichen Vorsatz, die Kaiserin von Österreich zu töten, nach Genf gekommen sind.«

Luccheni schüttelte den Kopf. »Nein. Eigentlich wollte ich diesen Franzosen erledigen. Den Herzog von Orléans. Aber als ich ankam, war er schon abgereist. Dann habe ich erfahren, dass sich die Kaiserin hier aufhielt. Sie war ein noch viel besseres Opfer. Es musste jemand so Wichtiges sein, dass alle Zeitungen darüber berichteten.«

Er entblößte seine spitzen Zähne in einem Grinsen. »Ich denke doch, das war sie.«

»Sie haben gehört, dass sie hier war?«, warf Gross ein. »Von wem?«

Luccheni wurde sofort wieder misstrauisch. »Ich habe es aus den Zeitungen erfahren, denke ich. Es bleibt nicht lange ein Geheimnis, wenn eine Kaiserin in die Stadt kommt.«

»In den Lokalzeitungen wurde ihre Ankunft nicht angekündigt. Darüber hinaus reiste die Kaiserin inkognito.« Gross machte eine effektvolle Pause. »Deshalb wiederhole ich meine Frage. Woher wussten Sie davon?«

»Hören Sie, wollen Sie meine Geschichte für Ihre Zeitschrift oder nicht? Ich war's. Ich hab' sie umgebracht. Hab' sie erkannt, als sie da am helllichten Tag auf dem Kai herumstolzierte. Und ich wusste, was ich zu tun hatte. Mit ihr und dieser ganzen Sippschaft. Alles Unterdrücker und Parasiten. Bereichern sich an den Armen dieser Welt. Wenn die erst mal alle weg sind, geht's uns besser. Schlagt ihnen allesamt den Kopf ab, sag' ich.«

Werthen hatte das starke Verlangen, den Mann zu ohrfeigen. Sein Abscheu gegenüber Luccheni hatte jedoch nichts damit zu tun, dass er etwa für die Aristokratie oder ihre Privilegien eingenommen wäre. Es machte ihn nur wütend, weil dem Mann seine Lage offensichtlich Vergnügen bereitete. Er suhlte sich in der Bekanntheit, die ihm dieser infame Mord an einer schutzlosen Frau eingebracht hatte.

»Und was haben Sie dann getan?«, erkundigte sich Gross. Er schien einstweilen die Frage, wie Luccheni den Aufenthaltsort der Kaiserin erfahren hatte, auf sich beruhen zu lassen.

»Was ich dann getan habe? Ich bin zu ihr hingegangen. Etwa so ...«

Er sprang auf und machte Anstalten, sich Gross zu nähern, aber der Schließer stellte sich ihm sofort in den Weg.

»Nein, schon gut, Herr Wachtmeister. Bitte lassen Sie ihn.«

Luccheni sah den Polizisten höhnisch an, als er seine Pantomime fortsetzte.

»Vielleicht zeigen Sie es mir lieber an diesem Herrn dort.« Gross wies auf den Schließer. »Er dürfte von seiner Größe her eher der Kaiserin entsprechen als ich.«

Gross bemerkte, dass der Schließer sichtlich Bedenken hatte, die Rolle des Opfers einzunehmen. »Ich bitte Sie, mein Herr«, sagte er zu dem Mann. »Sie tun es im Interesse der Wissenschaft.«

Der Schließer zuckte mit den Schultern, und Luccheni trat an ihn heran.

»Ihre vornehme Zofe ging voraus, und die Königin ...«

»Kaiserin«, stieß Werthen in seinem eingerosteten Italienisch hervor. Er musste diesen Lümmel einfach zurechtweisen.

»Königin, Kaiserin ... läuft für mich auf das Gleiche hinaus. Jedenfalls spazierte sie alleine über den Kai. Also bin ich auf sie zu.«

Luccheni stand nun direkt vor dem Wachtmeister. »Und dann habe ich ihr eine mit meiner Spezialfeile verpasst.« Luccheni führte mit der Linken einen Hieb gegen die Brust des Polizisten, stoppte nur Zentimeter entfernt davor und brach erneut in schallendes Gelächter aus, als der Polizist unwillkürlich zusammenzuckte.

»Ich hab' sie mit einem Stich umgehauen. Ich wusste genau, dass es ein Volltreffer war. Also hab' ich sie da sterben lassen und bin weggelaufen.«

Werthen betrachtete den kleinen Mann mit den buschigen Augenbrauen und den weit aufgerissenen Augen und musste sich zwingen, nicht die Hand gegen den Anarchisten zu erheben.

»Verstehe«, fuhr Gross fort. »Und die Feile haben Sie einfach in der Kaiserin steckenlassen.«

Luccheni grinste. »Ist mein Markenzeichen.« Er sah Werthen an und rief: »Aufschreiben! Schreiben Sie alles auf, was ich sage!«

»Wirklich, Gross. Das reicht«, zischte Werthen auf Deutsch.

»Beruhigen Sie sich, Werthen«, bat Gross. »Es dient einem guten Zweck.«

Werthen begann, Notizen zu machen. Das gefiel Luccheni, der nun zu seinem Bett ging und sich auf die Kante setzte. Er war so klein, dass seine Füße nicht bis auf den Boden reichten.

»Noch etwas, Signore Luccheni«, fragte Gross. »Haben Sie diesen Mordplan allein ausgeheckt? Oder hat irgendjemand Sie beauftragt?«

Das verärgerte den Anarchisten. »Das war ich ganz allein. Ich habe es mir ausgedacht, und ich habe auch zugeschlagen. An mich wird man sich noch in hundert Jahren erinnern.«

»Waren Sie deswegen auch letzten Juni in Wien?«

Die Frage brachte Luccheni aus dem Konzept. »Letzten Juni?« Er kratzte sich am Kopf, um seine Überraschung zu verbergen, was ihm allerdings nicht sonderlich gut gelang. »Weiß nicht mehr, wo ich letzten Juni gewesen bin. Ich bin viel unterwegs.«

»Sie waren vom 11. bis zum 14. oder 15. Juni in Wien. In der Nacht zum 12. Juni haben Sie ein Haus in der Gusshausstraße beobachtet. Oder können Sie sich daran nicht mehr erinnern?«

»Sind Sie ein Reporter oder ein Staatsanwalt? Ihre Fragen gefallen mir nicht.«

Gross setzte nach. Werthen kannte die Technik aus eigener Erfahrung. Erst schmeichelte man sich ein, dann schlug man überraschend zu. Manchmal bekam man damit wertvolle Informationen aus einem verstockten Zeugen heraus.

»Haben Sie die Kaiserin damals schon verfolgt, Signore Luccheni?«

»Was soll das heißen, ›verfolgt‹? Ich habe sie am Kai gesehen und sie umgebracht. Das war meine Heldentat für die Sache des internationalen Anarchismus.«

»Sie wollten sie schon im Juni töten, nicht wahr? Aber Sie waren zu feige dazu. Als Sie die beiden Leibwächter gesehen haben, hatten Sie Angst zuzuschlagen. War es nicht so?«

Die Vorhaltung machte Luccheni wütend. Sein Gesicht wurde zornig, und er atmete schneller.

»Ich bin kein Feigling. Ich wusste nicht mal, dass sie überhaupt da war. Er hat mir nur gesagt, dass ich bei der Adresse warten soll.«

»›Er‹. Wer?«

Doch Luccheni hatte gemerkt, dass er sich verplappert hatte, und wandte sich an den Schließer. »Ich will die beiden nicht mehr hier haben«, sagte er. »Bringen Sie sie weg. Mit denen rede ich nicht mehr.«

Sie warteten noch einen Moment, aber es wurde rasch klar, dass sie nichts mehr aus dem Anarchisten herausbekommen würden.

In Aubertys Büro erkundigte sich Gross bei dem Untersuchungsrichter nach der Mordwaffe.

»Er scheint zu glauben, dass er die Feile im Körper der Kaiserin zurückgelassen hat.«

»Der Mann ist nicht so dumm, wie es den Anschein hat«, antwortete Auberty. »Er ist sogar ziemlich gerissen. Auf eine animalische Art. Er variiert seine Geschichten. Ich glaube, er versucht den Eindruck zu erwecken, er sei geisteskrank. Vielleicht will er auf verminderte Zurechnungsfähigkeit plädieren. Aber damit kommt er nicht durch. Tatsache ist: Er hat die Kaiserin erstochen. Wir haben für die Tat Dutzende von Augenzeugen. Als er hinterher vor den Leuten weggelaufen ist, hat er die Feile nur weggeworfen, weil er hoffte, unschuldig zu wirken, natürlich vergeblich. Und nachdem er gefasst wurde, versucht er alles, was in seiner Macht steht, um aus der Sache wieder herauszukommen.«

Werthen teilte diese Einschätzung keineswegs, und nach Gross' skeptischer Miene zu urteilen, empfand der Kriminologe genauso.

»Sie haben die Waffe selbstverständlich als Beweismittel sichergestellt.«

Auberty nickte. »Damit wurde sie zweifelsfrei umgebracht. Es waren sogar noch Blutspuren drauf.«

»Es mag vielleicht ein wenig forsch klingen, aber vielleicht wäre es möglich, dass ich mir die Feile einmal anschauen darf.«

»Das ist nicht nötig, Gross. Ich kenne Ihre Begeisterung für Daktyloskopie. Ich habe sogar Ihre Abhandlung von 1891 über dieses Thema in meinen Akten. Obwohl Fingerabdrücke als Beweismittel vor Gericht noch nicht zugelassen sind, hatte ich vor, die Fingerabdrücke auf der Feile mit denen von Luccheni zu vergleichen. Aber da war nichts, beziehungsweise, es waren zu viele. Bevor die Feile bei der Polizei abgegeben wurde, ist sie durch zahllose Hände gewandert. Auf dem Metall befindet sich ein Durcheinander von Fingerabdrücken, und die meisten davon sind verwischt.«

Gross seufzte vernehmlich. »Was für ein Pech!«

»Kein Grund zur Sorge. Die Anklage gegen Luccheni ist absolut wasserdicht. Der Mann ist so gut wie verurteilt.«

»Aubertys ›wasserdichter‹ Fall wird wie Lehm zerbröckeln«, verkündete Gross, als sie das Polizeihauptquartier verließen. »Twain hatte recht. Es sitzt der falsche Mann in Untersuchungshaft.«

Werthen antwortete nicht sofort. Auf der Straße vor dem Hauptquartier wandten sie sich nach links in Richtung Rond-Point, wo es einen Fiakerstand gab.

Rein sachlich musste er Gross zustimmen, aber gefühlsmäßig wünschte er sich, Luccheni würde schuldig gesprochen. Der Mann war ekelhaft.

»Vielleicht hat Luccheni einfach nur gelogen, als er behauptet hat, er hätte die Feile in der Kaiserin stecken lassen. Vielleicht ist es genauso, wie Auberty gesagt hat.«

»Vielleicht«, räumte Gross ein. »Nur glaube ich das nicht. Ebenso wenig wie Sie das tun, lieber Freund. Doch all das ist nicht so wichtig wie ein anderes, entscheidendes Detail.«

»Der geheimnisvolle ›er‹, den Luccheni erwähnte?«, spekulierte Werthen. »Luccheni könnte sich auf den Anführer der Anarchistenbewegung bezogen haben. Immerhin weist alles darauf hin, dass Luccheni keineswegs selbständig handelte, sondern nur Teil eines größeren Komplotts ist.«

»Wohl wahr. Aber wer steckt wirklich hinter dieser Verschwörung?«, tat Gross geheimnisvoll. »Außerdem«, fuhr er rasch fort, bevor Werthen allzu lange über die Frage nachdenken konnte, »gibt es ein anderes, entscheidendes Indiz, das Luccheni als Mörder ausschließt.«

Werthen blieb abrupt stehen, als sie die geschäftige Kreuzung erreicht hatten. »Und das wäre?«, erkundigte er sich frustriert.

»Kopf hoch, Werthen. Ich weiß, der Mann ist eine Plage, aber persönliche Gefühle dürfen uns nicht davon abhalten, solche Untersuchungen objektiv durchzuführen. Ich spreche von der körperlichen Statur des Mannes, seiner Größe und der Tatsache, dass er Linkshänder ist.«

»Er ist kleinwüchsig, das stimmt. Aber trotzdem ist er kräftig genug, um der Kaiserin einen tödlichen Hieb zu versetzen.«

»Kräftig genug, das wohl. Nur, ist er auch groß genug?«

Jetzt dämmerte Werthen, worauf Gross hinauswollte. Als der Schließer beim Nachspielen des Attentats die Rolle der Kaiserin gespielt hatte, überragte er Luccheni fast um Haupteslänge. Die Kaiserin, eine stattliche Erscheinung, war ebenfalls mit Sicherheit etliche Zentimeter größer als Luccheni.

Gross beobachtete den Ausdruck des Verstehens auf Werthens Gesicht. »Es ist eigentlich ganz einfach. Aus dem Autopsiebericht geht hervor, dass der Stich mit chirurgischer Präzision platziert war. Weiterhin ergibt sich daraus, dass der Stich in den Herzbeutel von oben nach unten geführt wurde, und zwar in einem Winkel, der nicht nur auf einen viel größeren, sondern zudem auch noch rechtshändigen Attentäter schließen lässt.«

»Mein Gott, Gross. Sie meinen, Luccheni kann sie nicht getötet haben, aber Dutzende von Zeugen haben gesehen, wie er der Kaiserin einen Hieb versetzt hat.«

»Das hat er zweifellos, ja. Die Frage ist nur, hat er sie auch getötet?«

»Wer sonst?«

»Genau das frage ich mich, Werthen. Lassen Sie uns eine Droschke nehmen und schnellstens zum Hotel zurückfahren. Unter den Angestellten des Beau-Rivage gibt es einige Zeugen des Verbrechens.«

Als sie schließlich eine freie Droschke gefunden hatten und losfuhren, setzte sich abrupt eine andere Kutsche hinter sie. Der Passagier trommelte nervös mit den Fingern auf die Bank des offenen Fensters der Kabinentür, und aus dem Innern der Droschke befahl eine barsche Stimme dem Kutscher, das Tempo gefälligst zu beschleunigen.

Sie hatten Glück. Fanny Mayer, die Gattin des Besitzers des Beau-Rivage, tat an diesem Morgen persönlich Dienst an der Rezeption. Sie hatte, wie sich herausstellte, den ganzen Vorfall von ihrem Balkon aus beobachtet. Nachdem Gross ihr den Grund seiner Anwesenheit in Genf erklärt hatte und ihr sagte, dass er dem Untersuchungsrichter Auberty assistierte, ließ sich Madame Mayer unverzüglich von einem Bediensteten am Empfang ablösen.

»Es war ein furchtbarer Tag«, erklärte sie, nachdem sie sich in der Hotellounge auf einen Kaffee niedergelassen hatten. Eine ebenso attraktive wie aufgeweckte Frau, dachte Werthen. Eine perfekte Kombination, wenn man ein solches Etablissement leitet.

»Dabei hatte alles so wundervoll für Ihre Majestät begonnen«, erinnerte sich Madame Mayer. »Sie hatte sich ein ganzes Tablett mit unseren Croissants zum Frühstück kommen lassen. Von jeder Sorte eines. Danach ging sie zu Bäkers in der Rue Bonifard, wo sie ein automatisches Klavier und ein paar Musikzylinder dafür als Geschenk für ihren Gemahl erstand. Sie war eine so aufmerksame und entgegenkommende Person.«

Unversehens schluchzte Madame auf und zog ein Spitzentuch aus dem Ärmel ihres moosgrünen Seidenkostüms. »Bitte verzeihen Sie, meine Herren. Aber es war so furchtbar. Die Welt hat Ihre Majestät verkannt, ganz bestimmt. Sie war eine so freundliche Person. Sie nannte jeden mit Namen, sogar die Serviermädchen. Dass so etwas geschehen konnte.«

»Gewiss«, pflichtete Gross ihr verständnisvoll bei. »Es ist wirklich schrecklich. Aber alles, woran Sie sich noch erinnern, könnte dazu beitragen, den Schuldigen seiner gerechten Strafe zuzuführen.«

»Was ich weiß, habe ich der Polizei schon erzählt.«

»Natürlich. Aber an manche Einzelheiten erinnert man sich erst nach einer gewissen Zeit. Der Schock der Ereignisse beeinträchtigt manchmal das Gedächtnis, verstehen Sie?«

Das schien Madame Mayer einzuleuchten. Sie sammelte sich, straffte ihre Schultern und stopfte das Spitzentuch in den Ärmel.

»Ich werde dafür alles tun, was ich kann. Alles. Ich trage sogar immer noch ein mit dem Blut der Kaiserin getränktes Bändchen bei mir. Und werde es immer bei mir haben.«

»Sie haben also das Attentat vom Balkon aus beobachtet?«, fragte Gross.

»Ganz recht. Die Kaiserin und Gräfin Sztáray sind erst spät aufgebrochen und haben sich beeilt, um den Dampfer noch zu erreichen. Ich wollte mich vergewissern, ob sie wirklich noch rechtzeitig eintraf, und habe sie deshalb beobachtet. Die Gräfin ging mit einem unserer Hotelpagen voraus, dem jungen Mouleau. Er trug Mantel und Tasche der Kaiserin. Sie wissen vielleicht, dass die Kaiserin ihr Gefolge mit dem Zug vorausgeschickt hatte.«

»Ja«, bestätigte Gross. »Und dann? Was geschah dann?«

»Sie gingen gerade am Brunswick-Mausoleum vorbei. Die Kaiserin bildete den Abschluss. Die Abfahrtsglocke des Dampfers schlug zum ersten Mal. Ich machte mir Sorgen, dass sie das Schiff vielleicht tatsächlich verpassen könnten. Und in dem Moment sah ich, wie dieser Mann von der Bank auf dem Kai aufsprang, schnell auf die Kaiserin zuging und ihr dann einen heftigen Hieb gegen die Brust versetzte. Ich habe nach Luft geschnappt und dann laut geschrien. Die Kaiserin war niedergeschlagen worden, und dieser Unhold lief davon. Im selben Moment drehte sich die Gräfin um, vielleicht, weil sie meinen Schrei gehört hatte, und dann war sie es, die um Hilfe schrie.«

»Es muss furchtbar für Sie gewesen sein, nur zuschauen zu können«, warf Werthen ein. »Ich meine, so weit entfernt und außerstande, helfen zu können.«

Madame Mayer nickte. »Aber andere eilten zu Hilfe. Ein Kutscher kam gelaufen und half der Kaiserin auf die Beine. Ich erinnere mich noch, wie hilfsbereit er war, er hat sogar noch ihre Röcke abgeklopft. Dann kam unser Portier dazu, Herr Planner. Ein Österreicher. Er leistete der Kaiserin Hilfe, aber sie schien unversehrt. Ein Stoß, sonst nichts. Sie und die Gräfin setzten ihren Weg fort und bestiegen das Dampfschiff. In der Zwischenzeit hatte man den Attentäter gefangen und zum ersten Verhör hierher ins Hotel geschafft. Er war eine wahrhaft widerwärtige Kreatur. Ich muss zugeben, dass sich mein Mann Charles Albert ziemlich aufgeregt hat und dem Burschen einmal sogar eine Ohrfeige versetzte. Zu diesem Zeitpunkt dachten wir ja noch, er wäre einfach nur ein kleiner Dieb, der versucht hätte, die Diamantuhr der Kaiserin zu stehlen. Stellen Sie sich nur unser Entsetzen vor, als der Dampfer ein paar Minuten später wieder an die Anlegestelle zurückkehrte und die Kaiserin auf einer behelfsmäßigen Bahre zurück in ihr Zimmer getragen wurde. Aber wir konnten nichts mehr für sie tun. Ein Doktor wurde hinzugezogen, doch sie starb nach wenigen Minuten. Ich blieb mit der Gräfin bei der Leiche der Kaiserin, bis nach sechs Stunden ihr Hofstaat wieder zurückkehrte.«

Trotz ihrer Bemühungen, die Fassung zu bewahren, fing Madame Mayer wieder an zu weinen.

»Schon gut.« Werthen wollte beruhigend seinen Arm um ihre Schultern legen, besann sich aber eines Besseren. Immerhin wollte er nicht durch zu große Vertraulichkeit Anstoß erregen.

»Und dieser Kutscher?«, fragte Gross. »Stammt er von hier?«

Sie schluchzte noch einmal auf. »Kutscher?«

»Ich meine den Kutscher, der der Kaiserin auf die Füße geholfen hat.«

»Oh.« Sie dachte einen Moment nach. »Das weiß ich wirklich nicht. Dazu kann Ihnen vielleicht Planner etwas Näheres mitteilen.«

Portier Planner hatte Dienst. Er war ein Mann von mittlerer Größe und wirkte recht unauffällig, aber offenbar verlieh ihm die rote Uniform mit den goldenen Epauletten und dem schwarzglänzenden Käppi das Gefühl von Autorität. Und es freute ihn sichtlich, sich mit anderen Österreichern unterhalten zu können.

»Das war vielleicht eine Panik«, antwortete er auf die Frage nach den Ereignissen des Tages, an dem Kaiserin Elisabeth ermordet worden war.

»Sie hat sich persönlich von mir verabschiedet, als sie hinausgegangen ist. Hat mich sogar mit Namen gegrüßt. Sie wusste ja, dass ich Österreicher bin. Hat mir immer ein schönes Trinkgeld gegeben, in einem gefütterten Umschlag. Und nun kommt sie nimmer her.«

»Sie hatten Türdienst, als die Kaiserin abgereist ist?«, erkundigte sich Gross.

Das bejahte Planner.

»Haben Sie gesehen, wie Luccheni, der Attentäter, die Kaiserin angegriffen hat?«, fragte Werthen, der es satt hatte, immer nur der schweigende Kompagnon zu sein.

»Nein, mein Herr. Das nicht«, antwortete Planner und sah Werthen an. »Ich war beschäftigt, wissen's. Musste für Baron und Baronin Guity-Fallour eine Kutsche rufen. Das sind Stammgäste. Sie kommen jeden September zur Eröffnung der Opernspielzeit. Eine schöne Oper ist das. Obwohl sie natürlich mit der Hofoper nicht zu vergleichen ist. Versteht sich …«

»Natürlich, ganz gewiss nicht«, unterbrach ihn Werthen. »Aber kommen wir zum Thema zurück. Sie waren also mit den andern Gästen beschäftigt und haben die Attacke nicht gesehen. Was haben Sie dann gesehen?«

»Madame Mayers Schrei hat meine Aufmerksamkeit erregt. Und dann das Pandämonium auf dem Kai. Ich habe gesehen, dass die Kaiserin am Boden lag und wie dieser Kerl ihr hochgeholfen hat. Dann bin ich rasch zu ihnen hingelaufen.«

»Haben Sie das Gesicht des Mannes gesehen, der der Kaiserin geholfen hat?«, warf Gross ein. »Madame Mayer glaubt, es war vielleicht ein Kutscher.«

»Könnte sein. Schlicht genug angezogen war er jedenfalls dafür.«

»Das heißt also, Sie kannten ihn nicht?«

»Hab' ihn weder vorher noch hinterher jemals zu Gesicht bekommen. Ein großer Kerl. Groß und hager. Hatte die Kaiserin schon vom Boden gehoben, als ich eintraf, und schien ihr zu helfen, den Staub aus der Kleidung zu klopfen. Hab' ihn nur von hinten und kurz von der Seite gesehen. Dann ist er weggegangen und hat es mir, ein paar anderen Männern und der Hofdame überlassen, uns um die Kaiserin zu kümmern.«

»Fällt Ihnen vielleicht noch etwas zu dem Mann ein?«, erkundigte sich Werthen. »Irgendetwas, an das Sie sich erinnern können?«

»Eins war da noch, ja. Als ich den Burschen, wie gesagt, von der Seite angeschaut habe, schien es, als hätte er eine ziemlich böse Narbe im Gesicht. Aber ich könnt's nicht beschwören. Es war ein heilloser Aufruhr, wie ich schon sagte. Es könnte auch nur ein Schatten gewesen sein.«

Als der Portier die Narbe erwähnte, lief Werthen ein Schauer über den Rücken. Aber er hielt sich zurück, bis sie weitere Hotelangestellte befragt hatten, die Zeugen des Geschehens geworden waren. Doch keiner von ihnen konnte den großen Mann beschreiben, der der Kaiserin vom Boden aufgeholfen hatte. Danach fragte Gross Madame Mayer noch einmal, warum sie in ihm einen Kutscher vermutete. Sie erwiderte, sie habe bemerkt, wie er auf den Bock einer in der Nähe geparkten zweispännigen Kutsche gestiegen und dann rasch davon kutschiert wäre. Die Kaiserin befand sich zu der Zeit bereits auf dem Weg zum Dampfschiff.

Bei ihrem Mittagessen, einer frischen Forelle und einem Rheinwein, besprachen Gross und Werthen diese neuen Erkenntnisse.

»Selbstverständlich müssen wir uns mit Gräfin Sztáray in Verbindung setzen«, erklärte Gross. »Ich glaube, sie ist bereits zum Wohnsitz ihrer Familie in Niederösterreich unterwegs. Vielleicht wäre es klug, ihr ein Telegramm zu schicken. Wir müssen herausfinden, ob sie etwas über diesen mysteriösen Kutscher zu sagen hat.«

»Sie glauben, dass dieser angebliche Kutscher die Kaiserin ermordet hat, Gross, habe ich recht?«

»Ich fürchte, genauso war es, Werthen. Er hat sie unter dem Vorwand, ihr bei der Reinigung ihres Gewandes zu helfen, fachmännisch mit dieser angespitzten Feile erstochen. Sie stand noch wegen der gebrochenen Rippe unter Schock, die Luccheni ihr mit seinem ungeschickten Hieb zugefügt hatte.«

»Glauben Sie denn, dass Luccheni sie überhaupt ermorden wollte?«

»Erinnern Sie sich an die Worte Frau Geldners aus Wien, seiner Zimmervermieterin? Sie sagte, er wäre nicht imstande, jemanden zu ermorden. Ich glaube, das trifft zu. Der Kerl ist ein Schwätzer, mehr nicht. Vielleicht wollte er sie erwürgen, aber als Hilfe nahte, hat er es mit der Angst zu tun bekommen. In der Tat glaube ich, dass man dafür gesorgt hat, dass dieser unselige, ja, Werthen, dieser unselige Signore Luccheni nur zum Sündenbock gemacht wurde, während in Wirklichkeit ein sehr erfahrener Auftragsmörder die Tat begangen hat.«

»Mit anderen Worten«, fasste Werthen zusammen, »hat jemand es so arrangiert, dass Luccheni die Kaiserin zwar angreifen sollte, aber nur, um den wahren Mörder zu decken. Dieser Mord war gar kein Attentat irgendwelcher Anarchisten. Ist das Ihre Vermutung?«

Gross schüttelte nachdrücklich den Kopf. »Es ist keine Vermutung. Genauso hat es sich zugetragen, sage ich. Außerdem passt das sehr gut zur Ermordung Froschs. Diese Tat sollte ebenfalls so aussehen, als wäre sie das Werk eines anderen, in diesem Fall das des Pratermörders.«

»Die Kaiserin wurde also ermordet, um ihr Schweigen zu garantieren«, murmelte Werthen, dem plötzlich ziemlich mulmig zumute war. Er hatte das Gefühl, als ständen sie an einem schwindelnden Abgrund. »Mit dem Ziel, die Ereignisse in Mayerling geheimzuhalten.«

»Möglicherweise. Aber wir wollen nicht vorgreifen.« Gross nahm das Fischbesteck und begann, seinen Fisch zu entgräten. »Meiner Auffassung nach ist der Kutscher später in der Nacht noch einmal an den Tatort zurückgekehrt und hat die Feile in einen Hauseingang geworfen, und zwar auf Lucchenis Fluchtweg. Es ist die einfachste Sache der Welt, einen falschen Beweis auf diese Weise zu platzieren.«

»Gross, ich muss Ihnen etwas sagen. Die Beschreibung des Kutschers. Wenn er wirklich eine Narbe gehabt hat …«

»Dann ist er bestimmt derselbe, der uns verfolgt hat«, beendete Gross den Satz und lächelte seinem Freund zu.

»Das wissen Sie?«

»Ich habe bemerkt, dass uns schon seit ein paar Tagen jemand folgt. Ich glaube, ich habe ihn in Zürich auf dem Bahnsteig gesehen. Und dem Lichtschein nach zu urteilen, der durch Ihre angehobene Gardine auf den Bahnsteig fiel, haben Sie ihn ebenfalls gesehen.«

»Warum haben Sie nichts gesagt?«

»Aus demselben Grund wie Sie. Ich war mir nicht sicher. Meine Nerven oder meine Phantasie hätten mir einen Streich spielen können. Jetzt jedoch wissen wir, dass es keine Einbildung war. Und wir wissen auch, dass wir es mit einem mächtigen Gegner zu tun haben, mein lieber Werthen. Einem professionellen Mörder, dem klar ist, dass wir hinter ihm her sind. Wir müssen auf der Hut sein, Werthen. Denn jetzt dürfte mit Sicherheit auch unser Leben in Gefahr sein.«

16. Kapitel

Sie erreichten gerade noch den Dreizehn-Uhr-Dampfer, der im nahegelegenen Pregny angelegte, wo sich das Anwesen der Rothschilds befand. Da sie unangekündigt gekommen waren, kostete es sie etliche Mühe, die Eingangspforte und den überaus pflichtbewussten Bediensteten zu passieren, der ihnen die Tür geöffnet hatte. Dass sie sich inzwischen bewaffnet hatten, vereinfachte die Angelegenheit nicht sonderlich.

Gross hatte vorsichtshalber zwei automatische Steir-Pistolen mitgebracht. Die sechs Jahre zuvor vom Österreicher Joseph Laumann erfundenen Waffen waren eigentlich Ausstellungsstücke aus Gross' Grazer Kriminalmuseum, aber er hatte sie aus sentimentalen Gründen mitgenommen, als er sich nach Czernowitz aufgemacht hatte.

Gross hatte zwar etwas betreten gewirkt, als er Werthen eine der beiden Waffen überreichte, aber als Werthen, ein meisterhafter Schütze, den kalten Stahl in der Hand hielt, fühlte er sich tatsächlich sicherer. Jetzt schienen sich die glühenden Bemühungen seines Vaters, sich zu assimilieren, und all die Reit-, Schieß- und Fechtstunden, denen sich der junge Werthen bis zur Erschöpfung hatte unterziehen müssen, auszuzahlen. Zwar waren die elterlichen Mühen, das Bild des intellektuellen Juden durch das eines modernen, angepassten Mannes der Tat zu ersetzen, beim jungen Werthen nicht gerade von Erfolg gekrönt gewesen. Dennoch war von dieser Rosskur auch einiges bei ihm hängengeblieben, zum Beispiel der Umgang mit Pistole und Säbel. Noch befriedigender fand er allerdings seine profunde Kenntnis guten Weins.

Das Wohlgefühl, das die Pistolen ihnen vermittelten, wurde jedoch durch die Notwendigkeit getrübt, die schweren Übermäntel anzubehalten, in deren Taschen sie die klobigen Waffen verbargen. Und die nachmittägliche Hitze in Pregny machte dieses Manöver schier unerträglich.

Als sich Werthen mit dem Butler der Rothschilds unterhielt, gelang es ihm, den Namen eines ansässigen Aristokraten in das Gespräch einzuflechten, mit dem seine Eltern bekannt waren. Er stellte es geschickt so dar, als hätten Baron und Baronin Grafenstein über ihn ihre persönlichen Empfehlungen an die Baronin Julie de Rothschild gesandt.

Die Namen erweichten den strengen Butler, der die beiden daraufhin seiner Herrin, der Baronin, meldete, obwohl sie sich bereits zur Nachmittagsruhe begeben hatte. Zehn Minuten später tauchte Julie de Rothschild, eine kleine, zierliche Frau mit funkelnden Augen und sorgfältig frisierten Haaren, in dem Salon auf, in den der Diener ihre Besucher geführt hatte. Die Baronin legte die beiden Visitenkarten auf den Beistelltisch neben dem Lehnstuhl, in den sie sich sinken ließ.

»Also sind Sie doch keine Anarchisten?«, erkundigte sie sich.

»Aber gnädige Frau!«, protestierte Werthen.

»Michel, mein Butler, sagte mir, sie sähen aus wie Anarchisten. Warum sollte man sonst an einem so heißen Tag so dicke Mäntel tragen? Haben Sie etwa Bomben dabei?«

Ihr ironisches Lächeln machte klar, dass sie sie nicht einen Moment lang ernsthaft verdächtigte, aber Gross schien plötzlich beleidigt.

»Ich versichere Ihnen, Frau Baronin, dass wir in einer Angelegenheit größter Tragweite hier sind.«

»Dann waren die Grafensteins also nur ein Vorwand?«

Werthen wollte sich entschuldigen, aber sie tat es mit einer Handbewegung ab. »Schon gut. Das Leben hier kann ziemlich langweilig werden. Heute ist mir nach einem Abenteuer zumute. Was führt die Herren nach Pregny? Und bitte, legen Sie diese schrecklichen Mäntel ab. Ob Sie bewaffnet sind oder nicht, ist mir gleich.«

Sie gehorchten, und die Blicke der Baronin zuckten zu ihren ausgebeulten Jackentaschen. Aber sie enthielt sich jedes Kommentars.

»Es geht um die Kaiserin«, erklärte Gross.

»Das habe ich mir bereits gedacht. Sie wollen wissen, warum sie am Tag vor ihrer Ermordung hier war.«

Werthen schätzte die Direktheit der Dame, aber seine Wangen brannten immer noch vor Scham, weil sie ihn bei der Lüge über die Grafensteins ertappt hatte.

»So ist es«, sagte Gross.

»Die Kaiserin kam, wie jetzt auch Sie, unter dem Deckmantel gemeinsamer Freunde. Mein Gatte, Baron Adolphe, war Bankier in Neapel, bevor er jenes Leben zugunsten der Finessen von Paris aufgab, wo ich ihn kennenlernte. Später hatten wir Gelegenheit, die Bekanntschaft des abgesetzten Königs von Neapel und seiner Gemahlin zu machen, die in Paris im Exil lebten. Meinem Gatten gelang es, den König dabei zu unterstützen, wenn Sie so wollen, mögliche finanzielle Schwierigkeiten zu vermeiden, die der Verlust seines Königreiches für ihn bedeutete. Die Königin von Neapel ist, wie Sie sicher wissen, eine Schwester von Kaiserin Elisabeth. Die Kaiserin berief sich auf sie, um sich bei uns angeblich persönlich für unsere damalige Unterstützung zu bedanken. Ihr Besuch hatte jedoch, ganz wie bei Ihnen, meine Herren, ein vollkommen anderes Motiv.«

»Und welches?«, erkundigte sich Gross.

»Sie wollte meinen Gatten um seine Unterstützung bei der Veröffentlichung ihrer kaiserlichen Memoiren ersuchen. Unter den zahlreichen Effekten Adolphes befindet sich auch ein großes Verlagshaus in Berlin. Die Kaiserin wollte sicherstellen, dass ihre Memoiren nicht zensiert wurden. Sie waren, um ihre Worte zu benutzen, ›potentiell aufrührerisch‹. Mein Gatte versicherte ihr natürlich, alles zu tun, was in seiner Macht stehe. Elisabeth hatte zwar noch nicht angefangen, diese Memoiren zu schreiben, aber die Frage nach der Zensur war ihr überaus wichtig.«

»Sie deutete wohl nicht an, welcher Natur diese aufrührerischen Inhalte waren?«, erkundigte sich Werthen.

»Nein, Advokat Werthen. Sie tat in diesem Punkt recht geheimnisvoll, das muss ich schon sagen. Die Vorstellung reizte meinen Mann. Elisabeth war sehr nervös, man könnte sagen fast außer sich. Und ihre Gemütsverfassung wurde nicht gerade von der Entdeckung besänftigt, die sie bei einem Eintrag in unser Gästebuch machte. Als sie in den Seiten herumblätterte, fand sie den Namen ihres bedauernswerten Sohnes, der genau zehn Jahre zuvor ebenfalls bei uns zu Besuch weilte, als wir uns gerade in Pregny niedergelassen hatten. Sie brach fast in Tränen aus, als sie seine Unterschrift sah.«

»Und Kronprinz Rudolf? Erinnern Sie sich an den Grund seines Besuches?«

Sie lächelte. »Damals waren weder ich noch mein Gatte in der Residenz anwesend. Es gab ein Ersuchen vom kaiserlichen Hof, unser abgelegenes Château für ein paar Tage ›ausborgen‹ zu können. Ein solches Ersuchen schlägt man natürlich nicht aus.«

»Aber Sie wissen es trotzdem, nicht wahr?«, hakte Gross nach.

Sie seufzte. »Es ist kein großes Geheimnis, dass die Ehe zwischen Prinz Rudolf und Prinzessin Stephanie alles andere als glücklich verlief. Rudolf hatte Affären. Ich glaube, er traf hier eine seiner Geliebten, eine uneheliche Tochter des russischen Zaren, um es ganz offen zu sagen. Das arme Ding ist später ausgerechnet nach Amerika geflohen, wo sie einem ebenfalls unehelichen Kind das Leben schenkte. Jedenfalls wird es so kolportiert.«

Gross erhob sich unvermittelt und schien aufbrechen zu wollen.

»Wir müssen Ihnen für Ihre Offenheit danken, Baronin«, sagte Werthen, der auch aufstand und sich bemühte, Gross' Unhöflichkeit zu überspielen.

»Ich war Ihnen sehr gern behilflich. Wie Sie sicher wissen, halte ich nicht viel von Klatsch. Ich habe keiner Menschenseele von Rudolfs Besuch hier erzählt. Aber wenn es der Gerechtigkeit dient, gebietet es natürlich die Pflicht, mein Schweigen zu brechen.«

Werthen fiel auf, dass sie zu glühen schien. Die Baronin Julie de Rothschild genoss ihr kleines Abenteuer ganz offensichtlich.

Und sie kannten jetzt das Motiv hinter Elisabeths Ermordung.

Wie schon Frosch, hatte sie gedroht, bestimmte Ereignisse publik zu machen, die irgendjemand ganz offensichtlich geheimhalten wollte.

Bei der Rückfahrt nach Genf hielten Werthen und Gross nach dem großen, hageren Mann Ausschau, ohne aber auch nur eine Spur von ihm zu entdecken.

Werthen entschloss sich, vor dem Abendessen noch einen kleinen Einkaufsbummel zu unternehmen. Gross ruhte sich gerade kurz aus, weil sie später am Abend den Nachtzug nehmen wollten. Er konnte schließlich schlecht mit leeren Händen zu seiner Verlobten zurückkehren. Dem Rezeptionisten des Hotels zufolge lagen die besten Einkaufsstraßen, die Rue Bonivard und die Rue Kleberg, ganz in der Nähe.

Werthen verließ das Hotel, ging den Quai du Mont-Blanc entlang und am Brunswick-Mausoleum vorbei. Ihm fiel ein, dass genau dieselbe Route Kaiserin Elisabeth am schicksalhaften Tag ihrer Ermordung genommen hatte. Dann bog er nach rechts in die Rue des Alpes ein, über die Luccheni nach dem Anschlag auf die Kaiserin geflüchtet war. Werthen fragte sich, ob sie wohl jemals die Wahrheit über die Tragödie erfahren würden.

Die Rue Bonivard war die erste Straße zur Linken. Bei seinem Schaufensterbummel kam Werthen auch an Bäkers Musikalienhandlung vorbei. Ihm fiel ein, dass die Kaiserin dort am Morgen vor ihrem Tod eingekauft hatte. In einer spontanen Regung und weil er entschlossen war, wirklich gründlich jeden Stein in Genf umzudrehen, betrat Werthen das Geschäft. Er sprach mit einem jungen Verkäufer mit einem schmucken Van-Dyke-Bart und in einem weinroten Anzug aus Baumwollsamt. Werthens Französischkenntnisse kamen ihm sehr gelegen, als er den jungen Mann fragte, ob sich irgendjemand im Laden an die letzten Einkäufe der Kaiserin erinnern könnte.

»Ich habe Ihre Majestät selbst bedient«, erwiderte der junge Mann hochmütig. »Sie interessieren sich aus persönlichen Gründen für diese Angelegenheit, Monsieur?«

Werthen überreichte ihm seine Visitenkarte und erklärte, so gut er es auf Französisch konnte, dass er mit dem berühmten Kriminologen Professor Doktor Hans Gross daran arbeitete, verschiedene Aspekte der Ermordung der Kaiserin aufzuklären.

Gross' Name war dem Verkäufer jedoch nicht bekannt, und er musterte Werthen jetzt misstrauisch. Als der jedoch erwähnte, sie würden Monsieur Auberty assistieren, hellte sich seine Miene schlagartig auf.

»Ah, der verehrte Herr Untersuchungsrichter. Da sollte es eigentlich keine Probleme geben. Dutzende Zeugen haben gesehen, wie dieser Anarchist die arme Frau ermordet hat.«

»Gewiss«, bestätigte Werthen. »Mein Kompagnon und ich bemühen uns indessen, das Verbrechen im Zusammenhang zu sehen, um uns ein umfassendes Bild vom letzten Tag der Kaiserin zu machen. Wie ich gehört habe, hat sie eines dieser neuartigen Klaviere erworben, die von selbst spielen können.«

Der Verkäufer lächelte über diese Beschreibung. »Ja, die Kaiserin war sehr angetan von dem Orchestrion-Modell. Allgemein ist es unter der Bezeichnung ›automatisches Klavier‹ bekannt.«

Er führte Werthen zu einem ganz gewöhnlich wirkenden, aufrecht stehenden Pianoforte. Am Holz über den Tasten prangte der Schriftzug »Pianola«.

»Man kann das Klavier wie ein ganz normales Instrument spielen.« Der Verkäufer setzte sich auf die Klavierbank, bog die Finger, dass seine Knöchel knackten, und schlug einen dramatischen Akkord an, der ihn mitten in Beethovens B-Dur-Klavierkonzert katapultierte.

Der kleine, elegant eingerichtete Laden vibrierte förmlich unter der mächtigen Musik. Gerade als Werthen sich von der Musik fangen ließ, beendete der Verkäufer mitten im Satz abrupt sein Spiel.

»Oder aber Sie können das tun.« Er stand auf und führte eine Papierrolle mit eingestanzten Löchern in einen Mechanismus unter dem Deckel des Klaviers ein. »Man lässt das Instrument sozusagen sich selbst spielen.« Er setzte sich wieder auf die Bank und trat in die Pedale, die ihrerseits einen Druckluftmotor in Gang brachte, der die Walze drehte. Plötzlich schlugen die Klaviertasten wie von Geisterhand an und spielten dasselbe Stück von Beethoven.

Der Verkäufer strahlte förmlich. »Das Klavier arbeitet nach denselben Prinzipien wie der Jaquard-Webstuhl, also mit einer Lochkartensteuerung. Der perforierte Papierstreifen wird über eine Walze mit Öffnungen gezogen, hinter denen sich Schläuche befinden, die wiederum mit der Klaviermechanik verbunden sind. Gleitet eine Ausstanzung im Papier über eine Öffnung in der Walze, entsteht eine Luftströmung im Schlauch, die das Hämmerchen gegen die Klaviersaite schlägt. Sie haben sicherlich bemerkt, dass sich diese Darbietung recht emotionslos anhört, weil hier einfach nur von einem Techniker Löcher dort einstanzt werden, wo unter Zuhilfenahme der Originalpartitur Bleistiftmarkierungen gemacht wurden. Ich bin jedoch davon überzeugt, dass schon bald Pianisten solche Musikstücke mit einem Klavier aufzeichnen können, das die Lochstreifen während des Spiels markiert. Dies erlaubt Nuancen und individuellen Ausdruck bei den Tempi und bei der Phrasierung.«

Das war alles gut und schön, aber Werthen war nicht hierhergekommen, um sich Lektionen über Musik oder Klavierbau anzuhören.

»Hat die Kaiserin dieses Modell gekauft?«

»Genau dieses. Es wurde in der Woche nach ihrer Ermordung versendet. Wir wollten trotz dieser Tragödie ihre letzte Bestellung respektieren.«

»Dann hat sie vermutlich auch diese Musikrollen für das Klavier erstanden, nicht wahr?«

»Ja«, antwortete der Verkäufer zögernd.

Werthen bemerkte seine Zurückhaltung. »Welche Rollen hat sie gekauft?«

»Rolle!«, verbesserte der Verkäufer. »Sie hat nur ein Musikstück erworben. Ihre Wahl kam mir zugegeben ein wenig befremdlich vor. Wir haben eine große Auswahl von Komponisten, von Beethoven bis Strauß, aber die Kaiserin hat nur einen einzigen Titel ausgewählt. Von Wagner.« Wieder zögerte er.

»Nun sagen Sie schon. Wie hieß das Stück?«, drängte Werthen.

»Es war die Klavierbearbeitung der Schlussszene von Tristan und Isolde«, antwortete schließlich der Verkäufer.

»Sie meinen den ›Liebestod‹?«, fragte Werthen.

»Eine wundervolle Tonschöpfung«, meinte der Verkäufer begeistert. »Es ist einfach großartig, wie dort Kampf und Auflösung dargestellt werden.«

»›Mild und leise wie er lächelt, wie das Auge hold er öffnet: Seht ihr's Freunde? Seht ihr's nicht?‹« Werthen sprach leise die Worte, die Isolde sang, wenn Ritter Tristan, tödlich verwundet, in ihren Armen starb.

»Für ein Geschenk an einen Gatten ist das tatsächlich eine recht seltsame Wahl«, murmelte Werthen unwillkürlich.

»Es stand mir nicht zu, zu beurteilen, ob ihre Auswahl angemessen war. Schließlich war sie die Kaiserin.«

Schließlich kaufte Werthen für Berthe eine Goldbrosche bei Vigot, einem eleganten Juweliergeschäft in der Rue Kleberg. In die Innenseite ließ er eine Widmung eingravieren. *So rein wie Gold ist meine Liebe zu Dir. Karl.*

Es war genau dieselbe Widmung, die der Lebemann Graf Joachim von Hildesheim in Werthens Kurzgeschichte »Nach dem Ball« in die Brosche eingravieren ließ, die er der Sängerin Mirabel schenkte. Werthen bezweifelte jedoch, dass es Berthe auffallen würde. Seine Kurzgeschichten waren nicht gerade Verkaufsschlager.

Bevor sie abreisten, aßen Gross und er noch gemeinsam im Hotel zu Abend. Der Kriminologe interessierte sich für Werthens ungewöhnliche Entdeckung.

»Sie haben recht, Werthen. Der ›Liebestod‹ ist eine außerordentlich merkwürdige Wahl. Es ist, als hätte sie dem Kaiser damit eine Botschaft senden wollen.«

Sie vertagten jedoch eine weitere Diskussion darüber und widmeten sich ganz dem fürstlichen Mahl, das Fernand, der Küchenchef des Beau-Rivage, für den Abend zusammengestellt hatte. Den frischen Austern folgte eine *Pâté de foie gras de Strasbourg*. Der nächste Gang bestand aus *Jambon du Parma au melon* und einem Salat von geräuchertem Hochlandlachs an Grünem Salat. Dann kam eine Kalbs-Consommé und schließlich eine exzellente Hühnerlebermousse mit Portwein. Frische Äpfel und Camembert triple-crème beschlossen das Festmahl. Dazu tranken sie eine Flasche Rheinwein – ein 1880er Beaune sowie ein Gläschen Pfirsichlikör zu Obst und Käse.

Schließlich, fand Gross, konnten sie unmöglich Genf besuchen und nicht der hiesigen Kochkunst ihre Referenz erweisen.

Es war fast neun, als sie mit dem Essen fertig waren. Ihr Zug fuhr um halb elf. Also mussten sie sich beeilen und ließen ihr Gepäck aus den Zimmern holen, während Werthen die Rechnung beglich.

Die Kutsche schaukelte, als sie über das Kopfsteinpflaster des Kais fuhren. Die viele Bewegung am Nachmittag und der Wein zum Essen machten Werthen schläfrig. Als er den Vorhang am Fenster der Kutsche öffnete, sah er gerade noch, wie sich ihnen eine andere Kutsche aus einer Seitenstraße näherte. Die Zugpferde galoppierten, und ihre Hufe schlugen blaue Funken auf dem Kopfsteinpflaster, als die Kutsche rasend schnell auf den Kai einbog. Werthen wollte ihrem Kutscher zurufen, er solle aufpassen, als die andere Kutsche die ihre rammte. Statt jedoch abzubremsen, trieb der andere Kutscher seine Tiere mit der Peitsche an und drängte sie ab. Die Kutschen krachten gegeneinander. Werthen hörte, wie ihr Kutscher wütend etwas schrie, als ein dritter Rammstoß ihr Gefährt unkontrolliert schlingern ließ.

»Springen Sie, Gross!«, rief Werthen. »Wir stürzen vom Kai!«

Zu spät. Die Kutsche überschlug sich einmal und fiel dann klatschend mit dem Dach zuerst in den Genfer See. Der Innenraum füllte sich rasend schnell mit Wasser. Wegen ihrer schweren Mäntel wurden Werthen und Gross sofort hinabgezogen. Werthen war zwar in seiner Jugend ein recht passabler Schwimmer gewesen, hatte diesen Sport aber schon seit Jahren nicht mehr praktiziert. Immerhin dachte er daran, noch einmal tief einzuatmen, bevor sich die Kutsche ganz mit Wasser füllte. Gross hatte offensichtlich nicht diese Geistesgegenwart besessen und schlug jetzt panisch um sich. Werthen packte den Kriminologen am Mantelkragen und wurde als Lohn für seine Mühe von einem der herumrudernden Arme getroffen. Er steckte den Schlag jedoch ein, stieß sich mit den Füßen ab und glitt durch das offene Fenster der Kutsche. Dann versuchte er, den beleibten Gross ebenfalls durch die Öffnung zu ziehen. Er hatte das Gefühl, seine Lungen würden gleich platzen. Er musste Gross zurücklassen, wenn er sich selbst retten wollte. Er würde an die Oberfläche schwimmen, Luft holen und dann erneut tauchen. Die Frage war, ob Gross so lange durchhielt.

Plötzlich packte eine kräftige Hand seinen Mantelkragen, und eine andere Hand riss den Kutschenschlag auf und zerrte Gross heraus. Hustend und nach Luft ringend tauchten sie neben einem eisernen Ring an der Kaimauer auf. Werthen klammerte sich daran fest und hielt Gross mit der anderen Hand über Wasser, während er sich suchend nach ihrem Retter umsah.

Er konnte ihn jedoch nirgendwo entdecken.

Mittlerweile hatte der Tumult andere Schaulustige zum Ort des Geschehens gelockt, und jetzt zogen diese Männer Werthen und Gross aus dem kühlen Wasser.

Ihr Kutscher war schon vom Wagen gesprungen, bevor dieser ins Wasser stürzte. Er blutete aus einer Kopfwunde, die er sich bei dem Aufprall auf dem Pflaster zugezogen hatte, und wirkte noch etwas benommen. Ansonsten schien ihm jedoch nichts zu fehlen.

»Das muss ein Verrückter gewesen sein!«, klagte der Kutscher. »Meine Pferde, meine wunderschönen Pferde.«

Die Kutsche war inzwischen vollständig versunken und hatte die Pferde mit sich in die Tiefe gerissen.

Ein Gendarm tauchte auf. »Was für ein furchtbarer Unfall!«, brummte er. »Die Leute rasen einfach zu schnell mit ihren Pferden, und das kommt dann dabei heraus.«

Werthen und Gross war jedoch vollkommen klar, dass das kein Unfall gewesen war.

Nur, wer war ihr geheimnisvoller Retter?

Dritter Teil

Die drei Feinde des Kriminalisten sind Bosheit, Unwahrheit und Dummheit oder Narrheit. Letzteres bereitet nicht die wenigsten Schwierigkeiten.
Dr. Hans Gross, Kriminalpsychologie

17. Kapitel

Sonntag, 25. September 1898 – Wien

Nachdem man sie aus dem kalten Wasser des Genfer Sees gezogen hatte, kehrten sie zum Hotel Beau-Rivage und in ihre Suiten zurück. Bis zum nächsten Morgen waren ihre Kleider getrocknet und gebügelt worden, aber sie beschlossen, am Samstag das Hotel nicht mehr zu verlassen. Der Angreifer könnte auf eine zweite Gelegenheit warten, ihre Nachforschungen zu unterbinden, und diesmal zu weniger subtilen Mitteln greifen als in der vergangenen Nacht.

Sie verzichteten sogar darauf, den Angriff anzuzeigen. Wie Gross wusste, würde dabei nur herauskommen, dass sie noch ein paar Tage in der Schweiz bleiben mussten, obwohl sie jetzt viel dringender in Wien zu tun hatten.

Sie nahmen den Nachtzug am Samstag, in dem sie zu ihrem gegenseitigen Schutz ein gemeinsames Schlafabteil buchten, und erreichten die österreichische Hauptstadt am Sonntagmorgen. Werthen verbrachte dabei eine weitere schlaflose Nacht, in der er Gross' lautstarkem Schnarchen zuhörte. Als der Zug in den Kaiserin-Elisabeth-Bahnhof einfuhr, nieselte es. Diesmal reisten sie nur mit leichtem Gepäck, denn ihre Koffer waren mit der Kutsche im Genfer See versunken. Immerhin kamen sie so einfacher auf dem überfüllten Bahnsteig voran und erwischten die erste Mietdroschke. Glücklicherweise hatte Werthen sein Geschenk für Berthe bei sich getragen, das so zusammen mit der Pistole und dem durchnässten Notizbuch den Anschlag unbeschadet überstanden hatte.

Weder Gross noch Werthen hatte es ausgesprochen, aber beiden war klar, was in Genf geschehen war: Jemand hatte versucht, sie zu ermorden.

Frau Blatschky freute sich, sie wiederzusehen, als sie in Werthens Wohnung in der Josephstädter Straße eintrafen. Während sie sich frischmachten, bereitete sie ihnen ein echtes Sonntagsfrühstück mit Kaffee, Schwarzwälder Schinken, Schweizer Emmentaler, Bauernbrot vom Vortag (da Bäckereien am Sonntag geschlossen hatten) und saftigem Guglhupf zu. Trotz seines Schlafmangels fühlte sich Werthen nach dem zweiten Stück ihres berühmten Topfkuchens fast wieder wie ein Mensch.

Sie hatten vereinbart, einen Tag zu warten, bevor sie über die Genfer Ereignisse und ihren Zusammenhang mit den Vorkommnissen in Wien diskutieren wollten. Doch jetzt war die Zeit für ein offenes Gespräch gekommen.

Sie zogen sich in Werthens Arbeitszimmer zurück und nahmen auf den Biedermeierstühlen vor dem Kamin Platz, in dem zum ersten Mal in diesem Jahr ein Feuer entzündet worden war. Draußen hatte sich der Himmel noch mehr zugezogen, und das leichte Nieseln war zu einem handfesten Regen ausgewachsen.

»Punkt eins«, begann Gross ohne weitere Umschweife. »Wir können wohl davon ausgehen, dass unser Freund mit der Narbe uns mit der Kutsche gerammt und ins Wasser gedrängt hat.«

»Ich konnte das Gesicht des Kutschers zwar nicht erkennen«, erwiderte Werthen, »aber es war ein großer Mann, und er wirkte ziemlich dünn. Deshalb glaube ich ebenfalls, dass er es war.«

»Was uns zu Punkt Zwei führt. Jemand will uns daran hindern, den Tod von Kaiserin Elisabeth näher zu untersuchen. Was bedeutet, wir liegen richtig, wenn wir Luccheni für unschuldig halten.«

Werthen nickte bestätigend. Er war zu demselben Schluss gekommen.

»Daraus ergeben sich weitere Fragen. Ich bin mittlerweile immer mehr davon überzeugt, dass die Morde an Frosch und an Kaiserin Elisabeth in Verbindung stehen, so wie wir es immer schon vermutet hatten. Da wäre das Bindeglied Luccheni, und außerdem haben beide Opfer versucht, etwas publik zu machen, das für gewisse, noch nicht näher bekannte Subjekte unbequem, blamabel oder gefährlich wäre.«

»Das versteht sich wohl von selbst.«

»Nichts, lieber Werthen, versteht sich von selbst. Für diese Hypothese müssen wir zunächst sorgfältig Beweise sammeln. Deshalb sollten wir zweigleisig vorgehen. Aber bevor wir einen neuen Weg einschlagen, müssen wir das Kamel erst einmal ins Lager zurücktreiben, wie die Chinesen sagen. Soll heißen, wir müssen uns den Fall Binder noch einmal vornehmen. Und zwar ausgehend von unserer Hypothese, dass man Frosch gezielt ermordet hat und die anderen Unglücklichen nur geopfert wurden, um eine falsche Fährte zu legen und den Eindruck zu erwecken, irgendein Verrückter morde wahllos Unschuldige. Wir müssen jedes Beweismittel aus dem Fall noch einmal gründlich untersuchen. Die Wiederaufnahme der Untersuchungen schließt den Tod von Binder ebenso ein wie seine Krankenakten, seine Alibis oder eben deren Fehlen.«

Wieder nickte Werthen. Sie würden dafür Wochen, wenn nicht Monate brauchen. Aber inzwischen war sein Jagdinstinkt erwacht. Und durch den Mordanschlag in Genf nahm er die Angelegenheit jetzt persönlich. Zum Glück hatte Werthen Gross' Papiere noch nicht in die Bukowina geschickt. Deshalb befanden sich sämtliche Unterlagen über die Pratermorde noch immer in seiner Wohnung.

»Zugleich müssen wir den anderen Aspekt unserer Hypothese untersuchen«, fuhr Gross fort. »Wenn Binder und Luccheni als Täter nicht in Frage kommen – wer war es dann?«

»Logischer Ausgangspunkt wäre eine erneute Untersuchung der Todesumstände von Kronprinz Rudolf.« Werthen hatte viel über diesen Aspekt des Falles nachgedacht.

»Dem stimme ich zu.«

»Frosch hatte offenbar die Absicht, die Wahrheit über den Tod des unglückseligen jungen Mannes zu veröffentlichen. Dessen Tod war vermutlich keineswegs ein Suizid. Und Frosch wurde umgebracht, um das Geheimnis von Mayerling zu bewahren – worum auch immer es sich handeln mag. Ich fürchte, dass die Kaiserin wohl aus demselben Grund ermordet wurde. Nachdem sie von Frosch die Wahrheit erfahren hatte, war auch sie entschlossen, damit an die Öffentlichkeit zu gehen.«

»Daraus ergeben sich zwei weitere Fragen«, meinte Gross. »Zum einen jene, die Sie, Werthen, aufgeworfen hatten, als wir zum ersten Mal über die Verbindung von Frosch zur Tragödie in Mayerling erfahren haben: Warum hat man so lange mit dem Mord an Frosch gewartet? Die Mordserie begann schon im Juni. Warum hat der Verantwortliche – wer auch immer es sein mag – über zwei Monate gewartet und damit riskiert, dass in der Zwischenzeit Informationen an die Öffentlichkeit gelangen?«

»Der Grund, warum Frosch nicht das erste Opfer war, ist durchaus plausibel«, überlegte Werthen laut. »Das wäre zu offensichtlich gewesen. Aber warum dann nicht das zweite oder zumindest das dritte oder vierte Opfer? Das hätte gewiss ausgereicht, um den wahren Grund für seinen Tod zu verschleiern. Warum war er das letzte Opfer? Das ergibt meiner Meinung nach nur dann einen Sinn, wenn sein Tod in irgendeinen zeitlichen Zusammenhang gehört, der sich noch unserer Kenntnis entzieht.«

»Genau. Wir werden im weiteren Verlauf die Frage nach diesem heimlichen Terminplan aufklären müssen, Werthen. Doch nun zur zweiten Frage: Cui bono? Das ist der erste Grundsatz der Kriminalistik. Finde das Motiv heraus – wer profitiert von dem Verbrechen? Und ich sehe keinen Grund, bei diesen Morden von dem Prinzip abzuweichen.«

Werthen lehnte sich auf seinem Stuhl zurück und legte die Finger an die Schläfen. Diese Frage beschäftigte ihn schon seit

Tagen, und die Schlussfolgerungen, zu denen er gelangt war, gefielen ihm ganz und gar nicht.

»Im Fall des Kronprinzen Rudolf«, fuhr Gross fort, »sehe ich einen sehr direkten und unmittelbaren Nutznießer seines Todes. Eine Person, deren Motive weit über läppische Rivalitäten oder politische Querelen hinausgehen würden: seinen Cousin.« Der Kriminologe faltete die Hände und starrte ins Feuer. »Erzherzog Franz Ferdinand, der Thronfolger.«

Nachdem Gross diese Worte ausgesprochen hatte, nahmen sie für Werthen eine neue Realität an. Es waren nicht mehr nur seine privaten Ängste oder Einbildungen. Franz Ferdinand war in der Erbfolge nach Rudolfs Tod der nächste Anwärter auf den Thron des österreichisch-ungarischen Reiches, da Franz Joseph nur einen einzigen Sohn hatte. Ursprünglich hätte der jüngere Bruder des Kaisers, Franz Ludwig, der Vater Franz Ferdinands, den Thron nach Franz Josephs Tod erben sollen. Als dessen ältester Sohn war Franz Ferdinand als Nachfolger seines Vaters, der nie besonders gesund gewesen war, bereits vorbereitet worden. Im Jahre 1896 war der streng religiöse Karl Ludwig jedoch an Typhus gestorben, nachdem er verseuchtes Flusswasser aus dem Jordan getrunken hatte. Und jetzt stand Franz Ferdinand kein Hindernis mehr im Weg, die Krone der Habsburger direkt von dem alternden Franz Joseph zu übernehmen. Herrscher über fünfzig Millionen Untertanen und einen großen Teil Europas zu werden konnte durchaus ein Motiv fur einen Mord sein. Selbst für einen Königsmord.

Sie schwiegen eine Weile. Sollte der Thronfolger diese Morde befohlen haben, würde das erklären, wieso der Mörder Froschs und Kaiserin Elisabeths die Absichten der beiden kannte. Er verfügte möglicherweise über gut platzierte Spione, vielleicht sogar über einen Agenten, der die Anarchisten infiltriert hatte, um Luccheni zu beeinflussen. Franz Ferdinand war bekanntermaßen zurzeit damit beschäftigt, im »Unteren Belvedere«, seiner Wiener Residenz, eine Gruppe von Politikern um sich zu scharen, die man häufig das »Geheimkabinett« nannte. Er errichtete dort – mit zögerlicher Billigung des Kaisers – die Militärkanzlei. Er und seine Berater kämpften mit Klauen und Zähnen gegen viele Entscheidungen der Regierung, vor allem, was die Haltung zu Ungarn betraf.

Franz Ferdinand war ein erbitterter Gegner einer weitergehenden magyarischen Unabhängigkeit, das wusste Werthen ebenso gut wie jeder Wiener, der eine Tageszeitung las. Statt zuzulassen, dass sich das Reich in Folge der separatistischen Bestrebungen Ungarns aufspaltete, favorisierte er die Schaffung einer dritten Macht, eines slawischen Königreiches im Süden unter kroatischer Vorherrschaft. Rudolf und Elisabeth waren beide leidenschaftliche Freunde der Ungarn gewesen, die sich am Hofe für die Sache der magyarischen Unabhängigkeit eingesetzt hatten. Diese Meinungsunterschiede konnten für die Geringschätzung verantwortlich gewesen sein, die der Erzherzog für beide hegte. Außerdem wurde Franz Ferdinand vom Kaiser hingehalten, was den stürmischen Erzherzog noch mehr erzürnte und frustrierte. Sein kriegerisches Wesen und seine vereitelten Ambitionen sorgten in Wien für eine Menge Gerede. Der passionierte Jäger baute seine Enttäuschung über dieses Leben im Wartestand beim Töten von Tieren ab. Manche schrieben ihm über einhunderttausend Abschüsse von Hirschen, Fasanen und anderem Wild zu, das er bei Treibjagden auf seinen Besitztümern in Böhmen und Österreich erlegt hatte. Diese Zahl war umso erschreckender, wenn man bedachte, dass dieser Mann erst vierunddreißig Jahre alt war und wahrscheinlich noch einige Jahrzehnte jagen würde.

Franz Ferdinand war zwar einer der reichsten Männer Europas, gehörte jedoch nicht zu der angenehmsten Sorte Mensch. Er behandelte Diener und Minister gleichermaßen brüsk und schroff.

Aber war er auch ein kaltblütiger Mörder, der Morde an seinem Cousin, dem Kronprinzen, seiner Tante, der Kaiserin, und in dem brutalen Versuch, diese Verbrechen zu verbergen, noch an sieben weiteren Menschen befohlen hatte?

Werthen und Gross fuhren hoch, als es plötzlich an der Tür läutete. Sie sahen sich erschreckt an und hatten offensichtlich denselben Gedanken: War der Mörder zurückgekehrt, um sein Werk zu vollenden? Sie waren davon ausgegangen, in der Wohnung sicher zu sein, und hatten törichterweise keine Vorkehrungen für einen solchen Fall getroffen. Wenn der Mörder aber inzwischen schon so verzweifelt war, dass er sich keine Mühe mehr machte, ihren Tod wie einen Unfall aussehen zu lassen? Keiner von ihnen war bewaffnet, und noch bevor sie aufspringen und Frau Blatschky durch Rufe daran hindern konnten, hatte sie die Tür bereits geöffnet.

Werthen wurde von einer Woge von Schuldgefühlen überrollt. Er hatte vielleicht durch diese Nachlässigkeit eine große Gefahr heraufbeschworen, in die sogar die arme und unschuldige Frau Blatschky mit hineingezogen werden konnte.

Umso erleichterter war er, als er Berthes Stimme erkannte.

»Sagen Sie ihr nichts«, warnte ihn Gross, als Werthen aufstand, um seine Verlobte zu begrüßen. »Je weniger sie weiß, desto sicherer ist sie.«

Seine Worte erschreckten Werthen. Ihm dämmerte, wie gefährlich ihre Nachforschungen geworden waren. Gross hatte recht. Er durfte nicht riskieren, Berthe in Gefahr zu bringen. Doch hatte er ihr vielleicht schon zuviel erzählt? Er würde sie irgendwie überzeugen müssen, dass sich durch die Reise in die Schweiz alles geklärt hatte.

Frau Blatschky führte Berthe ins Arbeitszimmer, und Werthens Herz schlug schneller, als er seine Verlobte erblickte. Ihre Wangen waren von der kalten Luft nach dem plötzlichen Wetterumsturz gerötet, und sie zog zuerst die Nadeln aus ihrem Haar und nahm dann den feuchten Hut ab.

»Was für eine wundervolle Überraschung!«, begrüßte Werthen sie.

»Tatsächlich?«, antwortete sie lächelnd. »Schön, Sie wiederzusehen, Doktor Gross.«

»Fräulein Meisner.«

Werthen zog einen Stuhl für sie ans Feuer.

»Du hast es wirklich vergessen, hab ich recht?« Sie setzte sich.

»Vergessen?« Dann fiel es ihm wieder ein. Er hatte mit ihr das sonntägliche Mittagskonzert der Philharmoniker besuchen wollen. Aber nach all den Aufregungen war es ihm vollkommen entfallen.

»Ich bin ein Idiot. Bitte verzeih mir.«

»Ich habe es mir schon gedacht, als ich kein Wort von dir gehört habe. Also seid ihr nach Genf gefahren?«

»Wie kommen Sie denn darauf, Fräulein Meisner?«, mischte sich Gross ein, bevor Werthen antworten konnte.

»Das wäre doch der nächste logische Schritt, stimmt's? Jedenfalls wenn Sie die Verbindung zwischen dem Tod der Kaiserin und den Pratermorden untersuchen.«

Gross warf Werthen einen giftigen Seitenblick zu. »Ich fürchte, Ihr Verlobter hat erheblich übertrieben. Vermutlich ist das der Geschichtenschreiber in ihm.«

»Wir sind tatsächlich nach Genf gereist, Berthe«, nahm Werthen den Faden auf, »aber es ist nichts dabei herausgekommen. Wir sind wohl unseren eigenen wilden Spekulationen zum Opfer gefallen. Dass die Kaiserin Herrn Frosch besucht hat, war vermutlich reiner Zufall. Aber«, fuhr er fort, um sie daran zu hindern, etwas zu erwidern, »ich hatte wenigsten Gelegenheit, dort ein bisschen einzukaufen.«

Er trat an seinen Schreibtisch und nahm die Schachtel mit der Goldbrosche aus der Schublade.

»Das ist für dich!« Er lächelte sie zärtlich an.

»Das ist sehr nett von dir«, antwortete sie. »Aber glaub nicht, dass du mich damit ablenken kannst. Ihr beide verbergt etwas vor mir. Das sieht man auch, wenn man kein Detektiv oder weltberühmter Kriminologe ist.«

Sie öffnete die Schachtel und nahm die Brosche heraus. »O Karl«, stieß sie hervor. »Das wäre doch wirklich nicht ...«

In dem Moment entdeckte sie die Gravur auf der Rückseite und trat mit dem Schmuckstück ans Fenster, weil es dort heller war.

Werthen sah, wie ihre Miene sich veränderte, von Freude zu Verblüffung. Schließlich nickte sie und gab ihm die Brosche zurück.

»Du kannst dein Bestechungsgeschenk behalten, Karl. Und sei das nächste Mal ein bisschen origineller. Du hättest dir doch denken können, dass ich alle deine Geschichten gelesen habe. Ich kenne sie fast auswendig. Zumindest hättest du den Anstand haben können, Anführungsstriche zu benutzen, wenn du dich selbst zitierst.«

»Aber Berthe, Du verstehst nicht ...«, begann Werthen.

»Oh, ich glaube schon«, erwiderte sie und ging zur Tür. »Mich empört keineswegs die Inschrift auf der Brosche. Das war einfach nur Faulheit deinerseits und ist fast schon komisch. Aber du vertraust mir nicht, und das schmerzt mich. Du lügst mich an, was diesen Fall angeht. Ihr beide seht einfach schrecklich aus. Als hätte man euch kopfüber aus dem Genfer See gezogen. Und doch willst du mir weismachen, das alles wäre nur Einbildung gewesen? Vielleicht fürchtest du ja, dass ich eine kleine dumme Frau wäre, die herumtratscht und eure großartige Arbeit zunichtemacht. Vielleicht versuchst du mich auch nur zu beschützen, wenn du mich im Unklaren lässt. Aber damit reduzierst du mich auch wieder zu einer dummen kleinen Frau, die nicht in der Lage ist, auf sich selbst aufzupassen.«

»Es ist nicht so, wie du denkst«, protestierte Werthen.

Sie blieb an der Tür stehen. »Dann sag mir, wie es wirklich ist, Karl. Jetzt.«

Werthen blickte unwillkürlich zu Gross hinüber.

»Du brauchst seine Erlaubnis nicht.«

Werthen zögerte.

»Also gut.« Sie öffnete die Tür. »Wenn du bereit bist, mich wie ein gleichwertige Person zu behandeln, weißt du, wo du mich findest.«

Sie ging zur Wohnungstür.

»Berthe!«

Gross packte seinen Arm. »Lassen Sie sie gehen, Werthen. Das ist im Moment das Beste.«

Werthen riss sich los.

»Wenn Sie sie wirklich lieben«, sagte Gross, »dann beschützen Sie sie, indem Sie sie nicht einweihen. Machen Sie nicht auch Ihre Verlobte zu einem Ziel des Mörders.«

Werthen ließ die Schultern hängen. Natürlich hatte Gross recht. Er sah Berthe nach, als sie die Wohnungstür öffnete und hinausstürmte.

Er liebte sie, sehr sogar! Aber würde er sie jemals wieder davon überzeugen können?

Den Rest des Tages verbrachten sie damit, ihre nächsten Schritte zu planen. Werthen zwang sich, nicht an Berthe zu denken, sondern sich auf die anstehenden wichtigen Dinge zu konzentrieren. Er hoffte, dass er ihre Beziehung wieder ins Lot bringen konnte, wenn dieser Alptraum endlich vorüber war. Berthe war eine vernünftige Frau, die gewiss verstehen würde, dass er das alles nur zu ihrem Besten getan hatte. Doch im Moment konnte er seine Loyalität nicht teilen. Im Moment war es seine wichtigste Pflicht, diese Morde aufzuklären und den Mörder und seine Auftraggeber vor Gericht zu bringen.

Und ihr nächster Schritt war, wie Gross ausgeführt hatte, die Beweise gegen Binder noch einmal durchzuarbeiten und sämtliche Fakten der anderen Morde zu untersuchen.

»Sie haben doch Aufzeichnungen über den Fortgang unserer Ermittlungen gemacht, Werthen, habe ich recht?«

»Das habe ich allerdings.«

»Sind sie vollständig?«

»Soweit ich es konnte.«

»Ich würde sie gerne lesen, wenn Sie nichts dagegen haben. Vielleicht ergeben sich daraus neue Aspekte, denen wir nachgehen könnten.«

»Selbstverständlich.«

Werthen holte das Journal von seinem Schreibtisch. Er hatte jeden Morgen Aufzeichnungen darin eingetragen und konnte Gross so eine recht lesbare Zusammenfassung des ganzen Falls präsentieren.

»Beeindruckend«, murmelte Gross, während er in dem ledergebundenen Notizbuch herumblätterte.

Nach dem Mittagessen verkroch sich Gross ins Schlafzimmer und las Werthens Bericht.

Währenddessen machte sich Werthen daran, Schritte zur Überprüfung ihres neuen Verdächtigen vorzubereiten. Bei dem es sich immerhin um den Thronfolger handelte.

Natürlich konnte man Franz Ferdinand nicht einfach verhören. Aber wenn man sich als Journalist ausgab, konnte man sich vielleicht auf diese Weise Zutritt zum Unteren Belvedere verschaffen. Plötzlich wurde ihm die Absurdität dieses Gedankens klar. War Franz Ferdinand tatsächlich die treibende Kraft hinter all diesen Morden, wusste er natürlich auch von Gross und Werthen. Denn schließlich hätte er dann auch den Mordanschlag gegen sie befohlen. Also konnte er diesem Mann schwerlich in seiner eigenen Höhle stellen. Eine solche Begegnung würde er vielleicht nicht überleben. Trotzdem hätte er den Erzherzog gern direkt mit den Vorwürfen konfrontiert und ihm dabei in die Augen gesehen, um herauszufinden, ob er wirklich der Drahtzieher hinter diesen menschlichen Tragödien war.

Da eine direkte Konfrontation mit dem Thronfolger nicht in Frage kam, dachte Werthen über indirekte Wege nach. Vielleicht kam er über seine Minister oder einen Diener an ihn heran. Er dachte gerade konzentriert darüber nach, als Gross aus dem Schlafzimmer stürmte.

»Mein Gott, Werthen! Wie konnte ich nur so dumm sein. War ich vielleicht taub? Weiß ich denn nicht, wie man Zeugen zuhört? Hier steht es schwarz auf weiß, die Erklärung, wie all diese Leute verschwinden konnten, ohne dass jemand etwas gesehen hat.«

»Und die wäre?« Werthen war skeptisch. Immerhin hatte er die Notizen selbst angefertigt und war dabei auf keine solche Erklärung gestoßen.

»Erinnern Sie sich an unser Gespräch mit Frau Novotny? Die Dame mit den Argusaugen in der Paniglgasse?«

Werthen nickte. Er erinnerte sich noch genau an die alte Frau, die anscheinend über jeden Bewohner ihrer Straße Bescheid wusste. »Sie hat gesehen, wie Frosch am Abend seiner Ermordung um halb acht an ihrem Fenster vorbeiging.«

»Genau«, bestätigte Gross und ließ sich auf einen der Stühle vor dem Kamin fallen. Das Feuer war inzwischen zu einem Haufen glühender Asche zusammengesackt. »Erinnern Sie sich auch daran, was uns die gute Frau darüber hinaus noch erzählt hat?«

»Unzusammenhängende Bruchstücke und Tratsch aus der Nachbarschaft. Nichts, was mit unserem Fall zu tun gehabt hätte.«

Gross grinste wie ein Kater, der gerade einen Wellensittich verspeist hatte.

»Also gut, was hat sie gesagt, Gross?«

»Ihrem Bericht zufolge – und ich gehe davon aus, dass Sie sich den Dialog nicht ausgedacht haben?«

Diese Unterstellung empörte Werthen. »Ich habe die Unterhaltung so präzise wie möglich aufgezeichnet. Ich habe mir an Ort und Stelle Notizen gemacht.«

»Das war auch sehr gut so, Werthen. Sie haben Frau Novotnys Antwort auf meine Frage, ob in der Nacht, in der Frosch ermordet wurde, irgendwelche Kutschen in der Paniglgasse abgestellt waren, folgendermaßen notiert.« Gross räusperte sich und las: »Hier stehen immer ein oder zwei Kutschen. Wir sind schließlich nicht in Ottakring. Das hier ist eine vornehme Gegend. Die Stadtverwaltung hält alles ordentlich instand. Sogar gestern Abend noch. Da haben sie noch spät an der Kanalisation gearbeitet.«

»Die Kutschen, meinen Sie?« fragte Werthen. »Sollten wir die Dame noch einmal wegen der Kutschen befragen, die sie gesehen hat?«

»Nicht die Kutschen, Werthen. Etwas anderes, so Gewöhnliches, das es damals nicht einmal uns aufgefallen ist.«

»Die Kanalarbeiter!«

Gross sprang auf und lief im Zimmer umher. »Genauso, Werthen. Genauso konnte der Mörder seine Opfer spurlos verschwinden lassen.«

»Indem er sie in die Kanalisation gezerrt hat.«

Gross klatschte vor Aufregung in die Hände wie ein kleines Kind auf einer Geburtstagsfeier.

»Möglicherweise haben Sie da ins Schwarze getroffen, Gross!« Werthen wurde plötzlich vom Enthusiasmus des Kriminologen angesteckt. »Unter der Stadt erstreckt sich ein wahres Labyrinth von Tunneln, die Keller und Kanalisation miteinander verbinden. Überreste aus der Zeit der türkischen Belagerung. Für jemanden, der sich darin auskennt, bieten diese Tunnel eine exzellente Möglichkeit, um ungesehen durch die Stadt zu kommen oder vielmehr unter ihr hindurch.«

»Wir müssen uns morgen als Erstes mit dem Straßenbauamt in Verbindung setzen«, sagte Gross. »Damit können wir in Erfahrung bringen, ob in der Nacht vom 28. August dort tatsächlich ein Arbeitstrupp beschäftigt war. Falls nicht, können wir davon ausgehen, dass unsere neue Hypothese Hand und Fuß und dass sich der Mörder tatsächlich als Kanalarbeiter ausgegeben hat. Damit war es ihm möglich, seine Opfer anzulocken, ohne dass irgendjemand davon Notiz genommen hätte.«

»Und die anderen Morde?«, erkundigte sich Werthen. »Vielleicht hat irgendjemand Kanalarbeiter in der Nähe der Tatorte bemerkt.«

»Schon.« Gross zögerte. »Allerdings wäre das ziemlich aufwendig. Wir konnten Froschs Schritte von seiner Wohnung aus nachvollziehen. Bei den anderen Opfern ist das erheblich schwieriger, denn wir wissen nicht, wo man sie angegriffen hat. Sicher dürfte nur sein, dass dieser Mörder eine Falle aufgestellt – ein Zelt über einem offenen Kanaleinstieg – und auf die erstbeste geeignete Person gewartet hat. Natürlich war das abends und in den späten Nachtstunden am einfachsten, weil es da weniger Zeugen gab. Dass er bei Frosch so dreist in den frühen Abendstunden zugeschlagen hat, ist ein weiteres Indiz dafür, dass der ehemalige Kammerdiener von Kronprinz Rudolf von an Anfang an als Opfer ausersehen war. Der Mörder konnte sich bei Frosch nicht Zeit und Ort aussuchen, sondern er musste seine Tat dem Zeitplan des Opfers anpassen.«

Werthen war zwar ebenfalls von dieser Wendung begeistert, versuchte jedoch, des Teufels Advokat zu spielen.

»Das schließt Binder als Täter aber nicht unbedingt aus. Er könnte sich als Kanalarbeiter ausgegeben, seine Opfer chloroformiert und dann durch die Kanalisation zur Firmenkutsche getragen haben. Danach könnte er die Leichen in seinen Garten geschafft haben, wo er diese furchtbaren Verstümmelungen durchführte, und sie anschließend im Prater abgelegt haben.«

»Das wäre plausibel«, meinte Gross, der sich wieder gesetzt hatte. »Und es bedeutet, dass wir uns jetzt auf Herrn Binder konzentrieren müssen. Beim ersten Mal haben wir nach Beweisen für seine Schuld gesucht. Jetzt machen wir genau das Gegenteil. Wir suchen nach jedem noch so kleinen Beweis, der die Unschuld des Mannes belegen könnte.«

18. Kapitel

Die erste Aufgabe war bereits am nächsten Morgen erledigt. Ein Besuch beim Straßenbauamt am Schottenring brachte schnell zutage, wonach sie gesucht hatten. Gross gab vor, Häuser in der Paniglgasse gepachtet zu haben, deshalb erhielten er und sein Notar Einblick in die Wartungspläne und die Aufzeichnungen über Reparaturen des vergangenen sowie des kommenden Jahres. Nirgends war verzeichnet, dass am Abend des 22. August 1898 Bauarbeiten in der Straße stattgefunden hatten.

»Verwaltet nur dieses Büro dererlei Unterlagen?«, erkundigte sich Gross bei dem Angestellten, einem pickeligen Jüngling, der aussah, als hätte er noch nicht einmal die Matura bestanden.

»Natürlich, meine Herren«, erwiderte der Angestellte, ein wenig widerwillig und mit der Überheblichkeit des geborenen Verwaltungsbeamten. »Sonst hätte ich es Ihnen ja wohl gesagt, nicht wahr?«

Gross wollte dem vorlauten Mann gerade eine angemessene Antwort geben, als der besonnene Werthen ihn mit sich aus dem Büro zog. Es war überflüssig, durch eine Szene möglicherweise die Aufmerksamkeit darauf zu lenken, in welche neue Richtung sich ihre Ermittlungen jetzt bewegten.

An diesem Morgen waren sie außer mit ihren Pistolen auch mit Regenschirmen bewaffnet. Es hatte zwar aufgehört zu regnen, doch die Straßen glänzten noch feucht von den gestrigen Schauern.

Um bei ihrem nächsten Ziel, das sich nicht weit vom Bauamt befand, Erfolg zu haben, benötigten sie mehr Finesse. Sie mussten den Abschiedsbrief untersuchen, den Binder hinterlassen hatte, und ihn mit anderen Schriftstücken vergleichen, die ganz sicher seiner Feder entstammten. Gross war das Auftragsbuch wieder eingefallen, das der Mann bei sich getragen hatte.

Sie betraten das Polizeipräsidium, und nachdem sie sich kurz mit dem Wachtmeister am Empfang besprochen hatten, wurden sie in Inspektor Meindls Büro geführt.

»Das wird wohl eine liebe Gewohnheit«, scherzte der Inspektor, als er die beiden sah. Sein skeptischer Blick jedoch strafte seine aufgesetzt gute Laune Lügen. Werthen fragte sich unwillkürlich, ob der Mann vielleicht von höherer Stelle instruiert worden war.

Dieser Verdacht bestätigte sich, denn nachdem Gross herumfabuliert hatte, er brauche weitere Artikel für sein *Archiv der Kriminalistik*, hob Meindl die Hände und erklärte ihnen rundheraus, dass er nichts mehr für sie tun könne.

»Aber wieso denn nicht?« Gross wollte nicht so leicht aufgeben.

»Das kann einfach nicht so weitergehen, Professor Gross. Es muss ein Ende haben.«

»Was muss ein Ende haben? Unser kollegiales Verhältnis?«

»Kommen Sie schon, Gross«, erwiderte Meindl, nun doch verlegen. »Sie wissen genau, wovon ich spreche. Sie beide verfolgen offenbar eine fixe Idee. Sie versuchen krampfhaft, eine absurde Verbindungen zwischen den Morden im Prater und anderen Angelegenheiten von, sagen wir, umfassenderer Tragweite herzustellen.«

Weder Gross noch Werthen gingen darauf ein.

»Sie müssen mich verstehen«, beharrte Meindl. »Der Fall ist abgeschlossen. Wir haben Wichtigeres zu tun. Und ich bin sicher, Sie beide auch.«

Gross und Werthen ließen sich immer noch nicht aus der Reserve locken.

»Es kommt einfach nicht in Frage.«

Das Ticken der Wanduhr hinter ihnen war das einzige Geräusch im Raum.

»Also gut!«, platzte Meindl schließlich heraus. »Aber das hier ist wirklich das letzte Mal. Verstanden?«

»Selbstverständlich, mein lieber Freund«, erwiderte Gross.

Zehn Minuten später hielten sie Binders Abschiedsbrief in Händen, der sorgfältig in einem Pergamentumschlag aufbewahrt war, sowie das Auftrags- und Terminbuch des Mannes, auf dem ein weißes Etikett klebte, »Fallnummer A14«. Anders als das Polizeiprotokoll über Luccheni, das Gegenstand laufender Ermittlungen gewesen war, entstammte das Beweisstück zum Fall Binder einer geschlossenen Akte. Nur deshalb war es Meindl überhaupt möglich, ihnen die Dokumente zu überlassen. Allerdings gab er ihnen gequält eine letzte Warnung mit auf den Weg: »Erzählen Sie bloß niemandem davon!«

»An die Arbeit«, sagte Gross zu Werthen, als sie das Polizeipräsidium verließen und über den Ring zurück zur Wohnung des Anwalts eilten.

Gross hatte einen beträchtlichen Teil seines ersten Buches, *Kriminalistische Untersuchungen*, einer sorgfältigen Studie der Analyse von Handschriften gewidmet.

»Die Prinzipien sind relativ einfach«, erklärte er Werthen, als er die beiden Proben von Binders Handschrift im Arbeitszimmer des Anwalts auf den Schreibtisch legte. »Wir versuchen festzustellen, ob der Abschiedsbrief von Herrn Binder entweder eine Fälschung ist oder unter Zwang verfasst wurde. Dazu benötigen wir eine Probe seiner aktuellen Handschrift.« Gross tippte auf das Auftrags- und Terminbuch. »Wir suchen sowohl nach strukturellen und graphischen Unterschieden in der Handschrift – beispielsweise nach einem ›g‹ mit einem geschwungenen Bogen in dem einen Text und einem eher kurzen in dem anderen – als auch nach inhaltlichen Unterschieden. Vielleicht hatte Herr Binder die dumme Angewohnheit, gewisse Worte falsch zu schreiben, oder eine Vorliebe für bestimmte Ausdrücke. Deshalb müssen wir diese beiden Proben so gründlich prüfen wie nur möglich.«

Werthen hatte den Eindruck, er säße in einem von Gross' – bislang allerdings noch nicht fertigen – Unterrichtsräumen in der Bukowina und folgte einer Vorlesung über die Grundlagen der Kriminologie. Ohne weitere Erklärung verließ Gross das Arbeitszimmer, um wenige Minuten später mit einem Vergrößerungsglas und einem Mikroskop zurückzukommen.

»Es ist absolut erstaunlich, Werthen, was die Handschrift über einen Menschen aussagt. Beispielsweise ist die Schrift eines Gelehrten häufig fast unlesbar, obwohl die einzelnen Buchstaben seiner Handschrift eine auffallende Ähnlichkeit mit Druckbuchstaben aufweisen, die er ja ständig vor Augen hat. Und wir alle kennen das Gekritzel eines Arztes, der gehetzt von seinem überquellenden und von Notfällen bestimmten Terminplan ein Rezept ausstellt. Daneben gibt es die schnelle, leichte, gleichmäßige und immer gut leserliche Handschrift eines Geschäftsmannes wie die unseres Herrn Binder. Sie sehen, beim Schreiben spielt nicht nur die Hand eine Rolle, sondern ebenso der Kopf. In der Handschrift spiegelt sich die gesamte Persönlichkeit eines Mannes oder einer Frau wider. Wir müssen nur die verschiedenen Aspekte darin ergründen und immer wieder verschiedene Handschriften studieren, dann treten rasch bestimmte Muster zutage.«

Als Gross das Auftrags- und Terminbuch des Toten aufschlug, wirkte er hocherfreut.

»Hier sehen Sie, was ich über die gleichmäßige und leserliche Schrift eines Geschäftsmannes gesagt habe, Werthen. Allein diese Notizen, die er nur für sich gemacht hat, weisen Herrn Binder als organisierten, höchst peniblen Menschen aus.«

Gross nahm das Vergrößerungsglas, untersuchte die Schrift im Auftragsbuch, wechselte dann zu dem Abschiedsbrief und stellte erste Überlegungen an.

»Interessant. In beiden Dokumenten gibt es tatsächlich eine Fülle von Details.« Er nahm das Vergrößerungsglas von seinem Auge. »Ich werde den Großteil des Tages dafür benötigen und möchte Sie nicht langweilen.«

»Sie meinen, dass Sie mich los sein wollen. Gross, Sie vergessen wohl, in wessen Wohnung wir uns befinden.«

»Einige Dinge kann man am besten allein untersuchen, mein Freund.«

»Sie sind ein hoffnungsloser Fall, Gross. Ich werde nie begreifen, wie Ihre brave Frau es mit Ihnen aushält.«

Doch Gross hörte schon nicht mehr zu. Er hatte bereits den Abschiedsbrief unter das Mikroskop gelegt.

Seines Arbeitszimmers beraubt, beschloss Werthen, einen Spaziergang zu machen. Es hatte inzwischen aufgeklart, und die Straßen waren abgetrocknet. Mit scharfem Blick beobachtete er jeden, der ihm folgte, bezweifelte jedoch, dass der Mörder es wagen würde, ihn am helllichten Tage anzugreifen.

Dennoch war es beunruhigend, ständig über die Schulter spähen zu müssen. Vielleicht war der Mörder von seinem Versagen in Genf enttäuscht und griff nun zu direkteren Mitteln. Mit dem Präzisionsgewehr eines Scharfschützen könnte er ihn sogar aus hundert Metern Entfernung erwischen. Werthens Blick hielt sich unter den Fenstern, die zu beiden Seiten der Straße über ihm lagen. Von hinten näherte sich ihm eine Kutsche. Die Hufe der Pferde klapperten laut über das Kopfsteinpflaster. Äußerst angespannt schob er sich dichter an die Hauswand, für den Fall, dass der Mörder in der Kutsche saß, ein Messer nach ihm schleuderte oder gar einen vergifteten Pfeil auf ihn abschoss.

Würde er jemals wieder einen entspannten Spaziergang durch seine Stadt machen können? Hatten Gross und er sich mit dieser Angelegenheit vielleicht doch übernommen? Möglicherweise war es an der Zeit, die Ermittlungen in die Hände von Experten zu übergeben. Allerdings gab es dabei ein Problem. Wenn diese Angelegenheit tatsächlich bis in die höchsten Kreise hinaufging, konnten durchaus auch die Fachleute darin verwickelt sein. Jedenfalls waren sie bei Inspektor Meindl eindeutig nicht mehr willkommen; hatte er vielleicht die Anweisung erhalten, weitere Untersuchungen im Zusammenhang mit den Pratermorden zu unterbinden? Wahrscheinlicher allerdings war, dass es sich bei ihm um reine Selbstgefälligkeit handelte. Meindl hatte jetzt Wichtigeres zu tun; für ihn waren die Pratermorde abgeschlossen.

Plötzlich spürte Werthen eine Hand auf seinem linken Arm; er fuhr herum und griff mit der rechten Hand nach der Waffe in seiner Jacke.

»Werthen, mein Bester. Sie wirken, als hätten Sie einen Geist gesehen. Dabei bin ich es doch nur. Wie geht es Ihnen?«

Werthen versuchte seinen Schreck zu überspielen. »Hervorragend, Klimt; könnte nicht besser sein.«

Der Maler runzelte jedoch skeptisch die Stirn. Er trug eine Einkaufstasche voller Gebäck bei sich, aus der der Hals einer Flasche Inländer-Rum hervorlugte.

»Sie sitzen nicht im Büro? Schwänzen Sie etwa, hm. Dann kommen Sie mal mit.« Er packte Werthens Arm. »Sie haben genau den richtigen Moment abgepasst, um mir bei einer Jause Gesellschaft zu leisten.«

Werthen hatte sich seit Jahren keinen Nachmittagstee mehr gegönnt. Normalerweise war er viel zu beschäftigt für solche gemütlichen Traditionen.

»Warum nicht?«, erwiderte er. »Gute Idee.«

Sie standen vor dem Eingang des Hauses, in dem sich das Atelier des Malers befand, und Klimt führte Werthen in den idyllischen Hinterhof. Der Maler hatte sich mitten im Herzen der Stadt Wien eine Wildnis mit hohen Gräsern und blühenden Büschen geschaffen. Der Hof selbst wurde von zwei prachtvollen Kastanienbäumen überragt. Sein ockerfarben gestrichenes

Atelier befand sich am anderen Ende des verwilderten Gartens; eine dicke schwarzweiße Katze lag im Gras auf der Lauer. Klimt lockte das Tier brummend, doch die Katze ignorierte ihn hoheitsvoll.

»Cuddles ist ein sehr ernsthafter Jäger«, erklärte Klimt, als er die unverschlossene Tür zu seinem Atelier aufstieß. »Wenn er eine Maus in der Nähe wittert, ignoriert er mich vollkommen.«

Werthen war noch nie in Klimts Atelier gewesen. Nach dem, was man sich erzählte, hatte er sich vorgestellt, dass hier zahlreiche nymphenhafte Modelle herumschwirrten, die in unterschiedlichen Stadien der Verhüllung waren. Stattdessen wischte eine untersetzte, ungefähr fünfzigjährige Zugehfrau, die dringend ein Bad benötigt hätte, den Boden, und schalt den Maler, weil er unangekündigt Gesellschaft mitgebracht hatte.

Klimt ignorierte sie, schob ein paar Kohlezeichnungen auf dem großen Tisch in der Mitte des Raumes zur Seite und stellte seine Einkäufe darauf ab. Während er liebevoll das Gebäck auspackte und die Zugehfrau beleidigt von dannen zog, betrachtete Werthen die Bilder, an denen Klimt auf unterschiedlichen Staffeleien arbeitete: Porträts verschiedener Frauen, die ihm persönlich bekannt waren und aus den besten Kreisen stammten. Klimt verstand sich darauf, diese Hausmütterchen mit einer geheimnisvollen Aura zu umgeben, indem er goldene, helle, blumige Farben und eine seltsame Ikonographie verwendete, durch die diese sonst eher unauffälligen Damen geradezu exotisch wirkten. Werthen war erstaunt, als er ein Bild sah, das offenbar ein neues Porträt werden sollte. Das Modell saß zwar in der klassischen Porträthaltung da, trug jedoch keine Kleidung.

Klimt folgte Werthens Blick. »Der Trick ist das Übermalen. Man wird niemals erkennen, dass sie am Anfang nackt war.«

»Sie meinen, Sie malen diese Frauen in … im …«

»Im Evaskostüm, Werthen. Vollkommen nackt.« Klimt brach ein Stück Nusstorte ab, schob es sich in den Mund und kaute genüsslich. »Schauen Sie doch nicht so schockiert«, sagte er und goss ein wenig Rum in zwei trübe Gläser. »Es hat überhaupt nichts Obszönes. Wenn ich sie nackt sehe, bekomme ich einen besseren Einblick in ihre Seele. Ich entdecke auf diese Weise ihren wahren Charakter und kann sie so malen, wie sie wirklich sind, und nicht, wie sie gern gesehen werden möchten.«

Werthen betrachtete ein fast fertiges Porträt aus der Nähe. Es war tatsächlich nicht mehr zu erkennen, dass dieses Porträt mit einem nackten Aktmodell den Anfang genommen hatte.

»Prost!« Klimt reichte ihm ein Glas. »Sie sehen aus, als wenn Sie einen Rum vertragen könnten.«

Werthen fühlte sich auf einmal wie eines von Klimts Modellen, schutzlos und unbekleidet. Er kippte den Rum hinunter und machte sich über ein Stück Nusstorte und eine Mohnrolle her. Klimt schenkte Werthen mehrmals Rum nach, während der Nachmittag gemächlich verstrich.

Schließlich fragte Klimt: »Was beschäftigt Sie denn so, Werthen? Wir sind doch schließlich Freunde. Ich hoffe, Sie glauben mir das. Sie haben mir geholfen, als ich dringend einen Freund brauchte, der mir glaubte. Also los, erzählen Sie schon!«

Werthen starrte in den trüben, bräunlichen Rum.

»Es geht um die Rechnung, nicht wahr? Ich wollte Sie schon anrufen und es Ihnen erklären. Ich warte schon ziemlich lange auf die Bezahlung für diverse Porträts, und solange ich die nicht erhalte, bin ich ziemlich knapp bei Kasse. Das ist das Problem, wenn man für Leute arbeitet, die ein ›von‹ vor ihrem Namen haben. Man kann ihnen schlecht einen Geldeintreiber schicken. Sobald ich bezahlt wurde, überweise ich Ihnen das Geld.«

»Das ist es nicht, Klimt«, sagte Werthen schließlich, beinahe gerührt von der Erklärung des Malers. Werthen trank noch einen Schluck Rum und genoss es, wie die Wärme des Schnapses durch seinen Körper strömte. Er und Gross hatten viel zu lange im Geheimen gehandelt; er sehnte sich plötzlich nach einem unvoreingenommenen Zuhörer, selbst wenn der ihm nur bestätigte, dass ihre Theorien nicht völlig abwegig waren. Also beschloss er, den Künstler ins Vertrauen zu ziehen, und schilderte ihm die Ereignisse seit ihrer letzten Begegnung an dem Tag von Kaiserin Elisabeths Begräbnis.

Werthen ließ nichts aus, auch nicht seine Differenzen mit Berthe, und als er fertig war, saß Klimt regungslos da und schwieg. Die Katze war durch ein offenes Fenster ins Atelier gesprungen und strich jetzt um die Beine des Malers. Klimt brach gedankenverloren ein Stück Gebäck ab und warf es dem Tier zu. Die Katze schnüffelte zunächst daran und zog sich dann damit in eine entlegene Ecke des Ateliers zurück.

»Mein Gott, Werthen!«, platzte Klimt schließlich heraus. »Sie könnten tot sein. Was spielen Sie denn auch den Polizisten? Überlassen Sie das Malen den Malern und die Verbrecherjagd der Polizei.«

»Und wenn die Polizei nun daran gehindert wird, ihre Arbeit richtig zu erledigen? Was dann?«

»Sie verdächtigen ernsthaft den Erzherzog?«

»Das ist jedenfalls eine Richtung unserer Untersuchungen.«

Erneut verfiel Klimt in Schweigen. Aus der Ecke, in die sich die Katze verkrümelt hatte, ertönten schmatzende Geräusche.

»Eines ist jedenfalls gewiss«, meinte Klimt schließlich, »Sie beide brauchen dringend Hilfe.«

»Überlassen Sie das Malen den Malern, Klimt. Das haben Sie selbst gesagt.«

»Genau das habe ich vor. Mein Vater war ein meisterhafter Kupferstecher, und ich habe als Heranwachsender mit ihm zusammengearbeitet. Von daher weiß ich so gut wie alles, was es über den Druck von Signaturen und über die feinen Eigenheiten arbeitender Hände zu wissen gibt, sei es beim Zeichnen oder beim Schreiben. Sie können sich nicht vorstellen, wie oft ich die Unterschrift meines eigenen Vaters auf Stichen fälschen musste.«

Als sie Werthens Wohnung betraten, war Gross immer noch intensiv damit beschäftigt, die Handschrift von Herrn Binder zu untersuchen.

»Sehen Sie, wen ich getroffen habe, Gross«, verkündete Werthen, als er in das Arbeitszimmer trat.

Gross blickte finster von seinem Mikroskop auf. Er grüßte den Maler kaum, sondern brummte nur etwas vor sich hin.

»Benehmen Sie sich nicht so griesgrämig, Gross. Klimt ist nur gekommen, um uns zu helfen.«

»Wobei?«, fragte Gross und blickte wieder durch die Linse des Mikroskops.

»Bei der Analyse von Binders Handschrift natürlich.«

Als Gross diesmal von seinem Instrument aufsah, wirkte er eher gereizt als schlecht gelaunt.

»Was haben Sie ihm denn erzählt, Werthen?«

»Das ist schon in Ordnung, Professor«, mischte sich Klimt ein. »Werthen hat mir alles über Ihre Abenteuer in der Schweiz erzählt. Sie brauchen sich keine Sorgen zu machen; ich werde es nicht in Wien herumtragen. Und es wird allerhöchste Zeit, dass jemand Sie bei Ihren Bemühungen unterstützt. Das ist das Mindeste, was ich tun kann, um mich für Ihre früheren Dienste zu revanchieren.«

Klimt erklärte kurz seine einzigartige Ausbildung als Kupferstecher, woraufhin der Ärger des Kriminologen abebbte. Schließlich wirkte er fast amüsiert.

»Sie glauben also, dass Sie mir etwas über seine Schrift erzählen könnten?«, fragte er. »Zugegeben, in ›Ames on Forgery‹ wird der Beruf des Kupferstechers als eine der Professionen aufgezählt, welche die Fertigkeiten zur Identifizierung von Handschriften lehren, aber bis jetzt wurde mir das noch nicht in realiter bestätigt.«

Der Kriminologe war aufgestanden, stemmte die Hände auf die Hüften und streckte sich. »Dennoch wäre das eine angenehme Abwechslung. Mein Verstand könnte eine kleine Herausforderung vertragen, eine Art Wettbewerb. Ich muss Sie allerdings warnen, Klimt. Ich habe Graphologie und Handschriftenkunde studiert.«

»Selbstverständlich, Professor. Wenn ich jetzt einen Blick auf die Dokumente werfen dürfte?«

Gross reichte ihm sowohl das Auftragsbuch als auch den Abschiedsbrief. Er gab sich keine weitere Mühe mit dem Pergamentumschlag für den Brief, nachdem er diesen penibel auf Fingerabdrücke untersucht hatte und auf so viele gestoßen war, dass er niemals einen speziellen identifizieren könnte. Eines Tages, so predigte der Kriminologe unablässig, würde die Polizei den Wert von Fingerabdrücken ebenfalls zu schätzen wissen und die Beweismittel mit der notwendigen Sorgfalt behandeln.

Klimt nahm die beiden Proben, das Buch in die linke Hand, den Brief in die rechte. Er betrachtete sie eine Weile mit zusammengekniffenen Augen, dann legte er sie wieder hin und zog eine Lesebrille aus seinem Gehrock. Werthen vermutete, dass der auffälligere Kaftan für die kälteren Monate eingemottet worden war. Nachdem Klimt die Drahtbügel um seine Ohren gelegt hatte, nahm er noch einmal die beiden Proben zur Hand und bewegte beim Lesen lautlos die Lippen. Er blätterte die Seiten des Auftragsbuches durch und verglich jede Seite mit dem Brief. Einmal schniefte er, saugte vernehmlich die Luft durch die Zähne und gab Gross schließlich die beiden Schriftproben zurück.

»Die Angelegenheit ist recht einfach, finde ich.«

»Ach, finden Sie?«, fragte Gross mit unverhohlener Ironie. »Nun denn: Ich höre.«

»Zunächst einmal ist der Abschiedsbrief eindeutig eine Fälschung.«

Gross' Belustigung wich schlagartig aufrichtigem Interesse.

»Wieso?«, fragte Werthen.

»Dafür gibt es verschiedene Hinweise«, erklärte Klimt. »Damit will ich nicht sagen, dass der Brief keine gute Arbeit wäre.

Der Fälscher versteht ganz offensichtlich sein Geschäft und hat einen Sinn für Herrn Binders Eigenheiten. Sie können zum Beispiel sehen, dass er den Buchstaben ›e‹ rückwärts schreibt. Binder schreibt ihn auf die griechische Weise, wie ein Epsilon. Und die auffällige Schreibweise von ›Skalpell‹. Binder schreibt es am Ende mit ›l‹ und ›e‹. Man findet es im gesamten Auftragsbuch und auch im Abschiedsbrief. Unser Mann hat also seine Hausaufgaben gemacht. So weit, so gut.«

»Sie erkennen in dem Abschiedsbrief also eine männliche Handschrift?«, fragte Gross aufgeregt.

»Oh, das ist ziemlich eindeutig, Professor. So etwas kann man nicht fälschen!«

Gross nickte und betrachtete Klimt respektvoller als zuvor.

»Wenn er so genau auf die Details geachtet hat, woher wissen Sie dann, dass es sich um eine Fälschung handelt?«, erkundigte sich Werthen.

»Gerade *wegen* der Ähnlichkeit. Die Handschrift in dem Auftragsbuch und die in dem Abschiedsbrief sind sich viel zu ähnlich«, antwortete Klimt. »Der aufrechte Winkel, diese klare Schönschrift, dieser sorgfältige Abstand zwischen den Buchstaben. Ich frage Sie ...«, er wandte sich an Werthen, » ... wenn Sie einen Abschiedsbrief schrieben und vorhätten, sich einen Revolver in den Mund zu stecken und Ihr Hirn wegzupusten, wäre Ihre Hand dann ebenso ruhig, wie wenn Sie einen Auftrag für drei Dutzend Skalpelle in einem Auftragsbuch notieren?«

Werthen antwortete mit einer Gegenfrage: »Sie glauben, der Brief wäre eine Fälschung, weil die Schrift darin keinerlei Anzeichen von Nervosität enthält?«

Klimt zuckte mit den Schultern. »Das ist jedenfalls die Essenz meiner Schlussfolgerung. Sind Sie zu demselben Schluss gekommen, Professor?«

»Bravo, Klimt!« Gross klatschte leise Beifall. »Ich bin allerdings zu demselben Ergebnis gekommen. Auch mir ist aufgefallen, dass in dem Abschiedsbrief jegliches Anzeichen von Eile fehlt. Ich habe bemerkt, dass er mit einer Stahlfeder geschrieben wurde, vermutlich mit einer Zweier. Wenn man mit einem solchen Stift schreibt und ihn immer wieder in das Tintenfass taucht, kann man nur eine gewisse Anzahl Wörter schreiben, danach wird die Schrift schwach und unleserlich. Ich habe beide Texte auf dieses Detail hin untersucht und entdeckt, dass die Schrift im Auftragsbuch regelmäßig zwischen schwärzeren und blasseren Buchstaben wechselt und so genau erkennbar ist, an welcher Stelle der Schreiber den Federhalter wieder in die Tinte tauchen musste. Solche Brüche fehlen im Abschiedsbrief ganz und gar. Alle Buchstaben sind gleichmäßig dunkel gefärbt, blassere Buchstaben sind überhaupt nicht vorhanden. Das verrät mir, dass der Brief nicht spontan geschrieben, sondern akribisch Buchstabe um Buchstabe kopiert wurde, um die Schrift zu fälschen. Der Schreiber hat den Stift ständig in die Tinte getaucht, um perfekte Buchstaben zu schaffen, und hat nicht gewartet, bis die Schrift blasser wurde. Also handelt es sich eindeutig um eine Fälschung, eine allerdings sehr gute Kopie von Binders Handschrift.«

Werthen verglich die beiden Proben und sah nun selbst, was Gross meinte; da er wusste, wonach er suchen musste, war der Fall ganz offensichtlich.

»Außerdem«, fuhr Gross fort, »habe ich noch eine Entdeckung gemacht, als ich Herrn Binders Auftrags- und Termin buch untersucht habe. Er kann Fräulein Landtauer höchst wahrscheinlich gar nicht ermordet haben, denn er hat für diesen Abend ein Alibi.«

»Aber der Arzt in Klagenfurt …«, wandte Werthen ein.

»Nicht in Klagenfurt, sondern in Graz«, korrigierte ihn Gross. »Binders Verstand hat ihm anscheinend bereits den Dienst versagt, eine Auswirkung der Syphilis. Er hatte tatsächlich seine Reise nach Graz notiert, allerdings im falschen Monat. Ich habe es nur bemerkt, weil er das Datum 16-8-98 neben den Namen des Arztes geschrieben hatte, doch es war im Monat Juli eingetragen. Er muss am Dienstag den Zug von Klagenfurt nach Graz genommen haben, damit er dort nach der Sprechstunde mit dem Doktor sprechen konnte. Wie sich herausgestellt hat, kenne ich den Mediziner; ein gewisser Doktor Bernhard Engels, ein großartiger Chirurg. Ich habe mir bereits telegrafisch bestätigen lassen, dass Binder in der Nacht, in der Liesel Landtauer ermordet wurde, tatsächlich in seiner alten Heimatstadt war. Er musste das Ende der abendlichen Sprechstunde abwarten, bevor er dem Arzt seine Waren präsentieren konnte. Doktor Engels hat in der Depesche bestätigt, dass Binder bis mindestens neun Uhr in seiner Praxis war. Mithilfe des Fahrplans der K.u.K. Eisenbahngesellschaft aus Ihrem Schreibtisch konnte ich feststellen, dass der letzte Zug nach Wien um acht Uhr dreißig am Abend in Graz abfuhr; der erste ging am nächsten Morgen um sechs Uhr dreißig. Dieser Zug hat Wien, erst lange nachdem die Polizei den Leichnam von Fräulein Landtauer entdeckt hatte, erreicht. Binder war also tatsächlich unschuldig an ihrem Tod. Was im Umkehrschluss bedeutet, dass er also keinen der Morde begangen haben kann.«

Obwohl sie diese Möglichkeit bereits in Betracht gezogen hatten, schockierte dieser Beweis Werthen. Jetzt arbeiteten sie nicht mehr nur mit Hypothesen. Der Beleg für Binders Unschuld rückte ihre anderen Thesen in den Vordergrund. Werthen schüttelte sich fröstelnd.

»Sieht ganz so aus, als wären Sie einer großen Sache auf der Spur«, bemerkte Klimt.

»Bleibt noch die Frage, wieso Binder sterben musste.« Gross trat ans Fenster und blickte auf die nachmittägliche Straße hinaus. Das Licht hatte schon die goldene Färbung des Herbstes angenommen.

»Die Skalpelle?«, schlug Werthen vor. »Sie wurden bei den Morden verwendet, also hatte er über sie eine logische Verbindung zu den Verbrechen.«

Gross nickte. »Das würde bedeuten, die Person, die für diese Gewalttaten verantwortlich ist, hat versucht, uns mit der Nase auf Binder zu stoßen. Binder wurde schon früh als Sündenbock für diese Gewalttaten ausgewählt. Und außerdem ist da auch noch diese Geschichte mit den Nasen.«

Jetzt schaltete Klimt sich ein. »Da Binder nicht mehr Ihr Verdächtiger ist, passt auch die ganze Geschichte mit der Rache an Syphilis Erkrankten nicht mehr.«

»Ganz recht«, stimmte Gross zu. »Diese Verstümmelungen waren jedoch die Unterschrift des Täters. Wir haben diese Hinweise auf Antisemitismus geprüft und sind dabei zu dem Schluss gekommen, dass auch dies eine falsche Fährte ist. Welche anderen Bedeutungen kann dann die abgetrennte Nase haben?«

»Überheblichkeit«, schlug Werthen vor. »Hochnäsig sein oder die Nase hoch tragen.«

»Naseweis sein«, fügte Klimt schnell hinzu. »Die Nase in die Angelegenheiten anderer Leute stecken.«

Gross schloss nachdenklich die Augen. Er hörte sich die Vorschläge an, reagierte jedoch nicht sofort. »Es hat etwas mit Frosch zu tun, er war das erste richtige Opfer«, überlegte er abwesend. »Es muss da eine Verbindung geben. Das macht mich noch wahnsinnig.«

»Vielleicht hat es etwas mit Geruch zu tun«, merkte Klimt an.

Gross schlug mit der Hand auf die Fensterbank. »Das ist es!«

»Geruch?«, fragte Werthen.

Gross sah ihn verwirrt an. »Wie? Nein, natürlich nicht. Es hat etwas mit der Geschichte der amerikanischen Indianer zu tun. Wenn ich mich nicht allzu sehr täusche, wurden bei den Sioux den Squaws, die ihre Männer betrogen, die Nasen abgeschnitten. Und Frosch …«

»Würde einen Betrug begehen, indem er die Wahrheit über den Tod von Kronprinz Rudolf verriet«, beendete Werthen den Satz für ihn.

»Wer wäre zu so etwas Scheußlichem imstande?«, erkundigte sich Klimt voller Abscheu.

»Jemand, für den Symbole ungeheuer wichtig sind«, erwiderte Gross. »Dem Loyalität alles bedeutet. Und der mächtig und kühn genug ist, im Herzen des Kaiserreichs zuzuschlagen und den Kronprinz und die Kaiserin zu ermorden.«

Gross kehrte ihnen erneut den Rücken zu und blickte aus dem Fenster. »Außerdem hält sich dieser jemand für sehr schlau. Darauf sollten wir achten.«

Er sah den Kriminologen am Fenster der Wohnung auf der anderen Seite der Straße. Hätte er ein Gewehr bei sich gehabt, wäre der Mann so gut wie tot gewesen.

Er war immer noch wütend wegen des Fehlschlags in Genf. »Lassen Sie es wie einen Unfall aussehen«, hatte man ihn angewiesen. Das war, wie sich herausstellte, ein grober Fehler; statt den Anwalt und den Professor einfach umzubringen, musste er einen Verkehrsunfall vortäuschen und hatte am Ende zwei gute Pferde sinnlos geopfert.

All diese Verwirrspiele und falsche Fährten. Das Theater mit der Verstümmelung der Prateropfer. Er hatte sein Bestes gegeben, um bei allen Opfern eine »schöne Leiche« zu schaffen, und wozu der ganze Aufwand? Er hatte sogar einen unterirdischen Behandlungsraum einrichten müssen, um diesen gewaltigen Auftrag überhaupt bewältigen zu können. Er hatte einen Keller im Dritten Bezirk mit chirurgischen Instrumenten und mit Fässern ausgestattet, um das Blut abzusaugen, das er anschließend im nahe gelegenen Kanal entsorgte. Er hatte alte Karten von Abwasserleitungen und Katakomben benutzt, die ihm sein Vorgesetzter zur Verfügung gestellt hatte, war zum Experten der Wiener Unterwelt geworden und hatte dabei sorgfältig die Behausungen gemieden, die die Obdachlosen im Untergrund eingerichtet hatten. So viel Aufwand für die Toten. Das einzig Befriedigende war nur der erste Kontakt, der

Gestank ihrer Angst, wenn er sie von hinten packte, seine Hände wie einen Schraubstock um ihren Kopf legte und ihnen mit einer kurzen Drehung das Genick brach. Welch ein befriedigendes Geräusch!

Er hatte stets nur Befehle erhalten, niemals Erklärungen oder Begründungen. Natürlich, er war Soldat, und Befehl war Befehl. Dennoch fragte er sich, was für ein Spiel die da oben spielten? Selbst beim Attentat auf die Kaiserin hatte er einen Kutscher spielen müssen, der ihr am Tatort zu Hilfe eilte. Und wozu diese Scharade mit diesem einfältigen italienischen Anarchisten? Allein das zu arrangieren hatte mehr Mühe gekostet als zehn einfache Morde.

Selbst die Treffen mit seinen Vorgesetzten waren zu einer Schmierenkomödie geworden. An seiner letzten Besprechung mit seinem Major – der mittlerweile zum Oberstleutnant befördert worden war; aber für ihn würde er immer sein Major bleiben – hatte noch eine andere Person teilgenommen, um sicherzustellen, dass die Befehle klar und eindeutig erteilt wurden. Diese Person hatte eine Kutte mit Kapuze getragen, wie ein Mönch, und sein Gesicht war im Schatten der Kapuze verborgen geblieben. In dem düsteren Raum hatte er lediglich das goldene Amulett in Form eines kleinen Schafs erkennen können, das der Mann um den Hals trug. Wozu das ganze Theater? Schließlich ging es nur ums Töten.

Und jetzt musste er sich etwas einfallen lassen, um das Fiasko mit dem Anwalt und dem Professor in Genf auszubügeln. Es war das erste Mal, dass er versagt hatte. Es würde nicht wieder vorkommen. Es war ihm gleichgültig, was der Major ihm befahl, das nächste Mal würde er keinen Fehler machen. Raffinesse war etwas für Konditormeister. Eine Kugel im Kopf war effektiv. Sollte die Gendarmerie doch versuchen, die Puzzleteile des Verbrechens zusammenzufügen!

19. Kapitel

Am nächsten Morgen hatten sie einen Termin mit Professor Krafft-Ebing in seinem Büro an der Universität. Werthen war gestern Abend noch einmal seine Notizen durchgegangen und hatte eine mögliche Verbindung zu Franz Ferdinand bei den Morden entdeckt. Krafft-Ebing hatte ihnen bei ihrem ersten Treffen erzählt, dass der Bruder des Thronfolgers, Erzherzog Otto, dem berüchtigten Club der Einhundert angehörte, diesen an Syphilis erkrankten Perversen, die regelmäßig Jungfrauen verführten. Vielleicht hatten die Verstümmelungen der Nasen also doch etwas mit der Syphilis zu tun, nur nicht mit Binder. Vielleicht gab es irgendeinen Bezug zu Franz Ferdinand und seinem Bruder. Jedenfalls war diese, wenn auch schwache Verbindung zu Franz Ferdinand zu bedeutsam, um ihr nicht nachzugehen.

Gross war skeptisch, begleitete Werthen aber dennoch.

Bevor sie die Wohnung verließen, bemerkte Werthen die Frühpost auf dem Tischchen neben der Tür. Obenauf lag ein Brief mit Berthes Handschrift. Er öffnete ihn rasch und las, während Gross ungeduldig neben seiner Schulter schnaufte.

Lieber Karl,

bitte vergib mir diesen theatralischen Sonntag. Ich liebe Dich. Aber wir müssen auch lernen, uns gegenseitig zu vertrauen. Nichts vor dem anderen zu verbergen. Und bitte sag Dr. Gross, dass er aufhören soll, über Deiner Schulter mitzulesen!

Werthen drehte sich um. Tatsächlich hatte Gross mitgelesen, zeigte allerdings nicht das kleinste bisschen Reue.

»Ein kluges Mädchen!« Mehr sagte er nicht dazu.

Werthen las weiter, drehte sich jedoch um, so dass Gross nicht mitlesen konnte.

Dies ist eine teuflisch anstrengende Woche für mich, und ich bin sicher, auch für Dich. Treffen wir uns doch am Freitagabend und feiern. Ich küsse Dich, Liebster. Tut mir leid, wenn ich mich wie ein Schulmädchen anhöre, aber ich vermisse Dich. Und die Brosche gefällt mir sehr.

In Liebe, B

Werthen seufzte erleichtert auf. Wie sehr er Berthe doch liebte! Ihre zornigen Worte hatten ihn in den letzten Tagen gequält; aber jetzt hatte er das Gefühl, sich den Ermittlungen unbelastet widmen zu können.

»Worauf warten Sie, Gross? Vergeuden wir keine Zeit.«

Krafft-Ebings Eckbüro befand sich im dritten Stock des neuen Gebäudes an der Ringstraße, das von dem berühmten Architekten Heinrich von Ferstel vor einigen Jahren fertiggestellt worden war. Die ganze Straße wurde von der riesigen Kalksteinfassade des Gebäudes beherrscht. Werthen wusste, dass Klimt vor fünf Jahren beauftragt worden war, einige Deckengemälde für den Eingangsbereich zu schaffen, doch trotz langwieriger Verhandlungen hatte man sich bisher noch nicht auf die Themen einigen können. Die Decke wirkte immer noch kahl. Als sie die breite Treppe zum dritten Stock hinaufstiegen, sah Werthen überrascht, wie eine Studentin mit Zöpfen und einem hellblauen Matrosenkleid zu einer Vorlesung eilte. Dann fiel ihm ein, dass im vorigen Jahr auch Frauen zur Universität zugelassen worden waren – allerdings durften sie nur die philosophische Fakultät besuchen.

Sie hatten heute Morgen per Rohrpost, die häufig schneller war als das Telefon, einen Termin mit Krafft-Ebing vereinbart, und der Professor erwartete sie bereits. Er musterte Werthens Gehstock mit der silbernen Spitze. Darin war ein messerscharfer Degen eingearbeitet, und Werthen wusste mit dieser Waffe umzugehen.

Krafft-Ebings Büro war zweckmäßig eingerichtet: An den Wänden standen verglaste Bücherregale, und die großen Fenster wiesen zur Ringstraße hinaus. Sein Schreibtisch ähnelte dem eines Schulmeisters. Er war klein, fast winzig im Vergleich zu dem riesigen Raum und überladen mit Stapeln von Notizbüchern und dicken Wälzern, aus denen blaue Papierstreifen als Lesezeichen herauslugten.

Sie plauderten eine Weile höflich, und der Psychologe äußerte sein Erstaunen, dass Gross noch nicht in der Bukowina war. Schließlich kamen sie zur Sache.

»Ich weiß nicht, wie ich Ihnen in Bezug auf den Club der Einhundert noch weiterhelfen könnte. Ich habe Ihnen bereits bei unserem letzten Gespräch alles mitgeteilt, was ich über diese berüchtigte Geheimgesellschaft weiß.« Krafft-Ebing lehnte sich in seinem Ledersessel zurück. »Aber woher kommt dieses brennende Interesse, meine Herren? Ich dachte, die Pratermorde wären aufgeklärt.« Sein süffisantes Grinsen verriet, dass er nicht einen Moment glaubte, der wahre Schuldige an den Morden wäre bereits zur Rechenschaft gezogen worden.

»Wir sind auf neue Beweise gestoßen«, erklärte Gross und informierte Krafft-Ebing über das Alibi von Herrn Binder. Er verschwieg jedoch die Verbindung zwischen den Pratermorden und dem Attentat auf Kaiserin Elisabeth sowie ihren Sohn. Gross wollte seinen alten Freund nicht in Gefahr bringen, und zu viel Wissen über diesen Fall brachte ein gewisses Risiko mit sich. Nachdem Klimt sie am Vorabend verlassen hatte, war Werthen von dem Kriminologen ausgiebig gescholten worden, weil er dem Maler zu viele Informationen gegeben hatte. Werthen klingelten von der Strafpredigt immer noch die Ohren.

Krafft-Ebing nickte bedächtig, als Gross ihm von den neuen Fakten berichtete. »Sie brauchen also ein neues Täterprofil. Aber Sie werden ja wohl kaum Erzherzog Otto verdächtigen. Der

Mann mag ein großspuriger Narr sein, doch er ist wohl kaum ein Mörder. Außerdem suchen Sie jetzt ja vermutlich nach anderen Verbindungen als nach an Syphilis Erkrankten. Wenn Binder unschuldig ist, bedeutet das, jemand wollte die Schuld auf ihn lenken und hat deshalb die Krankheit dieses armen Mannes zum Gegenstand dieser Scharade gemacht.«

»Oder er hat Binders Syphilis benutzt, um seine eigene zu vertuschen«, gab Werthen zu bedenken.

Gross reagierte nicht darauf, doch Krafft-Ebing spitzte nachdenklich die Lippen.

»Möglicherweise.« Er klang allerdings wenig überzeugt. »Ich fühle mich an unser früheres Gespräch erinnert«, fuhr er dann fort. »An die Nachricht vom Tod der Kaiserin.«

Gross und Werthen wechselten einen Blick ob dieses Gedankensprungs, diesmal jedoch war Werthen auf die indirekte Art des Psychologen vorbereitet.

»Zunächst habe ich nur gehört, sie wäre in Genf gestorben, die arme Frau. Zu diesem Zeitpunkt wusste ich noch nichts von dem Attentat. Deshalb dachte ich, was mich an unser früheres Gespräch erinnert hat, dass sie am Ende ihrer Krankheit erlegen sei.«

Gross und Werthen schwiegen, aber in ihren Blicken lag eine unausgesprochene Frage.

»Ja, auch sie hat unter dieser Krankheit gelitten.«

»Kaiserin Elisabeth hatte Syphilis?« Werthen erstickte beinahe an seinen Worten.

Krafft-Ebing nickte bedächtig. »Davon wussten nur sehr wenige. Es war ein sehr gut gehütetes Geheimnis am Hofe. Und erklärt die Entfremdung von ihrem Ehemann und ihre fortwährenden Reisen. Sie war ständig auf der Suche nach einem Heilmittel, versuchte unaufhörlich, jeglicher Erinnerung an diese Krankheit zu entkommen.«

Endlich fand Gross die Sprache wieder: »Woher haben Sie diese Information, Krafft-Ebing?«

»Wie Sie sich vielleicht erinnern, war ich in den letzten Jahren seines Lebens Leibarzt von Erzherzog Rudolf.«

»Natürlich.« Gross nickte. »Sie waren deshalb nur selten in Graz. Eine überaus ehrenvolle Berufung.«

»Gewiss. In vielerlei Hinsicht war es jedoch auch eine Bürde. Der junge Mann war ebenfalls infiziert, allerdings von Geburt an. Er litt an erblich bedingter Syphilis.«

»Aber woher ...?« Werthen sprach nicht weiter, weil die Antwort auf seine Frage offensichtlich war. Franz Joseph, die ehrwürdige Vaterfigur des Kaiserreichs, *Der Alte*, der Kavalier mit dem Backenbart, der das Reich anständig und effektiv regiert und seit mehr als einem halben Jahrhundert das Zepter in der Hand hielt Er hatte seine junge Frau mit der Krankheit infiziert, die wiederum ein Kind zur Welt gebracht hatte, das den tödlichen Virus bereits in sich trug. Jetzt verstand Werthen auch das letzte Geschenk der Kaiserin an ihren Ehemann – das Pianola, das immer nur ein einziges Stück spielte: »Liebestod«.

»Das erste Kind des Kaiserpaares, Erzherzogin Sophie«, fuhr Krafft-Ebing fort, »lebte nur wenige Jahre, bis sie diese Erbkrankheit dahinraffte. Das zweite Kind, Gisela, hatte das Glück, nicht infiziert zu werden, genauso wie das vierte Kind, Marie Valerie, das ungefähr ein Jahrzehnt später geboren wurde. Aber das dritte Kind, der langersehnte Thronfolger Kronprinz Rudolf, kam mit Syphilis zur Welt. Zum Zeitpunkt seines Todes hatte er bereits die zweite Stufe erreicht.«

»Tragisch«, murmelte Werthen und sah sich plötzlich mit einem vollkommenen neuen Bild von Franz Joseph konfrontiert. »Aber was ist mit dem Kaiser?«

»Ich selbst habe ihn nie untersucht, aber er zählt offensichtlich zu den wenigen Glücklichen, die den verheerenden Auswirkungen der Krankheit bisher entkommen konnten. Er ist ja beileibe kein junger Mann mehr, aber so weit ich es beurteilen kann, ist bei ihm wenig von den Auswirkungen der Krankheit zu sehen. Bei Ihrer Majestät der Kaiserin verlief die Angelegenheit jedoch anders. Bereits länger vor ihrem Tod litt sie unter krampfhaften Zuckungen, ihre legendäre Schönheit verfiel, und sie zog es vor, ihr Gesicht zu verschleiern, so als lebte sie im Islam.«

»War der Kronprinz zum Zeitpunkt seines Todes bei Verstand?«, erkundigte sich Gross.

»Das will ich meinen. Er hatte das tertiäre Stadium noch längst nicht erreicht. Man könnte fast behaupten, dass er sich ein wenig erholt hatte. Bei manchen Betroffenen erstreckt sich die Spanne zwischen den ersten beiden Stadien und dem tertiären über Jahrzehnte. Aber das Wissen, dass dieses Damoklesschwert über ihm schwebte und seine Tage gezählt waren, hat ihm zugesetzt.«

»War er vielleicht selbstmordgefährdet?«, fragte Werthen.

Krafft-Ebing schöpfte nun jedoch angesichts ihres Interesses, das so wenig mit ihren vorgeblichen Ermittlungen zu tun hatte, allmählich Verdacht. »Gross«, sagte er und nickte Werthen zu, »Herr Anwalt – ich glaube, Sie beide sagen mir nicht die Wahrheit.«

»Es ist bloße Neugierde«, versuchte Werthen die Sache herunterzuspielen. Aber seine Worte klangen selbst in seinen Ohren unaufrichtig.

»Also gut, Kollege. Entscheiden Sie selbst, ob Sie die Wahrheit wissen wollen oder nicht«, lenkte Gross schließlich ein. »Aber ich muss Sie warnen: Dieses Wissen kann Ihnen gefährlich werden. Wir selbst sind aufgrund unserer Ermittlungen bereits einmal nur knapp dem Tod entkommen. Ich möchte niemand anderen mit hineinziehen, wenn es nicht absolut notwendig ist.«

»Unsinn!«, stieß Krafft-Ebing hervor. »Jetzt haben Sie *meine* Neugier geweckt. Wie soll ich Ihnen denn helfen, wenn Sie mir die Fakten vorenthalten?«

Gross wechselte einen Blick mit Werthen, dann seufzte er schwer, bevor er die Verbindung zwischen den Pratermorden,

den Mord an Frosch und dem Tod von Kaiserin Elisabeth sowie Rudolf ein Jahrzehnt früher erklärte. Allerdings verriet er mit keinem Wort, in welche Richtung sich ihre Ermittlungen derzeit bewegten – dass sie Erzherzog Franz Ferdinand verdächtigten.

Nachdem Gross geendet hatte, schwieg der Psychologe, sichtlich überwältigt.

»Mein Gott, diese Geschichte klingt, als hätte sie sich dieser amerikanische Autor ausgedacht«, sagte er nach einer Weile. »Dieser Edgar Allan Poe.« Sein Verstand arbeitete auf Hochtouren, und es dauerte nicht lange, bis er aufgrund Werthens früherer Fragen die Beziehung zu Erzherzog Otto hergestellt hatte. »Sie verdächtigen also Otto ... Nein, Sie verdächtigen seinen Bruder, Franz Ferdinand! Er ist der größte Nutznießer von Rudolfs Tod.«

»Er erbt dadurch ein Königreich«, bemerkte Werthen.

Krafft-Ebing schüttelte heftig den Kopf. »Nein. Das ist vollkommen absurd.« Er sah Gross an. »Glauben Sie das?«

»Er hat immerhin ein Motiv«, gab Gross zu bedenken. »Und gegen wen auch immer wir hier kämpfen – machen wir uns nichts vor: Es ist ein Kampf auf Leben und Tod, dieser Jemand verfügt über unglaublich viel Macht. Das erkennt man schon daran, wie er von Anfang an die Ermittlungen der Pratermorde gesteuert hat.«

»Unsinn!«, beharrte Krafft-Ebing. »Franz Ferdinand mag sich manchmal wie ein polternder Narr aufführen und ist enttäuscht, weil er genau wie sein Cousin Rudolf von der Politik ferngehalten wird. Aber ich bin ihm persönlich begegnet. Er ist ein ausgesprochen kluger Mensch. Er hat sogar ein Buch über seine Reisen geschrieben, als er wärmere Regionen besuchte, um seine Tuberkulose zu heilen. Erst im März hatte ich Gelegenheit, ihn zu untersuchen. Ich habe ihn für geheilt erklärt. Er ist durchaus fähig, die mannigfachen Aufgaben eines Thronfolgers zu erfüllen. Sie hätten ihn sehen sollen, nachdem ich meine Diagnose verkündet hatte. Er hüpfte herum wie ein kleines Kind. Meine

Güte, dieser Mann züchtet Rosen. Wie könnte so jemand ein kaltblütiger Mörder sein?«

»Rosen?«, wiederholte Gross. »Interessant. Er hat dasselbe Hobby wie unser Herr Binder.«

Als Gross ihn jetzt ansah, hatte Werthen zum ersten Mal das Gefühl, der Kriminologe nahm die Theorie über Franz Ferdinand vielleicht doch ernst.

»Ich sollte vielleicht meine Meinung für mich behalten und Ihnen beiden einfach nur helfen, ein neues Profil des Mörders zu erstellen«, sagte Krafft-Ebing. »Ich bin wie Sie, Gross, der Ansicht, dass unser Mörder den Leichen im Prater diese Verstümmelungen aus einem bestimmten Grund zugefügt hat. Sie sollten nicht nur den Eindruck erwecken, der Täter wäre verrückt. Ich glaube, sie haben noch eine andere Bedeutung und können uns helfen, ein Bild des Mörders zu entwerfen. Also, wenden wir uns zuerst den Nasen zu.«

»Also abgemacht?«, fragte Gross.

»Ja«, stimmte Krafft-Ebing zu. »Mir gefällt Ihre Theorie mit der Geschichte der Indianer. Genau wie einer untreuen Frau wird dem untreuen Diener die Nase abgehackt. Auch dass es ein Brauch der amerikanischen Indianer ist, ist ein Hinweis. Es könnte bedeuten, dass der Mörder es sich hat leisten können, in die Vereinigten Staaten zu reisen. Wir Österreicher haben nicht viele Immigranten in die neue Welt entsandt. Es dürfte sich eher um jemanden handeln, der über genügend Mittel verfügt, solche Reisen zu unternehmen, oder zumindest gebildet genug ist, über solche Bräuche zu lesen. Das deutet darauf hin, dass er wohlhabend, vielleicht sogar adlig ist.«

»Das Bürgertum ist mittlerweile auch gebildet«, widersprach Werthen.

»Natürlich können sie lesen«, sagte Krafft-Ebing. »Jeder Geschäftsmann kann einen Abenteuerroman dieses Karl May lesen und wird dort vermutlich Hinweise auf solche Indianerbräuche finden. Ich jedoch beziehe mich eher auf den Umgang mit solchen Informationen. Ehre und Treue sind der Person, die wir suchen, außerordentlich wichtig. Im Leben der meisten von uns spielen solch symbolträchtigen Handlungen keine große Rolle. Für unseren Mörder jedoch sind Symbole wichtig, nein, lebensnotwendig. Das erkennen wir, wenn wir uns die anderen Hinweise genauer ansehen.«

»Das Blut«, meinte Gross. »Da wir die Spur von jüdischen Ritualmorden nicht weiterverfolgt haben, wurde dieses Detail vernachlässigt.«

»Es ist ebenso wichtig wie die Nase«, bestätigte Krafft-Ebing. »Blut steht für so vieles: Leben, Fruchtbarkeit, Sexualität, Fortpflanzung. Aber vielleicht ist es hier eben diese Abwesenheit von Blut, die uns etwas mitteilt. Verbunden mit der verstümmelten Nase würde ich sagen, dass das Blut in diesem Fall für mangelhafte Fortpflanzung steht oder eben einen Mangel an gutem Blut, wie der Adel es gern ausdrückt.«

Da Krafft-Ebing selbst zum Ritter geschlagen worden und damit ein Mitglied des zwar niederen Adels, aber nichtsdestotrotz adlig war, klangen seine Worte in Werthens Ohren fast schon ironisch.

»Ausgezeichnet.« Gross rieb sich die Hände. »Und die Platzierung der Leichen?«

»Das ist der dritte Hinweis«, stimmte Krafft-Ebing zu. »Der Prater. Es ist ein Vergnügungspark, und man denkt zunächst an ein Symbol für die gemeinen Leute. Vielleicht war es aber auch nur ein sehr praktischer Ort, um die Leichen abzuladen. Schließlich war er mitten in der Nacht vollkommen verlassen, so dass niemand etwas bemerkte.«

»Der Mörder hat diese Menschen in den Straßen Wiens überfallen, einige sogar, als es noch hell war«, gab Gross zu bedenken. »Nein, ich glaube nicht, dass der Prater nur aufgrund seiner Abgeschiedenheit ausgewählt wurde.«

»Zur Zeit von Joseph I. befand sich dort ein Jagdgebiet«, warf Werthen ein.

»Wieder eine Verbindung zum Adel«, stellte Krafft-Ebing fest. »Die Opfer wurden als Jagdtrophäen zurückgelassen.«

Werthen dachte kurz an Franz Ferdinands beeindruckenden Ruf als Jäger, sagte jedoch nichts. Er wollte Krafft-Ebing bei seinen Gedankengängen nicht irritieren.

»Wir nähern uns allmählich dem Bild des Täters, meine Herren«, erklärte der Psychologe. »Es handelt sich um einen mächtigen, wohlhabenden Mann, der wahrscheinlich in der Lage ist, einen Mörder zu engagieren. Ihm sind Loyalität und Zucht äußerst wichtig. Vielleicht ist er Militär oder sogar ein Mitglied unserer berühmten Ritterorden, zum Beispiel dem Österreichisch-Kaiserlichen Leopold-Orden, dem Maria-Theresa-Orden, dem Orden St. Stephen oder sogar dem Orden vom Goldenen Vlies. Die Ehrenkodizes all dieser Orden verlangen von ihren Mitgliedern, abtrünnige Ritter wegen Hochverrats oder Ketzerei zu bestrafen. Dieser Kodex könnte auch für einen gemeinen Staatsdiener wie Herrn Frosch Anwendung finden oder selbst für die Kaiserin.«

»Ich glaube, die Angehörigen der königlichen Familie sind per se Mitglied in einem dieser Orden«, bemerkte Werthen.

»Richtig, und zwar dem des Goldenen Vlieses.« Gross lächelte zufrieden, als er sein Geheimwissen kundtat. »Aber trotzdem muss unser Täter keinem solchen Orden angehören. Er könnte lediglich nur auf eine ganz bestimmte Art und Weise Macht ausüben. Womit wir eine recht breitgefächerte Auswahl hätten, als da wären die achtzig lebenden Sprösslinge von Kaiserin Maria Theresa und ihrem Sohn, Kaiser Leopold II.: Erzherzöge, Erzherzoginnen, Prinzen, Prinzessinnen, Grafen und Gräfinnen.«

»Die Erste Gesellschaft«, ergänzte Krafft-Ebing.

»So ziemlich. Jeder von ihnen verfügt über diese Art von Macht, nach der wir suchen. Dann kommen die niederen, ererbten Titelträger aus anderen Teilen des Kaiserreichs, von denen viele übrigens Ungarn sind, wenn ich Sie daran erinnern darf. Bis auf wenige berühmte Ausnahmen wie Esterházy, Schwarzenberg, Grunenthal und Thurn und Taxis, verfügen die meisten über Titel, die unter dem eines Grafen stehen. Dann kommt der Dienstadel, der seine Titel durch den Dienst für die Krone erworben hat, wie ein Ritter oder ein Baron.«

»So wie meine Familie«, ergänzte Krafft-Ebing.

»Und vergessen wir nicht den gewaltige Hofstaat aus Staatsbeamten, Militärs, Beratern und sogar Bediensteten, die einflussreiche Posten bekleiden. Laut Schätzungen beläuft sich der gesamte Hofstaat auf vierzigtausend Köpfe.«

Doch Werthen hörte ihm nicht mehr zu. Franz Ferdinand war sicherlich Mitglied im Goldenen Vlies, genauso wie es Kronprinz Rudolf gewesen war. Hätte Franz Ferdinand eine Rechtfertigung gesucht, seinen älteren Cousin umzubringen, hätte er sich darauf berufen können, etwas Gutes für sein Land zu tun und Österreich vor Rudolfs Liebe zu Ungarn bewahren zu wollen, das sich anschickte, aus der Doppelmonarchie auszubrechen. Franz Ferdinand war bei Rudolfs Tod sechsundzwanzig Jahre alt gewesen und verfügte über genügend Verbündete, um einen solchen Handstreich zu inszenieren, der den Mord des Kronprinzen wie einen Selbstmord aussehen ließ.

»Sind Sie einverstanden, Werthen?«

Gross' Stimme riss Werthen aus seinen Gedanken. Wie lange war er der Unterhaltung nicht mehr gefolgt?

»Verzeihen Sie, ich bin abgeschweift. Womit soll ich einverstanden sein?«

»Im nächsten Schritt sollten wir diskutieren, ob unsere zentrale These korrekt ist.«

»Die da lautet?«

»Dass sich diese ganze Geschichte um den Tod, nein, um den Mord an Kronprinz Rudolf vor einem Jahrzehnt dreht.«

»Und wie wollen wir das tun, da uns keine Kopie von Froschs Memoiren vorliegt?«, fragte Werthen. »Wir können wohl schwerlich die offizielle Untersuchung wieder aufrollen. Der Tatort existiert nicht mehr, da Rudolfs Schlafzimmer buchstäblich niedergerissen wurde, als man das Jagdschloss Mayerling zu einem Karmeliterkloster umgebaut hat. Viele von denen, die in jener Nacht auf Mayerling anwesend waren, sind tot, einschließlich Rudolfs Fahrer Bratfisch und nun auch Frosch. Wie gehen wir also vor?«

»Indem wir die Leiche untersuchen.«

»Aber der Kronprinz liegt in der Gruft der Kapuzinerkirche«, wandte Werthen ein. Es gefiel ihm nicht, dass Gross ihn von den aktuellen Ermittlungen ablenkte, indem er seine Zeit mit einem zehn Jahre alten Mord verschwendete. »Man wird uns niemals erlauben, den Sarkophag zu öffnen.«

»Nicht den des Kronprinzen, Werthen, aber den dieser Mary Vetsera, die er angeblich erschossen hat, bevor er sich umbrachte.«

»Was versprechen Sie sich davon, diesen verfaulten Kadaver zu untersuchen?«

»Das weiß ich nicht genau, Werthen. Vielleicht haben wir nur eine Chance, diese Angelegenheit aufzuklären, wenn wir den Mörder noch etwas mehr aufscheuchen. Vielleicht so sehr, dass er sich zu unüberlegten Handlungen hinreißen lässt. Oder wir entdecken in dieser kalten, feuchten Erde – abgesehen von Würmern – noch etwas anderes.«

Gross stand auf und nickte dem Psychologen zu: »Lieber Krafft-Ebing, es war wie immer ein Vergnügen. Vielen Dank für Ihre Hilfe, und sehen Sie sich gründlich um, bevor Sie heute Abend die Ringstraße überqueren.«

Der Psychologe warf Gross einen spöttischen Blick zu. »Sie auch, Gross. Wir wollen Sie schließlich nicht verlieren, jedenfalls noch nicht.«

Werthen hatte keine Ahnung, was die beiden so verdammt komisch an der Aussicht auf den Tod finden konnten.

»Und lassen Sie mich wissen, ob die Vetsera-Familie der Exhumierung zustimmt«, sagte Krafft-Ebing auf dem Weg zur Tür. »Ich nehme doch an, dass bei der Exhumierung ein Arzt anwesend sein muss?«

20. Kapitel

Vor der Tür wartete Klimt auf sie. Er hatte darauf bestanden, den Leibwächter für sie zu spielen. Mit Hilfe seines ehemaligen Zellengenossen Hugo aus dem Landgerichtsgefängnis hatte er drei kräftige und recht unangenehm aussehende Individuen angeworben, unter deren ausgebeulten Joppen Werthen Pistolen, Schlagstöcke, Messer und Schlagringe vermutete. Jeder der Männer trug eine Melone auf dem massigen Schädel. Klimt machte keine Anstalten, sie vorzustellen, und auch Werthen und Gross verzichteten auf solche Formalitäten. Werthen fiel auf, dass Gross sich keineswegs über diese Eskorte beklagte, obwohl er noch gestern Abend über die Idee gespottet hatte.

Umringt von ihren Begleitern marschierten sie über den Ring.

»Sie scheinen sich zum Hobbyhistoriker Ihrer erwählten Heimatstadt zu entwickeln, Werthen«, meinte Gross, als sie sich dem nächstgelegenen Fiakerstand am Schottentor näherten. »Sagen Sie, was ist aus der Mutter der Vetsera geworden?«

»Wie Sie sich vorstellen können, wurde sie vom Hof verbannt. Man beschuldigte sie, ihre wunderschöne junge Tochter an den Kronprinzen verkuppelt zu haben. Helene Vetsera war zugegeben eine gesellschaftliche Aufsteigerin und sich gewiss nicht zu schade, eine Affäre zwischen ihrer siebzehn Jahre alten Tochter und Rudolf zu arrangieren. Es wird sogar gemunkelt, dass sie selbst als jüngere und verheiratete Frau versucht hat, den Kronprinzen zu verführen, aber diesmal war sie unschuldig. Es war die Nichte der Kaiserin, Marie Gräfin Larisch, die das Treffen zwischen ihrem Cousin und der jungen Vetsera vermittelt hatte. Auch sie wurde aufgrund ihrer Beteiligung an dieser Angelegenheit später vom Hof verbannt. Ich glaube, sie hat kürzlich einen bayerischen Sänger geehelicht und lebt jetzt in München.«

»Sicher, Werthen, schon gut«, meinte Gross ungeduldig. »Mich interessiert nur die Mutter.«

»Sie wurde von der Feinen Gesellschaft fallengelassen, obwohl ihre Brüder, die Baltazzis, ein sehr gutes Renommee haben. Sie sind große Pferdesportnarren. Während der Rennsaison findet man sie stets in Freudenau …«

»Werthen!«

»Gewiss, die Mutter. Das Letzte, was ich von ihr hörte, war, dass Helene Vetsera immer noch im Familienwohnsitz in der Salesianergasse lebt.«

»Dem Nobelviertel. Fahren wir hin.«

»Aber Gross, wir können die Baronin nicht einfach so überfallen! Wir müssen uns an die Etikette halten. Man hinterlässt zunächst einmal seine Karte und wartet, bis man eingeladen wird.«

»Unfug, Werthen. Die Dame vertrocknet vermutlich ohne Hofklatsch und wird sich über jeden Besuch freuen, jedenfalls wenn sie so verstoßen wurde, wie Sie es beschreiben. Schnell, Werthen«, drängte Gross und winkte einen Fiaker heran, der gerade an ihnen vorbeifuhr. »Wir haben keine Zeit zu verlieren.«

Er zog Werthen kurzerhand in den Fiaker und überließ es Klimt und seiner Truppe, sich die nächste verfügbare Droschke zu sichern.

Als sie in der Salesianergasse 12 ankamen, stellte Werthen zu seiner Überraschung fest, dass Gross mit seiner Vermutung recht gehabt hatte. Die Baronin war tatsächlich hocherfreut über ihre Gesellschaft. Sie überreichten dem betagten Butler, der ihnen die Tür öffnete, ihre Visitenkarten und wurden kaum fünf Minuten später von Helene Vetsera empfangen. Werthen und Gross betraten gerade das Haus, als Klimt und seine Schläger in ihrem Fiaker auftauchten.

Der Butler führte sie in einen großen und ziemlich dunklen Salon, in dem die Baronin sie empfing. Werthen wusste, dass Helene Vetsera einst für ihre Schönheit berühmt gewesen war. Ihr gutes Aussehen hatte die Levantinerin von ihrem Vater, Themistocles Baltazzi, geerbt, der aus Kleinasien immigriert war. Er beherrschte die Spielregeln des Kaiserreiches so perfekt, dass er schon bald mit Brückengebühren und anderen Regierungslizenzen steinreich wurde. Helene war eines von vier Kindern; die anderen drei waren Knaben, die sich später in England einen Namen als Jockeys gemacht hatten. Sie hatte einen österreichischen Diplomaten geehelicht und ihm mehrere Kinder geboren, unter anderen Tochter Mary, die durch ihren frühen Tod in Mayerling berühmt geworden war.

»Selbstverständlich habe ich von Ihrer Arbeit gehört, Herr Doktor Gross«, sagte die Baronin, nachdem die Vorstellungszeremonie erledigt war.

Das Licht in dem Raum war so gedämpft, dass Werthen ihre Gesichtszüge nicht genau erkennen konnte. Er nahm an, dass der Raum absichtlich abgedunkelt war, denn es ging das Gerücht, dass die Baronin nach dem Tod ihrer Tochter und der Verbannung aus der Gesellschaft schrecklich gealtert sei.

»Das freut mich sehr, Baronin«, erwiderte Gross galant. »Ich muss mich für unseren unangekündigten Besuch entschuldigen. Ich habe Advokat Werthen erklärt, dass ein solches Verhalten nicht gerade comme il faut ist, aber ich konnte ihn nicht überzeugen. Ich möchte mich aufrichtig für ihn entschuldigen.«

Werthen verdrehte bei Gross' Worten die Augen.

Die Baronin bedachte den Advokat mit einem vorwurfsvollen Blick und wandte sich dann an Gross.

»Dann handelt es sich wohl um eine Angelegenheit von einiger Dringlichkeit«, vermutete sie. Gross hatte offenkundig ihre Neugierde geweckt.

»So ist es, Baronin. Allerdings könnte es für Sie in gewisser Weise eine sehr schmerzliche Angelegenheit sein. Mein Kollege und ich schreiben einen Artikel über die polizeilichen Ermittlungen zu dem tragischen Vorfall in Mayerling.«

Bei der Erwähnung des Ortes seufzte sie.

»Der Aufsatz wird in meiner Zeitschrift, dem *Archiv der Kriminalistik*, veröffentlicht. Es ist ein Fachblatt, müssen Sie wissen, das von Kriminologen auf der ganzen Welt gelesen wird. Wir hoffen, mit unserem Essay den Gerüchten über den Tod Ihrer Tochter und des Kronprinzen endlich ein Ende zu bereiten. Aber dazu benötigen wir Ihre Unterstützung.«

»Mein armes Kind.« Die von Dunkelheit verhüllte Baronin schluchzte leise. »Es ist so missverstanden.«

»Genau deshalb sind wir zu Ihnen gekommen, liebe Baronin«, fuhr Gross fort. »Wir hoffen, alle Missverständnisse in Bezug auf Ihre Tochter ausräumen zu können. Ich behaupte, dass sie eigentlich nur ein unschuldiges Opfer und nur zur falschen Zeit am falschen Ort gewesen ist. Die junge Mary hatte gewiss keinen romantischen Selbstmordpakt geschlossen, sondern wurde das bedauerliche Opfer einer anderen Intrige. Ich glaube, das könnten wir beweisen, wenn wir die Gelegenheit bekämen, den Leichnam zu sehen.«

Gross ließ seine Äußerungen ohne weitere Erklärung im Raum stehen, und Werthen vermutete, dass die Frau, wenn sie sich erst gesammelt hätte, jeden Versuch, den Ruf ihrer Tochter wiederherzustellen, begrüßen und bereitwillig ein Exhumierungsformular für den Leichnam unterzeichnen würde.

»Das ist leider vollkommen unmöglich«, erklärte die Baronin jedoch und stand plötzlich auf. »Wissen Sie, wie lange ich aus der Gesellschaft verbannt war? Beinahe ein Jahrzehnt! Erst jetzt beginnt die Kälte des Hofs langsam zu tauen. Ich habe gerade letzte Woche eine Einladung von Prinzessin Metternich zu einer Abendgesellschaft erhalten. Möglicherweise nähert sich meine tragische Einsamkeit dem Ende. Und da wollen Sie, dass ich all das aufs Spiel setze, indem ich in alten Wunden bohre?«

Werthen war zwar überrascht, aber nicht wirklich verblüfft. Er hatte schon zu lange mit solchen Menschen zu tun, als dass ihn ihr Verhalten noch verwunderte. Der Baronin war ihr gesellschaftlicher Rang wichtiger als der Ruf ihrer toten Tochter. Also mussten sie eine andere Strategie verfolgen.

»Vielleicht wird es Zeit, der verehrten Frau Baronin reinen Wein einzuschenken«, ergriff Werthen das Wort.

Gross war geistesgegenwärtig genug, seine Verblüffung zu verbergen. »Das überlasse ich Ihnen, Advokat Werthen.«

»Baronin«, hob Werthen an, »ich muss Ihnen sagen, dass unsere Ermittlungen von höchster Stelle angeordnet wurden.«

»Sie meinen ...?«, setzte die Baronin an, doch Werthen fiel ihr ins Wort.

»Es ist uns leider nicht gestattet, unseren Auftraggeber zu nennen, aber seien Sie versichert, dass unser Auftrag auf höchster Ebene vom Hof genehmigt wurde. Ihre Kooperation in dieser Angelegenheit wird keineswegs unbemerkt bleiben.«

»Das hätten Sie wirklich gleich sagen sollen. Ich betrachte es in diesem Fall als meine Pflicht meinem Vaterland gegenüber, Ihnen in dieser Angelegenheit weiterzuhelfen. Ich verstehe, natürlich. Bitte, gehen Sie allem auf den Grund. Erklären Sie der Welt, dass meine liebe Mary unschuldig war.«

»Ein einfaches Schreiben mit Ihrer Unterschrift sollte genügen, Baronin.«

»Aber ja, was auch immer Sie wollen. Und bitte, übermitteln Sie Ihrem ... Ihrem Auftraggeber meine tiefste Verehrung gegenüber dem Hause Habsburg.«

Werthen antwortete nicht. Ein Bediensteter brachte Papier, Feder und Tinte, und die Baronin verfasste ein kurzes Schreiben an den Abt des Klosters Heiligenkreuz, wo Mary Vetsera begraben lag.

Wie in einem ordinären Melodram wurden sie am selben Abend im Kloster Heiligenkreuz von Blitz und Donner begrüßt. Der

Abt, ein weibisch wirkender Mönch in brauner Kutte und mit Tonsur, hielt den Brief von Baronin Helene Vetsera in seinen plumpen Fingern und sog lautstark die Luft durch die Zähne.

»Das ist … sehr ungewöhnlich«, stellte er fest, nachdem er ihn gelesen hatte.

»Die Dame wünscht, dass der Leichnam ihrer Tochter exhumiert wird«, erklärte Gross. »Wir haben Arbeiter mitgebracht«, er deutete mit einem Nicken auf Klimts Truppe, die mit den Hüten in der Hand in der Eingangshalle stand, »einen Notar«, ein weiteres Nicken in Richtung Werthen, »sowie einen Arzt.« Das letzte Nicken galt Krafft-Ebing, der sein Schnitzel halbverzehrt auf dem Teller hatte zurücklassen müssen.

Eine gezackter Blitz erleuchtete den Himmel, gefolgt von tosendem Donner. Regen prasselte auf das Dach.

»Das erinnert mich so sehr an jene schreckliche Nacht, als sie hergebracht wurde.« Der Abt schüttelte den Kopf und gab Gross das Schreiben zurück. »Wir mussten einige Stunden warten, bevor wir sie begraben konnten, weil der Boden überflutet war.«

Gross konnte es kaum erwarten, endlich an die Arbeit zu gehen, und überging die Bemerkung des Abtes.

»Verfügen Sie über ein Nebengebäude, in dem wir die Untersuchung durchführen können?«

Während Krafft-Ebing seine Untersuchungskleidung anlegte, erledigten Klimt und seine Männer die mühselige Aufgabe, den Sarg aus dem anonymen Grab auf dem Klosterfriedhof auszugraben. Werthen hielt die Laterne, während die Männer schufteten; es regnete jetzt in Strömen. In einen Mantel gehüllt und unter einem Regenschirm, den ein Novize über ihn hielt, plapperte der Abt unablässig, solange die Männer gruben. Als ein Spaten auf Holz stieß, wusste Werthen alles über die unglücklichen Umstände in der Nacht des Begräbnisses. Der Bischof hatte erst in letzter Minute dem Begräbnis einer Selbstmörderin auf geweihtem Boden zugestimmt. Denn obwohl im offiziellen Polizeibericht vermerkt war, dass der Kronprinz sie erschossen hatte, galt ihr Tod als Teil eines gemeinschaftlichen Selbstmordes. Der Abt berichtete auch von der Verzweiflung der beiden Onkel des Mädchens, die den Leichnam in jener stürmischen Nacht im Jahre 1889 nach Heiligenkreuz überführt hatten.

Klimt und seine Männer mussten noch zehn Minuten länger graben, bis sie schließlich ein Seil unter dem Sarg hindurchführen und beginnen konnten, ihn aus der feuchten Lehmgrube zu heben. Werthen war erleichtert, als er sah, dass es sich um einen schlichten Holzsarg handelte. Das bedeutete, dass er nicht luftdicht war, dass also Luft und Insekten ihre Arbeit getan hatten. Bei einem luftdichten Sarg hätte sich der Leichnam vermutlich noch in einem faulenden, halb verflüssigten Zustand befunden. Außerdem war die Leiche nach Aussage des Abtes in aller Eile begraben und daher nicht einbalsamiert worden.

Werthen folgte den Männern, als die den Sarg einen rutschigen Abhang hinaufhievten. Eine kümmerliche Laterne leuchtete ihnen den Weg. Schließlich erreichten sie den kleinen Geräteschuppen aus Stein, der für die Untersuchung vorbereitet worden war. Dort wartete Gross bereits neben Krafft-Ebing. Beide Männer trugen weiße Kittel, Gummihandschuhe und Mundschutz. Aus einer ausrangierten Tür und zwei Sägeböcken war ein improvisierter Untersuchungstisch errichtet worden. Krafft-Ebing dirigierte die Männer zu dem Tisch, und sie setzten den Sarg darauf ab.

Gross nahm ein Brecheisen und machte sich daran, den Sarg zu öffnen, die Nägel knarrten, als sie entfernt wurden. Es dauerte einige Minuten, den Deckel zu lösen, und als er schließlich offen war, schwappte eine Welle fauler Luft über Werthen und die anderen hinweg. Zwei der harten Kerle, die Klimt angeheuert hatte, liefen eilig hinaus und übergaben sich. So viel zu Werthens Theorie, dass der Sarg nicht luftdicht verschlossen gewesen war. Er drückte den Arm auf Mund und Nase und atmete durch die nasse Wolle seines Mantels.

»Es ist vorbei«, erklärte Krafft-Ebing. »Das waren nur Gase, die sich in dem Sarg gesammelt hatten. Der Leichnam selbst ist ziemlich verwest.«

Werthen und die anderen nahmen langsam die Arme von ihren Gesichtern. Der Psychologe hatte recht. Die Tür zum Schuppen hatten sie offenstehen lassen, damit frische Luft hereinströmen konnte. Werthen hielt wie Gross eine Laterne über den Sarg, während Krafft-Ebing mit der forensischen Untersuchung begann. Fetzen des Gewandes des armen Mädchens bedeckten noch Teile ihrer Überreste. Hier und dort war eine Strähne goldblonden Haares zu erkennen.

Während Krafft-Ebing die Leiche untersuchte, brummte er fortwährend unverständliche Silben in seinen Mundschutz und nickte gelegentlich, als würde er sich selbst recht geben. Plötzlich gab er ein lautes »Hmmm« von sich und schüttelte den Kopf.

Er richtete sich auf und zog den Mundschutz herunter. »Sehr seltsam«, sagte er. »Der Schädel weist keinerlei Spuren einer Schusswunde auf, wie es im Polizeibericht stand. Stattdessen finde ich Anzeichen eines starken Traumas.«

Gross war von dieser Äußerung geradezu entzückt, doch Werthen, unerfahren auf dem Gebiet der forensischen Medizin, wusste sie nicht zu deuten, bis Gross' Frage sie erklärte.

»Könnte das Trauma von einem Schlag stammen?«

Krafft-Ebing nickte. »Allerdings. Entweder hat man wiederholt mit einem stumpfen Gegenstand auf sie eingeschlagen, oder aber man hat ihren Schädel mit großer Wucht gegen einen stumpfen Gegenstand gestoßen.«

»Zum Beispiel gegen einen Bettpfosten?«, fragte Gross.

»Dann ist sie also nicht erschossen worden?« Werthen fand endlich seine Stimme wieder.

»Ganz eindeutig nicht«, bestätigte Krafft-Ebing. »Und ich muss Ihnen sagen, dass ich mir, so wie ich den Kronprinzen kannte, nicht vorstellen kann, dass er zu einer so brutalen Tat fähig gewesen wäre.«

Erneut zuckte ein greller Blitz über den Himmel, und in den folgenden Donner mischte sich ein lautes Brüllen.

»Was zum Teufel treiben Sie da?«

Die Stimme gehörte einem großen, dunkel gekleideten Mann, der in der offenen Tür stand. Werthen erkannte ihn augenblicklich an seinem gewaltigen Schnurrbart und seinem auffällig karierten Mantel. Es war Alexander Baltazzi, der Onkel der ermordeten Mary. In Wien nannte man ihn den König der Rennbahn, weil seine Pferde offenbar jedes Rennen gewannen.

»Baron Baltazzi ...«, begann Werthen, doch der Mann schnitt ihm wutentbrannt das Wort ab.

»Schließen Sie sofort den Sarg. Meine Schwester zieht ihre Erlaubnis zurück. Augenblicklich, hören Sie? Sie haben sie arglistig getäuscht.«

Niemand rührte sich. Stattdessen erklärte Gross ruhig: »Unsere Arbeit hier ist ohnehin getan. Möchten Sie das Ergebnis erfahren?«

»Hinaus!«, schrie Baltazzi. »Der Fall ist abgeschlossen. Die Vergangenheit ist begraben.«

»Sie wurde ermordet, Herr Baron«, fuhr Gross unbeirrt fort. »Falls es Sie interessiert: Es war kein Selbstmord, sondern Mord.«

»Genug!« Baltazzi zog eine Pistole aus der Tasche seines Jacketts, doch einer von Klimts Männern schlug sie ihm mit einem wohlplatzierten Hieb aus der Hand.

»Haben Sie mich verstanden?«, fragte Gross. »Es war ein Mord. Ihre Nichte ist ermordet worden, und zwar nicht vom Kronprinzen.«

Der Mann starrte Gross voller Abscheu an. »Sie wollen mir wirklich etwas Neues über den Tod meiner Nichte erzählen? Ich selbst war es, der sie damals hergebracht hat, damit sie heimlich begraben werden konnte. Ich war es, der einen Besenstiel zwischen ihr Kleid und ihren Leichnam geschoben hat, so dass sie aufrecht in der Kutsche saß, als wir Mayerling verließen, damit kein neugieriger Zuschauer etwas bemerkte. Ich habe selbst das Loch ausgehoben, aus dem Sie sie gerade herausgeholt haben. Und Sie wollen mir etwas über ihren Tod erzählen? Es reicht, habe ich gesagt. Unsere Familie hat genug gelitten. Jetzt endlich können wir etwas von unserem Einfluss zurückgewinnen, und weder Sie noch irgendjemand anders wird das gefährden.«

Gross nickte Klimt zu. Die Männer legten den Deckel auf den Sarg und hoben ihn hoch, um ihn erneut zu begraben. Baltazzi beobachtete sie schweigend und sprach auch nicht, als die Erde wieder auf dem Sarg geschaufelt wurde. Dann kehrte er stumm zu seiner wartenden Kutsche zurück und verließ das Kloster.

»Der Mann ist ein Grobian«, sagte Werthen, als sie mit dem Fiaker nach Wien zurückfuhren. Krafft-Ebing war mit seinem Stadtkupee gekommen und als Erster aufgebrochen; danach fuhren Werthen und Gross ab, gefolgt von der Kutsche mit Klimt und seinen Männern.

»Urteilen Sie nicht zu voreilig, Werthen«, erwiderte Gross mit einem plötzlichen und für ihn ungewöhnlichen Mitgefühl. »Es muss erschütternd sein, wenn man seine eigene Nichte begraben muss. Er hat den ganzen Zorn des Hauses Habsburg zu spüren bekommen. Ich glaube, das würde ich auch gern hinter mich lassen.«

Es hatte aufgehört zu regnen, aber die Straßen waren noch nass. Ihr Fahrer fuhr langsam. Werthen, der einmal den Kopf aus dem Fenster streckte, konnte die Laterne auf der Rückseite von Krafft-Ebings Kutsche nicht mehr sehen.

»Was machen wir jetzt, Gross?«, fragte Werthen schließlich. »Wenn Mary Vetseras Tod ein Mord und kein Selbstmord war, liegt dann nicht zumindest der Verdacht nahe, dass auch der Kronprinz ermordet wurde? Sollten wir diesen neuen Beweis nicht seinem Vater, dem Kaiser, mitteilen?«

Gross hatte jedoch keine Zeit für eine Antwort. Hinter ihnen ertönte ein ohrenbetäubendes Krachen. Werthen blickte nach hinten und glaubte trotz der Dunkelheit erkennen zu können, dass ein Baumstamm die Straße versperrte. Klimt und seine Männer befanden sich hinter dem Hindernis. Er wollte den Kutscher anweisen, zu wenden und ihnen zu helfen, den Baum aus dem Weg zu schaffen, als der Mann urplötzlich die Pferde mit der Peitsche antrieb, so dass Gross und Werthen in die Ledersitze gedrückt wurden.

»Fahren Sie doch langsamer, Mann!«, schrie Werthen. »Wir verlieren die anderen.«

Die Kutsche bog rumpelnd von der Hauptstraße auf einen Feldweg ab.

»Ich glaube, das ist genau seine Absicht«, erklärte Gross, zog seine Pistole aus der Manteltasche und bedeutete Werthen mit einem Nicken, das Gleiche zu tun.

Doch bevor sie die Chance hatten, ihre Waffen zu heben, bremste die Kutsche plötzlich. Die Pferde schnaubten, als die Türen aufgerissen wurden. Werthen erhaschte nur einen kurzen Blick auf seinen Angreifer, als sich auch schon eine kräftige Hand über seine Nase und seinen Mund legte und er den Geruch von Chloroform wahrnahm. Unmittelbar bevor er das Bewusstsein verlor, sah er die Narbe in dem Gesicht des Mannes. Dann wurde ihm schwarz vor Augen.

21. Kapitel

Die Frau, die vor ihm herlief, kam ihm irgendwie bekannt vor. Sie trug ein schieferblaues Kleid mit kleiner Turnüre und enggeschnürter Taille, so dass ihre Silhouette fast an eine Eieruhr erinnerte. Es war Kaiserin Elisabeth, dessen war Werthen sich sicher. Er wollte zu ihr laufen, sie warnen. Doch im selben Moment drehte sich die Frau um. Es war seine Verlobte, Berthe Meisner. Sie lächelte, als sie ihn sah. Ihr Mieder war offen, und ihre linke Brust wogte weich aus dem Kleid.

»Du dummer, dummer Mann«, gurrte sie. »Komm schon her.«

Er wollte gerade zu ihr gehen, als er heißen Atem in seinem Gesicht spürte. Der saure Geruch riss ihn aus dem Traum.

»Werthen, geht es Ihnen gut?«

Er öffnete die Augen und starrte in das Gesicht von Hans Gross. Einen ganz ähnlichen Schock hatte er einmal erlebt, als er als junger Mann zum ersten Mal mit seinen älteren Cousins unter freiem Himmel geschlafen hatte. Am Morgen waren sie von einer Kuhherde geweckt worden, die über Nacht in das Feld gewandert war. Eines der Tiere hatte ihn mit seinem feuchten Grasatem begrüßt.

Er versuchte, sich aufzusetzen, doch plötzlich wurde ihm übel. Er blickte Gross an und bemerkte, dass der Kriminologe nur seine Unterkleider trug. Als Werthen seine Decke zurückschlug, sah er, das er ebenfalls unbekleidet war.

»Wo sind wir, Gross?«, stieß er hervor und sah sich in dem vornehm eingerichteten Raum um. An den hohen Wänden hingen flämische Gobelins, an der Decke Kristalllüster, und das Mobiliar war aus Mahagoni und Rosenholz.

»Nun, da ich nur als Gast in Ihrer Stadt weile, bin ich wohl kaum der richtige Adressat für eine solche Frage. Dennoch würde ich vermuten, dass wir uns in einem Schlafzimmer des Unteren Belvedere befinden.«

»Wie bitte?« Werthen sprang aus dem Himmelbett und fiel beinahe vornüber. Ihm war schwindelig, doch nachdem er ein paar Mal tief durchgeatmet hatte, legte sich der Anfall. Offensichtlich hatte man ihnen mehrfach Chloroform verabreicht, denn sein Kopf schmerzte grauenvoll. Und Gross' Atem verriet, dass sich der Kriminologe irgendwann in der Nacht übergeben hatte.

Werthen trat ans Fenster und zog die Brokatvorhänge zurück. Etliche Etagen unter ihm erstreckten sich tatsächlich die nach dem Vorbild von Versailles angelegten Gärten und Kieswege des Unteren Belvedere, die zu den eleganten Gebäuden des Oberen Belvedere führten, dem Sommersitz von Prinz Eugen von Savoyen. Er hatte den berühmten Barockarchitekten Johann Lukas von Hildebrandt mit diesem sowie mit dem Bau des Unteren Belvedere, in dem sie sich befanden, beauftragt.

Dem Hauptquartier von Erzherzog Franz Ferdinand.

Plötzlich überschlugen sich Werthens Gedanken förmlich, und er konnte den hübschen Ausblick nicht mehr genießen.

»Wir müssen hier weg, Gross.«

»Das dürfte kein Problem sein«, sagte der Kriminologe. »Ein Sprung aus dem Fenster wäre zwar recht gewagt, aber die Schlafzimmertür ist unverschlossen.«

»Wieso haben Sie das nicht früher gesagt?«

Just in diesem Moment öffnete sich die fragliche Tür, und zwei Diener in Livree brachten Tabletts mit Frühstückskaffee und Hörnchen sowie ihre frisch gereinigte und geplättete Kleidung. Der Anblick der beiden Diener in ihren blaugoldenen Uniformen, den Perücken und langen Strümpfen überraschte Gross und Werthen so sehr, dass beide es auf einmal gar nicht mehr so eilig hatten zu fliehen. Offenbar wollte man ihnen nichts antun, da man ja die Türen nicht abschloss und ihnen von herausgeputzten Dienern Kaffee servieren ließ. Vielleicht wollte man sie andererseits auch nur ablenken, oder, schlimmer noch, man servierte ihnen ihre Henkersmahlzeit!

Werthen zog sich rasch an, um fluchtbereit zu sein. Seine Pistole befand sich nicht bei seiner Kleidung, und er ging davon aus, dass Gross' Waffe ebenfalls konfisziert worden war. Den Gehstock mit der silbernen Spitze und dem versteckten Degen hatte man ihm jedoch gelassen. Sie waren also nicht ganz wehrlos. Dann bemerkte er, dass Gross es sich, in Unterhemd und langer Unterhose, in einem Louis-XV-Sessel bequem gemacht hatte und aus einer eleganten Porzellantasse genüsslich Kaffee schlürfte.

»Der kann voll Drogen sein, Gross.«

»Das bezweifle ich sehr, mein Freund. Es gibt genügend andere und deutlich wirkungsvollere Mittel, um uns unter Kontrolle zu behalten. Setzen Sie sich! Es besteht kein Grund zur Eile. Warten wir ab, was unser Gastgeber vorhat.«

Dieser Mann ist wirklich unberechenbar, dachte Werthen. Ihm war übel, und er war nicht allzu erpicht darauf, seinen empfindlichen Magen mit Kaffee zu provozieren. Doch schließlich konnte er der intensiven Mischung köstlicher Düfte nicht widerstehen und leistete Gross beim Frühstück Gesellschaft. Anschließend kleidete Gross sich gemächlich an.

Sie mussten nicht lange warten, bis dieselben Diener, diesmal in Begleitung zweier bewaffneter Wachen, zurückkehrten.

»Würden die Herren uns bitte folgen?«, forderte einer der Uniformierten sie auf.

»Wohin bringen Sie uns?«, wollte Werthen wissen.

»Das werden Sie gleich sehen.« Der Soldat deutete mit einer einladenden Geste auf die Tür.

Werthen und Gross folgten den Dienern, und die beiden Wachen bildeten den Abschluss. Sie gingen über den dicken Teppich des Flurs bis zu einer prächtigen Haupttreppe. Die sie passierten und zu einer kleineren Dienstbotentreppe im gegenüberliegenden Flügel weitergingen, über die sie durch ein schmales Treppenhaus zum Hintereingang des Palastes gelangten. Die frische Luft vor der Tür brachte Werthens Lebensgeister zurück. Der Regen der letzten Nacht hatte für eine klare, herrlich duftende Luft gesorgt; die Sonne schien ihnen hell ins Gesicht. Die Diener blieben stehen, verneigten sich und verschwanden.

Vor ihnen in einem der Rosengärten des Palastes stand Franz Ferdinand in dem hellblauen Uniformrock der Kavallerie und roten Kniebundhosen. Er war eifrig damit beschäftigt, verwelkte Blüten abzuknipsen. Als sie näher kamen, sah Werthen die zahlreichen militärischen Orden an der Uniformjacke des Erzherzogs. Ihm fiel ebenfalls auf, dass Franz Ferdinand erheblich kleiner war, als er vermutet hatte. Allerdings hatte er ihn bislang immer nur bei Feierlichkeiten auf einer erhöhten Tribüne oder im Fond seines schnellen Automobils gesehen. Schließlich bemerkte der zukünftige Kaiser sie und legte die Gartenschere zur Seite.

»Wie ich sehe, sind Sie unversehrt, meine Herren«, begrüßte er sie.

Werthen wäre beinahe vor Wut geplatzt, doch Gross trat hastig vor ihn.

»Die Unterbringung war durchaus annehmbar, Hoheit. Wir haben allerdings nicht viel davon mitbekommen.«

Mit einem Lächeln sah Franz Ferdinand von einem zum anderen. Werthen hatte nicht erwartet, dass der Mann Sinn für Humor hatte.

»Ich muss mich für Duncans Übereifer entschuldigen«, sagte er.

Plötzlich tauchte der große Mann mit dem Narbengesicht hinter einem Rosenbusch auf. Werthen griff automatisch nach seinem Gehstock, doch der Verschluss war blockiert. Er konnte das Schwert nicht herausziehen.

»Wir haben Ihre Waffe vorsorglich unbrauchbar gemacht, Herr Advokat. Ich hatte Sorge, Ihr Blut könnte in Wallung geraten, und wollte weiteren Komplikationen vorbeugen. Wie ich bereits sagte, hat Duncan meine Anweisung, Sie ohne viel Umstände zu mir zu bringen, etwas zu wörtlich genommen. Das ist der Schotte in ihm, Sie verstehen.« Dann wandte er sich in tadellosem Englisch an das Narbengesicht: »Das stimmt doch, Duncan?«

»Wie Hoheit meinen«, erwiderte der Mann, ebenfalls auf Englisch. Allerdings stellte sein kehliger Akzent Werthens linguistische Fähigkeiten erheblich auf die Probe.

Franz Ferdinand drehte sich wieder zu Werthen und Gross um. »Er dient mir schon seit Jahren, seit meiner Reise nach Schottland im Jahr 1892. Er hat uns auf einer Jagd als Bergführer begleitet und mir das Leben gerettet, als ein Hochlandpony auf Geröll ausgerutscht ist. Wäre Duncan nicht gewesen, wäre ich Hals über Kopf in den Tod gestürzt. Allerdings hat er eine Vorliebe fürs Dramatische. Ich nehme an, eine simple Einladung hätte genügt. Als ich erfuhr, dass Duncan Ihren Kutscher bestochen und Sie mit Hilfe von Chloroform entführt hat, war ich ernsthaft verärgert, das versichere ich Ihnen. Allerdings waren Duncan diese Maßnahmen notwendig, denn einige Kilometer weiter lauerten Attentäter ihrer Kutsche auf.«

Weder Gross noch Werthen antworteten.

»Duncan hat seit mehreren Wochen Ihren Wachhund gespielt.«

»Wollen Sie uns etwa weismachen«, erkundigte sich Gross, »dass er uns aus dem Genfer See gezogen hat, Hoheit?«

»Allerdings«, entgegnete Franz Ferdinand mit sichtlichem Stolz. »Duncan ist keineswegs so brutal, wie er aussieht. Die Narbe ist die Folge eines Terrierbisses, der von einem unfähigen Chirurgen behandelt wurde, als Duncan noch ein kleiner Junge war. Sie ist wirklich ein besonderes Merkmal, finden Sie nicht? Es hebt ihn von der Masse ab. Ich wollte Sie wissen lassen, dass Sie verfolgt werden und aufpassen sollten. Sie haben sich durch Ihre Ermittlungen einige sehr mächtige Feinde gemacht. Das geschieht eben, wenn man Licht ins Dunkel bringen oder ein ahnungsloses Kaiserreich reformieren will.«

»Wieso sind wir hier, Hoheit?«, fragte Gross schließlich.

»Ihre Direktheit gefällt mir, Professor Gross. Und Ihre Frage erfreut mich.« Der Erzherzog schickte die beiden anderen Wachmänner fort, so dass nur noch er, Duncan und die beiden Kollegen zurückblieben. »Haben Sie schon einmal vom Rollkommando gehört?«

Werthen und Gross tauschten fragende Blicke.

»Offenbar nicht. Das ist eines dieser Geheimnisse, die eine Regierung gern für sich behält. Dieses Rollkommando ist eine Eliteeinheit und jederzeit einsatzbereit, um auf höchsten Befehl zu handeln. Es hat den Auftrag, die Feinde des Kaiserreichs zu eliminieren.«

»Es sind also Mörder«, bemerkte Werthen.

»Wenn Sie so wollen«, entgegnete der Erzherzog. Er nahm wieder die Gartenschere zur Hand, entfernte verblühte Rosen und ließ Gross und Werthen Zeit, die Information zu verdauen.

»Ich habe Ihre Ermittlungen selbstverständlich von Anfang an verfolgt«, erklärte Franz Ferdinand und tastete vorsichtig am Stiel einer Teerose hinab, bis er auf eine Verzweigung stieß, die er abschneiden konnte. »Mir wurde berichtet, Sie wären auf dem richtigen Weg, da Sie diese Pratermorde mit dem Tod von Kronprinz Rudolf und Kaiserin Elisabeth in Verbindung gebracht haben. Wenn ich das jedoch weiß, wissen die es ganz sicher auch.«

»Die?«, wiederholte Gross fragend.

»Ihre Todfeinde.«

»Und wer ist das?«

»Oh, ich kann Ihnen den Namen des Mannes nennen, der den Abzug betätigt und das Messer gezückt hat. Er lautet Tod,

Unteroffizier Manfred Tod. Ein höchst ironischer Name, nicht wahr?« Er erklärte Duncan auf Englisch die Bedeutung des Wortes »Tod«.

»Gewiss, Hoheit.«

»Tod ist langjähriges Mitglied des Rollkommandos. Wie Duncan schmückt auch ihn eine beeindruckende Narbe, allerdings am Hals, wo sie kaum zu sehen ist. Die Folge einer tödlichen Auseinandersetzung mit seinem Lehrer, wie man sich erzählt. Dieser schändliche Tod wurde im Januar 1889 frisch für das Rollkommando rekrutiert.«

Gross entging das Datum nicht. »Der Monat von Rudolfs Tod in Mayerling. Wollen Sie sagen, dass Unteroffizier Tod ihn ermordet hat?«

»Er war zumindest dabei. Meinen Quellen zufolge waren sie zu dritt.« Der Erzherzog sah Werthen kühl an. »Mir ist durchaus klar, dass ich mich als Mordverdächtiger geradezu aufdränge. Ich habe schließlich am meisten von Rudolfs Tod profitiert. Und es ist allgemein bekannt, dass ich meinen Cousin gehasst habe. Nur sind das alles Gerüchte.«

Er holte tief Luft. »Die Wahrheit sieht wie fast immer anders aus. In Wirklichkeit habe ich Rudolf bewundert und zu ihm aufgeblickt. Er war in vielen Bereichen mein Mentor und hatte von seinem Vater, meinem Onkel Franz Joseph, den Auftrag erhalten, mich zu beschützen. Er hat meine jugendliche Narreteien im Zaum gehalten und mich über meine Verantwortung als Dritter in der Thronfolge belehrt. Ich war zwar mit seinem ungarischen Abenteuer nicht einverstanden, aber ich habe ihn nichtsdestotrotz wie einen Bruder geliebt.«

»Von welchem ungarischen Abenteuer sprechen Sie, Hoheit?«, fragte Werthen.

»Also wirklich, meine Herren.« Der Erzherzog klang enttäuscht. »Nachdem Ihre Ermittlungen so weit gediehen sind, haben Sie doch gewiss die Ursache allen Übels entdeckt.« Er wartete einen Augenblick, doch als eine Antwort ausblieb, fuhr er fort. »Rudolf sollte König eines unabhängigen Ungarn werden. Der arme Rudolf! Unter der Fuchtel seines alten Vaters zu stehen steigerte seine Verzweiflung, so dass er sich von den Magyaren zu diesem absurden Plan überreden ließ. Deshalb musste er sterben.«

»Sie meinen …?«, hob Werthen an.

»Allerdings. Er wurde wegen Landesverrats ermordet. Aber nicht von mir, meine Herren. Deshalb habe ich Sie herbringen lassen. Um Ihnen das auseinanderzusetzen. Ebenso wenig habe ich Frosch, meine Tante oder irgendein anderes unglückliches Opfer aus dem Prater umgebracht. Ich wiederhole mich gern: Ich war nicht mit ihren engen Verbindungen zu den Ungarn einverstanden, aber ich habe sie für ihren Mut bewundert. Sie hat sich nicht wie der Rest des Hofes vom Kaiser kontrollieren lassen. Sie hat ein selbstbestimmtes Leben geführt. Ich weiß das zu schätzen, ganz besonders jetzt.«

Werthen wusste, dass der Erzherzog auf seine Liebe zu Sophie Chotek anspielte. Sie gehörte zwar dem Adel an, doch ihr Stand wurde von den Habsburgern als zu niedrig erachtet.

Als Werthen den Erzherzog jetzt sah und ihm zuhörte, war er von seiner Unschuld fast überzeugt.

»Wer ist dann unser eigentlicher Todfeind?«, hakte Gross nach. »Dieser Unteroffizier Tod ist doch nur der Handlanger. Eine Marionette. Wer zieht die Fäden?«

»Das, meine Herren, müssen Sie schon selbst herausfinden. Allerdings möchte ich Sie warnen: Sie bewegen sich auf gefährlichem Terrain. Die Person, die Sie suchen, gehört zu den mächtigsten Männern des Landes. Duncan kann Sie jetzt nicht länger beschützen, ebensowenig wie dieser Maler und seine Schlägertruppe. Sie müssen handeln, und zwar rasch, sonst ist alles verloren.«

»Eine faszinierende Persönlichkeit«, meinte Werthen, als sie den Palast verließen und zur Ringstraße gingen. Es war mittlerweile

Vormittag und auf dem Schwarzenbergplatz wimmelte es von Kutschen und mehreren lauten Automobilen, deren Hupen und Brummen den Pferden Angst einflößte. Auch Fußgänger tummelten sich in den Straßen, mitten in diesem Trubel fühlte sich Werthen sicherer. Unter solchen Bedingungen konnte Tod wohl schwerlich zuschlagen. Falls es wirklich einen Unteroffizier Manfred Tod gab. Zumindest waren sie jetzt bewaffnet. Bevor sie das Untere Belvedere verlassen hatten, hatte ihnen der Erzherzog ihre Pistolen zurückgegeben, und zwar geladen. Werthens Stockdegen war allerdings immer noch blockiert.

»Ich finde, er ist ein aufrichtiger Mensch«, meinte Gross nach kurzem Zögern. »Außerdem serviert er guten Kaffee.«

»Und was ist mit seinen Enthüllungen?«

»Die sind plausibel.«

Werthen blieb mitten im Gedränge des überfüllten Bürgersteigs stehen. »Nun kommen Sie schon, Gross. Seien Sie doch bitte nicht so lakonisch.«

»Ich denke nach, Werthen. Ist Ihnen das Medaillon in Form dieses Schafsvlieses aufgefallen, das Franz Ferdinand zwischen seinen Orden trug?«

Werthen hatte es nicht bemerkt, erinnerte sich jedoch aus einem früheren Gespräch, dass alle Habsburger Erzherzöge automatisch Mitglieder des Ordens vom Goldenen Vlies wurden.

»Wie Krafft-Ebing sagte, könnte der Mann, nach dem wir suchen, sich den Regeln eines solchen Ordens verpflichtet fühlen«, fuhr Gross fort.

»Ich nehme an, dass das Anbändeln mit den Ungarn in diesen Kreisen als Landesverrat gilt, aber das betrifft jedes der mehr als fünfzig Ordensmitglieder und nicht nur Franz Ferdinand.«

Gross nickte. »Es gibt natürlich noch eine andere Möglichkeit«, sagte er, hakte sich bei Werthen unter und zog ihn vorwärts. »Laut Krafft-Ebing litt der Kronprinz unter Syphilis, obwohl ihr tödlicher Verlauf offenbar zum Stillstand gekommen war. Was wäre geschehen, wenn er Kaiser geworden und die Krankheit wieder ausgebrochen wäre?«

»Das wäre eine Tragödie gewesen«, erwiderte Werthen. »Sowohl für das Kaiserreich als auch für das Haus Habsburg.«

»Ganz genau. Eigentlich war Rudolfs vermeintlicher Landesverrat mit den Ungarn gar nicht notwendig, um eine mächtige Person auf den Gedanken zu bringen, sich seiner zu entledigen. Sein Tod war in den Augen vieler Leute in mancher Hinsicht ein Segen für das Kaiserreich.«

»Auch für Franz Ferdinand?«

»Gewiss«, erwiderte Gross. »Aber ich habe so ein Gefühl bei dem Mann. Kriminologen kommen nicht nur mit objektiven Fakten weiter, sondern wir müssen uns manchmal auch auf den Instinkt verlassen. Meiner sagt mir, dass der Erzherzog missverstanden wird und längst nicht so unsympathisch ist, wie ihn das Gerede bei Hofe darstellt. Ich glaube, er weiß sehr genau, wer für diese Morde verantwortlich ist, kann den Mann jedoch nicht damit konfrontieren. Ihm ist es lieber, wenn wir beide unseren Kopf hinhalten und das Problem für ihn lösen. Das bedeutet, unser Feind ist, wie Franz Ferdinand gesagt hat, tatsächlich sehr mächtig. Ich nehme mir seinen Rat zu Herzen. Wir müssen entweder jetzt zuschlagen, oder wir riskieren alles.«

Erneut beschleunigte Gross seinen Schritt und zog im Gehen die Uhr aus der Westentasche. »Kommen Sie, Werthen. Wir müssen uns beeilen. Wir müssen vor elf Uhr dort sein.«

»Wo, Gross? Und wieso vor elf?«

»Das ist die Geisterstunde, mein Freund. Bis dahin kann man sich für eine kaiserliche Audienz anmelden.«

»Gross, Sie müssen verrückt sein. Wollen Sie tatsächlich das tun, was ich gerade denke?«

»Sie und ich sind loyale Menschen, Werthen. Wie der Rest seiner fünfzig Millionen Untertanen haben auch wir das Recht auf eine Audienz beim Kaiser. Wir haben ihm viel zu erzählen. Und jetzt beeilen Sie sich, Kerl.«

22. Kapitel

Die Hofburg, die Stadtresidenz der Habsburger, war Festung, Regierungs- und Wohnsitz in einem. Sie bestand aus einer willkürlichen Ansammlung von Gebäudetrakten, die über die Jahrhunderte hinweg in verschiedenen Stilrichtungen, von der Gotik zur Renaissance über den Barock bis zur Neoklassik, erbaut worden waren. Die Hofburg beherbergte die Privaträume des Kaisers, die Staatskanzlei, die Staatsbibliothek, die Winterreitschule und Tausende von Unterkünften für weniger bekannte Habsburger Erzherzoge und -herzoginnen oder pensionierte Minister sowie mehrere Tausend Diener, die in engen Kammern unter dem Dach hausten. Sie huschten verstohlen über Hintertreppen und durch verborgene Flure und hielten die Miniaturstadt in Gang.

Statt der Ringstraße zu folgen, marschierten Werthen und Gross quer durch die Innenstadt und betraten den Komplex durch das Michaeler Tor, das zum Schweizerhof führte, dem ältesten Gebäudeteil aus dem späten 13. Jahrhundert. Werthen empfand jedes Mal eine gewisse Ehrfurcht angesichts der langjährigen Geschichte der Hofburg, die den Habsburgern seit sechshundert Jahren als Stammsitz diente. Auf der linken Seite befand sich das rotschwarze Tor zum Schweizerhof, über dem die Insignien des Ordens vom Goldenen Vlies angebracht waren. Dort befand sich die kaiserlich-staatliche Schatzkammer, zu deren bekanntesten Artefakten der Burgunderschatz des Ordens vom Goldenen Vlies gehörte. Und hier wurde auch die Lanze aufbewahrt, mit der Jesus am Kreuz durchbohrt worden war. Nachdem sich die spanischen und österreichischen Linien der Habsburger im Jahr 1794 gespalten hatten, hatten die Habsburger drei Jahre lang den Schatz mit dreißig Karren aus Burgund hierher geschafft, um ihn nicht in französische Hände fallenzulassen.

Gross sagte nichts, als er an diesen Monumenten vorbei auf einen Gebäudeflügel zuging, der in rechtem Winkel zum Schweizerhof stand und mit ihm einen Innenhof bildete. Dies war die kaiserliche Kanzlei, in der Franz Joseph residierte und arbeitete. Die Habsburger waren ein abergläubischer Haufen; jeder neue Herrscher weigerte sich, den Teil der Hofburg zu beziehen, den ein früherer Herrscher bewohnt hatte. Dadurch war eine merkwürdige Komposition von Zimmerfluchten entstanden. Kaiserin Maria Theresa hatte in den Räumen residiert, die auf den Innenhof des Leopoldflügels hinausgingen; ihr Sohn, Joseph II., lebte auf der anderen Seite desselben Flügels; Franz II. wählte den ältesten Trakt, den Schweizerhof, während sein Sohn Ferdinand, der unter Epilepsie litt und von den Wienern trotz seiner Tollpatschigkeit geliebt worden war, mitsamt Entourage zurück in den Leopoldflügel zog. Und jetzt residierte der Thronfolger des unseligen Habsburgers, sein Neffe Franz Joseph, als erster Kaiser gegenüber in der neuen Reichskanzlei.

Werthen liebte das Studium der Wiener Geschichte als gemütliche Freizeitbeschäftigung, eine ruhige Beschäftigung mit alten Zeiten.

Jetzt jedoch wurde er selbst vom Strudel der Geschichte mitgerissen, und auf einmal erschien sie ihm gar nicht mehr so gemütlich. Die massiven grauen Gebäude um ihn herum beengten ihn; er spürte das erdrückende Gewicht ihrer Steine und Geheimnisse beinah körperlich.

»Was wollen Sie dem Kaiser sagen, Gross?«, fragte Werthen, als sie die kurze Treppe zum Haupteingang hochliefen.

»Das habe ich noch nicht entschieden, Werthen. Ich glaube, wenn wir uns erst einmal für eine Audienz angemeldet haben, bleibt uns noch genügend Zeit, darüber nachzudenken.«

Gross hatte recht: Sie waren die Letzten, die für den heutigen Tag registriert wurden, und so mussten sie lange warten, bis sie zum Kaiser vorgelassen wurden.

Ein junger Adjutant nahm ihre Namen auf und sah Gross äußerst skeptisch an, als dieser den Anlass ihres Audienzgesuchs nannte: ein persönlicher Dank für sein Amt in der Bukowina.

Sie nahmen auf einer unbequemen Marmorbank an der einen Wand des großen, reich verzierten Wartesaals Platz. Abgesehen davon, dass keine Frauen anwesend waren, stellten die anderen angemeldeten Besucher – ungefähr sechzig an der Zahl – ein perfektes Abbild der Wiener Gesellschaft dar: von einem eitel wirkenden jungen Mann in gelber Weste und taubenblauem Mantel bis hin zum korpulenten Bürger mit Backenbart und feuerroter Säufernase im verschlissenen braunen Wollanzug.

Wie alle Wiener kannte Werthen die Geschichten, die man sich von Franz Joseph erzählte. Der junge Kaiser hatte die Regierung in dem schwierigen Jahr 1848 übernommen, sich den Massen gestellt, die nach demokratischen Reformen geschrien hatten, und sie abgewiesen. Gewiss machte er einige Zugeständnisse, doch nichts davon war von Dauer. Franz Joseph war ein echter Habsburger, der fest an die Monarchie glaubte und ein tiefes Misstrauen gegen die Stimme des Volkes hegte. Schließlich war eine Verfassung genehmigt und ein Parlament gegründet worden, doch beide existierten mehr auf dem Papier, als dass sie praktisch Anwendung fanden. Auch Ungarn wurde bei dem österreichisch-ungarischen Ausgleich im Jahr 1867 mehr Einfluss im Kaiserreich zugestanden.

Doch Werthen wusste, wie alle anderen auch, dass die eigentliche Macht nach wie vor in den Händen von Franz Joseph und seinem engen Kreis aus Beratern und handverlesenen Ministern lag. Der Kaiser beschnitt fortwährend die Macht des Parlaments und regierte stattdessen mit Hilfe einer Gesetzeslücke in Paragraph 14 der Verfassung. Dieser Paragraph ließ das

Regieren per Notverordnung zu. Bis zum allgemeinen Wahlrecht für Männer – ganz zu schweigen von dem für Frauen – war es noch ein weiter Weg. Die zweimal wöchentlich stattfindenden Audienzen waren so demokratisch, wie es dem alten Kaiser gefiel. Diese individuellen Treffen von Angesicht zu Angesicht dauerten bestenfalls ein paar Minuten, gerade Zeit genug, um ein paar Worte zu wechseln, doch sie dienten dazu, dass das Volk Dampf ablassen konnte. Wozu brauchten sie ein funktionierendes Parlament, wenn sie doch mit ihrem Kaiser direkt sprechen konnten, wann immer es ihnen beliebte?

Franz Joseph, der berühmteste Bürokrat Europas, regierte sein riesiges Reich wirklich selbst. Er stand um fünf Uhr morgens auf und arbeitete bis um acht, dann traf er sich mit seinen Ministern. Es folgte ein einfaches Mittagessen und mehr Arbeit, die ihn häufig bis spät in die Nacht wachhielt. Er ging nur wenigen Vergnügungen nach: ein bisschen Sommerfrische in Bad Ischl, wo er in den Bergen auf die Jagd ging, und gelegentlich ein Besuch seiner speziellen Freundin, der Schratt, wie die Schauspielerin des Burgtheaters liebevoll von ihren Wienern genannt wurde.

Dennoch reservierte Kaiser Franz Joseph zweimal wöchentlich ab zehn Uhr morgens einige Stunden für persönliche Audienzen mit seinen Untertanen. Er hörte sich Beschwerden an, erhielt Geschenke und küsste mitunter auch ein zumeist schreiendes Baby.

Dann kehrte er zu seinem Aktenstudium zurück und unterzeichnete Dokumente. Dass er diesen anstrengenden Tagesplan selbst angesichts der Tragödie, die ihm jüngst widerfahren war, aufrechterhielt, war ein Zeichen für das Stehvermögen des alten Mannes. Werthen bewunderte den Monarchen allein dafür trotz seiner selbstherrlichen Art.

Plötzlich ging Werthen ein Licht auf: »Sie wollen ihn beschuldigen, stimmt's?«

Gross hatte eifrig Däumchen gedreht, erst in die eine, dann

in die andere Richtung. Die Frage schien ihn aus seinen Gedanken zu reißen, doch er antwortete nicht gleich.

»Franz Ferdinand hat gesagt, dass wir schnell zuschlagen müssen. Ist das Ihr Plan? Wer ist abgesehen von Franz Ferdinand mächtig genug, Mörder und Attentäter zu beauftragen? Wer sonst hat ein Motiv? Aber sein eigener Sohn und seine Frau?«

Werthen empörte sich über diesen Gedanken so sehr, dass er seine Stimme immer lauter hob, bis er missbilligende Blicke erntete.

»Nun beruhigen Sie sich, Werthen«, mahnte Gross. »Ich glaube nicht, dass wir schon zu solch extremen Mitteln greifen müssen. Ich habe jedoch über unseren unverhofften Besuch bei Erzherzog Franz Ferdinand nachgedacht. Dieser Duncan war tatsächlich derjenige, den wir beide vom Zug aus auf dem Weg nach Genf gesehen haben. Seine Narbe ist, wie der Erzherzog ausführte, sehr auffällig, beinahe ein Kennzeichen. Ich frage mich, ob sie nicht zu auffällig war.«

»Ich kann Ihnen nicht folgen, Gross.«

»Der Hotelportier in Genf, dieser Österreicher …«

»Planner«, half Werthen.

»Ja. Er hat den Mann beschrieben, der der Kaiserin nach dem Attentat geholfen hat. Ein großer Mann, wenn ich mich recht erinnere. Und er sprach auch von einer Narbe. Wir haben beide denselben Schluss gezogen, ohne Herrn Planner weiter zu befragen, weil wir bei der Erwähnung der Narbe sofort das Gesicht Duncans vor Augen hatten. Nun hat aber Franz Ferdinand versichert, dass der wahre Mörder, dieser Unteroffizier Manfred Tod, ebenfalls eine Narbe hat, allerdings am Hals und nicht im Gesicht.«

»Ich verstehe, worauf Sie hinauswollen. Wir müssen Planner noch einmal befragen. Er hat uns nicht genau beschrieben, wo der Mann die Narbe hatte.« Sie hatten bei ihrer früheren Untersuchung auch Kontakt mit Elisabeths Kammerfrau, Gräfin

Sztáray, aufgenommen, aber diese hatte ihnen nicht mit einer Beschreibung des mysteriösen Kutschers weiterhelfen können.

»Ein Telegramm wird genügen. Es sei denn, wir wagen ein internationales Telefonat.«

Werthen schüttelte den Kopf. »Das könnte Stunden dauern. Es ist besser, wenn wir kurz an einem Telegraphenamt vorbeigehen, sobald wir hier fertig sind. Dann liegt die Antwort vielleicht schon am Abend vor.«

In dem Moment richtete sich Gross' Aufmerksamkeit auf den Eingang, wo der junge Adjutant saß. Der sprach jetzt mit einem großen, energisch wirkenden altgedienten Soldaten, der eine blaue Uniform trug und dessen weiße Haare eher seinen hohen Rang als sein Alter unterstrichen. Werthen erkannte ihn sofort: Es war Prinz Grunenthal, langjähriger und höchster Berater des Kaisers. Während Grunenthal mit dem Adjutanten sprach, ließ der Prinz den Blick aufmerksam über die Audienzanwärter schweifen. An Gross und Werthen blieb der Blick einige Momente hängen, bevor er weiterwanderte. Im nächsten Augenblick war der Prinz wieder verschwunden.

Gross hatte die Aufmerksamkeit des Prinzen bemerkt und stand plötzlich auf. »Kommen Sie, Werthen. Ich glaube, wir waren etwas voreilig.«

Er eilte aus dem Wartesaal, ohne noch einmal mit dem Adjutanten zu sprechen, und überließ es Werthen, so gut er konnte, mit ihm Schritt zu halten. Als der junge Adjutant ihn ansprach, erklärte Werthen ihm, dass ihnen etwas Dringendes dazwischengekommen sei, und bat ihn, ihren überhasteten Abgang zu entschuldigen. Gross hatte die Reichskanzlei bereits verlassen, als Werthen ihn einholte.

»Was soll das, Gross? Haben Sie den Verstand verloren?«

»Nein.« Gross wirbelte herum und baute sich direkt vor ihm auf. »In Wahrheit, lieber Werthen, bin ich wieder zu Verstand gekommen. Wir brauchen mehr Informationen, bevor wir von Angesicht zu Angesicht mit dem Kaiser sprechen können.«

»Ist es wegen Prinz Grunenthal? Er schien uns erkannt zu haben.«

Gross antwortete nicht darauf. Stattdessen drehte er sich um und marschierte weiter, am Schweizer Tor vorbei und durch einen Bogengang des Leopoldinenflügels sowie einen weiteren Durchgang zum neuesten, noch im Bau befindlichen Teil der Hofburg. Der geplante Heldenplatz mit seinen zusätzlichen Bauten war momentan noch eine leere Fläche, auf der es von Vermessungsstäben nur so wimmelte. Zu ihrer Rechten lag der Volksgarten, vor ihnen die Ringstraße und auf der anderen Seite des Boulevards das Zwillingsmuseum – Kunst- und Naturgeschichte –, das die andere Achse des riesigen Heldenplatzes bilden sollte.

Als sie zu dem Fiakerstand am Ring eilten, ließ sich Gross schließlich zu einer kurzen Erklärung herab.

»Ich war ein Narr, Werthen. Unsere Ermittlungen laufen zweigleisig, und ich habe die Spur von Binder viel zu lange ignoriert. Jemand hat diesen armen Kerl zum Opferlamm auserkoren. Wir müssen wissen, wer das war. Sobald wir das herausgefunden haben, arbeiten wir uns weiter vor. Unsere beiden Untersuchungen müssen zu einer verschmelzen.«

Gross schwieg gedankenverloren, während der Fiaker sie zu der angegebenen Adresse im Dritten Bezirk brachte. Er sprach erst, nachdem sie an der Erdbergstraße ausgestiegen waren, ganz in der Nähe des Hauptsitzes von *Breitstein und Söhne*, der Firma für chirurgische Instrumente.

»Hier wohnt Binders Arzt«, erklärte Gross. »Wir können genauso gut bei ihm anfangen.« Zufällig befand sich an der nächsten Ecke ein Telegraphenamt. Bevor sie die Praxis des Arztes betraten, schickten sie ein Telegramm an Planner in Genf mit der Frage, wo am Körper des Kutschers er die Narbe gesehen hatte, und der Bitte um schnellstmögliche Antwort.

Dr. Gerhard Thonau unterhielt seine Praxis auf der anderen Straßenseite, im obersten Stockwerk des Hauses mit der Nummer 14. Eine fast schon abstoßende korpulente Frau in einer blauen gestärkten Schürze öffnete nach dem dritten Klingeln die Tür. Sie schien Gross von seinem vorigen Besuch her wiederzuerkennen, bei dem er sich bei dem Arzt nach Herrn Binders medizinischer Verfassung erkundigt hatte.

»Brauchen Sie diesmal selbst ärztliche Hilfe?«, fragte sie, als sie die beiden hereinließ. Im Eingangsbereich duftete es intensiv nach Rosen, ohne dass welche zu sehen waren. Der Geruch war tatsächlich derart aufdringlich, dass Werthen zu dem Schluss kam, dass er nur aus einer Flasche stammen konnte. »Das hier ist nämlich eine Arztpraxis«, erklärte die Frau ironisch, »und kein Auskunftsbüro.«

»Ich freue mich auch, Sie wieder zu sehen, Frau Doktor Thonau. Und ich zahle Ihrem Mann die übliche Gebühr für eine Untersuchung nur zu gern.« Er warf einen kurzen Blick in das leere Wartezimmer. »Natürlich nur«, sagte er ebenso ironisch, »wenn ich keinem dringenderen Fall im Weg stehe.«

»Wir wollten gerade zu Mittag essen«, erwiderte sie, »aber ich bin sicher, der Doktor hat Zeit für Sie, meine Herren. Das macht dann fünfzehn Kronen.«

Werthen wollte protestieren. Nicht einmal der beste Chirurg im Neunten Bezirk würde eine solch ungeheuerliche Summe verlangen. Gross brachte ihn jedoch mit einem Klaps auf den Rücken zum Schweigen.

»Hervorragend. Würden Sie das bitte erledigen, Herr Advokat?«

Werthen warf Gross einen gereizten Blick zu, doch es war zwecklos. Er holte seine Börse hervor, zog eine Zehn- und eine Fünfkronenmünze hervor, wog sie kurz in der Hand und überreichte das Geld dann der Frau des Doktors, die die Gebühr penibel in ein riesiges und irgendwie verstaubtes Kassenbuch eintrug. Werthen war überzeugt, dass sie höchstens fünf Kronen notierte. »Gehen Sie schon hinein«, sagte sie, während sie das riesige Kassenbuch zuschlug. »Sie finden den Weg?«

Gross ging durch das etwas schäbig wirkende Wartezimmer in das dunkle, unangenehm riechende Ordinationszimmer. Dr. Thonau, ein spindeldürrer Mann, spülte in einem Becken in der Ecke gerade chirurgisches Besteck.

»Schön, Sie wiederzusehen, Professor Gross.«

Allerdings sah er alles andere als erfreut aus. Nach Werthens Einschätzung sollte Thonau selbst einen Arzt aufsuchen. Seine Haut war gräulich blass wie alte Milch, und seine Augen hinter dem Kneifer wirkten blutunterlaufen.

»Nehmen Sie Platz«, sagte er mit falscher Herzlichkeit. »Ich habe gerade die Instrumente der Vormittagssprechstunde gereinigt. Kommen Sie wegen einer Untersuchung?«

Gross ignorierte den angebotenen Platz und sparte es sich auch, Werthen vorzustellen.

»Nein, Dr. Thonau«, donnerte Gross. »Ich komme wegen der Wahrheit.«

Thonau schüttelte verständnislos den Kopf. »Welche Wahrheit, Professor?«

»Spielen Sie nicht den Ahnungslosen. Das vertrage ich heute nicht. Wem haben Sie von Binders Syphilis erzählt?«

»Abgesehen von Ihnen, meinen Sie?«

»Ja.«

»Niemandem natürlich. Die Patientenakten sind vertraulich. Wofür halten Sie mich?«

»Für einen armen Kerl, einen sehr mittelmäßigen Arzt und einen Pantoffelhelden, dessen Frau sich fraglos danach sehnt, dass ihr Mann mehr verdient. Dafür halte ich Sie, Dr. Thonau. Einen Mann, der verzweifelt auf ein bisschen zusätzliches Einkommen aus ist, und einen Mann, der sich dabei nicht von so etwas wie der Schweigepflicht aufhalten lässt.«

Thonau wehrte sich einen Moment, warf sich in die schmale Brust und faselte etwas von falschen Anschuldigungen und Rechtsbeistand.

Werthen gebot dem Unsinn jedoch Einhalt, indem er sich als

Professor Gross' Anwalt vorstellte. Daraufhin sackte Thonau plötzlich zusammen wie ein Ballon, aus dem man die Luft herausgelassen hatte.

»Sie verraten doch nichts …?«

Er zögerte, und Werthen vermutete, dass er gerade an die Standesehre eines Arztes dachte.

»… meiner Frau, meine ich. Sie weiß nichts von meiner kleinen Vereinbarung mit Direktor Breitstein. Es ist das einzige Geld, über das ich selbst verfügen kann.«

»Breitstein!«, wiederholte Gross.

»Ja.« Thonau schüttelte wimmernd den Kopf. »Ich bin oder war der Arzt einiger seiner Angestellten. Er hat eine reduzierte Gebühr für sie vereinbart, mich jedoch regelmäßig dafür bezahlt, dass ich ihn über die Gesundheit seiner Mitarbeiter auf dem Laufenden halte. Das war aber alles rechtens.«

Gross schnaubte verächtlich. »Selbstverständlich.«

»Nein, ich meine, Herr Breitstein wollte nur wissen, ob seine Angestellten gesund sind. Es ist ihm wichtig, die bestmöglichen Vertreter zu haben. Das ›Gesicht von *Breitstein und Sohn*‹ nannte er seine Verkäufertruppe immer.«

»Wieso hat er Herrn Binder dann behalten?«, fragte Werthen. »Der Mann hatte schließlich Syphilis.«

Der Arzt wandte sich nun lächelnd an Werthen, als wollte er sich bei ihm einschmeicheln.

»Das meine ich, wenn ich sage, es war alles rechtens. Herr Breitstein hat die Informationen nicht gegen seine Angestellten verwendet. Er wollte nur ihr Bestes.«

»Hat er Ihnen das erzählt«, sagte Gross, »oder glauben Sie das nur?«

Thonau zuckte mit den Schultern. »Ich kann mich nicht erinnern. Aber bitte, meine Herren, ich flehe Sie an, sagen Sie meiner Frau nichts davon.«

»Das kann ich Ihnen versprechen, Dr. Thonau. Wann haben Sie dem Direktor zum ersten Mal von Binders Zustand berichtet?«

»Vor einigen Monaten. Vielleicht Ende Mai? Ich muss in meinen Unterlagen nachsehen. Es war nach meiner ersten Untersuchung von Herrn Binder. Er kam und klagte über Schwindel und Appetitlosigkeit. Für mich war zwar offensichtlich, was mit dem Mann los war, aber ich habe dennoch einige Untersuchungen durchgeführt. Als ich Herrn Breitstein davon berichtet habe, hat er mich angewiesen, Binder nicht über seinen Zustand aufzuklären. Ich habe ihn mit Bittersalz behandelt. In diesem Stadium der Krankheit konnte ich ohnehin nicht mehr viel für den Mann tun.«

»Binder wusste also nicht, dass er Syphilis hatte?«

Thonau schüttelte den Kopf. »Zumindest nicht von mir.«

»Und welche Erklärung hat Breitstein Ihnen dafür gegeben?«, erkundigte sich Gross.

»Er sagte, er wolle nicht, dass sich der arme Mann Sorgen mache. In diesem Stadium der Krankheit wäre ohnehin jede Hilfe zu spät gekommen. Es klingt vielleicht unlogisch, aber Herr Breitstein will …«

»Wissen wir«, fiel ihm Gross ins Wort. »Er will nur das Beste für seine Angestellten.«

Von Thonau würden sie nichts mehr erfahren, also verließen sie die Praxis, glücklicherweise ohne Frau Thonau erneut zu begegnen, die sich ins Esszimmer zurückgezogen hatte.

Breitstein und Söhne lag nur zwei Blocks von der Praxis entfernt. Sie gingen auf schnellstem Weg dorthin und stellten überrascht fest, dass dort nicht gearbeitet wurde. Bei ihrem letzten Besuch war ein Lieferwagen beladen worden, und überall waren ihnen geschäftige Vertreter begegnet. Heute war sogar der Schreibtisch von Breitsteins Sekretärin verwaist.

Gross klopfte an die Tür des Direktors und trat ein, ohne eine Antwort abzuwarten. Die Sekretärin arrangierte mit verweinten Augen Blumen. Es waren verschiedene Sträuße, alle mit schwarzen Bändern eingefasst.

Gross und Werthen wechselten einen vielsagenden Blick. Sie wussten, was das bedeutete.

»Entschuldigen Sie, Fräulein«, sagte Gross. »Wir würden gern mit Herrn Direktor Breitstein sprechen.«

Daraufhin traten der jungen Sekretärin erneut die Tränen in die Augen, und sie zog hastig ein Taschentuch aus dem Ärmel ihrer weißen Bluse.

»Haben Sie es denn noch nicht gehört, mein Herr?«, stieß sie schließlich schluchzend hervor.

»Was gehört?«

»Herr Direktor Breitstein ist tot. Er wurde gestern getötet.« Sie weinte eine Weile, bis sie sich wieder fasste. »Ein Jagdunfall, während seines Jahresurlaubs auf seinem Anwesen in der Steiermark. Der arme Mann! Was soll denn jetzt bloß aus uns werden?«

Gross ging weiter in das Zimmer. Einen Augenblick glaubte Werthen, er wolle die junge Frau trösten. Doch stattdessen ging er an ihr vorbei zu den Bildern, die hinter dem Schreibtisch an der Wand hingen, und betrachtete sie.

»Ist heute jemand in diesem Raum gewesen?«, fragte er.

Die Sekretärin sah hoch. »Nein. Nur ich, um die Blumen zu arrangieren.«

»Wer hat die Blumen gebracht?«

»Ein Mann, Herr.«

»Hat er sie draußen abgegeben, oder hat er sie hier hereingestellt?«

»Er hat sie hereingebracht.« Wieder rannen die Tränen.

»Bitte, Fräulein. Es ist sehr wichtig. Denken Sie nach! Wie sah der Mann aus?«

Sie seufzte, biss sich auf die Lippe und tupfte sich mit dem Taschentuch die verweinten Augen ab. »Wie ein Lieferant, mein Herr.«

Ein Muskel in Gross' Wange zuckte, doch es gelang ihm, seine Ungeduld zu überspielen. »War er groß?«

»Ja, Herr.«

»Hatte er irgendwelche auffälligen Merkmale?«

»Merkmale?«

»Eine Narbe!« Werthen schrie beinahe. Es gelang ihm deutlich schlechter als Gross, seine Ungeduld zu zügeln.

»O ja, mein Herr. Eine große Narbe, die mir aufgefallen ist.« Sie fuhr mit dem Zeigefinger quer über ihren Hals. »Als hätte jemand versucht, ihn umzubringen oder so etwas.«

Gross richtete seine Aufmerksamkeit wieder auf die Fotos. »Sehen Sie das, Werthen? Hier. Da fehlt ein Foto.«

Werthen trat näher und sah in der Reihe der Fotos ein helles Rechteck auf der Tapete, wo eindeutig einmal eine gerahmte Fotografie gehangen hatte, die jetzt fehlte.

»Ich habe mir diese Fotografien angesehen, als wir Breitstein verhört haben«, sagte Werthen. »Ich dachte damals, ich hätte auf den Fotos jemanden wiedererkannt.«

»Wen?«

Werthen seufzte. »Ich habe keine Ahnung, Gross. Es war nur ein flüchtiger Eindruck. Ich war zu weit weg, um die Bilder deutlich erkennen zu können. Die Person trug jedenfalls einen Jagdhut. Ich habe den Mann auch nicht an seinem Gesicht erkannt, sondern an der Art, wie er dastand. An seiner Haltung.«

»Denken Sie schärfer nach!«

»Es hat keinen Sinn, Gross. Ich komme nicht darauf.«

»Sind die Herren von der Polizei?«

Sie hatten die trauernde Sekretärin über dem verschwundenen Foto vollkommen vergessen.

»Nein, mein Fräulein«, erwiderte Gross und drehte sich zu ihr um. »Wir sind Kunden Ihres ehemaligen Arbeitgebers. Und jetzt überlassen wir Sie Ihren Blumen.«

Als sie das Büro verließen, packte Gross Werthen am Arm. »Könnte es Franz Ferdinand gewesen sein? Man erzählt sich, dass er ein passionierter Jäger ist.«

Werthen schüttelte frustriert den Kopf. »Ich weiß es einfach nicht, Gross. Hätte ich damals doch besser aufgepasst. Halten Sie das für so wichtig?«

»Ich glaube, dass man Direktor Breitstein wegen dieses Fotos umgebracht hat.«

Am Nachmittag kehrten sie in Werthens Wohnung in die Josephstädter Straße zurück und waren kaum eingetreten, als Klimt sie beide auch schon erfreut in die Arme schloss. Krafft-Ebing war ebenfalls da und klopfte ihnen zur Begrüßung auf den Rücken.

»Wir waren davon überzeugt, dass Sie tot sind«, sagte der Maler, als Werthen und Gross es endlich geschafft hatten, sich aus seinem Griff zu befreien.

Mit »wir« meinte Klimt ganz offensichtlich sein Trio von angeheuerten Schlägern. Die Burschen fühlten sich ganz wie zu Hause und ließen sich von Frau Blatschky, die geschäftig zur Küche und zurück eilte, mit großzügigen Portionen von ihrem Tafelspitz versorgen. Werthen fiel plötzlich auf, dass er und Gross seit ihrem Frühstück im Unteren Belvedere nichts mehr gegessen hatten. Bei dem Geruch von Essen lief ihm das Wasser im Munde zusammen.

Frau Blatschky war ebenso glücklich, sie zu sehen, wie Klimt, doch die drei Schläger hoben zur Begrüßung nur kurz eine Gabel oder ein Messer. Es wurde reichlich Essen herumgereicht, und Werthen und Gross gesellten sich mit großem Appetit dazu. Krafft-Ebing hatte allerdings vorerst genug von Abenteuern und machte sich auf den Heimweg, während die anderen noch speisten. Er fragte nicht einmal, was ihnen letzte Nacht geschehen war.

Gross weigerte sich, von den neuen Entwicklungen zu berichten, bis sie fertig gegessen hatten und Klimt seine Männer für die Nacht nach Hause geschickt hatte. Bevor sie jedoch ihr Gespräch beginnen konnten, klingelte es an der Tür. Klimt hielt Frau Blatschky davon ab zu öffnen und tat dies stattdessen selbst, wobei er vorsichtshalber die Kette davor ließ.

Es war das erwartete Telegramm aus Genf. Gross öffnete es rasch, während Werthen etwas Kleingeld für den Botenjungen hervorkramte.

»Aha«, sagte der Kriminologe. »Genau wie ich dachte.«

Er reichte Werthen das Telegramm. Planner war offenbar eher ein Mann des Wortes als der Schrift, denn die Nachricht bestand lediglich aus zwei Silben: »Am Hals.«

23. Kapitel

Werthen und Gross saßen beim Frühstück. Es war halb zehn, eine Zeit, um die die meisten Wiener, die etwas auf sich hielten, bereits ihr zweites Frühstück einnahmen, das sogenannte Gabelfrühstück, eine Wurstsemmel und ein Glas herben Weißweins. Aber letzte Nacht war es spät geworden. Erst um Mitternacht hatten sie Klimt endlich dazu gebracht, nach Hause zu gehen. Mit zwei Pistolen und einer soliden Eingangstür betrachteten sie sich als ausreichend geschützt.

»Somit hat der Erzherzog sicherlich recht«, sagte Werthen, wobei er an einem Stückchen Butterkipferl herumknabberte. Er hatte wenig Appetit heute Morgen, er war einfach noch zu aufgewühlt von den Neuigkeiten des gestrigen Abends.

»Hmm«, brummte Gross hinter den Seiten der *Neuen Freien Presse*.

»Heißt das, dass Sie mir zustimmen, Gross, oder dass Sie schlicht von unserem Gespräch gelangweilt sind?«

»Hmm.«

»Verdammt, Gross! Sie sind mir viel zu gleichgültig. Diese Narbe am Hals des Mannes beweist doch, dass die Kaiserin nicht von Franz Ferdinands Mann umgebracht worden ist.«

Gross ließ die Zeitung sinken und sah Werthen mit erhobenen Brauen an. »Wir sind das alles doch zusammen durchgegangen, mein Freund. Bis gestern um Mitternacht.«

»Aber scheint es Ihnen nicht von noch größerer Bedeutung, nachdem Sie darüber geschlafen haben?«

»Wie ich bereits gestern Nacht sagte, ist das ein wichtiger Hinweis, aber wir müssen auch andere Möglichkeiten in Erwägung ziehen.«

»Was? Sie glauben doch wohl nicht, dass der Erzherzog einen zweiten Kerl mit Narbe beschäftigt, nur um uns in die Irre zu führen?«

»Das wäre möglich, Werthen. Ich selbst habe, wenn ich mich recht entsinne, genau diese Theorie gestern Nacht für möglich, wenn auch für nicht sehr wahrscheinlich erklärt.«

Werthen trank einen Schluck Kaffee, und als er wieder zu Gross hinüberblickte, hatte der seine Nase schon wieder in die Zeitung vergraben.

»Sie können einen manchmal wirklich auf die Palme bringen, Gross. Wir haben mit Breitstein den nächsten Toten, und Planners Depesche aus Genf bedeutet, Unteroffizier Tod …«

» … jedenfalls laut Franz Ferdinand«, brummte Gross hinter seiner Zeitung.

»Und Sie sitzen einfach da und blättern in dieser verfluchten Zeitung.«

Gross ließ das Blatt erneut sinken. »Was erwarten Sie denn von mir, Werthen?«

»Handeln, Gross. Es ist Zeit zu handeln.«

»Und was genau heißt das?«

»Zunächst einmal sollten wir die Behörden in der Steiermark informieren. Sie müssen Breitsteins Tod als Mord und nicht als Unfall behandeln. Die Polizei muss erneut den Tatort untersuchen, bevor er vollkommen verdreckt ist, dann müssen die anderen Zeugen verhört werden, bevor deren Erinnerung nachlässt und durch die Annahme, es handele sich um einen Unfalltod, vernebelt wird.«

Gross blickte ihn an. »Bravo, Werthen. Endlich begreifen Sie meine Technik.«

Werthen sah ihn einen Augenblick an. »Sie haben das alles schon in die Wege geleitet, nicht wahr?«

»Sie wollten ja unbedingt ausschlafen, Werthen. Deshalb hatte ich heute Morgen jede Menge Zeit zur Verfügung.«

»Und dieser mysteriöse Unteroffizier Tod?«

»Ach, ich habe nur wenig Verbindungen zum Militär. Aber ich habe Krafft-Ebing kontaktiert, der ein ehemaliges Mitglied des Generalstabs kennt.«

»Beruflich?«

Gross quittierte die Ironie der Frage mit einem Schulterzucken. »Es ist wichtig, dass der Mann nicht mehr aktiver Militär ist. Das verstehen Sie doch sicher.«

»Weil das ausschließt, dass er zu dem Komplott gehört.«

»Ah, jetzt ist es also ein Komplott? Ja. Komplott, Verschwörung. Nennen Sie es, wie Sie wollen. Jedenfalls scheinen Angehörige der Regierung in diese Verbrechen involviert zu sein. Krafft-Ebing hat mir absolute Geheimhaltung zugesichert. Sein Mann wird sich diskret nach diesem Sergeant Tod und den Rollkommandos umhören und keine Fragen stellen, die jemanden aufschrecken könnten.«

»Und was machen *wir*?«

»Wir warten, Werthen, und frühstücken zu Ende.«

In diesem Moment hämmerte jemand heftig an die Wohnungstür. Wer auch immer der Besucher war, er oder sie war zu ungeduldig, die Klingel zu benutzen. Frau Blatschky hatte strikte Anweisung erhalten, nicht an die Tür zu gehen. Stattdessen schlichen sich sowohl Werthen als auch Gross in den Flur, wo ihre Pistolen im Schirmständer steckten. Sie zogen die Waffen heraus; Werthen linste durch den Spion in der Tür und sah einen großen, korpulenten Mann mit einem langen grauen Bart, der eine braune Melone auf dem Kopf trug. Sein teurer brauner Anzug passte zum Hut.

»Kennen Sie ihn?«, flüsterte Gross.

Werthen schüttelte den Kopf. »Aber er sieht ganz anständig aus.«

»Er sieht anständig aus?«, zischte Gross, als wäre er über diese Äußerung entsetzt.

»Ich weiß«, flüsterte Werthen zurück. »Bücher und Einbände und all das. Aber er wirkt nicht wie ein Mörder.«

Als der Mann erneut heftig gegen die Tür schlug, spannte Gross seine Pistole. »Langsam«, sagte er. »Und lassen Sie die Kette eingehakt.«

Gross ging neben der Tür in Position, während Werthen sie vorsichtig einen Spalt öffnete.

»Was haben Sie mit meiner Tochter gemacht?«, schrie der Mann, als er Werthen erblickte.

»Pardon, aber wer sind Sie bitte, mein Herr?«

»Verdammt, Kerl, ich bin Joseph Meisner, Berthes Vater!«

Werthen legte hastig die Pistole weg und hakte die Kette aus, um den Mann hereinzubitten. Auch Gross sicherte seine Pistole und steckte sie in die Außentasche seines Morgenrocks.

Meisner, ein massiger Mann, stürmte polternd in die Wohnung. Er und Werthen waren sich noch nie begegnet, obwohl Berthe ihn natürlich über die Verlobung informiert hatte. Meisner, der sichtlich besorgt war, musterte Werthen von Kopf bis Fuß, dann richtete er seine Aufmerksamkeit auf Gross, der immer noch neben der Tür stand.

»Sehr erfreut, Herr Meisner.« Werthen streckte ihm die Hand entgegen.

Der sie ignorierte. »Ich wünschte, ich könnte dasselbe behaupten. Also, was hat es mit meiner Tochter auf sich?«

»Ich …« Ausnahmsweise fehlten Werthen die Worte. Auf eine solche Konfrontation war er nicht vorbereitet. »Wir haben vor zu heiraten, mein Herr. Das heißt …«

»Das weiß ich, Sie Dummkopf! Aber wo ist meine Tochter?«

»Sind Sie gerade aus Linz eingetroffen, mein Herr?«, erkundigte sich Gross.

»Und wer sind Sie?«

Gross stellte sich vor, und Meisner kniff die Augen zusammen. »Dieser Kriminologe? Dann wissen Sie es also schon.« Er wandte sich an Werthen. »Sie haben ihn konsultiert, ohne mich erst hinzuzuziehen?«

»Ich habe wirklich keine Ahnung, wovon Sie eigentlich sprechen, mein Herr«, sagte Werthen.

»Von Berthe, Sie Dummkopf. Meiner Tochter. Ihrer Verlobten. Sie ist entführt worden. Sie scheinen sich ja nicht sehr zu bemühen, Ihre Verlobte im Auge zu behalten!«

»Entführt.« Werthen verschlug es die Sprache. Sie hatten sich so intensiv mit den Vorkehrungen für ihre eigene Sicherheit beschäftigt und derweil seine einzige Liebe schutzlos außer Acht gelassen.

»Woher wissen Sie das?«, mischte sich Gross ein.

»Aus einem Brief. Wer auch immer dieses Verbrechen begangen hat, hat mir eine Nachricht geschickt, in der stand, dass ich meine Tochter zurückbekäme, wenn ich mit Advokat Werthen gesprochen hätte.«

»Haben Sie den Brief bei sich, mein Herr?«

Meisner durchsuchte mehrere Taschen, bevor er ihn schließlich fand. Werthen registrierte, dass Gross keine Anstalten machte, ihn daran zu hindern, den Brief anzufassen. Solange sie keine Akte mit Vergleichsabdrücken hatten, nutzten ihnen Fingerabdrücke ohnehin nicht viel.

Gross entfaltete den Brief, der auf teurem Bütten geschrieben war. Er überflog ihn einmal, zog die Nase kraus und las ihn ein zweites Mal. »Dieses Gesindel«, platzte er hervor und überreichte Werthen die Nachricht.

Sehr geehrter Herr,

wenn Sie augenblicklich handeln, wird Ihrer Tochter nichts geschehen. Sie müssen Anwalt Werthen dazu bringen, seine Ermittlungen einzustellen. Sobald erwiesen ist, dass die Ermittlungen beendet wurden, kehrt Berthe Meisner nach Hause zurück.

Hochachtungsvoll, ein Freund

Werthen gefror das Blut in den Adern, als er den Brief las. Mein Gott, was hatte er sich nur dabei gedacht, Berthe einer solchen Gefahr auszusetzen? Es war genau wie bei seiner ersten Liebe,

Marie. Während sie im Sterben lag, war Werthen seinen Studien nachgegangen. Und nun hatte er eine zweite Chance für die Liebe erhalten und machte denselben Fehler noch einmal. Er war so in die Ermittlungen vertieft gewesen, dass er keinen einzigen Gedanken an Berthes Sicherheit verschwendet hatte. Wenn er sie heil zurückbekam, schwor Werthen, würde er den wichtigsten Menschen in seinem Leben nie mehr vernachlässigen.

»Waren Sie schon in der Wohnung Ihrer Tochter?«, wollte Gross wissen.

»Selbstverständlich! Nachdem ich die Nachricht erhalten hatte, habe ich den Frühzug in Linz genommen …«

»Auf welche Weise?«, erkundigte sich Gross.

»Wie meinen?«

»Er meint, auf welche Weise Sie die Nachricht erhalten haben«, erklärte Werthen, der den ersten Schreck überwunden hatte und sich zusammenriss.

»Ein Straßenjunge hat an meine Tür geklopft und ihn mir gegeben. Angeblich hat ein Mann ihm eine halbe Krone für diesen Botendienst gegeben.«

»Haben Sie nach diesem Mann gefragt?«, hakte Werthen nach.

»Wieso sollte ich? Ich hatte ja keine Ahnung, was in dem Brief stand. Als ich ihn gelesen hatte, war der Junge schon weg.«

»Und die Wohnung Ihrer Tochter?«, drängte Gross.

»Ich bin sofort zu ihrer Wohnung gegangen, sobald ich in Wien angekommen war, aber es hat niemand geöffnet. Der Portier hat sie seit Dienstag nicht mehr gesehen. Dann bin ich zur Schule gegangen, in der sie ehrenamtlich tätig ist. Dort hat man mir erzählt, dass sie gestern nicht zur Arbeit erschienen sei und man nichts von ihr gehört habe. Die Kinder würden sie vermissen, mehr konnte man mir dort nicht sagen.«

Werthen und Gross wechselten einen kurzen Seitenblick. »Wir finden sie, Werthen«, versprach Gross.

»Was hat das alles zu bedeuten?«, fragte Meisner. Seine Stimme klang jetzt nicht mehr empört, sondern ängstlich und besorgt. »Auf welche Ermittlungen spielt dieser Teufel an?«

Wieder sahen sich die beiden an, und Gross nickte.

»Setzen wir uns, Herr Meisner«, schlug Werthen vor und fasste den älteren Mann am Arm. »Es gibt viel zu erzählen.«

Während Werthen ihm von ihren Ermittlungen in Sachen Pratermorde berichtete, die sie bis vor die Tore der Hofburg geführt hatten, untersuchte Gross mit seinem Vergrößerungsglas penibel das handgeschöpfte Bütten, auf dem der Brief an Herrn Meisner geschrieben worden war. Gross beendete seine Arbeit und hörte ruhig zu, was Werthen sehr ungewöhnlich fand, bis der Anwalt mit seinen Ausführungen fertig war.

»Also will sich da irgendein Mächtiger schützen«, stellte Herr Meisner fest. »Was für eine idiotische Idee, deshalb meine Tochter zu entführen. Wieso bringt er Sie beide nicht einfach um?«

Die Grobheit der Frage wie auch ihre bestechende Logik raubten Werthen einen Augenblick die Sprache.

»Das hat man durchaus versucht, Herr Meisner«, antwortete Gross liebenswürdig. »Und es ist eine berechtigte Frage. Über die ich gerade ebenfalls nachgedacht habe.«

»Es ist mehr als idiotisch«, fuhr Meisner kopfschüttelnd fort. »Denn woher sollen diese Leute wissen, dass Sie Ihre Ermittlungen nicht fortsetzen, sobald Berthe wieder da ist?«

»Ganz recht«, bestätigte Werthen.

»Ich nehme an, das werden wir bald herausfinden«, sagte Gross und hielt den Brief hoch. »Diese Epistel ist eigentlich eine Einladung.«

»Wovon sprechen Sie?«, fragte Meisner wieder auf seine alte, streitlustige Art. »Das ist ein Erpresserbrief, nicht mehr und nicht weniger.«

»Tatsächlich?«, fragte Gross. »Und wo stehen dann die Bedingungen?«

»Da steht doch ganz klar, dass Berthe freigelassen wird, sobald diese verdammten Ermittlungen eingestellt werden.«

»Das sind keine Bedingungen, Herr Meisner. Das sind Forderungen. Wie soll beispielsweise erklärt werden, dass ›die Ermittlungen beendet wurden‹, wie es hier verlangt wird? Veröffentlichen wir eine ganzseitige Anzeige in der *Wiener Zeitung*, in der steht, dass Professor Doktor Gross und Advokat Werthen erfreut bekannt geben, dass sie ihre Ermittlungen bezüglich der Pratermorde eingestellt haben? Ersuchen wir um eine Audienz beim Kaiser und sagen es ihm selbst? Pah!« Gross schnaubte missbilligend. »Ich sage Ihnen, Herr Meisner, das ist kein Erpresserbrief, sondern eine Einladung zu einem Treffen.«

Werthen beobachtete, wie die beiden Männer sich mit Blicken maßen. Sie waren sich vom Charakter her viel zu ähnlich, um sich einig zu werden, das war klar.

»Sie sind wohl auch ein Hellseher, Professor Gross?«

»An meiner Schlussfolgerung ist nichts Übersinnliches. Es steht alles in diesem Schrieb.«

Er wedelte mit dem Brief in der Luft herum.

»Nicht im Text, aber in dem Papier, auf dem er gedruckt wurde. Ich habe dieses Papier nämlich genau untersucht, Herr Meisner.«

»Vermutlich haben Sie sogar einen Aufsatz zu diesem Thema verfasst«, entgegnete der Mann mit unverhohlener Ironie.

»Natürlich habe ich das. Und ich versichere Ihnen, dass dieses Stück Papier genauso aussagekräftig ist wie der Fußabdruck eines Menschen. Erst einmal ist das Papier aus dem feinsten Bütten hergestellt, das es überhaupt gibt. Das hebt den Verfasser augenblicklich vom gemeinen Volk ab. Das Wasserzeichen ist sehr ausgeprägt: Der Buchstabe ›W‹ in einem Kreis ist das Monogramm von *Wernerkreis*, Österreichs erster Adresse für Papier, dessen Hauptgeschäft sich am Graben befindet, im Ersten Bezirk. Weiterhin befindet sich unter diesem Wasserzeichen eine Art persönliches Symbol, das mit dem bloßen Auge kaum zu erkennen ist, das ich jedoch mit Hilfe meines Vergrößerungsglases entziffern konnte.«

Gross wirkte fast unerträglich selbstzufrieden.

»Heraus damit!«, schnauzte Meisner ihn an. »Was haben Sie entdeckt?«

»Die Buchstaben ›AEIOU‹.«

»*Austriae est imperare orbi universo*«, sagte Werthen. »Es ist Österreichs Bestimmung, die Welt zu regieren.«

»Ausgezeichnet, Werthen.«

»Eigentlich«, sagte Meisner, »ist diese einfache Folge von Vokalen, die Friedrich III. für seine Staatskarossen, die Kirchen und alle öffentlichen Gebäude in Wien, Graz und der Wiener Neustadt in Auftrag gegeben hat, gar nicht so einfach zu deuten. Manche haben sie mit *›Austria erit in orbe ultima‹ übersetzt, ›Österreich für alle Ewigkeit‹*. Oder sogar *›Alles Erdreich ist Österreichs Untertan‹*. Aber wie auch immer die Übersetzung lautet, die Bedeutung ist immer dieselbe: der Glaube an die historische Aufgabe des Hauses Habsburg.«

Gross und Werthen betrachteten Herrn Meisner daraufhin weit respektvoller als zuvor.

»Was denn?«, fragte der. »Meinen Sie, ein Schuhfabrikant muss automatisch ungebildet sein? Damit Sie es wissen, ich bin nicht nur Amateurhistoriker, sondern einer der führenden Talmudlehrer Österreichs.« Er schüttelte kurz den Kopf. »Ich muss mich bei den Herren entschuldigen. Es ist ansonsten nicht meine Art, derart mit meinen Leistungen zu prahlen. Ich bin nur zutiefst unglücklich. Das Wichtigste ist jetzt die Frage, wie wir Berthe freibekommen.«

»Ich danke Ihnen für die zusätzlichen Informationen, Herr Meisner«, erwiderte Gross, ebenfalls in etwas bescheidenerem Tonfall. »Sie haben recht, die Interpretationen der Insignien deuten auf ein Mitglied des Hauses Habsburg hin oder auf jemanden, der ihm sehr nahesteht. Und wenn wir *Wernerkreis* am Graben einen Besuch abgestattet haben, sollten wir wissen, um wen es sich handelt.«

Sie wurden in ein prachtvolles Büro geführt, von dessen Fenster man einen Blick auf den neuesten Teil der Hofburg, den Heldenplatz, genoss. Dahinter waren die Platanen der Ringstraße zu erkennen, die sich bereits gelb und orange verfärbt hatten. Der Raum symbolisierte die Macht seines Besitzers. Der riesige Rosenholzschreibtisch, die sechs Louis-XV-Stühle, die sich um einen kleinen Konferenztisch am anderen Ende des Büros gruppierten, die zahlreichen flämischen Gobelins mit Jagdszenen an den Wänden, das elegant in Sternform verlegte Parkett, der Kamin mit Meißener Kacheln, die grünen Brokatvorhänge vor den deckenhohen Fenstern, die Bücherregale, die eine ganze Wand bedeckten … aus all dem sprach das Selbstbewusstsein dieses Mannes. Gross vertrieb sich die Wartezeit mit dem Studium der Bücher; Werthen nestelte nervös an seiner Krawattennadel herum.

Sie hatten die Identität der Person anhand des Bütten leicht herausgefunden. Gross hatte einfach eine Geschenkbox mit besonderem Briefpapier von der Firma *Wernerkreis* am Graben und genau diese Buchstaben als Wasserzeichen bestellt. Als der Angestellte ihn höflich darüber aufklärte, dass diese Insignien bereits in Gebrauch waren, gab Gross vor, sich vage für die Identität des Herrn zu interessieren. Der Angestellte hatte den Namen ziemlich stolz genannt, was Gross mit einem gemurmelten: »Genau wie ich vermutet habe« kommentierte.

Sie hatten so gut wie sie vermochten, Vorkehrungen getroffen. Herr Meisner sollte bei Klimt bleiben, bis sie von ihrem Besuch zurück waren. Falls sie nicht zurückkehrten, würden Meisner und Klimt sie auf jeden Fall als vermisst melden und den Namen der verantwortlichen Person an alle Zeitungen in ganz Europa weitergeben.

Gross war zwar davon überzeugt, dass sie unbeschadet zurückkehren würden, aber Werthen war sich überhaupt nicht mehr sicher. Seine tiefsten Überzeugungen waren im Laufe der Ermittlungen auf den Kopf gestellt worden. Doch er würde alles tun, was nötig war, damit Berthe unverletzt freikam. Es war seine Schuld, dass sie überhaupt in Gefahr geraten war. Wäre er so klug gewesen, sie ins Vertrauen zu ziehen, wie sie es von ihm gefordert hatte, wäre auch sie gewarnt gewesen. Aber er hatte sie schützen wollen, indem er sie im Unklaren ließ, und hatte gedacht, ihre Ahnungslosigkeit wäre Schutz genug. Nie wäre er auf die Idee gekommen, dass ein geradezu machiavellistisches Monster sie als Spielstein einsetzen könnte.

Ein Ausruf von Gross riss Werthen aus seinen Überlegungen.

»Ach. Habe ich es mir doch gedacht.« Er zog ein dünnes Heftchen aus dem Bücherregal. »Mein Aufsatz über die Identifikation von Papiertypen und Wasserzeichen. Dies war tatsächlich eine offizielle Einladung, Werthen.«

In diesem Augenblick wurden die Doppeltüren zum Büro aufgestoßen, und ein großer, weißhaariger Mann, der die offizielle rote Robe und den Hermelinkragen der Ritter vom Goldenen Vlies trug, betrat den Raum.

»Die Herren müssen entschuldigen, dass ich Sie habe warten lassen«, erklärte Prinz Grunenthal, während er zu seinem Schreibtisch ging. Er trug auch die offizielle Kette des Ordens, dessen Devise in das kostbare Metall der Glieder eingraviert war. »Keine schlechte Belohnung für die Arbeit.« Werthen hatte die Niederträchtigkeit des Mottos stets amüsiert, das so sehr im Widerspruch zu den erklärten Zielen des Ordens vom Goldenen Vlies stand, nämlich die römisch- katholische Religion zu verteidigen und den ritterlichen Ehrenkodex zu bewahren. Grunenthal nahm auf einem recht hochherrschaftlichen Stuhl hinter seinem Schreibtisch Platz und ließ Gross und Werthen stehen. Gross stellte seinen Aufsatz über Papiertypen zurück und nahm in einem der Louis-XV-Stühle mit deutlichem Abstand zum Schreibtisch Platz. Werthen tat es ihm gleich.

»Verzeihen Sie meine schlechten Manieren«, entschuldigte sich Grunenthal, erhob sich und kam zu ihnen. »Ich habe mich bereits seit geraumer Zeit auf dieses Treffen gefreut, obwohl meine Gefühle, zugegebenermaßen, ein wenig zwiespältig sind.«

»Sie hätten uns einfach einladen können, Prinz Grunenthal.« Gross hielt sich nicht lange mit höflichem Geplänkel auf. »Um uns auf sich aufmerksam zu machen, hätten Sie nicht Frau Meisner entführen müssen.«

»Man kann wohl kaum von Entführung sprechen, Professor Gross. Sagen wir, sie ist ein Staatsgast.«

»Sagen wir lieber, Sie sind verzweifelt, Prinz Grunenthal.« Gross schien den Mann mit seinem Blick durchbohren zu wollen. Grunenthal erwiderte den Blick vollkommen ungerührt, aber ebenso durchdringend.

»Ich will meine Verlobte zurückhaben, Grunenthal.« Werthen unterließ es absichtlich, den Mann mit seinem Titel anzusprechen. Er hatte jedes Recht auf ihn verwirkt.

»Sie werden sie zurückbekommen, Herr Advokat«, erwiderte der Prinz und richtete seinen eiskalten Blick auf Werthen. »Sobald wir eine Vereinbarung getroffen haben.«

»Sie sind tatsächlich verzweifelt«, wiederholte Gross. »Andernfalls hätten Sie uns einfach umgebracht, wie all die anderen auch. Aber die Angelegenheit entgleitet Ihnen, nicht wahr? Mittlerweile sind zu viele Leute in die Sache verstrickt. Wer weiß schon, wem ich oder Werthen von diesen Ermittlungen erzählt habe? Und wer weiß, wie viele Kopien unserer Ermittlungsprotokolle ich an meine Kollegen in ganz Europa geschickt habe? Diese offenen Fragen sind unsere Lebensversicherung, richtig? Sie garantieren unser Leben, weil unser Tod beweisen würde, dass wir mit unseren Ermittlungen richtig lagen.«

Grunenthal klatschte langsam in seine überraschend kleinen

und sorgsam manikürten Hände. Es war eine bedrohliche Geste. »Bravo, Professor Gross. Es ist ein Vergnügen, endlich mit einem Mann zu sprechen, dessen Verstand der Aufgabe, die vor ihm liegt, gewachsen ist. Mir wäre es natürlich lieber, wenn ich Sie beide … beseitigen könnte. Aber natürlich haben Sie recht. Das ist nicht mehr praktikabel. Daher …«, der Prinz zuckte mit den Schultern und hob in einer scheinbar hilflosen Geste die Handflächen nach oben, »treffen wir eine Vereinbarung. Wir schließen Waffenruhe, sozusagen.«

»Solche Abkommen sind Ihre Stärke, nicht wahr, Prinz?«

»Ich kann mit Stolz behaupten, dem Kaiserreich im Laufe meines jahrzehntelangen Dienstes von beträchtlichem Nutzen gewesen zu sein.«

Werthen hätte den Mann am liebsten erdrosselt, aber er wusste, dass er damit Berthe nicht wiederbekommen würde. Er musste sich beherrschen und die Angelegenheit Gross überlassen.

»Ein guter Diplomat versteht es zu geben und zu nehmen«, fuhr Gross fort. »Sie haben etwas, das wir wollen. Berthe Meisner. Auf der anderen Seite brauchen Sie dringend etwas von uns, nämlich unser Schweigen. Sie erklären uns gewiss, wie wir für unser Schweigen garantieren können.«

»Oh, aber ganz bestimmt. Es ist wirklich sehr einfach. Entweder geben Sie Ihre Untersuchung auf, sagen Ihren Kollegen, dass Sie in eine falsche Richtung ermittelt haben, und widerrufen all Ihre früheren Behauptungen, dass Sie die Identität des Mörders und seines Auftraggebers kennen, oder Sie werden dieser Verbrechen selbst angeklagt.«

Der Prinz lächelte, aber seine Augen blickten absolut gefühllos. Werthen hatte noch nie einen lebendigen Menschen mit so toten Augen zu Gesicht bekommen.

»Ich gehe davon aus, dass Sie gewisse ›Beweise‹ gesammelt haben, um Ihre absurde Behauptung zu stützen«, entgegnete Gross.

»Selbstverständlich. Ich darf mich wohl als Amateur-Kriminologen bezeichnen.«

»Das habe ich bemerkt.« Gross deutete auf das Buchregal.

»Ja. Ich besitze alle Standardwerke zu diesem Thema«, erklärte Grunenthal, »und einige der besten Autoren, Poe, Collins, selbst diesen Engländer Conan Doyle mit seinem Sherlock Holmes. Wie Sie sehen, habe ich ein intensives Studium des Themas betrieben. Ihr Motiv ist absolut wundervoll, wenn Sie mir die Bemerkung erlauben. Anmaßung. Beruflicher Stolz. Sie begehen die abscheulichste Mordserie, um sie anschließend aufklären zu können und dafür internationalen Ruhm zu ernten. Sie und natürlich Ihr Adlatus, Advokat Werthen.«

»Also haben wir eine gegenseitige Versicherung?«, erkundigte sich Gross.

»Das hoffe ich doch.«

»Warum tun Sie es nicht einfach?«, platzte Werthen heraus. »Beschuldigen Sie uns doch! Versuchen Sie doch, einen neuen Rauchschleier zu erzeugen!«

»Wäre ich jünger, würde ich das vielleicht tatsächlich versuchen. Aber jedes Spiel muss ein Ende haben. Vielleicht ist dieses Ergebnis sogar das Bestmögliche. Ein Patt, statt ein klarer Sieg.«

»Das hier ist kein Spiel!« Werthen spürte, wie ihm die Röte ins Gesicht stieg und sein Magen brannte. Hätte er eine Waffe bei sich gehabt, er hätte dieses Ungeheuer auf der Stelle erschossen. »Sie und diese vernarbte Kreatur haben vollkommen unschuldige Bürger wie Vieh abgeschlachtet.«

»Werthen«, warnte Gross.

»Nein, nein«, mischte sich Grunenthal ein. »Ihr Kollege hat ganz recht. Es ist tatsächlich kein Spiel, obwohl man es so durchtrieben wie ein Schachmeister und so mutig wie ein Kavallerist durchführen muss. Wir sprechen immerhin von nichts Geringerem als dem Überleben des Habsburger Kaiserreiches.«

Werthen wollte etwas erwidern, doch Gross legte ihm beschwichtigend die Hand auf den Arm.

»Sie sehen zweifellos ein Monstrum in mir«, fuhr Grunenthal fort, »aber ich betrachte mich als Beschützer dieses Reiches und von allem, wofür es steht. Ich habe schwierige, schmerzliche Entscheidungen getroffen, allerdings stets im Dienste Österreichs und zu einem höheren Zweck.«

Prinz Grunenthal schwieg und starrte einen Moment in die Ferne, als hinge er einem Gedanken nach und nähme sie beide nicht mehr wahr.

»Rudolf. Der Kronprinz, ja. Er war ein so vielversprechender Junge. So intelligent, schon von Geburt an. Aber seine Lehrer, insbesondere Latour, haben ihn verdorben. Er hat einen Erzliberalen aus ihm gemacht. Und er war ungeduldig. So ungeduldig! Er hätte sich nie auf dieses Angebot der Ungarn einlassen dürfen. Sie haben den Jungen überredet, die ungarische Krone anzunehmen! König von Ungarn! Einfach absurd. Als wenn er als magyarischer König den Thron seines Vaters hätte übernehmen können. Das war für meinen Geschmack etwas zu viel Shakespeare.«

»Deshalb musste er sterben?«

»Musste? Nein. Aber es wurde so entschieden. Wir sind einundfünfzig Ritter. Die bedingungslos dem Erhalt der Kirche und des Kaiserreichs verpflichtet sind. Ich bin Kanzler des Ordens vom Goldenen Vlies. Es war meine Pflicht, den anderen von der Angelegenheit zu berichten. Ritter haben im Falle von Landesverrat das Recht, ihre Gefährten zu verurteilen, und Rudolf hatte Landesverrat begangen, als er das Angebot der Ungarn annahm. Man hat ihn für schuldig befunden. Es war meine Aufgabe, das Urteil zu vollstrecken.«

»›Man‹?«, hakte Gross nach. »Der Kaiser ist auch Ritter des Goldenen Vlieses. War das Urteil einstimmig?«

Grunenthal schüttelte den Kopf. »Bis auf eine Stimme. Die seines schwächlichen Cousins, Franz Ferdinand. Wir haben dem Kronprinz den Ausweg gelassen, seinem Leben selbst ein Ende zu setzen. Er ist dafür auf sein Jagdschloss nach Mayerling gefahren. Schließlich hat dieser romantische Jüngling häufig genug mit seinen diversen Liebschaften über Selbstmord gesprochen, doch am Ende war er nicht Manns genug. Stattdessen hat er bei einer seiner Geliebten Trost gesucht, der Vetsera. Also war es notwendig, das Urteil mit anderen Mitteln zu vollstrecken.«

»Das Rollkommando hat Mayerling gestürmt und ihn und die Vetsera brutal ermordet.«

»Die Aktion ist nicht nach Plan verlaufen. Wo Menschen beteiligt sind, gibt es immer auch menschliches Versagen.«

»Deshalb haben Sie den Doppelselbstmord inszeniert.«

Wieder hob Grunenthal die Handflächen hoch, als wäre er machtlos gewesen, es zu verhindern. Werthen spürte, dass der Prinz sich tatsächlich für das Opfer hielt: Opfer seiner Pflicht, seiner Ehre, seiner Loyalität zum Kaiser.

»Nachdem sich die erste Aufregung gelegt hatte, gab es mehr als ein Jahrzehnt keine Komplikationen«, sagte Gross.

»Sie haben keinerlei Anlass, mich wie einen Esel mit einer Möhre zu locken«, erwiderte Prinz Grunenthal ungehalten. »Ich genieße es viel zu sehr, mit einem so gebildeten Mann wie Ihnen darüber zu sprechen, Professor Gross. Der folgende Teil der Geschichte dürfte Sie außerordentlich interessieren ... Ja, neun Jahre lang gab es keine Schwierigkeiten in Bezug auf diese unselige Geschichte in Mayerling. Viele der Beteiligten sind gestorben oder wurden davon überzeugt, dass Schweigen ihrer Gesundheit förderlich war. Dann erfuhr Frosch, der ehemalige Kammerdiener des Kronprinzen, dass er bald an Krebs sterben würde und mit seinem Schweigen nichts mehr zu gewinnen hatte. Er schrieb der Kaiserin. Wir kontrollieren ... wir *haben* natürlich ihre Korrespondenz kontrolliert. Aus einem Brief, den wir abgefangen haben, ging eindeutig hervor, dass wir ein früheres Schreiben übersehen hatten, in dem Frosch Behauptungen in Zusammenhang mit dem Tod ihres Sohnes aufgestellt haben muss ...«

»Er kannte also die Wahrheit?«, erkundigte sich Gross.

»Jedenfalls genug, um sich den Rest zusammenreimen zu können. Wir haben ihm eine beachtliche Apanage gezahlt, in der Hoffnung, dass er Stillschweigen bewahrte. Als wir entdeckten, dass er seine Information einer größeren Gruppe von Mitwissern zugänglich machen wollte, mussten ... gewisse Überlegungen angestellt werden.«

»Über Frosch oder die Kaiserin?«

»Zu meinem größten Bedauern über beide. Wie unser bekannter Gast, der amerikanische Humorist Mark Twain sagen würde: ›Die Katze war aus dem Sack‹. Es war meine Aufgabe, sie wieder hineinzustopfen, und ich konnte sie leider nicht bewältigen, ohne dabei jemandem Schaden zuzufügen.«

»Aber wieso so spät?«, hakte Gross nach. »Wieso haben Sie so lange mit dem Mord an Frosch gewartet, wenn er doch Ihr eigentliches Ziel war?«

Der Prinz lächelte. Es wirkte wie das Grinsen einer besonders gefährlichen Echse. »Das war allerdings ein Risiko, aber wir konnten uns nicht sofort seiner annehmen. Das hätte die Kaiserin alarmiert und sie vielleicht zu einer überstürzten Reaktion veranlasst. Außerdem mussten wir zuvor das Manuskript sicherstellen, das Frosch in seinem Brief an die Kaiserin erwähnt hatte, und vor allem mussten wir sichergehen, dass es sich um die einzige Kopie handelte. Wir haben die Verhandlungen mit Herrn Frosch Mitte Juni aufgenommen. Ich habe meinen Adjutanten zu dem Mann geschickt, der sich als deutscher Verleger ausgab. Er behauptete, Interesse an sämtlichen Memoiren zu haben, die mit Mayerling zu tun hatten. Frosch hat den Köder zwar geschluckt, erwies sich im Laufe der Verhandlungen allerdings als guter Geschäftsmann, der zäh über Bedingungen feilschte, einen Termin für die Übergabe zusagte, sein Versprechen dann nicht hielt, um einen noch höheren Preis herauszuschlagen. Er wollte wohl ein beträchtliches Vermögen hinterlassen, um davon in seiner Heimatstadt eine Statue von sich errichten zu lassen. Was für ein überheblicher Parvenü! In der Zwischenzeit haben wir alle möglichen Schließfächer und geheimen Verstecke untersucht, in denen er eine Kopie hätte verwahren können. Das alles brauchte Zeit. Am 22. August schließlich fiel uns das Material in die Hände. Danach war klar, dass wir den Mann eliminieren mussten.«

»Und die Kaiserin?«, sagte Gross.

»Wir erhielten Nachricht, dass sie vorhatte, ebenfalls ihre Memoiren bei einem bekannten deutschen Verlagshaus zu veröffentlichen. Das konnten wir nicht zulassen.«

Werthen hatte während seiner beruflichen Laufbahn ausgiebige Erfahrungen mit eiskalten Mördern gemacht, dennoch war er zugleich erstaunt und erschüttert von Grunenthals Kaltblütigkeit, als der den geplanten Doppelmord an Frosch und der Kaiserin schilderte. Es war Direktor Breitstein, der den Prinzen zufällig auf die Idee gebracht hatte, den Mord an Frosch mit Hilfe einer Serie von brutalen Mordfällen zu verschleiern. Einige Monate, bevor der Brief von Frosch abgefangen wurde, hatte Breitstein um eine Audienz beim Kaiser gebeten. Er bewarb sich als Hoflieferant für Rasierklingen; die Angelegenheit wurde an Grunenthal weitergeleitet, der sich mit dem Mann traf. In einem entspannten Gespräch, in dem der Direktor von *Breitstein und Söhne* versuchte, sich in einem möglichst guten Licht darzustellen und sich als menschenfreundlicher, vorbildlicher Arbeitgeber präsentierte, erfuhr Grunenthal von der Krankheit des Herrn Binder, einem der Topverkäufer der Firma, den Breitstein trotz seiner Krankheit weiter beschäftigte.

»Als der Brief von Frosch die Krise auslöste, passte auf einmal alles zusammen«, berichtete Prinz Grunenthal weiter. »Breitstein mit seinen chirurgischen Instrumenten und der unglückliche Binder, der langsam an Syphilis verreckte. Ich sah die mögliche Lösung unseres Problems in einer Mordserie. Die Polizei und vielleicht sogar namhafte Kriminologen würden verzweifelt versuchen, die symbolische Bedeutung der Wunden zu entschlüsseln. Hatten sie dann den Sinn erfasst, würde die Spur direkt zu Binders Tür führen.«

»Mir ist zwischen Ihren Büchern auch ein Exemplar über amerikanisch-indianische Ethnographie aufgefallen«, sagte Gross. »Es ging im Grunde um Loyalität, habe ich recht? Die abgetrennte Nase war Ihr Versuch, die Untersuchung in eine falsche Richtung, nämlich auf Binder zu lenken.«

Grunenthal lächelte, als er nickte.

Werthen konnte sich nicht länger beherrschen. »Wieso mussten Sie all diese unschuldigen Menschen umbringen, statt Froschs Tod einfach wie einen Unfall aussehen zu lassen?«

Grunenthal drehte sich zu Werthen herum und starrte ihn kalt an. »Zum einen, damit wir nicht den Verdacht der Kaiserin erweckten. Wie Sie wissen, war diese Vorsicht unbegründet, da sie bereits plante, das Geheimnis von Mayerling an die Öffentlichkeit zu bringen.«

»Ich kann es einfach nicht fassen!«, beharrte Werthen. »All diese sinnlosen Morde … diese Grausamkeiten.«

»Und zum anderen«, fuhr Prinz Grunenthal trotz Werthens Empörung ungerührt fort, »wegen des Reizes, ein Rätsel zu erschaffen, worüber sich selbst so kluge Köpfe wie Sie das Hirn zermartern. Man ist doch stets bestrebt, etwas Ungewöhnliches zu kreieren. Froschs Tod als einfachen Unfall zu tarnen, kam mir so … banal vor, so billig.«

»Sie sind vollkommen wahnsinnig«, erklärte Werthen.

Bei diesen Worten verlor der Prinz kurz die Fassung und gewährte ihnen einen flüchtigen Einblick in sein wahres Inneres. Sein eiskalter Blick schien Werthen bis ins Mark zu treffen, und ihm wurde klar, dass sie niemals sicher sein würden, solange Grunenthal lebte. Der Mann mochte wahnsinnig sein, aber er besaß eine bösartige Gerissenheit. Vielleicht war er schon immer so gewesen, vielleicht hatte ihn auch der jahrzehntelange Umgang mit Macht pervertiert. Werthen war es gleichgültig, woher die geistige Labilität des Prinzen stammte. Ihn interessierte nur, dass Grunenthals Bösartigkeit für Gross und ihn sowie alle, die sie liebten, stets eine Bedrohung darstellen würde.

Gross legte Werthen beruhigend eine Hand auf die Schulter, dann wandte er sich wieder an den Prinzen und führte das Gespräch zu seinem Ausgangspunkt zurück. »Die Nasentaktik.«

Grunenthal riss sich zusammen, schüttelte sich und wirkte plötzlich wieder beherrscht. »Die Aufmerksamkeit auf Binder zu lenken hat zunächst sehr gut funktioniert. Nachdem Sie jedoch begonnen hatten, erneut in der Sache herumzustochern und die Wahrheit über Binder herausgefunden haben, wurde mir klar, dass wir alle losen Enden festzurren mussten. Das bedeutete, auch Breitstein musste sterben. Das Foto, das mich mit ihm bei einer Jagd auf seinem Anwesen in Styrian zeigte, musste aus seinem Büro verschwinden.«

»Hat Unteroffizier Tod all diese Morde begangen?«, erkundigte sich Gross.

»Ah, Sie haben also mit dem Erzherzog gesprochen. Denn woher sollten Sie diesen Namen sonst kennen? Natürlich, Tod hat sich als außerordentlich geschickter Agent erwiesen.«

»Er muss sich auch in die Gruppe der Schweizer Anarchisten eingeschlichen und erfahren haben, dass Luccheni den Wunsch hatte, mit dem Mord an einem Adeligen berühmt zu werden«, folgerte Gross.

»Das war zwar ein anderer Agent, aber nachdem wir einmal Zugang zu den Anarchisten hatten, habe ich Tod benutzt, um sie unter Kontrolle zu halten und Luccheni in die richtige Richtung zu leiten. Er begann, die Kaiserin zu verfolgen, als sie im letzten Juni zu ihrem Überraschungsbesuch nach Wien kam. Sollte das bei seinem Prozess herauskommen, wird er zweifellos gehängt werden. Er sollte die Kaiserin in Genf töten, aber genau wie im Fall von Kronprinz Rudolf hatte ich einen Notfallplan. Tod war dort, um sicherzugehen, dass der ungeschickte Narr sie wirklich umbrachte. Wie Sie wissen, war Luccheni für diese Aufgabe denkbar ungeeignet. Nachdem er die Kaiserin niedergeschlagen hatte, war er viel zu aufgeregt, und Tod musste die Aufgabe zu Ende bringen, indem er sie aufhob und ihr scheinbar den Staub abklopfte. Damit hätte die Angelegenheit zu Ende sein können, wäre da nicht die Neugierde eines Kriminologen und seines Advokatenfreundes gewesen.«

Werthen mischte sich ein. »Sie sagen, der Kaiser hätte vom Schicksal seines Sohnes gewusst. Hat er auch von dem Attentat auf seine Frau gewusst? Oder von der sinnlosen Mordserie, mit der der Mord an Frosch vertuscht werden sollte?«

Darauf reagierte Grunenthal zunächst mit Schweigen und setzte eine undurchdringliche Miene auf.

Schließlich sagte er: »Mir ist klar, wie sehr Sie das alles schockieren muss. Vielleicht entsetzt es Sie sogar. Aber ein Kaiserreich zusammenzuhalten ist kein Kinderspiel. Was gilt schon das Leben dieser unbedeutenden Männer und Frauen neben diesem hehren Ziel?«

Werthen und Gross ersparten sich auch nur den Versuch einer Antwort.

»Nun hat sich Ihr Verdacht also bestätigt«, sprach Grunenthal weiter. »Sie gehören zum Kreis der Eingeweihten. Ich biete Ihnen das Leben von Fräulein Meisner für Ihr Schweigen. Und ich gewähre Ihnen sogar noch einen kleinen Bonus, denn Sie dürsten doch sicher nach Gerechtigkeit. Oder sollte ich es simple Rache nennen? Wie auch immer, ich biete Ihnen jedenfalls eine teilweise Satisfaktion. Unteroffizier Tod soll ebenfalls mit dem Leben für seine Taten bezahlen. Unsere Welt ist nicht vollkommen, meine Herren. Ein bisschen Gerechtigkeit ist besser als gar keine.«

»Und wie, bitte sehr, wollen Sie all das bewerkstelligen?«, erkundigte sich Gross gelassen.

24. KAPITEL

»Das gefällt mir nicht«, sagte Werthen.

»Mir auch nicht«, stimmte Herr Meisner zu. »Es ist viel zu riskant.«

»Das einzige Risiko besteht darin, nichts zu tun«, beharrte Gross. »Es funktioniert. Sie werden schon sehen.«

Sie waren wieder in Werthens Wohnung und planten ihr Vorgehen für die kommende Nacht. Grunenthal hatte ihnen einen beinahe ironischen Ort für die Übergabe von Berthe Meisner genannt: die Casa d'Illusion, ein venezianisches Spiegelkabinett in Wien, in der von Kanälen durchzogenen Reproduktion verschiedener Häuserblöcke dieser italienischen Stadt im Wiener Prater. Seit dem Tod der Kaiserin war der Prater zum Zeichen der Trauer geschlossen; von daher eignete er sich perfekt für ein geheimes Rendezvous.

Grunenthal bestand darauf, dass Gross und Werthen allein und unbewaffnet kamen, andernfalls würde sich Tod, wie es der Prinz gruselig umschrieb, »seines Schützlings entledigen«.

»Es ist nur eine Frage der Psychologie, meine Herren«, fuhr Gross fort. »Grunenthal ist sich absolut gewiss, dass Werthen und ich vollkommen unfähig sind, zur Selbsthilfe zu greifen. Erinnern Sie sich an seine letzten Worte von heute Nachmittag, Werthen? ›Sie sind ehrenwerte Männer. Sie glauben an die Herrschaft des Gesetzes. Sie sind nicht in der Lage, Selbstjustiz zu üben.‹«

Werthen erinnerte sich auch daran, was Grunenthal noch gesagt hatte. *Genau das ist der Unterschied zwischen uns, meine Herren. Ich habe keine Angst, eine solche Bürde auf mich zu nehmen. Ich bin ein Prinz; Sie sind nur Bürger.*

»In seinem Wertesystem gilt es als Schwäche, ehrenhaft zu sein«, erklärte Gross weiter. »Aber sein Ego, seine Anmaßung und sein übertriebenes Selbstbewusstsein werden ihm das Genick brechen. Denn er kann sich nicht vorstellen, dass wir die Initiative ergreifen oder listig und mutig genug sind, ihm eine Falle zu stellen.«

»Und was ist mit Tod?«, fragte Werthen.

»Auch das ist eine Frage der Psychologie. Wir haben es hier mit einem Mann zu tun, der von Jugend an darauf gedrillt wurde zu töten. Man hat ihn wie eine Marionette behandelt. Es ist nur folgerichtig, dass er sich eines Tages gegen eine solche Niedertracht zur Wehr setzt. Ich liefere ihm nur den Anlass, indem ich ihm berichte, dass Grunenthal uns als Teil der Vereinbarung seinen Kopf geboten hat.«

»Das wird er Ihnen niemals abnehmen«, widersprach Herr Meisner.

»Er muss mir nicht glauben; es genügt, wenn er anfängt, an seinem Meister zu zweifeln. Der Samen ist gesät, und die zwei Schlangen werden irgendwann übereinander herfallen.«

»Sie sehen das für meinen Geschmack ein bisschen zu einfach, Gross«, sagte Werthen. »Immerhin steht Berthes Leben auf dem Spiel. Das dürfen wir nicht vergessen.«

»Ich sorge mich doch gerade um das Leben Ihrer Verlobten, Werthen«, erwiderte Gross verärgert. »Glauben Sie denn ernstlich, dass Sie oder irgendeiner von uns nach heute Nacht wirklich sicher ist? Erwarten Sie, dass der Prinz sich an diese Abmachung hält? Niemals. Er lässt nur genug Zeit verstreichen und wartet, bis die Ereignisse in Vergessenheit geraten sind. Danach werden er und seine Lakaien eine perfekte Gelegenheit suchen, um uns der Reihe nach auszuschalten. Wollen Sie den Rest Ihres Lebens in Angst verbringen?«

Werthen sank auf einen der Biedermeierstühle. Gross hatte recht, aber das gab er nur ungern zu. Ein Blick in Grunenthals Augen heute Nachmittag hatte ihn davon überzeugt, dass der

Mann ein Ungeheuer und zu allem fähig war. Aber er ertrug die Vorstellung nicht, Berthe mit dieser riskanten Taktik noch weiter zu gefährden. Er wollte sie einfach nur zurückhaben, sie festhalten und nie wieder loslassen. Plötzlich kam ihn noch ein Gedanke.

»Gross«, sagte er. »Grunenthal hat heute Nachmittag nicht auf meine Frage geantwortet.«

»Nein, das hat er nicht«, bestätigte Gross, ohne sich zu erkundigen, um welche Frage es sich handelte.

»Ob der Kaiser von diesen Bluttaten wusste? Und von dem Attentat auf seine eigene Frau?«

»Ich glaube, die treffendere Frage ist, Werthen, ob der Kaiser diese Taten befohlen hat oder nicht. Grunenthal hat zugegeben, dass er selbst beauftragt wurde, die ganze schmutzige Affäre zu organisieren. Der Kaiser muss bei dieser grauenvollen Mordserie, die von Froschs Tod und dem der Kaiserin ablenken sollte, die Hand im Spiel gehabt haben.«

»Aber?«, fragte Werthen.

»Es gibt immer ein Aber, nicht wahr? Ich fürchte, wir werden nie erfahren, ob Grunenthal aus eigenem Antrieb oder auf direkten Befehl des Kaisers gehandelt hat. Da er die ganze Aufmerksamkeit auf sich lenkt, wird er am Ende vielleicht ebenfalls in sein eigenes Schwert stürzen, so wie er es mit Unteroffizier Tod vorhat.«

»Dann wäre die Gefahr für uns alle ja womöglich nicht einmal vorbei, wenn Grunenthal und Tod ausgeschaltet sind.«

»Ganz im Gegenteil«, widersprach Gross. »Dieses Vorgehen ist unsere einzige Möglichkeit. Wenn Grunenthal erledigt ist, wird der Kaiser, fass er diese Morde tatsächlich befohlen hat, keine verlorene Schlacht fortsetzen. Ich habe lange und intensiv darüber nachgedacht, Werthen. Franz Joseph mag sein, wie er will, aber er ist ein nüchterner Realist. Er weiß, wann er einen Waffenstillstand schließen muss. Falls, und das sage ich mit allem Nachdruck, er wirklich die Person war, die all diese Morde in Auftrag gegeben hat.«

»Und genau daran hege ich ernsthafte Zweifel«, schaltete sich Herr Meisner ein. »Franz Joseph ist zwar Kaiser, aber er ist auch ein Mensch. Er hat diese Wittelsbacherin wirklich geliebt. Und hat ihr das größte Geschenk gemacht, das man seinem Ehepartner machen kann: die vollkommene Freiheit. Ein Mann, der seine Frau eigentlich zu Hause dringend gebraucht hätte, ist zu einem solchen Geschenk nur aus tiefster Liebe fähig. Aber das ist jetzt nebensächlich. Ich stimme Ihnen zu, Gross. Wir müssen mit Grunenthal fertigwerden. Ein derartig charakterloser Mann, der zu so grausamen Verbrechen fähig ist, wird sein Wort niemals halten.«

Gross schwieg einen Moment, dann fragte er: »Werthen?«

»Ja.« Der Anwalt nickte. »Ich bin einverstanden.«

»Gut.« Gross klatschte in die Hände. »Dann sollten wir uns beeilen. Zuerst müssen wir mit Klimt reden. Wir haben für heute Nacht eine Menge vorzubereiten.«

Sie trafen sehr früh dort ein. Gross hoffte, dass sie genug Zeit hatten, die Umgebung auszukundschaften und sich ein wenig mit der Anlage des Parks vertraut zu machen. *Venedig in Wien* war nicht gerade ein Freizeitvergnügen, das sie regelmäßig besuchten.

Vor den Buden und Fahrgeschäften hingen schwarze Flaggen. Keine Menschen liefen umher, spendeten dem starken August Beifall, schrien, wenn Dämonen aus ihrem Versteck in der Geisterbahn hervorsprangen, oder tranken im Gartencafé ihren Krug Bier. Der gesamte Wurstelprater oder Vergnügungspark war geradezu unheimlich still. Es war niemand zu sehen.

Sie gingen durch die ruhigen Straßen und über den künstlichen Kanal des *Venedig-in-Wien*-Geländes am Fuß des Riesenrades zu dem Gebäude, zu dem Prinz Grunenthal sie bestellt hatte.

Werthen war beeindruckt: Sie schienen tatsächlich am Ufer des Canale Grande zu stehen. Der ausgedehnte Themenpark verfügte über kilometerlange Kanäle, und irgendwie hatten die Erbauer es sogar geschafft, den Geruch des venezianischen Wassers nachzuahmen, diese Mischung aus Süßlichkeit und Fäulnis. Die Gebäude, die den Kanal säumten, schmückten aufwendige venezianische Fassaden; ihre Fundamente erschienen in dem Dämmerlicht Jahrhunderte und nicht erst drei Jahre alt zu sein, denn *Venedig in Wien* war erst 1895 errichtet worden.

Vor der Casa d'Illusion blieben sie stehen; sie hatten Anweisung, nicht hineinzugehen, sondern am Ufer des Kanals auf Grunenthal zu warten. Eine nachlässig festgezurrte Gondel dümpelte gegen das Geländer, das den Kanal säumte. Werthen warf einen irritierten Blick auf das Boot. Im Bug lag eine zerknitterte Plane.

Wie vereinbart waren sie allein und unbewaffnet. In anderer Hinsicht hatten sie sich allerdings nicht an die Forderungen des Prinzen gehalten.

Es war eine Volllmondnacht; Wolkenfetzen verdeckten vorübergehend den Mond. Als sie fortgeweht waren, warf das Riesenrad über ihnen einen gigantischen Schatten. Dieses Fahrgeschäft war anlässlich von Franz Josephs Goldenem Thronjubiläum errichtet worden, wie Werthen sich erinnerte. Aber die Eröffnung hatte unter keinem guten Stern gestanden. Eine Arbeiterfrau namens Marie Kindl hatte sich an einer der dreißig Gondeln aufgehängt, um gegen die Armut in Wien zu protestieren.

Heute Abend war das Riesenrad ebenso unbelebt wie die übrigen Fahrgeschäfte. Ein Geräusch zu seiner Linken ließ Werthen herumfahren. Eine Katze schlich durch die stillen Gassen.

Ihre frühen Ankunft nützte ihnen nur wenig. Werthen fröstelte, als eine Windböe ihn packte. Er fühlte sich allein und angreifbar hier unter dem freiem Himmel über dem verlassenen Prater. Gross indes lief anscheinend unerschrocken und kerzengerade am Kanal auf und ab.

Sie warteten über eine Stunde, bis Werthen, der zunehmend misstrauischer wurde, sagte: »Sie kommen nicht.«

»Unsinn«, zischte Gross. »Das ist nur ein Test. Sehr wahrscheinlich beobachten sie uns, um sicherzugehen, dass wir keine Gefährten versteckt haben.«

»Das haben wir aber, Gross.«

»Das wissen sie doch nicht, Werthen.«

Sie warteten eine weitere halbe Stunde. Es wurde langsam bitterkalt. Der vereinbarte Zeitpunkt für das Treffen war schon lange verstrichen.

»Gross?«

Zunächst antwortete der Kriminologe nicht.

»Ja«, sagte er schließlich. »Es wird Zeit.«

Sie liefen zum Eingang des Spiegelkabinetts.

»Kommt heraus, Männer!«, rief Gross. Aber er bekam keine Antwort.

»Mein Gott, Gross«, beklagte sich Werthen. »Was haben Sie da nur angerichtet?«

Der Anwalt zog an der Tür zur Casa d'Illusion, aber sie war mit einer Kette gesichert. Hinter ihnen wurde das Pochen der Gondel lauter, als würde sie nicht allein von dem Dümpeln gegen das Geländer gestoßen.

»Das Boot, Gross!«

Werthen sprang über das Geländer und landete direkt in der Gondel. Er zog die Plane zur Seite. Darunter lag Klimt, gefesselt und geknebelt. Dem Maler traten vor Panik die Augen fast aus den Höhlen.

Sie hatten geplant, dass sich Klimt und Meisner bereits am Nachmittag in der Casa d'Illusion verstecken sollten, um einer möglichen Entdeckung von irgendwelchen neugierigen Augen zu entgehen. Und sie waren bewaffnet – mit einer alten Flinte und einer Jagdbüchse, die Werthen noch aus der Zeit besaß, in der sein Vater versucht hatte, aus ihm einen anständigen Gentleman zu machen. Klimt und Meisner sollten sie absichern, für den Fall, dass Gross' Plan, Tod und Grunenthal nach der Übergabe von Berthe aufeinanderzuhetzen, schiefging.

»Er schien gewusst zu haben, dass wir da waren«, meinte Klimt, nachdem sie ihn von den Fesseln befreit hatten. »Er hat uns nur wenige Minuten nach unserer Ankunft erwischt.«

»Er?«, fragte Gross.

»Ein großer Kerl, mit einem Gesicht wie der wandelnde Tod. Und einer Narbe am Hals.«

Werthen stand immer noch unter Schock; er wusste, was das bedeutete. Berthe war tot. Seinetwegen und wegen des ach so gerissenen Gross'. Aber nein, er durfte Gross nicht die Schuld dafür geben. Sie alle hatten dem Plan zugestimmt. Der Kriminologe hatte recht behalten; Prinz Grunenthal würde auf lange Sicht nicht zu seinem Wort stehen. Sie mussten handeln. Aber was nun? Wie sollte er ohne Berthe leben? Und wie sollte er damit leben, dass er ihren Tod auf dem Gewissen hatte?

»Also hat er den ganzen Nachmittag über aufgepasst«, sagte Gross.

»Wir hatten keine Chance. Kaum waren wir in das Spiegelkabinett eingebrochen, schien es zu brennen. Wir sind aus dem offenen Fenster direkt in seine Arme gesprungen. Es war nur eine kleine Flamme, die sich in den vielen Spiegeln verzerrt und reflektiert hat, aber das wussten wir nicht. Er hat Meisner gezwungen, mich zu fesseln, und dann hat dieser Tod ihn mitgenommen.«

»Dann gibt es also noch Hoffnung, Werthen«, meinte Gross aufgeregt. »Wieso hat er ihn nicht auf der Stelle getötet? Vielleicht ist Berthe noch am Leben.«

»Hören Sie auf, falsche Hoffnungen in mir zu wecken, Gross.«

»Tod hat mir eine Nachricht von Prinz Grunenthal ausgerichtet«, fuhr Klimt fort. »Also muss der uns ebenfalls beobachtet haben.«

»Eine Nachricht?«, hakte Gross nach.

»Er sagte, er würde mich nur am Leben lassen, weil ich dem Kaiserreich noch Bilder für die Aula der neuen Universität schulde.«

Der Maler hielt abrupt inne und presste die Lippen zusammen, als sollte ihm kein weiteres Wort entschlüpfen.

»Weiter, Klimt«, drängte Werthen. »Ich muss es wissen.«

»Außerdem meinte er, Sie hätten die Vereinbarung gebrochen und würden den Preis für einen solchen Verrat kennen.«

»O Gott«, stöhnte Werthen. »Ich habe sie umgebracht.«

»Ganz ruhig, Werthen«, riet Gross. »Das wissen wir nicht.«

Der Wind zerrte an ihrer Kleidung, als sie schweigend im Schatten des Riesenrades standen und das Wasser gegen das Ufer des Kanals schwappte.

»Ich will diesen schrecklichen Ort verlassen«, erklärte Werthen. »Sofort.«

»Nicht so hastig, Advokat.«

Die Stimme kam aus einer der dunklen Gassen.

Werthen und die anderen fuhren abrupt herum. Im selben Moment hörten sie aus der anderen Richtung Schritte, und dann tauchten drei Gestalten auf. Werthens Herz raste und einen Moment wagte er, das Unmögliche zu hoffen.

Und genau das trat ein.

»Ich war nachsichtig«, fuhr die Stimme hinter ihnen fort.

Werthen drehte sich jedoch nicht zu dem Sprecher herum, sondern beobachtete fassungslos, wie Tod Meisner und Berthe vor sich her trieb. Er hielt der Frau eine Pistole an den Kopf.

»Ich benötige nach wie vor Ihre mündliche Zusicherung«, sagte Prinz Grunenthal hinter ihnen. Er hielt sich im Schatten, aber seine Stimme war unverkennbar. »Ich hoffe, dass sie diesmal etwas wert ist. Ich habe Ihnen eine zweite Chance gegeben, weil Sie jetzt wissen dürften, dass jeder Versuch, mich zu hintergehen, sinnlos ist. Sollten Sie es noch einmal wagen, mich zu betrügen, ist Ihr Leben verwirkt. Meisner hat uns über Ihre

Pläne unterrichtet, Professor Gross. Der Versuch, Unteroffizier Tod gegen seinen Herren aufzuhetzen, ist vergeblich. Tod ist Soldat, und er kennt seine Pflicht.«

»Das hätte ich nicht einmal im Traum gewagt«, sagte Gross.

»Sehr gut«, erwiderte Grunenthal, der immer noch im Dunkeln stand. »Klären wir zunächst die Formalitäten. Ihr Versprechen, die Herren.«

»Ja«, sagte Werthen. »Das haben Sie. Absolute Geheimhaltung dieser … Affäre.«

»Mein Wort haben Sie ebenfalls«, schloss sich Klimt an.

»Und auch ich gebe Ihnen mein Wort«, erklärte Gross.

»Was ist das?«, platzte Berthe plötzlich heraus.

»Eine Vereinbarung, junge Frau«, sagte Prinz Grunenthal ruhig. »Eine, zu der wir auch Ihre Zustimmung benötigen.«

»Karl?«

»Alles ist gut, Berthe. Gib ihm dein Wort, nichts von dem hier zu verraten.«

»Gib ihm einfach dein Wort, Berthe«, sagte auch Herr Meisner, der sichtlich erschüttert war.

»Was geht hier vor? Wer sind diese Männer?«

»Noch besser«, bemerkte Grunenthal.

»Hat es mit eurer Untersuchung zu tun?«, fuhr Berthe fort.

»Bitte, Berthe«, antwortete Werthen. »Es tut mir sehr leid. Ich hätte dir alles erzählen sollen, aber jetzt musst du mir vertrauen. Bitte.« Er suchte ihren Blick und ließ sie dann nicht mehr aus den Augen. »Bitte.«

»Sie weiß nichts«, fügte Gross hinzu. »Wir haben Fräulein Meisner vorsätzlich im Dunkeln gelassen, in der Hoffnung, dass sie dadurch in Sicherheit wäre.«

»Bitte«, wiederholte Werthen.

Sie nickte. »Also gut. Ich verspreche es. Sie haben mein Wort, dass ich niemandem von meiner Entführung und von diesem Treffen erzählen werde. Mehr weiß ich ohnehin nicht.«

Grunenthal nickte Tod zu, der Berthe und ihren Vater daraufhin freiließ. Berthe lief zu Werthen und warf sich in seine Arme. So blieben sie eine ganze Weile stehen.

»Das war es, meine Herren«, verkündete Grunenthal gewichtig. »Sie dürfen nun gehen.«

Werthen schlurfte wie ein reuiger Sünder hinter den anderen her. Aber er wusste, dass das nicht das Ende der Geschichte war. Ihm war an diesem Nachmittag endgültig klargeworden, dass diese Angelegenheit solange nicht ausgestanden war, wie Prinz Grunenthal an der Macht oder vielmehr noch am Leben war.

25. Kapitel

Samstag–Sonntag, 22. –23. Oktober 1898 – Wien

Es waren etliche Wochen verstrichen, in denen Werthen reichlich Zeit gehabt hatte, seine Pläne zu schmieden. Jetzt stieg er vor dem Palast Kinsky, dessen Fenster anlässlich der monatlichen Soiree hell erleuchtet waren, aus der Kutsche und zeigte dem Diener in Kniebundhosen, Strümpfen und mit Perücke – ein Überbleibsel aus Mozarts Zeiten – die versiegelte Einladung. Das Monogramm von Erzherzog Franz Ferdinand im Briefkopf genügte, um ihm Zugang zu dem exklusiven Treffen zu verschaffen. Er vergeudete keine Zeit, nachdem er eingelassen worden war, weil er Angst hatte, dass man ihn erkennen und hinauswerfen könnte. Er hastete die breite Marmortreppe zum Ballsaal hinauf, in dem kunstvoll verzierte Leuchter hingen und dessen Parkettboden sternenförmig ausgelegt war. An diesem Abend gab der bekannte Pianist Paderewski ein Konzert. Werthen war erleichtert, als er sah, dass die Gäste noch umherschlenderten, tratschten und sich heuchlerische Komplimente machten.

Prinz Grunenthal war anwesend, wie der Erzherzog versichert hatte. Er ragte aus einer Gruppe von Damen der Gesellschaft heraus, in deren aufwändigen Frisuren Diamanten funkelten. Der Prinz hatte wohl gerade eine geistreiche Bemerkung gemacht, denn die Damen kicherten in ihre Fächer, als Werthen zu der Gruppe stieß.

»Sie sind ein Schurke, mein Herr!«, rief Werthen vernehmlich. »Sie haben meine Verlobte beleidigt, deshalb fordere ich Sie öffentlich zu einem Duell.«

Prinz Grunenthal wirbelte wütend zu ihm herum und fing sich eine Ohrfeige ein, die Werthen ihm mit den weißen Handschuhen versetzte, die er eigens für diese Gelegenheit erstanden hatte.

»Ich erwarte Ihren Sekundanten. Die Wahl der Waffen liegt bei Ihnen.« Es war ein wohlkalkuliertes Risiko, denn das Alter des Prinzen ließ ihn gewiss zu Pistolen greifen.

»Das ist ungeheuerlich …«, hob Prinz Grunenthal an.

»Allerdings. Und Sie sind dafür verantwortlich. Haben Sie den Mut, mir Satisfaktion zu verschaffen, oder wollen Sie sich einfach nur aufblasen? Oder vielleicht wollen Sie mich ja gleich in Ketten legen lassen, um Ihre Ehre zu retten.«

Bei dieser Bemerkung tuschelten die Frauen aufgeregt miteinander. Ansonsten war es in dem gesamten Saal mucksmäuschenstill geworden. Alle Augen waren auf Prinz Grunenthal gerichtet. Werthen hatte ihn öffentlich in die Enge getrieben, genau wie geplant.

»Wir treffen uns in der Hölle wieder, Advokat.«

»Darf ich das so verstehen, dass Sie meine Herausforderung annehmen?«

Erneut herrschte einen Moment gespannte Stille.

»Ja, verdammt!«

Seit sich Werthen vor ein paar Wochen zu dieser Vorgehensweise entschlossen hatte, hatte er Scharfschießen geübt. Endlich konnte er seinem Vater für etwas dankbar sein. Die endlosen Stunden, die er als Jugendlicher auf dem Schießstand verbracht hatte, würden sich jetzt, so hoffte er jedenfalls, auszahlen.

Berthe hatte Wien allerdings in Begleitung ihres Vaters verlassen, als er sie in seinen Plan eingeweiht hatte.

»Ich kann dich nicht aufhalten, aber ich kann auf keinen Fall mitansehen, wie du stirbst. Es tut mir schrecklich leid, Karl, aber wir haben uns bereits einmal fast verloren. Ein zweites Mal könnte ich das nicht ertragen.«

Seine Beteuerungen genügten ihr nicht. Aber Werthen wusste, dass sie es irgendwann verstehen würde. Denn solange Grunenthal lebte, würden sie niemals sicher sein.

Prinz Grunenthals Sekundant war der junge Adjutant, der Dienst in der Reichskanzlei geschoben hatte, als Werthen und Gross um die Audienz beim Kaiser nachgesucht hatten. Er kam ungefähr eine Stunde nach Werthens Konfrontation mit Grunenthal zur Wohnung des Anwalts.

So weit, so gut. Der Adjutant verkündete wie erwartet, dass sich der Prinz bei der Wahl der Waffen für Pistolen entschieden hatte. Ein Schuss von jeder Seite. Grunenthal rechnete zweifellos nicht damit, dass Werthen auch nur ein halbwegs brauchbarer Schütze war; sein tief verwurzelter Antisemitismus verbot ihm diesen Gedanken. Der Adjutant nannte auch den Ort für das Duell: die Wiese im Prater, direkt hinter dem Riesenrad. Dort hatte Grunenthals Handlanger Tod die Leichen abgelegt. Der Prinz gab wieder einmal seinem Hang zum Melodrama nach, und genau darauf hatte Werthen sich verlassen.

»Beim ersten Licht«, sagte der Adjutant, als er Werthens Wohnung verließ. »Um sechs Uhr dreißig morgen früh.«

Nachdem er gegangen war, sah Gross den Freund mitfühlend an. »Sind Sie wirklich sicher, dass Sie das durchstehen wollen, Werthen?«

Er war sich ganz und gar nicht sicher. Eigentlich hätte er in dem Moment am liebsten den nächstbesten Zug nach Linz genommen und sich bei Berthe versteckt.

»Allerdings, Gross«, antwortete er jedoch. »Es ist der einzige Weg.«

»Es ist nicht der einzige Weg, Werthen. Wir haben das ein Dutzendmal durchgesprochen. Ganz und gar nicht. Aber es scheint Ihr Weg zu sein.«

»Er ist ein Unhold, ein tollwütiger Hund. Er muss ausgeschaltet werden.«

In dieser Nacht machte Werthen kein Auge zu. Auch Gross schlief nicht, denn er war mit den letzten Vorbereitungen beschäftigt. Es musste alles genauestens nach Plan verlaufen, jedes noch so kleine Detail, sonst erwartete Werthen der Tod.

Anstatt zu schlafen, dachte Werthen an den kommenden Morgen und ging noch einmal alle Aspekte seines Plans durch. Erzherzog Franz Ferdinand höchstpersönlich war zu einem wichtigen Bestandteil dieses Plans geworden, denn als sich der Anwalt an ihn gewandt hatte, zeigte sich der Thronfolger von Werthens Strategie höchst angetan. Damit wurde er einen seiner Erzfeinde los, ohne auch nur das geringste persönliche Risiko einzugehen. Und auch wenn das Vorhaben missglückte, war er selbst nicht gefährdet.

Werthen bedauerte lediglich, dass er in diese Herausforderung den Namen seiner Geliebten hatte hineinziehen müssen. Nur war eine Beleidigung der männlichen Ehre das einzige Vergehen, für dessen Sühne allgemein Verständnis aufgebracht wurde. Seine Glaubwürdigkeit schützte Werthen, wenn er das Duell gewann. Welcher Mann würde nicht für seine Liebe kämpfen, welcher Mann würde keine Genugtuung fordern, wenn ein anderer den guten Namen seiner zukünftigen Frau beschmutzt hatte? Dabei kam es Werthen zustatten, dass Grunenthal als Weiberheld galt. Selbst der Kaiser konnte niemanden für ein solches Duell bestrafen.

Um fünf Uhr war Werthen angekleidet. Frau Blatschky weinte das gesamte Frühstück über; und ihr Kaffee war überraschend dünn.

»Es wird schon alles gut, Frau Blatschky«, versuchte Werthen sie zu beruhigen.

»Oh, Herr Doktor Werthen, das hoffe ich sehr. Es ist eine grausame Welt, wenn selbst jemand wie Sie zur Waffe greifen muss.«

Er wusste, dass sie es gut meinte, aber ihre Bemerkung stärkte sein Selbstvertrauen nicht gerade.

Gross, der als Sekundant agierte, fuhr um fünf Uhr dreißig mit der Kutsche vor.

»Alles bereit?«, erkundigte sich Werthen.

»Das hoffe ich wohl.« Die blutunterlaufenen Augen des Kriminologen kündeten von mangelndem Schlaf.

Sie fuhren in der Dunkelheit los. In der Stille kurz vor der Morgendämmerung klang das Rattern der metallgeränderten Kutschräder auf dem Kopfsteinpflaster fast überlaut.

Als Werthen und Gross den Platz erreichten, warteten Prinz Grunenthal sowie sein Adjutant bereits auf der Wiese. Werthen litt noch an den Folgen seiner schlaflosen Nacht; sein Hirn schien wie vernebelt. Er atmete mehrmals tief durch. Hoffentlich behielt er bei dem bevorstehenden Ereignis einen kühlen Kopf und einen klaren Blick.

Während er und Grunenthal sich wortlos anstarrten, trafen der Adjutant des Prinzen und Gross letzte Absprachen.

»Es ist meine Pflicht«, sagte der Adjutant, »Ihrem Duellanten die Gelegenheit zu geben, sich für seine Beleidigung zu entschuldigen. Andernfalls fangen wir an.«

»Es gibt nichts, wofür sich mein Duellant entschuldigen müsste, Herr. Ihr Duellant hat sich eines Vergehens schuldig gemacht und wird dafür bezahlen.«

Es folgte die Wahl der Waffen. Grunenthal hatte für diese Gelegenheit zwei baugleiche Webley-und-Scott Revolver Kaliber .45 mit einem Eisengriff besorgt. Das große Kaliber ließ vermuten, dass es trotz der Ein-Schuss-Regel bei dem Duell um Leben und Tod ging. Die beiden Sekundanten überprüften die Waffen und überzeugten sich, dass jeweils nur eine einzige Kugel in der Kammer war.

Werthen prüfte das Gewicht der Waffe. Er hatte sich mit einer deutlich leichteren Enfield vorbereitet. Als er sich mit der Pistole vertraut machte, rief Grunenthal ihm zu: »Sie bekommen keine weitere Chance – keiner von Ihnen.«

Werthen erwiderte nichts. Er hatte von Anfang an gewusst,

dass es hier um Leben und Tod ging. Alle anderen Beteiligten hatten seiner Entscheidung zugestimmt. Bis auf Berthe, versteht sich.

Die Pferde von Gross' Kutsche wieherten nervös, als sich am östlichen Horizont die ersten Sonnenstrahlen zeigten.

»Meine Herren«, sagte der Adjutant. »Es wird Zeit.«

Sie stellten sich Rücken an Rücken aneinander; Werthen war ein gutes Stück kleiner als Grunenthal und fühlte dessen Steiß an seinem Rücken.

»Wenn ich den Befehl gebe, machen Sie jeder fünfzehn Schritte. Bei dem nächsten Befehl dürfen Sie sich umdrehen und feuern.«

»Jetzt werden Sie alle sterben«, zischte Grunenthal Werthen zu.

»Fertig, los«, schrie der Adjutant.

Werthen konzentrierte sich auf die Schritte und versuchte, sie so groß wie möglich zu machen. Je weiter entfernt sie voneinander standen, desto besser. Trotz der morgendlichen Kälte rann ihm ein Schweißtropfen in den Hemdkragen. Er wurde kurz abgelenkt, als Vogelgezwitscher hinter ihm im Wald ertönte, und vergaß, die Schritte zu zählen. Dann erinnerte er sich, dass diese Vogelstimmen das vereinbarte Zeichen waren. Er holte tief Luft. Oder war es ein echter Vogel gewesen?

Er ging noch einige Schritte weiter, bevor der Adjutant rief: »Umdrehen! Feuer frei!«

Werthen drehte sich halb um, wie es ihm der Duell-Lehrer, den ihm Franz Ferdinand zur Verfügung gestellt hatte, gezeigt hatte. Damit bot er nicht seinen gesamten Körper als Zielfläche, sondern nur sein Profil. Er wartete und überließ Grunenthal den ersten Schuss; auch das hatte ihm der Lehrer geraten. Allerdings schien der Prinz denselben Lehrer gehabt zu haben, denn er zeigte Werthen ebenfalls das Profil und wartete mit seinem Schuss.

»Feuer frei!«, wiederholte der Adjutant.

Das schien Grunenthal anzuspornen. Er zielte sorgfältig und feuerte. Es ging so schnell, dass Werthen einen Augenblick nicht realisierte, dass er getroffen worden war. Er hatte das Gefühl, als wäre ein beladener Karren gegen sein rechtes Bein geprallt und hätte ihn zu Boden geworfen.

»Werthen!«, schrie Gross entsetzt.

Werthen blieb einen Augenblick auf dem Rücken liegen und beobachtete, wie einige Vögel aufgeschreckt von dem plötzlichen Knall aus den Bäumen flatterten. Er kam sich lächerlich vor, als er dort auf dem Boden lag, wie eine Figur aus einem Roman von Tolstoi.

Plötzlich schob sich Gross' Gesicht in sein Blickfeld. »Wir müssen Sie sofort zu einem Arzt bringen.«

Werthen schloss einen Moment die Augen. Er wusste, dass der Schmerz und die Übelkeit ihn bald übermannen würden. Also musste er jetzt handeln.

»Helfen Sie mir hoch! Ich habe immer noch meinen Schuss.«

»Es ist vorbei, Werthen. Seien Sie kein Narr. Wir finden einen anderen Weg.«

»Helfen Sie mir auf, verdammt! Sie sind mein Sekundant. Also verhalten Sie sich auch wie einer.«

Werthens Wutausbruch überrumpelte Gross, und er gehorchte.

Werthen hüpfte einen Augenblick hilflos auf seinem gesunden linken Bein. In dreißig Schritt Entfernung stand Grunenthal; seine Waffe hing nutzlos an seiner Seite herunter, und sein Gesicht war aschfahl, als er sah, dass Werthen aufgestanden war. Denn der Prinz war davon ausgegangen, dass der Schuss tödlich gewesen sein musste. Nicht seiner, natürlich, aber der des Scharfschützen Tod, der sich im Wald hinter ihm versteckt hatte. Also war der Ruf dieses Vogels tatsächlich das vereinbarte Zeichen gewesen und bedeutete, dass Klimt und Duncan den Sergeanten Tod überwältigt hatten. Zweifellos hatten sie ihn angemessen bestraft und das Urteil bereits vollstreckt.

»Ist Ihr Duellant in der Lage fortzufahren?«, rief der Adjutant.

»Ja, das bin ich«, erwiderte Werthen laut.

Grunenthal wirkte fassungslos, als Werthen sorgfältig zielte. Er würde nicht auf den Körper schießen. Er wollte die Angelegenheit hier und jetzt beenden. Er stellte sein verwundetes rechtes Bein fest vor sich und zuckte zusammen, als eine Welle aus Schmerz durch seinen Körper fuhr. Sein Hemd war schweißnass, als er die Webley und Scott hob und mit der linken Hand stützte.

Grunenthal zuckte zusammen, als hätte er plötzlich Angst bekommen, zwang sich jedoch, ruhig stehenzubleiben und den Schuss zu erwarten.

»Dazu haben Sie nicht den Mumm!«, schrie er plötzlich. »Sie sind und bleiben nur ein Bürger.«

Der Knall des Schusses scheuchte die restlichen Vögel aus ihren Nestern in den rosafarbenen Morgenhimmel. Die Kugel drang über dem linken Auge in Grunenthals Schädel ein, schleuderte ihn zu Boden und riss ihm fast den halben Hinterkopf weg. Sein weißes Haar war von einem Brei aus rosa Gehirnmasse und Blut besudelt.

Epilog

Werthen war immer noch benebelt von dem Morphium; morgen würde er die Dosierung des Schmerzmittels reduzieren. Aber es war wenigstens ein angenehmer Nebel.

Er lag in einem Privatzimmer im Zentralkrankenhaus; überall standen Blumen herum. Ihr Geruch war nahezu überwältigend. Einige der Sträuße waren von Gross, der kurzfristig in die Bukowina hatte abreisen müssen; der Universitätspräsident hatte nach ihm schicken lassen, weil sie überraschend Unterrichtsräume für seine Vorlesungen organisiert hatten. Gross hatte Werthen am Vortag besucht, und ihm eine signierte Ausgabe seiner *Kriminalpsychologie* überreicht.

»Vielleicht ergibt sich eines schönen Tages ja noch einmal eine Gelegenheit für eine Zusammenarbeit«, erklärte er, bevor er ging.

Werthen hatte unter Drogen gestanden und war außerstande gewesen zu sprechen; deshalb hatte er lediglich genickt. Dabei bemerkte er, dass ihm merkwürdigerweise Tränen in die Augen stiegen, als Berthe den Kriminologen aus dem Raum komplimentierte.

Ja, Berthe! Sie war zurückgekehrt! Sie hatte tatsächlich an seinem Bett gesessen, als er vorigen Montag nach der Operation aufgewacht war. Und war ihm seither nicht mehr von der Seite gewichen, um die Anzahl und Dauer der Besuche zu überwachen.

Jetzt sprach sie mit seinem letzten Besucher für heute. »Machen Sie es kurz, Herr Klimt. Er braucht seinen Schlaf.«

»Es dauert schon nicht lange«, erwiderte Klimt. »Darf ich noch anmerken, wie schön es ist, Sie wiederzusehen, Fräulein Meisner?«

Sie lächelte. »Ihr Charme hilft Ihnen auch nicht weiter, Klimt. Sie haben ein paar Minuten, mehr nicht.«

Klimt beugte sich dicht über Werthens Bett, so dass Berthe ihre Unterhaltung nicht mithören konnte.

»Wie ich hörte, gab es letzte Nacht einen Selbstmord. Ganz schrecklich. Nach Meinung der ausländischen Zeitungen ist Wien zur Selbstmordstadt Europas avanciert. Diesmal ist jemand gesprungen. Offenbar ist er bis ganz oben aufs Riesenrad gestiegen und hat von dort einen Hechtsprung gemacht.«

Werthen holte tief Luft. Er war kein rachsüchtiger Mensch, aber es stimmte ihn nicht gerade traurig, als er vom Ende des Unteroffiziers Tod erfuhr.

»Tatsächlich«, flüsterte Klimt und beugte sich noch näher an Werthens Ohr, »hat Duncan ihn bereits vor dem Duell im Prater getötet. Ich kann Ihnen sagen, ich möchte diesen Schotten nicht auf den Fersen haben. Wir haben die Leiche eine Weile auf Eis gelegt, damit niemand eine Verbindung zwischen seinem und Grunenthals Tod herstellen kann.«

Werthen konzentrierte sich mühsam. »Ich danke Ihnen, Klimt. Sie sind ein wahrer Freund.«

Klimt schüttelte den großen Kopf. »Das war gar nichts, Advokat. Jedenfalls zwickt mich jetzt mein Gewissen nicht mehr so sehr, weil ich Ihre Rechnung immer noch nicht beglichen habe. Wie ich schon sagte: Lassen Sie sich nie mit Aristokraten ein.«

Dem konnte Werthen nur aus ganzem Herzen zustimmen.

»Schluss jetzt, Klimt!«, mischte sich Berthe ein. »Karl braucht jetzt seinen Schlaf.«

Wie angenehm, so liebevoll umsorgt zu werden, konnte Werthen noch denken, als er auch schon den Kopf auf das Kissen zurücksinken ließ und sanft eindöste.

ENDE

Malla Nunn
Ein schöner Ort zu sterben
Roman
Aus dem Englischen
von Armin Gontermann
407 Seiten. Gebunden
ISBN 978-3-352-00771-2

Schwarzweiße Geheimnisse

1952 - in einem Dorf an der Grenze zu Mosambik. Die neuen Apartheid-Gesetze sind in Kraft. Kein Weißer darf sich mit einem Schwarzen einlassen. Als Captain Pretorius, ein Bure, erschossen aufgefunden wird, beginnt Detective Emmanuel Cooper, ein Engländer aus Johannisburg, zu ermitteln - allein, ohne jede Unterstützung. Doch schnell gerät die Ermittlung außer Kontrolle. Die Familie des Toten präsentiert ihm sogleich einen Verdächtigen, und eine Spezialeinheit stellt ihn kalt, weil sie Apartheid-Gegner jagen will. Als Cooper von einem schwarzen Mädchen erfährt, dass die Weste des Toten keineswegs so weiß war, wie seine Söhne behaupten, ist er plötzlich selbst in höchster Gefahr. Und da sind noch die Schatten seiner eigenen Vergangenheit, denen er sich stellen muss, will er diesen Fall lösen - und überleben.

»Ein Roman voll von den Rhythmen, Gerüchen und Farben Afrikas. Malla Nunn ist eine wunderbare Erzählerin, perfekt beschreibt sie eine Ära des Landes. Ihre Geschichte ist so spannend wie faszierend. Ein großartiges Buch.« Deon Meyer

Mehr Informationen erhalten Sie unter
www.aufbau-verlag.de oder in Ihrer Buchhandlung

rütten & loening

Daniel Easterman
Das Schwert
Thriller
Aus dem Englischen
von Eva Bauche-Eppers
406 Seiten
ISBN 978-3-7466-2478-5

Showdown im Schatten der Pyramiden

Jack Goodrich, ein renommierter Islamwissenschaftler, hat sich mit seiner Familie im turbulenten Kairo eingerichtet. Er glaubt, die Gefahren der Stadt einschätzen zu können – bis man ihm ein Schwert übergibt, das angeblich aus den Zeiten Mohammeds stammt und dessen Echtheit er beurteilen soll. Als seine Frau ermordet wird, weiß er, dass man ihn ins Visier genommen hat. Doch offenbar sind nicht nur skrupellose Islamisten, sondern auch westliche Nachrichtendienste dem Geheimnis des Schwertes auf der Spur. Eine rasante Hetzjagd beginnt.

»Einer der provokantesten britischen Thrillerautoren.«
Kirkus Review

Mehr Informationen erhalten Sie unter
www.aufbau-verlag.de oder in Ihrer Buchhandlung

aufbau taschenbuch

Lennart Ramberg
Schmetterlinge im Eis
Ökothriller
Aus dem Schwedischen
von Kerstin Schöps
397 Seiten
ISBN 978-3-7466-2507-2

Wenn die Pole schmelzen

Überraschend muss Kimi Hoorn auf der Polarstation Ny-Ålesund das wichtigste Experiment zur Klimabeobachtung allein beenden: Sein Professor ist spurlos verschwunden. Ein Netz von Intrigen liegt über dem Forschungsvorhaben. Schnell entwickelt sich das, was Kimi sich als ruhigen Job vorgestellt hatte, zu einer wilden Hetzjagd durch die Eiswüste von Svalbard, durch chromglänzende Konferenzräume bis tief hinein ins Herz der russischen Schwerindustrie.

»Ein Pageturner mit aktueller Botschaft.« Hallands Nyheter

Mehr Informationen erhalten Sie unter
www.aufbau-verlag.de oder in Ihrer Buchhandlung

aufbau taschenbuch